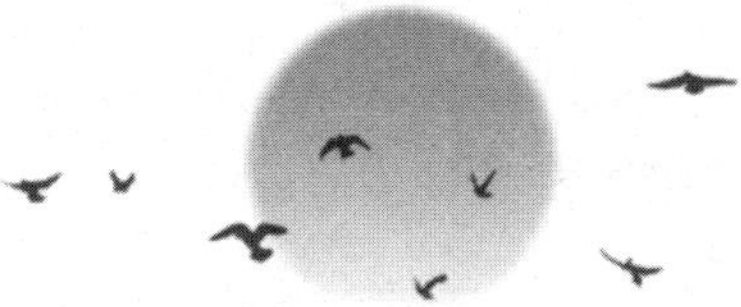

蹚不过的马家河

马举——著

天津出版传媒集团
百花文艺出版社

图书在版编目（CIP）数据

蹚不过的马家河 / 马举著. -- 天津 : 百花文艺出版社, 2023.10
ISBN 978-7-5306-8660-7

Ⅰ. ①蹚… Ⅱ. ①马… Ⅲ. ①中篇小说－小说集－中国－当代②短篇小说－小说集－中国－当代 Ⅳ. ①I247.7

中国国家版本馆CIP数据核字（2023）第158914号

蹚不过的马家河
TANG BU GUO DE MAJIAHE
马举　著

出 版 人：薛印胜　**责任编辑：**张　雪
装帧设计：谢蔓玉　**特约编辑：**唐婷婷
出版发行：百花文艺出版社
地址：天津市和平区西康路35号　**邮编：**300051
电话传真：+86-22-23332651（发行部）
+86-22-23332656（总编室）
+86-22-23332478（邮购部）
网址：http://www.baihuawenyi.com
印刷：三河市元兴印务有限公司
开本：660毫米×960毫米　1/16
字数：261千字
印张：18.75
版次：2023年10月第1版
印次：2023年10月第1次印刷
定价：59.80元

如有印装质量问题，请与三河市元兴印务有限公司联系调换
地址：河北省廊坊市三河市黄土庄镇尚庄子村
电话：0316-3180002
邮编：065200

大地跫音

——《蹚不过的马家河》序

◎张石山

马举先生，是我省知名作家。《蹚不过的马家河》，是他即将出版的一部中短篇小说集。其中，中篇小说《蹚不过的马家河》发表之后广受好评，荣获我省2019—2021年度赵树理文学奖。

三年前，马举先生出版了长篇小说《孽缘》，我曾经为之写过一篇序言《彼岸灯火》。士别三日，尚且要刮目相看，时隔三年，捧读马举先生的新作，确实能够看到他的长足进步。

纵览马举先生的文学创作，至少有以下三个方面值得言说。

其一：是他自觉秉持、并且愈益坚定的民间立场。

马举先生，犹如我省绝大多数作家，大家来自民间乡野，天然熟悉热爱我们脚下的大地。而且，出自作家的职责，一贯关心民生。众所周知，广大底层民众，是为“沉默的大多数”。在奉行“宏大叙事”的史书或者文学作品中，他们总是被冠之以一些大而无当的抽象名词概念，而他们真实而鲜活的存在，则往往被忽略掉。

事实上，众多底层民众、千百万老百姓的生活，他们的生存状况、喜怒哀乐、爱恨情仇、汗水血泪，构成了历史最丰富最生动的细部。

离开这个，所谓的大历史，只能走上空壳化，至少属于残缺不全。

马举先生，目光向下，不违本心，倾情书写自己熟悉的乡间小人物。质言之，他所秉持坚守的正是我们自古以来的士君子“以天下为己任”的卓毅情怀。

其二：马举先生能够自觉坚持“现实主义”创作手法，并且逐步形成了属于自己的独特创作个性与艺术品格。

关于文学创作，从西方传来的名词概念种种“主义”何其多。不少作家热衷于追新逐异，当然也写出了若干好作品。但“现实主义”远远没有过时。马举先生谦称，自己不懂什么现代、后现代，“写不了魔幻，也写不了意识流，只能老老实实、本色本味地讲故事”。不妨说，马举先生正心诚意，能够坚持本色本味，恰恰是“得其所哉”。

我们中国，自古以来的文学作品所使用过的传统创作方法，可谓取之不尽用之不竭；况且，除了形诸文字的“书写”，我们深广的民间，还有不立文字、口传心授的“说话”，也就是讲故事的丰富艺术表现手段。质言之，用中国传统的创作手段和方法，完全可以写好中国小说、讲好中国故事。

因之，作家写来是为得心应手，读者看去足能雅俗共赏。

马举先生的写作，正是如此。

其三：马举先生的语言，不仅显出了相当的功底，而且有了属于自己的追求，能够见出其独具的特质。

作家作文写书，所能仗恃者，唯有语言。语言是否具备个性特色，是作家成熟与否的重要标志。在马举先生的作品中，生活于特定地域的人物，犹如生活本身一样，那些人物讲的多是当地方言；而且，他的叙述语言，也自觉地引用融入了不少他所熟悉的方言语汇。

以中国地域之广大、方言之众多，构成了汉语的雍容博大、异彩纷呈。众所周知，所谓普通话，只是为着各地人们相互之间的交流方便。它不仅消减掉方言发音的多样性，还丢弃了好多在方言中生机勃勃的独特词汇。将若干方言语汇，经由某种“翻译转换”，有机引入文学作品，这是好多乡土作家的自觉追求。在文学创作中能有这样的自觉追求，极大丰富了我们的现当代汉语。山药蛋派祖师爷语言大师赵树理，在这方面给我们树立起一个辉煌的榜样。

马举先生在他的写作实践中，大胆吸纳许多生动鲜活的方言语汇，这样的勇敢尝试，值得肯定。

由于马举先生在以上三个方面都能有所进益，所以他的文学创作顺理成章取得了显见的进步。秉持民间立场，使用本土语言，运用传统手法，事实证明，果然可以写好本土故事，而且写得相当好。

改革开放以来，中国的城市化进程突飞猛进。而在同时，我们熟悉的令人梦牵魂萦的传统乡村在日渐凋敝。犹如大地在沉沦，令人痛心疾首；历史车轮滚滚而过，仿佛要碾碎一切。

我们勇毅担当的作家们，包括马举先生在内，目击经历了这个过程。我们无法改变这一切，但我们绝不会漠视、也不会忘记这一切。

我们拿起笔，忠实地记录下这一切，艺术化地再现了这一切。

历史不容漠视，大地拒绝沉沦。

由于我们的担当，沉默的大多数，终于不再沉默。仿佛我们梦牵魂萦的大地，找到了代言，发出了它的呐喊。

因之，马举先生的作品，与众多同道们的作品，汇聚成强大的声波，犹如大地跫音，声震耳鼓。

那声音，仿佛来自洪荒远古，又仿佛来自我们的血脉基因。

是为序。

癸卯仲夏　公元 2023 年 7 月 18 日

目录

小人物·花先生

花先生不姓花，花是他的身份，不管他承认不承认，一日行乞，终身为丐，他饶不下叫花子的名分。至于先生的称谓是个什么来头，大致有这么几种情况，首先是人们对他的调侃耍笑，当地人叫作“毛腻”。再就是花先生说话爱咬文嚼字，引经据典，什么“克己复礼”啦，“温故知新”啦，在村里人听来是又酸又臭又好笑，往往要借机挖苦他一番：你还真把自己当个先生了？说下个啥不也是个讨吃货？起先，花先生还要给人家解释一下，但谁听他说呢？后来呢，花先生就不大说这些话了。他常常自言自语地念诵这些记忆中的文词儿，不由自主地回想起自己的爷爷大先生来，甚至还能顺着爷爷这条存在于他记忆中的明线，推测演绎出祖爷爷文魁先生，甚至更遥远的祖先们历世以来受人仰慕敬奉的光辉岁月。另一方面，花先生在一方地面儿上，曾经教徒授艺，做过一众花子们的师傅。还有一点，那就是关于他的作风问题。一个讨吃子，能有什么作风问题，他就是想有个什么又有谁会看得起他呢？大不了说些荤段子，过过嘴瘾。不过，世界上的事情，哪儿能说得清呢？舌头没脊梁，翻过来调过去，由人说呢。

花先生如果活着，现在也应该有八十大几，九十来岁了。花先生的最后岁月是在养老院度过的，花先生一辈子无儿无女，但花先生说自己“整整好活了一辈子”！花先生怎么个好活法，还得从头说起。

花先生出生于二十世纪的三十年代，据说，祖上是读书人，住的是高门楼，大瓦房的三进院子，大门旁的柱子上刻的是“诗书济世长，耕读传家久”的对联。花先生活着的时候，常说他们家的大门是很宽阔的，过一辆两马驾辕的高脚车那是“豁趟趟”的。顺着花先生的描述，那么宽套的大门最起码得配两扇三四寸厚的红松木板做的大门，门扇中腰还得扣一排碗口大的黄铜钉子，那大门一开一关，必定吱呀有声，且浑厚低沉。然而，多数人都把花先生的话不当个真话，而是当作笑话来听的。老一辈人证实过，花先生的祖上的确是辉煌过，大骡子大马养着，长短工雇着，更主要是出过“游洋”（留学日本）的念书人。只是，花先生的描述是用了夸张的艺术手法，听的人、传的人又屡屡放大。况且年代久远，记忆出现差错也在所难免。我倒觉得，真实与否，夸大与否实在无伤大雅，世事本就沧桑，花先生能把自己的身世放置在那样一个豪华而宏大的背景之下叙述，倒也不亏自己头上顶着的这个先生的称谓。

花先生是我们那一带很有名的讨吃子，花先生不同于一般的讨吃子，花先生讨吃只在人家娶媳妇办喜事的时候讨，村里人家不管平常日子过得多么仔细俭省，儿娶女聘是亮门面的时候，招待客人，打发讨吃子不含糊。不是有那么句话吗？事宴大了，还差乎几个油圪卷儿？除过吃喝，按照惯例和风俗，还要给讨吃说喜的灌半瓶子酒，拿一盒纸烟，给几块钱。赶事宴的讨吃子背一个油腻腻的褡裢，拿一个空酒瓶，瓶口插一块钱，念喜歌的时候举着瓶子，走一步念一句，一段喜歌，有头有尾念完了，正好到了东家的喜房堂前。这里头也有学问，有经验的讨吃子要目测主家的院子大小，要量度自己步子的大小，把握好语速的快慢，再确定喜歌的长短，才能做到精准匹配恰到好处。最后加一句：东家接喜呀！那办事宴的主管就出来接喜，同时给烟给酒，把瓶口上插的那张钱换一下——一般是五毛换一块，一块换两块，添个喜气，顺便赚个小钱。再多了讨吃子拿不出，也不能做那不正经营生，乡里乡亲，即便是讨吃，也有规矩在里头，人穷是个穷，不能少脸没皮叫人指点。管家往往等候一阵，拿捏几分，爱红火的亲友，看娶媳妇儿的人就起哄叫说喜的再念几段。有的讨吃子肚里没货，磕磕巴巴勉勉强强只能念个一两段支应门户，一着急还会忘词卡壳儿，晾在那里，前进不能后退不得，也真是尴尬。不过这种情况不会出现在花先生身上，花先生不仅肚里记的段子多，还会现抓，而且抓的是妥妥帖帖，听的人只会乐得大笑，谁也说不出个啥。除了说喜，花先生还会唱戏，自拉自唱，一人两角儿，一会儿尖声细气地唱“猪相公呀……”，一会儿又瓮声瓮气地唱“小娘子呀……”反正是，事宴上一旦有了花先生，自然就多了几分欢乐喜庆。

我是听着花先生说喜长大的。到现在仍然能记得好些段子：

莲花落子打起来，
我为东家道喜来。
一进大门喜气升，
砖门楼子挂彩红。
喜门双扇开，
送喜的走进来。
来得不迟不早，
正赶上新人下轿。
新人下轿贵人搀，
亲戚朋友倒红毡。
倒的倒来搀的搀，
一搀搀到八宝龙凤庵……

花先生不仅自己说喜说得好，还带徒弟，方圆附近的讨吃子想要吃赶事宴这碗香美饭，就拜花先生为师。世上七十二行，从来没人把讨吃当成一个行当，但讨吃子也分三六九等，但凡跟着花先生学过说喜的，就和花先生有了“一日为师终身为父”的师徒规程和情分，一起赶事宴，花先生准定是第一个上场，要是有个别不懂事的乱了章程，一伙讨吃子七嘴八舌讨伐你，再有哪里办事宴就不约而同守口如瓶封锁消息，或者指东到西故意忽悠你。

花先生的地位只在他那个行当的江湖上，一般情况下，人们是不屑于把他当个人的。一个月中人们娶媳妇聘闺女也就集中在那几个所谓的黄道吉日，除过那几天，花先生是不大出门的。虽然曾经当过那么几天地主家的小少爷，住过大门能过一辆马车的高门楼三进院，但成年后的花先生一直寄居在村子外一道叫作镰把湾的沟里，傍崖打的两间土窑洞，堂屋没门，门洞子已经塌毁了一多半，天冷时候，花先生在门洞里塞两捆山柴，一来挡冷风，二来也拦挡从山上下来寻食的牲灵。

那年过年，花先生忽然心血来潮，要给自己家的窗框上写一副对子贴，花先生裁一张红联纸铺开，从袄袖上开线的地方撕了一疙瘩烂棉花，团成一个圪嘟，拽一条线把棉花圪嘟绑在筷子上，蘸着从锅底刮下来的煤烟面子化开的黑水水，抡起袖子写开了。他一边写一边念叨：轻磨墨，重膏（四声，动词）笔，写字就要用上力……花先生写的上联是：一人一碗一口锅，下联是：没儿没女没老婆，横批是：一间半居。你看看，说人家是花子不假，但有文化的花子可不就是个花先生？全村一千多口子人，有穷有富，有老有少，青堂瓦舍的人家你也不知道啥叫斋号。花先生住得虽然简陋，但花先生的陋室有斋号，那花先生本人也就是个间半居士，或者间半堂主。

没有事宴口赶的时候，花先生就在自己窑前那一块相对平整的院子里坐着，一边哼唱着晋剧里的唱段，一边用柳条子或者高粱秆子编一些篓子筐子，还有笊篱、软硬盖帘。隔一段时间，他的姐夫就来家取一回，一取就是一骡垛子。花先生也给村里人编，谁来要给谁，也有那小眼皮薄的人，总是不等用烂就绕绕弯弯编着借口来要，花先生也不戳破，只是敷衍着说这回没好的了，等我给你编个顺溜光滑的。你等着呗，下一回，老远看见你来，花先生就把编好的筐藏起来了，就那个一间半居，往那里藏？花先生的一间半居从外面看不起眼，洞里的乾坤可大着呢。

花先生从来不过问他姐夫卖了多少钱，他姐夫也不会给他一个钱，只是在逢年过节的时候给他送点吃的，或者拿几件外甥们替下千补万纳的衣裳。有人给花先生扇火，说你拿上银碗讨饭吃哩，就你那手艺，一年编下来那还不是吃啥有啥的光景？也有人说，不能叫姐大 家全得了，花先生对此有自己的理解，花先生说，人生来是个做啥的，吃的哪儿碗饭，个人心里得有个数数……

花先生从来不去姐姐门上，而且从来不会去姐姐村里赶事宴说喜，花先生说人穷衣裳烂，亲友门上少走串。他是怕给姐姐丢脸。那年他外甥娶媳妇儿，花先生咋想他姐也会叫他这唯一的一个亲娘舅，但左等不来，右等不来，花先生心说，你人不来，帖子不来，哪怕你捎个话来。那回，花先生是给外甥媳妇儿准备了一份大礼的，但最终人家没来叫他。他的那些徒弟们倒是去了不少，回来给他叨咕人家那事宴，抽的啥烟喝的啥酒，几盘子几碗的席面……徒弟们骂他姐姐不像人，骂外甥没良心。花先生脸上笑着，泪早就淹了心！花先生打个“嗨”声，说茶无颜不如水，人无钱不如鬼！

我们小时候是喜欢到花先生那里耍的，花先生手巧，能编各种小耍货儿，他用细白的高粱秆子编的蚂蚱笼子，翘角飞檐很像古代宫殿。一个二股开杈的树枝，一会儿就给你刻旋成一张小小的耕地犁了。花先生手里摆弄着柳条木棒，嘴里哼着唱着，他唱《走山》里老家人的段子，唱得气喘吁吁，好像是真的走得很累很累。唱《三娘教子》里三娘的唱段能唱得流下泪来。

“曾记得那年腊月数九天
半夜间儿闹着到庭院看月圆
我的儿望明月花开满面
娘冻得浑身打颤透骨寒
好不容易拉扯儿到那七岁半
我的儿又到了求学之年

为叫儿南学攻读把诗书念
为娘我起早睡晚织布纺线
节衣缩食受尽熬煎
不孝的小奴才你睁开双眼
你看娘累弯了腰熬红了眼
年轻轻的银发添
闭门寡居十几年
我苦撑苦熬十几年哪
我只说儿读书孜孜不倦……”

我们那时候不懂戏，不知道这老汉哼哼呀呀唱的啥，他就耐心地给我们讲，讲一句再唱一句。

花先生不黑食（黑食，土话，舍不得给人吃东西的意思），赶事宴要回来的喜糖喜馍馍分给我们吃，人们都说吃上讨吃子的东西长命百岁。我就吃过花先生讨要回来的糖蛋蛋，包着蜡纸的椭圆形糖块，一种是琥珀色的硬糖，一种是裹着一层白色酥皮的。花先生给我吃过一块奶糖，尽管包糖果的纸已经磨得油腻不堪而且牢牢地黏在了糖块上，但我还是吃出了细腻甜蜜的奶香。花先生笑眯眯地盯着我，很神秘地说："不敢用牙咬，闭上眼睛慢慢嘣着，越嘣越甜……”

等我们上了学的时候，大人就骂着不让到花先生那里了，村里人不会说“近朱者赤，近墨者黑”这种文词儿，只会说“跟好人出好人，跟上讨吃学拉棍”（棍，就是讨吃棍，讨吃子的标配，打狗防身，走路助力）。娃们一去花先生那里，家大人知道了变眉变脸地从花先生那里拉出来，边走边捎种带系地骂。等再有娃娃们来的时候，花先生就说："娃娃们，回去哇，再不要来这讨吃烂院了，好好念书哇，世界上，只有念到肚里的书是个人的，谁也叼不走！”

有一年村里下大雨，花先生那半截子堂屋又塌了一截，早上起来，塌下来的窑土把他住的那一间的单扇风门堵得严严实实，花先生使了吃奶的劲儿都推不开，只好跳窗出来了。可跳窗进出终究不是个事情，花先生就往开挖堵在风门上的泥土，这一挖不要紧，他在塌下来的泥皮里找到了银元！

那年的雨季特别长，一连下了半个多月，村里人家的房子都开始漏了，年长的土板墙，土窑洞扛不住了，“呼嗵，呼嗵”全塌了。就在人们都忙着给窑洞苫盖塑料布的那几天，花先生从塌下来的窑土里滤出三百来个银元。

山上的浑水下来，镰把湾沟河淌水漫，花先生的出路断了。花先生不慌不忙地坐在院子里，他把银元摞起来，用破布包扎缠裹起来，一摞，一摞，又一摞！不知道哪儿来的念头，他用缚笤帚的龙须草扎了个人人，把那些银元藏进了龙须草人的肚子里，胳膊腿里，又给草人人穿了个褂子，放炕头上，果真就像个人了，花先生对草人人说，你也是个人，我也是个人，你是个值钱的草人人，我是那不值钱的肉身身……

雨停后，沟底的水退了，镰刀把沟湾里露出了圆溜溜的大石头。但从沟底通往花先生家的那段几乎垂直的台阶被水冲毁了，弟子们只好在沟底喊他。那个时候，花先生已经饿得发不出声音了，连自己都记不起几天没吃饭了。

乡里的人来间半居救援了，铲车一“勺子”把乡长、书记和电视台记者挖了上去，救护车也来了，乡长、书记、电视台记者、花先生又被一勺子挖了下来。

休养过来的花先生，第一件事情就是回家。乡里干部握着花先生的手说，这回你就住养老院吧，那里啥也有。

花先生说，我还不老，我能养活自己，就不给政府添麻烦了。

乡干部说：都二十一世纪，你还讨吃叫街，那才是给政府添麻烦呢……

花先生还想说自己不是讨吃，自己是说喜呢。但乡干部讲起政策来花先生插不上嘴，最终只好住了养老院。

在养老院那几年，花先生的龙须人人从不离身，忽然有一天，花先生把龙须人人交给了来敬老院慰问的县委书记。

县委书记慰问敬老院，花先生献银元的事情上了新闻，一下子全县轰动。花先生的外甥们不依了，说那些银元是他们姥爷祖上流传下的东西，不能由他舅舅一个人处置，有他们的妈一半，他们的妈下世了，那就是遗产，理应由他们来继承。这一套说辞是他们花钱请了律师给起草的，而且是下了辛苦背下来的。接下来，花先生本家挨门近支的人都冒了出来，人人都有足够的理由来分银元。但最终，理不直气不壮，作罢了。只有花先生的外甥们始终气得咬牙切齿，骂花先生是那黑乌蛇转世——六亲不认的毒虫！

县里问花先生捐出这么多银元，有什么愿望和要求，花先生说：他一肚子喜歌、串话，他想给后人流传下……

在花先生死后的某一年，那本书出来了，书名就叫个《民间谣谚》，书皮上赫然写着几个字：李泽后口述。

李泽后是个谁？李泽后就是花先生！

小人物 · 吹塌天

明小生在除夕的后半夜，我们老家管这一天叫“年初儿”，新旧年交替，这一天是一年中顶顶红火顶顶重要的一天。

明小妈正收拾着年夜饭，肚子时不时就隐隐地疼一下，明小妈在心里祷告：祖宗呀，着急也不在这一时半日，你出来是响炮呀还是看旺火呀？还是吃烤旺火馍呀？明小妈生养过三个女娃，这第四胎从显怀就是个尖肚子，按老辈人的经验，这回准定是个男娃。明小妈迷信，老早就拾住这么个说法，那就是初一三十日生下的娃娃命硬，要么剋娘妨老子，要么居官做宦大富大贵。明小妈是本分人，她相信龙生龙凤生凤，老鼠养儿会打洞的老话，这家三代人加起来斗大字认不得一箩头，哪敢想居官做宦大富大贵的好事？反倒是命硬的说法叫人膈应。

明小妈翘坐在炕沿上拣豆芽，心里慌慌的，不由得夹紧了腿，好像稍微一动，娃娃就从裤腿顺下来了。

吃罢年夜饭，明小妈感觉肚子疼得厉害，好像有一只手拽着肠子扽。明小妈知道，这小祖宗是打定主意要赶这个寸劲儿！就在全村人焰旺火响炮，喧天架雾忙着接神的时候明小出来了。

昏暗的灯火下，明小爹不看娃娃的脸面，却一眼看见了两条细腿间那个芸豆大小的鸡鸡。

明小爹也迷信，认定接神时辰生下的娃娃不一般。心里美美的。

然而，四五天头上这娃娃还是不睁眼，明小爹打量着娃娃深陷的眼眶，心里一阵比一阵慌。半个月头上明小睁开了眼睛，但眼睛仁儿小得就像是墨水笔点下的小点儿……

明小的眼睛到底也不顶事，天亮时影影绰绰能通点儿路，天色稍微暗点儿，眼前就一抹黑了。虽然眼睛看不真切，但这娃从小心灵，听人家叨古记，别人只听个红火热闹，明小听一遍就记住了，转身就能讲得有声有色。十来岁上大队会计算账，噼里啪啦打算盘，明小白眼睛仁儿圪翻圪翻心算，不光比算盘来得快，而且是有零有整不差毫厘。人们感叹：那娃灵得捅着天了，老天爷才叫他瞎了。

明小再伶俐也是个瞎子，在所有的残疾里面，好像顶数残在眼睛上坑人呢。眼看儿子一天天大了，明小爹就熬煎的一黑夜一黑夜睡不着，翻过来调过去盘算不下个道道。

要说明小这娃娃，心眼儿还真不少，自打懂事起就开始琢磨着一定不能拖累了大人，吹吹打打耍乐器不需要眼睛，七八岁上他就有了这个心思。村里每有白事宴，鼓匠班子一响动，他能从头听到尾，那些曲调好像住在了脑子里，以至于鼓匠班子走了，那声音还在耳朵底下响着。

明小说："爹，您甭泼烦，老天爷饿不死瞎家雀儿，我学鼓匠呀。"

明小这一说点醒了明小爹，虽说吹鼓手学艺再精终究是下三滥的行当，但不学鼓匠还能学啥？木匠油匠毡匠皮匠，固然受人捧敬，但哪一行能离了眼睛？那个时候，好像没眼人就只能学鼓匠。唉，有啥办法呢？老天爷安排下的，一个人有一个人的命，活着总得有口饭吃。人这一辈子谁也饶不下生老病死，再穷的人家给亡人送行还不请个鼓匠班子吹打个动静？学了鼓匠，也算是有了生计。

十二三岁上，明小正式拜了鼓匠班班主学吹唢呐，也是祖师爷赏饭吃，学啥也快，师父教给的东西，他牢牢记在心里，反复地体会揣摩，真是心领神会。他每天天不亮，就到野地里练习，吹得嘴都好像不是自己的了，冬天天冷，胳膊举僵了，腿站麻了。师父说："明小，这是日久之功，不能急于求成，练出别的毛病我咋和你爹交代？”明小不说话，眼睛圪翻圪翻，停一阵儿，又练开了。一年下来，明小就熟练地掌握了运气、吸气、吐气、换气的唢呐吹奏技巧，在鼓匠班子里已经崭露头角。

明小的师父鼓匠的班主对明小说：“你娃能了，出徒了。”明小“扑通”一下给师父跪下了，明小说：“师父，徒弟有啥做得不对的，您明说，您可不能赶我走啊……徒弟还差得很远，说好要学三年，师父您还得多多指点呢……”说着明小就哭开了，明小说师父您可怜可怜我这没眼人哇……明小知道教会徒弟饿死师父，这一行里江湖水深，师父势必是有所保留的，虽然自己眼下是能吹了，但只是掌握了皮毛，离吹好还是很遥远的事情，况且艺无止境，仅仅一年时间所学毕竟有限。师父见多了学到一点儿东西就骄傲自大尾巴翘到天上的人，不但不把师父放在眼里，还成天噘嘴吊脸要工钱的徒弟，像明小这样踏实的娃娃真不多见。师父把明小留下了，口传心授了很多技巧，等到三年出徒，明小不仅能一口气吹奏很多长调，还学会了十多部整本戏的不同曲调，已经成为鼓匠班里的主力。师父对明小说：“这回我把一辈子的本事都掏给你了，不论跟谁的班子，你都能扛大头；你要留在我这里，我也得按大头儿给你开股子。”

明小说：“师父，艺是您教的，前三年学徒，后三年报恩。徒弟我不能过河拆桥忘恩负义，挣钱的事情以后再说……”

就这样，三年又三年，明小从十二三的毛头小子长成了茂腾腾的大后生，从后看，高高大大的身架板板正正，男人堆里第一等！不论在哪里赶事宴，人们一面啧啧地赞叹他的吹奏技艺和身架，一面不免哀叹：可惜了的好后生，啥也好，就是没眼睛！

明小吹打是带感情的，他的深陷的眼窝里常常蓄着满满的泪。有年他们在一个村里吹打，那家亡人岁数不大，事宴上白发老爹指点着七八岁的小孙子行孝子礼。明小对棂吹起了《苦伶仃》，吹奏出来的声音犹如妇人哭丧，时而气绝声咽，时而高亢嘹亮，好像能把人的心肺撕裂。明小的吹奏把人们几辈子积压的伤心事都牵扯了出来，事宴上帮忙的，看吹打的都招架不住地哭，好像不哭出来，就憋得喘不过气儿来了。人们在各自的苦情中翻腾的时候，一段哀乐戛然而止。众人愣怔一下还过魂来，惊觉天色暗了下来，灰黑的乌云排山倒海般压过头顶，遮了天日。一道道闪电把云山劈开，一声焦雷炸响，瓢泼大雨便兜头浇了下来。

那场事宴过后，上了岁数的人都说没经见过那大的雨，明小把天吹塌了……从那以后，吹塌天的名号倒遮过了明小本名。

明小的名气越来越大，吹塌天的牌子也越叫越响亮。那时候师父已经快六十岁了，虽然鼓匠班子吃的不是青春饭，但岁数不饶人，尤其是掌唢呐的，除了技巧，还得有底气。要想这伙子人有饭吃，必须得有一个公道仁义的人来执掌，否则，苦苦经营起来的班子说散就散了。师父深知明小的为人，有心让明小来挑头，还时不时地流露这个意思，试探众人的反应。大家都说明小挑头合适，只有明小的师兄不服气，觉得师父这么安排就是外待他，就是在“灭”他这个睁眼的人……明小对师父说：“师父，班主还是让师兄当吧，师兄比我年长，又是个囫囵人，轮也轮到他了。”师父火儿了，师父说：“你们翅子硬了，你们能主事了！能当的不当，不能当的硬要当。你当这是耍的，哪儿有轮的道理……”明小没个说上的了。明小知道，这不是他一个人的事，还是听师父的对。为了做到公平公正，让大徒弟心服口服，师父就让明小和师兄比赛。

那天师父出的题目是，在两个板凳中间架一根两寸宽的扁担，人蹲在扁担上吹奏同一支曲子，谁先掉地谁输。一曲下来，明小气定神闲，一展腰身轻轻松松地跳下了地。而师兄却在落地时打了个趔趄，大概是蹲麻了腿。再论吹奏的水平，师兄求胜心切，明显急躁，出了好几处破音。师父说这局算平手，下一局增加难度。同样是两个板凳间搁一条扁担，只是扁担更窄了，而且吹的人两个胳膊肘弯处还要各放一个盛满了水的碗！

师兄一听比赛规则，眉头就皱起两个疙瘩。明小咬了咬牙，腮帮子上鼓出两道肉棱。

第二局吹的是《百鸟朝凤》，一支喜庆欢快的曲子，明小先吹，明小稳稳地上了扁担，两腿叉开，与肩膀差不多一般宽，平端着唢呐吹了起来，那两水碗就像焊在了肘弯处一样晃都不晃一下。

师兄试也没敢试，直接认输了，而且是心服口服。

师父说，今天的比赛是关起门来的事情，你们都是我的好徒弟，咱不争你高我低，咱就一条心拧成一股绳。吃这碗饭，没点真本事看不住门、镇不住场子，人家拿戳丧棒打了你，你还得给人家说好的……你们都好好跟着明小干，不能你求东，我趔西！

三十来岁上，明小在这一行里已经很有名气了，一些老人临死前就给儿女留下了话，跌倒头一定要请吹塌天的鼓班子吹送人世的最后一程。办事宴的人家也以能请到吹塌天的鼓班为荣。那些年，农村人的娱乐活动少，农闲时看大戏，红事宴看说喜，白事宴听吹打。谁家亡了人，人们先是一声叹息，简短的缅怀之后，就打问定了几个门瞽啥时铺瞽，算好了日子就等着看吹打。一般人家打一个门瞽，即正日前一晚开始铺瞽吹到前半夜结束，正日吹一日，再加一个前半夜，一白日算四厘，一个半夜算三厘。另有送坟，起棺，坐坟等法事。也有爱摆阔的人家雇两班鼓匠，打两个门瞽，两班鼓匠打擂台，各显其能，谁也不服谁，吹得热火朝天，叫作对台门瞽。寒冬天气，夜半更深，灵棚底下，灯影昏昏，七八个悲苦的人表情木然地吹打着悲苦的调子，更有一群内心里潜伏着悲苦的人围坐在鼓匠周围，静静地倾听，而他们的悲苦似乎只有借助鼓匠们的管弦笙箫疏导引流、稀释。

那年，北山下来个女人请明小为他男人吹送，女人说："俺家没多少钱，请不起鼓班……孩子他爹活着时候就好听明小师傅吹唢呐……看能不能单给吹个送坟，给那苦命人来点响动。"

巧的是，这家和川底另一家的日子撞一起了。川底那家财大气粗，说："价钱上我们翻一番。"

那女人就不再说什么了，用袄袖擦一把眼泪，转身走了。

就在那家男人出殡的早晨，明小出现了。明小对那女人说："我赶趁着过来，给亡人送坟……"

那天，明小师徒两个配合着吹，黎明时分，凄凉高亢的唢呐声吹响，整个村子的人都被叫醒了，他们披了衣服，踩着鞋子往亡人家的院子跑。本来因为席面单薄没敢惊动乡亲，女人担心出殡没人帮忙抬棺，忽然一下子拥来这么多人，一直沉浸在悲伤中的女人感到了一丝欣慰。她扑到男人的棺前数数念念哭诉了起来……

事后，女人拿钱给明小，明小说："不用给了，你孤儿寡母不容易，留着花吧。"

女人感恩不过，就此记下了明小的好儿。她给明小做鞋，拆洗棉衣被褥，明小也接济她，女人在明小的帮助下供济儿子读完了大学。

人们都说明小傻，挣两个钱都叫那女人掏挖走了。明小觉得值，自己一个没眼人，供济出个开了眼的大学生，咋说也是有功德的事情。女人的儿子有良心，也开明，竟然亲自到明小门上给他娘说媒。本来有情有义，儿子给捅破了这层窗户纸，明小就搬到了女人家里。

时代变迁，后继乏人，声光电技术越来越先进，艺人的真本事被装腔作势的花活儿挤压、取代，传统的鼓匠班子干不过人家，红旺了几十年的鼓匠班子散伙了，吹塌天明小也淡出了人们的视线。

明小的唢呐哑了，但每隔一段时间，他就会从柜底的小箱子里取出那些唢呐，一层一层打开那个红布包袱，抖抖索索地摸那长长短短的管子，摸那大大小小的碗子，就像在抚摸着自己的孩子一样。他蘸着草木灰一遍一遍擦拭，然后翻着灰白的眼球对着日头左照右照。

明小试着拿起一个小一点的唢呐，定了定神，感到一股气流由丹田自下而上涌上了胸腔，那气流以穿云裂帛的高亢冲出了铜管……

多年后，老城的小游园里多了个吹唢呐的老人，老人的身边多了一个四五岁的猴娃娃……

一天，老人吹了一曲《喜荣归》，人堆里一个上了岁数的大爷听完后，扔在老人面前饭盆里十块钱，喃喃地说："这个调调真有十几年前吹塌天那股味儿了……"老人嘴唇哆嗦着，泪水从塌陷的眼眶里不断涌流出来，摸着身边孩子的头，说不出一句话。

小人物·赛神仙

俗话说：一只羊羔羔一片草。意思是说这世界广大，老天爷造下个人就必然给你个活路，有你一碗饭。端什么样的饭碗子，看材料和能耐，愚笨老实有力气的人吃的是出力流汗的辛苦饭；聪明机灵有脑筋的人吃的是轻巧饭。有人一辈子受死受活地挣命，有人就靠一张能把人说死泛活的巧嘴吃香喝辣。

江湖坐地算卦先生吃的是为人“指点迷津”的张口饭，按道理说，坐大街算卦几个有真本事的？大多数是悠套子哄人的。日日哄人能长久？但行话说了：一天捉一个鳖，一辈子出不了雁门关！人有三六九等，同样是靠算卦吃饭，但能耐和本事是不一样的，挣钱多少也不一样。有的坐一天挣不下一碗面钱，有的开一卦就能挣个五十一百。这就好比是技术等级一样，一级有一级的待遇。

二十世纪九十年代中期，我在老家最繁华的一道街上开了一家广告公司，说是公司，其实也就是一间店铺，揽些零零散散的小活儿，算是独立创业，挣钱不多，圆的是我说了算的梦。多数时候，我是坐在店铺的玻璃柜台后瞭大街，看街上人来车往，流水一般涌过来涌过去。与这些流动的风景相对应的是树荫下那个稳坐如钟的算卦的。他身形瘦小，不论有没有人关注，都坐得端正挺拔。此人脸面白皙清瘦，看起来有几分文弱，但眼目却如鹰鹞透着炯炯逼人的光彩。穿的是中式的对襟上衣，颜色也不外乎黑白灰三种，随着季节和天气的变化而调换着穿。不论春夏秋冬，对襟褂子上那一排桃疙瘩扣子一个不落从下到上一直扣到脖子根儿。他的头发稀疏且梳理得纹丝不乱，一撮胡子稀稀拉拉，有事没事总爱用手轻轻地捋摸，像是戏台上的须生捋摸着髯口。因为主人的偏爱，那胡子总是保持着顺滑油亮，与他的长相衣饰相照应，一道搭配出一种很拿人的仙风道骨。算卦先生的装备很简单，但处处用心，处处体现着一种职业精神。

晴好的天气，我到树荫下和他瞎谝；天气不好，他就到我的店铺里避风避雨，慢慢地我们俩就熟了，他总是亲亲热热地叫我马老弟，我半开玩笑半认真地叫他赛神仙。

赛神仙老家吕梁一带，跑江湖四路七县刮跶，说话口音曲里拐弯，阴阳怪气，尤其是说起卦辞来更是韵白相间，抑扬顿挫，把求卦的人说得一愣一愣，直到把人哄得瓷瓷的，在关键节点，忽然就住了嘴，黄澄澄的鹰眼直勾勾地盯着求卦人，干羊头朝后一仰一仰，一只手自动照着上衣兜拍几下，只需来那么三两个回合，人就往出掏钱了。算卦的管钱不叫钱，而叫米，可见这个说法不是来自抖音快手，也不是什么新鲜名词。赛神仙算卦多数时候是吉卦，即便当下不好，如此这般稍加点化也能逢凶化吉。在没有十足把握的情况下从来不做“死断”，而是一边诱导求卦人吐口，一边捕捉关键信息加以判断。赛神仙收米很灵活，看见穿戴打扮时髦的多收点，看见破衣烂衫满面愁容的就少收点，也算是另一种方式的劫富济贫。遇到泼皮无赖找碴儿抬杠的，不给也就算了。但这种情况很少，人们对这类先知先觉神神叨叨的人还是心存敬畏的，俗话说：得罪下阴阳，惹恼了后娘——后果不堪设想！

我店门外那棵紫花槐树下，是赛神仙的办公点儿，他在那片砖地上铺着一方黄布，黄布上画着黑色的八卦图案，那布的黄与字的黑陈旧暗淡，反倒增添了一种神秘气息。随身挎一个粗布袋子，袋子里装一支细管毛笔，一瓶朱砂水，一沓黄表纸。每每算到什么不好的，赛神仙就打开布袋，用毛笔蘸着朱砂水，在预先裁好的黄表纸上画些云钩一样的图案，然后嘱咐求卦人如何如何。赛神仙另一个贴身宝物是套着毛线络子的玻璃水缸，那络子织得很粗糙，鼓鼓囊囊的像个猪肚子。我说，你挺精干的人，水杯上咋套那么个猪肚子？赛神仙抿着薄嘴唇，捋摸着胡子，笑出一脸暧昧。

有一回朋友送我一个大容量的不锈钢保温壶，而且壶盖上还套着一个水杯。我用处不大，就把保温杯壶送给了赛神仙，顺手拿起他那个套着“猪肚子”的玻璃缸子准备扔进垃圾桶里。赛神仙“嗖”地一下跃起来，敏捷地从我手里夺下了那个缸子，三下两下把那“猪肚子”一样的杯套抹了下来。

我说：“老赛，你神经了，一个烂杯套你当个宝啊，离了它不会算卦了？”

赛神仙哧哧笑着，他一边的嘴角向耳朵一圪抽说：“这是‘人家她’给织的……”

赛神仙就给我讲起了那个“她”来，赛神仙说起那个“她”来少名没姓，而是称呼“人家她”。而且一旦说起“人家她”来，嘴角就不由得圪抽，眼睛就不由得忽眨，这个样子有点可爱还有点好笑，有时候我故意逗他，说老赛你给俺叨啦叨啦你和“人家她”呀。

赛神仙和“人家她”认识有些年头了，有一年，赛神仙到一个村里算卦，有一户人家的大门洞里坐着个小媳妇儿，小媳妇儿问他做啥子，他说我是算卦的。小媳妇儿就让他给自己算个卦。小媳妇一口一个“大锅”地叫他，赛神仙听出来这个小媳妇儿是个四川妹子。那个时候，我们这一带常有四川、陕西、云南一带嫁过来的女子，解决了当地一些娶媳妇儿困难户的终身大事。赛神仙当下心里就有底了，赛神仙眯起一双鹰眼，在小媳妇儿脸上扫描一遍，但见她清澈的眼睛里笼着忧伤，弯弯的眉峰间挽着疙瘩，窄窄的脸蛋上透着愁苦。扫描完脸面，赛神仙就让小媳妇儿伸出右手来，他扳着小媳妇儿的四个手指梢，身子往后撤一撤，故意模仿四川话说：“你的婚姻不如意，男人大你好几岁……”小媳妇儿听了他的话，就诉说开了，她说自己的男人不仅年纪大，还病得挺重，她要算算男人还能活几年。没等真正开算，小媳妇儿的婆婆就喊小媳妇儿回家奶娃娃了。小媳妇儿给赛神仙丢一个眼神，说“大锅”你几时再来？我等你哦……后来赛神仙就经常到那个村子，有时能见着那女人，有时见不着，用赛神仙的话说是见着有见着的泼烦，见不着有见不着的泼烦。

后来那女人的男人没熬住，死了，女人便进城在一家面馆里打工。赛神仙常到面馆吃面，两个人就又遇见了，赛神仙说那就是缘分。那女人好心，赛神仙要个小碗，她就给捞个中碗；赛神仙要个中碗，她就给捞个大碗，舀臊子也是尽舀那稠稠的肉圪蛋。赛神仙说人心都是肉长的，哪儿能呛住这，日久天长，天长日久的，两个人就走到了一搭。

赛神仙说“人家她”对我不赖。咱从小没爹没妈，四处刮跶，讨吃烂鬼的，要不是“人家她”，咱这辈子还能经见个女人？还不是穷尿打着光炕板。你要再问他究竟怎么个好法，他说就是个那……女人们哪儿好，你又不是不知道……

赛神仙那时候已经要上了传呼机，只要腰里那个火柴匣大的机子一哔哔，老赛就到我店里回电话。有一回正坐着，他忽然像是触电了，狠狠地哆嗦了一下，我也被他夸张的动作吓得够呛。原来是他把BB机调成了振动，一定是他正想着“人家她”，恰恰就给来了信息。我说你老小子真是的，打个伙计太认真，比那三六十八岁的年轻人搞对象还神经！老赛回完电话，脸上泛出了喜色，有点羞涩地说：“人家她让我回家吃粉面饺子哩……”老赛去“人家她”那里从来不说“去”，而是说“回家”，可见他是把那里当成了家。说完赛神仙就收起了黄布，挎着白布袋子走了。我在店门外的台阶上目送赛神仙脚步轻快地去找“人家她”，他的宽宽的衣裤灌满了秋风，布袋底边的线穗子飘着，整个人好像随时要飘起来。吃完“人家她”的粉面饺子，有那么几天赛神仙的精神面貌就不一样了，眼睛更亮了，胡子头发打理得更顺了。不仅如此，话也多得烦人，张口闭口说的是“人家她”。有一段时间“人家她”不打传呼，赛神仙就有点魂不守舍，坐卧不宁，隔一阵儿掏出那个BB机按一气，隔一阵儿按一气。他拿来让我给看到底坏没坏，嘴里却嘟囔着说，按说没坏……我说，老赛，你这是又想吃粉面饺子了？你啊，迟早死在人家她那粉面饺子上……赛神仙说，马老弟你别取笑了，我心上泼烦死了……说这话的时候，赛神仙一脸落寞，好像是被霜打过一样，脸色是白里泛着黑青。在我的不断追问下，赛神仙才说出原委来，说是“人家她”说了，娃们大了，讨厌他哩。“人家她”不打传呼不要来。赛神仙说，那两个大的讨厌倒也罢了，皮不亲，肉不挨的，那个小的居然也讨厌他……老赛一直把“人家她”那个小儿子当亲生，而且“人家她”也说了，这个娃娃就是老赛的，老赛也推算过日期，说是他的也不是没有可能。不管是与不是，老赛是十分疼爱这个娃娃的，自己吃饭只吃七分饱，给“人家她”和这娃娃花钱很舍手。我说你真是个屈死鬼冤大头，你咋就知道那是你的？赛神仙说，万一是呢？而且他还补充说，自己命里一子送终，眼看奔五十呀，这一子从哪儿来？一定就是“人家她”的这个儿子。

赛神仙对自己有着严苛的要求，每天必须挣下三十元钱，如果低于三十元，他是连一碗刀削面也舍不得吃了。买卖不好的时候，他就只吃馒头喝开水。馒头是直接从蒸馒头的铺子里买的，一买十个，满十送一，十一个馒头，老赛可以吃两天，也就是说，老赛的伙食成本是两天一块五毛钱。这个成本，在二十世纪的九十年代末，简直是最极致的压缩。赛神仙有个宏伟的计划，那就是为那个“小的”——那个万一是自己骨血的孩子攒些钱。赛神仙说，要啥没啥，等娃哪天叫咱爸的时候，哪儿有脸答应？

日子真是不禁过，正如赛神仙所说，忽闪一下就过去好几年。那些年，赛神仙坐等来人求卦，我一边等业务，一边看赛神仙算卦，偶尔还云山雾罩做着不着边际的文学梦。我们的买卖都不好，百无聊赖的时候就相互磨牙消遣。

我说，老赛，你给我算一卦，看我多会儿发达呀。赛神仙眯着眼睛，很深沉地说，你啊，你迟早也发达呀。我说，你狗的就日哄我呀。赛神仙说，真的，你信我的，哪儿天你发达了，一定请我喝一顿烧酒。我说，你喝我的烧酒还少啊？赛神仙说不一样。到那个时候，咱就不喝二板头了，咱喝汾酒喝茅台五粮液。

我常请赛神仙喝酒，喝的就是二两一瓶的那种，我们就叫它二板头。赛神仙酒量不行，只需一个二板头，就呛不住了，等他苍白的脸泛出红晕的时候，他就不再装模作样。他说，马老弟呀，你千万别信，坐地算卦的口，没梁的斗。信嘴油嚼哩！我说，我看你把人都哄瓷实了，你教教兄弟，叫兄弟也吃吃这无本净利的省心饭。赛神仙说，你别看这信嘴油嚼，嚼不到点子上除了挣不下钱还挨逼兜（耳掴子）哩……张口饭难吃哩……看相看相，干这一行，你就得眼观六路耳听八方，巧如簧舌口吐莲花，身在江湖，就得懂人情通事故。对面来一女人，你明明一眼看见她是个卖货的，你不能直说，你要说她心好情面软，见不得可怜人，你感情丰富，男人一片伴终身；来问婚姻的女人，报上生辰八字，命里克夫，妨三夫，你得说她头婚不成二婚成，三婚定嫁个富贵人，花钱不用细打省，公喜婆爱老公疼；给男人看，说一看你就属于白手起家，你父母木器家具没给你留个灯竖子，电器家具没给你留个手电筒。但你乃仁义之辈，孝顺父母，天降大贵；来个方面大耳的，你说这位先生好面相，天庭饱满，地阁方圆，大耳有轮，二目有神，鼻若悬胆，天生大富大贵之人；来个尖嘴猴腮和我一样的，你就说男要猴相，女要佛像，你这长相没说的；来个俊的，你说一分人才三分福；来个丑的，你说异人异相，你是老天爷定做的，将来大有作为，在过去来说那必定是身披蟒袍，头戴乌纱，用当下的话说那就是花公款坐小车的当官命……有这嘴功，有这辩才，上来就哄得差不多了。这就叫看了麻衣相，才敢把人量……

进入新世纪，老赛和我相继撤出了那道街，那时候通讯不发达，我和老赛就失联了。但我常常想起老赛来，想起那些年看他喝过的二板头，想起老赛在喝醉酒时候给我讲那个“人家她”的种种好儿。我曾经怀疑，甚至旁敲侧击地提醒过老赛，不要太当真，但老赛却始终坚信“人家她”对他是真好，坚信那个“小的”是他的。

我不知道老赛去了哪里，但我有一种预感，那就是老赛被那个“人家她”骗了个血尽毛儿干，然后一刀两断。

转念又一想，这世界上啥是真的，真是相对于假而言的，没有真就没有假，没有假就无所谓真。待我们的内心接近于道时，也就是假去得只剩下真的时候，也就无所谓真了。

小人物 · 水上漂

水上漂在给徒弟说戏的时候，忽然就不出声了，他的脸板得平平的，眼睛仁儿定得瓷瓷的，嘴是张着的。

水上漂教戏，先是自己示范唱一段，让徒弟整体感受一下唱腔和唱词，然后就一句一句教，他唱一句，徒弟唱一句。一句一句教下来，反反复复唱，一直唱到大体过关了，再由徒弟唱，他听。水上漂听戏的时候是闭着眼睛听，他怕眼神干扰到徒弟，也怕别的什么进了他的眼，干扰到情绪和耳朵。总的来说，那就是戏比天大，油锅溢了也得等唱完这一段再说。

起先，那两个徒弟以为他正在用气，以为师父在给她们展示什么绝活儿，就耐心地等着，等了那么小半分钟光景，师父的身子就朝后倒去，这时候，她们才知道，师父这是不好了。

两个年轻女娃没经见过这事，一时吓得慌了手脚，一面一个扳着师父的头哭喊。水上漂大睁着眼，定定地看着大徒弟，喉咙里“呵儿，呵儿”，一声赶不上一声的急促，人却是一动不动。

大徒弟毕竟年长，眼看着事情不妙，就赶紧打了 120。

那天师徒三个闲聊，水上漂给徒弟们讲过去唱戏的苦，唱好了人家给喝彩，唱不好人家在台底下“嗷嗷嗷”地起哄，羞臊你，遇上那灰皮，简直就拿西瓜皮往台上扔。说着，说着，就说到了《打经堂》。这是一出苦戏，说的是吃斋念佛的李翠莲因为施舍了和尚一根金钗，引起了丈夫李员外的误会，李员外以为妻子与和尚有私情，有辱门风，砸了经堂，毁了佛像，撕了经卷，李翠莲羞愤交加，悬梁自尽。

那是二十世纪九十年代初的一个夏天，水上漂所在的戏班子在邻近一个县里唱戏，最后一个夜场，唱的就是《打经堂》，水上漂扮演的李翠莲。唱到李翠莲死后，上到望乡台上回望儿女家园那一段，台上的电打布景是阎罗殿的阴森恐怖，台下的戏院里狂风大作，戏台上的帷幔，帘幕、灯笼，被风吹卷起来，飘飘忽忽。场景的诡异，深重的冤情，骨肉离散的疼痛，把看戏的人抓得紧紧的。

“李翠莲在官所两泪汪汪，思想起过往事哭断肝肠，在阳世常行善周济贫困，每日起念弥陀虔诚烧香……我正在经堂中诵经拜佛，二和尚来化缘口念弥陀。我本是信佛人舍出金钗，没想到舍金钗惹下祸殃，我的夫李员外起了疑心，力逼我李翠莲命见阎王……”

一段下来，台上台下哭成一片。

就在那一天散戏后，村里的一个小媳妇儿在后半夜上了吊。这家人在村里是很有势力的，说是唱《打经堂》招来了鬼，他家媳妇儿是跟上鬼才上的吊。

就在戏班早上收拾摊子，准备赶往下一个村子的时候，这家人就把死人给抬到了戏院，拦着不让戏班走。强龙压不过地头蛇，最后，班主只好把结算下的三千块戏钱“赔”给了人家。

从那以后，班主就发话，从今往后，再不许唱《打经堂》。水上漂就质问班主为啥不能唱。班主说是封建迷信。水上漂说，古戏里因果报应神神鬼鬼的多了，都是封建迷信，要不唱就都不能唱了！班主黑着脸说，你还嫌咱背兴小？我说不唱就不唱！水上漂也就不说什么了。戏班里的人说，好不容易排成的一个老戏，说不唱就不唱，咱的这些辛苦都白下了！

事后，七传八传才知道，那家小媳妇儿和矿上的一个外地后生不清不楚好几年了，但只是风言风语，那家小媳妇儿不承认。那天看完戏，两口子就借题发挥理论这个事情，最后吵了一架，小媳妇儿就学了李翠莲。

自那以后，《打经堂》就等于是被封杀了。

徒弟们知道这一段唱是水上漂最拿手的唱段，就央求师父给她们亮一嗓子。

水上漂见徒弟是迫切地想要听听这段唱，就清清嗓子唱开了："李翠莲上了望乡台，望乡台上观分明。望不见我那儿和女，不由叫人痛伤心……"接下来唱的是女人十月怀胎和养育的辛苦，一个月一个月地唱。水上漂唱得渐入佳境，眼睛里盈满了泪水，却始终没有掉下来。

就在唱到第八个月的时候哽住了，水上漂得的是脑卒中，幸亏送医及时，用了药，输了液，从阎王爷手里抢回半条命。

清醒过来，水上漂就说啥也不在医院住了，他拿心呢，虽说徒弟们都争着来看他，陪他，还排了班儿，但他知道，娃们都忙呢，都是刨一爪子吃一爪子的光景，不能耽误娃们挣钱。

人是抢救过来了，但落下了后遗症，左半边脸耷拉着，连带的眼角也下撇着，就有一圈儿里眼皮红呲呲地向外翻出来，像是一道坝打塌了一个缺口，眼泪和眼屎就涌出来，堆在了眼角。嘴也有点歪了，发音有"咈咈咈"的杂音。

从那以后，水上漂把家里的镜子蒙上了，别说是唱戏了，话也很少说了。

水上漂是个男儿身，却是个唱花旦的，而且是比一般女花旦唱得还要好，不仅嗓音甜美唱功好，那身段，那扮相，简直就是为唱花旦而生的。水上漂一上台，大花眼一瞟，台下人都觉得这个花旦娘娘是在和自己对眼儿，女人一边赞叹人家咋长得恁袭人，一边不由自主想拢一拢个人的头发；男人就心跳加快几拍，大胆地迎着"她"的眼神很专注很深情地看，心里美滋滋地满以为和花旦娘娘吊起了线。实际上，水上漂并没有专门看谁，他亮的是眼功，勾魂摄魄的眼功，这是抓住观众的第一步。水上漂走台的功夫也了不得，身子收得紧紧的，垫了海绵的胸部挺得高高的，没人当她是男的。走台时小碎步一步赶一步，行云流水，步步生莲，要不怎就叫下个水上漂？唱功那更是没说的，咬字真，调子拿得准，没破音，因为基本功扎实，从来都是稳稳地不慌不忙的样子，给他打乐器的鼓师琴师也很好往下顺，不像有些演员，一来功夫浅，一时一个样子；二来还任性，角儿的本事能耐没学下，角儿的脾气倒是学得快，时不时还想出个风头，放个扭丝儿屁，往往闹得乐师们措手不及，步步紧跟地追。

自从脑梗过以后，水上漂就知道自己大限到了。水上漂没有儿女，在他的世界里，师徒情分就是血肉亲情，剧团里的兄弟姐妹处得就是手足情分。他把自己的几个徒弟叫齐，他就开始“咈咈咈”地交代后事了。

水上漂说：“人生一世，草木一秋。长短都是一辈子，干身利索走起，就是我的造化。”

水上漂说：“把你们都叫来，也是个见证，关键的事情都记上，免得到时候忘了。你们写下，再给我念上一遍，没分歧咱就定了，完后你们都签上字。”

水上漂虽说只是地方戏曲草台班子的一个小演员，但在老家一带还真是一个颇有传奇色彩的人物。

水上漂等于是个孤儿，他爹在大同煤矿上班，一直看不上他妈，自然不稀罕他。人家在口泉还有个家，捎话让他妈改嫁，他妈舍不下他，一直没走。困难时期，家里没吃的，他妈跟随他姥爷走了口外。临走时他妈哭着抱了抱他，他的两只小手钩着他妈的脖子不往开撒。他妈说，俺娃等着，等妈回来给俺娃买个馍馍。一听说给他买个馍馍，他就松了手。他一天天等着他妈买馍馍回来，就是等不回来。后来听说他姥爷拿他妈换了一口袋莜麦，换给了一户人家……他妈走的时候，水上漂才两岁多，记不得事，这些都是爷爷奶奶给他说的。

爹死娘嫁人，个人顾个人。水上漂跟着爷爷奶奶过日子，爷爷奶奶是叔叔大爷们养活着，本来养两个老人就够呛，再多出一张嘴来，而且是在那样的年月，婶妈们就讨厌水上漂，连带着也讨厌爷爷奶奶。水上漂懂事，知道爷爷奶奶苦，为难，自己就少吃饭，多干活儿，喝糊糊，从来不舀煮在锅里的山药蛋。白天出去拾柴，柴垛子压在背上，远看看不见人，就看见柴垛子圪蠕圪蠕动呢。

小时候水上漂唯一的乐趣就是看戏，那时候像样点儿的农村每年要唱两台戏，夏末秋初锄罢田尚未开镰唱一台，正二月农闲唱一台。村看村，户看户，党员看的是党支部，只要临近村子一唱戏，锣鼓大镲一响，小村小社也按捺不住了，舍命陪君子，挣扎着也得唱一台。唱不起九场，就唱他七场，请不起正规大班子，就请攒班子（民间临时组合的班子），反正是，到了唱戏的时节，总会有那么一段时间，隔三岔五就有某个邻村在唱戏。水上漂就一个村一个村地追着看。水上漂看戏和别的小娃们看戏不一样，他们看戏只是个名头，是借着看戏向大人要个三五分钱，买一钵子瓜子，或者一块冰糖。水上漂看戏那是真看呢，漫说爷爷奶奶没有三五分零钱给他，就是给他也不花，有戏看，冰糖瓜子对他就没有任何吸引力了。

水上漂就是在看戏的时候认识了他的师父周焕彩。

当时，周焕彩是县剧团的当家花旦，台柱子，人们都叫她周老师。周老师青衣、花旦都唱得好。那时候剧团里好像就那几出戏，唱《打金枝》周老师就扮皇后，唱《金水桥》就扮银屏公主。

那天后晌，唱的是《韩琦杀庙》，是整本戏《铡美案》中的一折。说的是秦香莲的男人考上了状元，被招了驸马，就派手下韩琦追杀前来寻亲的秦香莲母子三人。周老师扮秦香莲。一段哭诉，真相大白，秦香莲感化了韩琦，韩琦最终一命换三命，自刎于古庙。那一折戏干打硬唱，情节紧凑，看得人心一阵紧似一阵。周老师的唱腔哀婉凄凉，如诉如泣，水上漂圪蹴在戏台两侧，哭得忽唏忽唏，瘦小的身板一颤一颤的。戏台下看戏的人们就叹气，说娃小小个人儿啥也懂，这出戏是唱到娃心里了，触着娃那心病了。

散戏后，周焕彩老师连装都没卸，就把水上漂叫住了。周老师说娃娃你哭啥？水上漂说，我哭戏哩。周老师就搂着水上漂的头，说俺娃亲的，真看懂了！你要是喜欢唱戏，跟家里商量一下，就学戏吧。水上漂说，我会唱呢，我给你唱一段，说着就唱开了。虽说唱得尖声细气，但都在调上。周老师就号住了这个苗子。

每年一到了唱戏的月份，水上漂就等着周焕彩老师下村唱戏。水上漂不仅爱看戏，自从得到周老师的赞许后，水上漂爱唱戏了，不但在心里唱，而且唱出了声；不是小声哼，而是放开了嗓子唱。他不喜欢黑头的吼唱，也不喜欢三花脸的说唱，他独独喜欢花旦娘娘悠扬婉转的唱法。看的戏多了，大段大段的唱词就记下了，回家就给爷爷奶奶唱，比画得也像模像样，他以炕为舞台，扭动着腰身，一手拿一块手绢扇着，一手翘着兰花指，轻飘飘地在炕上转一圈，不偏不倚，转到当炕一停，就唱开了。

村里人都知道水上漂会唱戏，田间地头就让他唱，人们都说这娃娃天生唱花旦的料，不学戏那是马褂改裤衩儿屈了材料。他爷爷听了不高兴了，说自古王八戏子吹鼓手，下三滥的行当，俺娃好唱是个好唱，再咋也不学戏！

爷爷正颜厉色地对水上漂说："以后再不要给他们唱了。"水上漂想问问爷爷为啥，但看见爷爷黑虎着个脸，好像谁欠他二百吊似的，就不敢说话了。

村里男娃野，玩耍就是使枪弄棒，上树爬墙，水上漂身体单弱，和男娃们耍就吃亏，从小他就喜欢和女娃娃耍。那天，水上漂正和一伙小女娃娃耍唱戏，搽着对联纸染的红脸蛋儿，披着烂布单子，小手背着，兰花指翘着，细声妖气地唱着。他爷火了，照后燕儿窝就是一巴掌。水上漂正唱得起劲，被突然而来的爷爷打蒙了。

爷爷揪着他的衣裳领子，拎小鸡儿一般拖拽着水上漂往家走，边走边气喘呼呼地骂："没德行的玩意儿，小子没个小子相，二依狐臊你瞎哼哼啥哩，再唱看我不打断你的腿！"

爷爷说打断腿是诈唬的话，但那天晌午没给他吃饭是真的。爷爷说，唱戏的地位低，好人家谁让娃们唱戏哩？奶奶说，你说的那是旧社会。爷爷瞪起眼睛说："新社会咋了？新社会不也是从旧社会过来的，罐子臭了，你装上好饭他也还是个酸！"

被爷爷教训了一顿，水上漂不敢唱戏了，确切地说，他是不敢唱出声不敢在人前唱了，他在脑子里回想周焕彩老师的唱腔，在心里默默哼唱。在没人的深山老林里，旷野峡谷间，水上漂就放开嗓子唱，唱得众鸟惊飞，群山回响。每每痛痛快快唱上那么一阵子，他的内心就松快了很多。亲情的缺失，吞糠咽菜吃不饱饭，破衣烂衫穿不暖和，那些事情好像都算不了什么。

后来有一段时间，人们不唱古戏了，时兴唱样板戏，唱《沙家浜》，唱《红灯记》……公社成立了宣传队，各村招人，水上漂就被招到了宣传队。

二十世纪七十年代末，县里要振兴剧团，周老师就找到了水上漂。那时候，爷爷奶奶早已下世了，水上漂已经二十二三岁了，本来不是学戏的岁数了，但周老师一看水上漂的身架，瘦瘦小小的，大花眼儿，尖下巴儿，细皮白肉，文文静静……周老师的眼前甚至已经出现了水上漂穿上戏服，上了装的形象。

周老师说："跟我走吧。"

水上漂就跟上周老师去了剧团，一番考查下来，水上漂就成了剧团正式职工，挣的是学徒的工资。

水上漂终于可以放心大胆地唱了，虽然没有经过专门的学习，但因为热爱和悟性，周焕彩老师一点拨，水上漂很快就登台了，而且是一炮就走红了。水上漂这个艺名也就是在那个时候叫响的。乡间有串话流行说：为看个水上漂，误了顿油炸糕；看完水上漂，后半夜睡不着……

再后来，受流行歌曲的影响，戏曲在红火了一段时间后又沉寂了，一些演员就出去给红白事宴生日满月唱去了，而且是不开脸啥都唱，穿个皮裤衩儿，小背心儿，敞怀露肉，台上扭到台下，二人台，酸曲小调，流行歌，点啥唱啥，啥挣钱唱啥。这样一来，就没人安安心心排戏了，剧团慢慢地又黄了。

水上漂离开了剧团，长期以来，一心一意沉浸在舞台和角色中的水上漂，一旦回到现实生活中来，似乎有点古怪，人们都说水上漂做啥也是那娘娘样儿，人们再说起水上漂来就不是男旦水上漂了，这个艺名就等同于“二依子”！

水上漂这辈子，短暂的辉煌在唱戏上，长久的寂寞也在唱戏上！相看过的，相处过的，甚至娶过的女人都因为他没有男人样儿弃他而去。尤其是那个娶过的女人，勾三搭四，最终跟着个屠夫走了。她向外人表白自己的委屈和无辜，把两口子被窝筒里的事情都抖搂出来了，这些细节长久地被人们添油加醋地推测演绎，成了城乡坊间经久不衰的段子。

徒弟把写好的遗书给水上漂念了一遍，水上漂放心了。

水上漂把自己手抄的戏曲剧本留给了徒弟，把自己仅有的一万块存款也捐给了准备二次振兴的剧团。

水上漂弥留之际，示意徒弟打开他的衣箱，给他穿上装老衣裳。

水上漂的老衣是自己缝制的，一件刺绣精美的大红戏服，一双带彩缨穗子的软缎细绣鞋，一顶镶珠嵌翠的头冠。当徒弟们抖开那件戏服的时候，水上漂的眼睛里闪过一道光，随即嘴角向上提了提，微笑着靠在了徒弟怀里。

小人物·货郎子

我们这一带因为交通闭塞，离城远，在二十世纪的七八十年代，仍然活跃着货郎担子这样的游商，人们亲切地称其为货郎子，或者货郎担儿。

他们挑着担子，担着筐子或者箱子，手里拿着拨浪鼓，一进村就摇开了，一样样的拨浪鼓，不同的货郎子会摇出不同的声音，有的是“奔楞，奔楞，奔楞楞，奔楞楞”，有的是“扑棱，扑棱……扑棱棱”。至于节奏的快慢，声音的轻重，其状不一，难以描摹。

真是应了那句话：一方水土养一方人。货郎子大多是关南人，就是雁门关以南，太原以北一带。关南人的长相有特点，他们从小没有睡板头的习惯，后脑勺就突了出来。两鬓扁平得像是被啥夹了一下，正面看，奔儿头就又掬起一个疙瘩。这种头形，我们这里就叫棒槌头，长下这号头，取名字显然多此一举，即便取了，也只是在户口本上和身份证上用用，慢慢的连自己都觉得陌生了。有人说，关南人会做买卖，全凭前崩颅后把子，那就是两疙瘩脑筋！

货郎子结伴从老家出来，四处撒开，走村串巷卖些针头线脑，红绿颜色，梳篦发卡之类的东西，赚点小钱。他们风雨无阻，走哪儿吃住在哪儿，人家的牛棚柴房就是他们的宿处，一碗滚水，一个冷馍就是一顿饭。隔一段时间，会合一次，或是打发一个人往老家送钱，或是到外地补货，这个代表一定是个精明强干而且忠厚义气的人。

崞县人三棒槌就是同乡货郎子们信得过靠得住的人，虽然三棒槌也挑货郎担儿，但他主要是搞“批发”，“零售”只是捎带。因为是自己进货，用现在的话说，那就是“没有中间商赚差价”，三棒槌卖货就比较手松，得了三棒槌便宜的人自然高兴。

“扑棱，扑棱……扑棱棱……”货郎子三棒槌的拨浪鼓一响，整个村庄一下子就像滚开了锅。奶娃娃的小媳妇儿生硬拔脱奶头，一根红裤带把娃娃拴牢，趿拉着鞋往外跑。大姑娘们停下手里的针线活儿，脑子里立马蹦出一大堆要买的东西，搽脸的海蚌儿油，扎辫子的红头绳，绣花的彩线和针……翻开那个压在枕头下藏钱的手绢包，尽是毛毛钱和钢镚儿，真是背锅子骑毛驴儿——前（钱）紧啊！一边往街上走，一边在心里做着删减，再喜欢也得先把要紧的买了，不敢胡花乱造。老婆子不买搽脸的油和粉儿，但取灯儿就剩几根了，碱面儿罐子也见底了，再不买生火做饭就该挡手了。“扑棱棱，扑棱棱，扑棱棱……”货郎子催得紧，缠裹得胡萝卜一般的小脚不争气，三步顶不了人家一步，就气喘吁吁地骂撅：那个灰年代！真把他奶奶害苦了咧……

最先把三棒槌包围的是一群脓带猴儿（方言，脓带即鼻涕，脓带猴儿即小娃娃），他们圪守在三棒槌的货担子周围，眼睛里恨不能长出个挠钩，把箱子里的各色糖豆，江米球，涂得花红柳绿的皮球，还有小洋号，一按脊背就蹦的铁蛤蟆给钩出来。

三棒槌操着关南人僵巴拉拉的口音说：“娃娃们，赶紧回家找你蒙蒙（妈妈）要上怪（个）钱，买上怪（个）糖圪嘣着，歪（那）糖可是甜了……没钱你就要上怪鸡炭（鸡蛋）……”多年游走于雁北乡村，三棒槌的口音和当地人很是接近，交流起来基本没有障碍，只是有几个字的发音特别，始终没改过来。小娃们顽皮，鹦鹉学舌一样，学三棒槌说话，这“怪”那“怪”，简直有点阴阳怪气，大人就骂：这小讨吃猴不学好！

姑娘媳妇儿扒拉开脓带猴儿们的小脑袋，走近货郎担子，挑拣着自己要买的东西，挑定了还要吸溜吸溜瞎拨弹一番，好少给几分钱。说这回这丝线色气不正，股子也少了，是不是拆分着给了哪个伙计（相好的）了？说海蚌儿油不满一准儿是三棒榔舔着吃了……三棒榔说："那是，海蚌油搽脸脸光，吃到肚里润肠，捎带还治瘘疮，多少吃上些不赖……"

三棒榔做买卖活套，说话和软，遇上那贪便宜没够的，三棒榔就皱着眉头，故意带着哭腔苦兮兮地说："好我的怪（个）亲奶奶，你快行行好吧，可怜可怜我这出门人……俺这也是花钱买的，不是野地里刮风逮的，你当能挣个分分毛毛？顶多也就是个厘厘毫毫，你再扣掐俺就赔了……"女人们买完东西还剩个几分钱，三棒榔就打劝着说快给你家掌柜的拔上根洋旱烟，掌柜的看你分外亲，受（劳动）得也有精神。这样一说，女人们就动了心，三棒榔几句话就又做了一笔买卖。那时候村里人多数抽的是水烟或者自己炮制的小兰花烟，抽一根洋旱烟能精神好几天。

三棒榔爱开玩笑，常年日久地在村乡跑窜，见得人多，拾掇住的事也多，讲起笑话来东葫芦能拉到西蔓子上。女人们、小娃们圈在山庄窝铺，多见石头少见人，三棒榔信口油嚼就是一段"呱嘴"（地方曲艺），没人论什么真假，就图个红火。大柳树下，买完东西的女人们一边做着针线，一边圪逗三棒榔给说笑话，只顾叽叽呱呱笑，往往会误了做营生，眼看日影儿就正了，骂一声：挨刀的三棒榔！起身回家做饭了。

三棒榔早年走过西口，有时摇着拨浪鼓就唱开了："……哥哥我走西口，三天走到那杀虎口，碰见个老朋友，她把我留在家里头，喝了一顿糠糊糊。哥哥我走啊走，走到了石匣子沟，两条细腿肿了个粗，受苦人不怕那腿肿粗，就怕那强人把命收……"三棒榔说越往北走人越憨，口外的买卖好做。老家流传一句话：一天捉一个鳖，一辈子出不了雁门关，说的大概就是这个意思。四子王旗，后套一带几绺线能换一只羊，但路远，荒漫漫的，走几十里不见半根人毛，要遇也是遇强盗，打劫银钱，但不要命。三棒榔说他就遇到过打劫的，那回他还带着几个老乡托他往老家捎的洋钱，幸亏他把洋钱藏到了挖空的打狗棒里，打劫的只从他身上摸捞出些小钱。搜完身，踹了他一脚，说："老子等了三天等住这么个穷胎鬼，冲得运气也没了！"临完还给他扔了个黑红黑红的"铜铃铛"——死面窝窝头，那回他迷了路，要不是那个铜铃铛救命，就交代在口外了。

三棒槌说西口外的白毛风（风搅雪）能把人卷起来抬着走，说土默川的狼看起来善眉善眼蔫蔫的比羊还绵善，但很下口，逮住人照住脖子叉下去，口都不换。人们说，你咋没叫狼吃了，还活着扑回来了？三棒槌说狼精哩，关南人骨头硬，狼怕崩了牙叉骨。三棒槌说有年口外天旱，日头晒得锄片都红了。人们听得入神，问三棒槌晒成那样，人在哪里站着，三棒槌说人没事，人在冰凌上站着！听故事的人被三棒槌谝瓷了，醒悟过来才知道三棒槌讲的都是"无影传"。

小娃们不想让三棒槌走，他把这头的箱箱挂在担杖钩子上，那头的筐筐又被摘脱了，娃娃们鬼头巴脑，挤眉弄眼地要笑他。三棒槌不恼，娃娃们说："货郎子，你再给俺们唱一段！"三棒槌一边摇着拨浪鼓一边说唱：

扑棱棱，扑棱棱。
荞麦开花儿一片白，
傻大姐儿走过来。
扑棱棱，扑棱棱。
黄头发，挖挲开，
虱子多来虮子白，
一刮就把我那篦齿崴。
……
扑棱棱，扑棱棱。
海纳开花惹人爱，
傻大姐儿丑八怪。

扑棱棱，扑棱棱。
眼又斜，嘴还歪，
臊猪牙龇出来，
吓得货郎子叫奶奶。

唱到这里，娃娃们笑成了一团。货郎子说："娃娃们啊，俺货郎子把奶奶都担出来啦，眼看是货尽了，没个卖上的了，回家吃饭圪哇……要问你蒙(妈)吃甚饭？扑棱棱，扑棱棱，肉饺饺里头包鸡炭(鸡蛋)！"三棒槌边说边收拾自己的担子，一说肉饺饺里头包"鸡炭"，娃娃们才觉出了肚饥，"轰"的一下散了，三棒槌就趁机收拾了自己的担子。

这么说吧，三棒槌就像是一股风，总能搅动村庄的沉闷，带来一些活气和笑声。三棒槌在给别人带来快乐的同时，也快乐着自己。

人都说买卖人精奸猾，针尖上销铁，佛面上刮金，鹭鸶腿上剔肉，鸡嗉里掏豆。三棒槌精明是真精明，但不奸不滑，有时候还"放憨"。

二十世纪七十年代的时候，外头时兴拉毛围脖拉毛脖套，女人们就向三棒槌打问哪里有卖拉毛围脖的，三棒槌在石家庄见过这围脖，毛茸茸，虚腾腾的，手摸上去那一寸多长的毛立马就站起来了。颜色也鲜亮，女人们围上，霎一下增加三分人才。三棒槌就答应进货的时候给她们往回捎那样的围脖。没成想，那年冬天，那种围脖很抢手，等三棒槌进货的时候，就涨价了，三棒槌每条围脖贴一块半钱。听说三棒槌能给捎回又时兴又便宜的拉毛围脖，女人们一窝蜂似的托他捎围脖。三棒槌不好意思说涨价的事情，自己红口白牙喊出去的价，不能反悔。再说了大家认定他是个"有办法"的人，自己就得不负众望，不能丢底跌帮屙稀屎下软蛋。

贴钱买围脖的事情到底还是露了，那些女人们就说三棒槌是个正气实在人，再碰上刮风下雨赖天气，就留三棒槌住下，热水热饭地招待，柴棚牛圈自然住不得了，铺盖好赖看光景，最起码是暖房热炕。

只有一个人，不占三棒槌的便宜，硬是把那一块半补给了三棒槌。这个女人是寡妇栓娃妈。

那年冬天，栓娃妈买的是一条灰围脖。三棒槌不知道栓娃爹不在了，还说要买就买条红颜色的，过大年围上很喜庆。栓娃妈一本正经地对三棒槌说，灰的，一定买成灰的。栓娃妈羊油碗坨一般白嫩细腻的脸绷得平平的，大花眼清凌凌的，白是白，黑是黑。当三棒槌的眼神和栓娃妈的眼神一碰，心就不由得哆嗦了一下，那双买卖人亮刷刷的小眼睛赶紧移到了别处。出门人三棒槌说说笑笑嘴上很随便，关键时候很是谨慎，他担心自己栽进那两池子深不见底的水里。

三棒槌和女人们开玩笑出口成章，在栓娃妈跟前却从不多说淡道。但就是那无意中的眼神一碰，搅乱了三棒槌的心。三棒槌一天天和女人们打交道，老的小的，丑的俊的，羞怯的泼辣的，啥样的都见过，在他货郎子眼里，都是主顾，就是个买和卖，从来没有任何别的掺杂。可栓娃妈就不一样了，那种不一样的感觉叫三棒槌很难耐，他盼着见到人家，又怕见到人家，因为怀着这样的鬼胎，一进这个村就有些不自然了。

后来才知道栓娃妈是寡妇，栓娃爹走了好几年了，这女人一直守着。自从知道栓娃没爹，栓娃再拿猪毛、骨头换糖的时候，三棒槌就多给几个。有时候只剩下栓娃的时候，三棒槌见栓娃盯着玻璃罐罐里的糖嘣指头，就给几个。栓娃说，我吃了你的糖，下回我给你猪毛，咱俩顶账。三棒槌摸摸栓娃的头，和栓娃拉了钩钩。

自那以后，栓娃就格外留心能换糖的猪毛、骨头和废铜烂铁。有一回栓娃抠婶婶家墙缝缝里塞的猪毛，婶婶拎住栓娃耳朵就是个打，还一边打一边骂。

栓娃妈隔着一堵墙一声不吭听妯娌教训栓娃，污言秽语像大耳刮子甩在她的脸上，但她只能忍着。那天栓娃天黑尽才回的家，他妈啥也没问，还给他吃了烙油饼。等东西院的人都吹灭了灯，栓娃妈关了鸡棚，插上门，才开始盘问儿子。栓娃一五一十把自己和三棒榔猪毛换糖的事情交代了。栓娃妈褪下栓娃的裤子，拿一根细柳条在栓娃屁股上抽，每抽一下就咬着牙说一句：你再给我嘴馋！因为事前说好打十下，不准哭，栓娃就忍着，直疼出两眼生泪也没出声。

隔了几天，村里又响起了“扑棱，扑棱，扑棱棱，扑棱棱”的拨浪鼓声音，栓娃心痒难耐，趴在猫道口往外瞭。

三棒榔的担子周围照例围了一圈猴娃娃，这个手里攥个鸡蛋要换糖，那个占住把小洋号不放，哼哼唧唧让她妈给付钱。三棒榔瞅端这群娃娃，独独缺个栓娃，心想这娃娃去哪儿啦？

忙完一阵子，人都散尽了，栓娃还是没出来。三棒榔就有些奇怪了，这回他进了些稀罕的彩虹棍棍糖，想着一定给栓娃一根的，可这娃娃咋一直不出来呢？娃娃不出来，大人也该出来了，不买别的能行，取灯总得买一包吧？上回买的那一包估计不剩几根了……三棒榔就又摇开了拨浪鼓。这回三棒榔摇得有些散漫，发出来的声音就是：奔噔，奔噔，奔噔……“奔噔”了一阵，这娘俩还是谁也没出来，三棒榔就开始收拾担子，准备起身到下一个村子。

这时候，栓娃妈出来了，三棒榔就放下了担子，问栓娃妈要些啥。

栓娃妈说：“你再不敢赊给我娃娃糖了，我守孤恋寡为的啥？就为栓娃成个人。你赊给娃娃糖，叫我娃娃学着溜门撬锁呀？三棒榔，你们关南人好脑筋！挣钱挣到娃娃头上了……”

三棒榔一听栓娃妈牙音，知道这个女人是误会他了，这村里谁误会他都不要紧，唯独被栓娃妈误会了不行。三棒榔被栓娃妈数落得闭口无言，一肚子话倒不出来，急得原地蹦，只是个“我……我……我……”地支吾。

三棒榔因为给栓娃吃了怪（个）糖，闹下这么大怪（个）麻烦，让人家大人这么看他，自己心上更泼烦了。这种泼烦和栓娃妈那羊油碗坨一般的脸和毛呼噜噜的大花眼惹起的难耐圪搅在一起，把个走南闯北的三棒榔闹得啥心思也没了。

三棒榔决定了，话不说不明，他一定得和栓娃妈把事情说清。他三棒榔在这一带一步久走，咋不能损了名声，买卖人看利重，但没做过教唆人家子弟学赖的脏良心营生……

这世界上的事情真是奇妙，就为解释清楚猪毛换糖的事情，三棒榔居然把自己说到了栓娃妈的炕上，入赘到了栓娃家。

二十世纪九十年代，市场经济下物流畅通，供应充足，三棒榔的货郎担子吃不开了。但三棒榔那个棒榔头里尽是脑筋，和早年间认识的一个义乌人干起了小商品批发，没几年就发了。

现在栓娃是好几个休闲食品的华北总代理，要问盐从哪儿咸，醋打哪儿酸？谁都知道，从根上论，是货郎子继父三棒榔的家传！

小人物·犟巴头

雁北一带管那些性格特别倔强，认死理的人叫作犟巴头，人骂人说，你看那尿相，比驴也犟！驴已经够犟的了，比驴也犟那得犟成个什么样儿？人说一方水土养一方人，我们那地方山高石头多，水土不算软，因而盛产死犟疙瘩。犟人也有种类，有的犟在嘴上，是外犟；有的犟在骨头里，是内犟；还有一种由内而外，表里如一的犟，是犟人中的极品！

我们村的犟巴头不少，那几年村里人口多的时候，当村那条大街常年聚着不少人，只要聚到一起，总有那么几个犟巴头红头涨脸地在那里抬杠，他们激动起来往往是扯着脖子吼喊，大概觉得光吼喊不足以表达自己的见解和主张，还要辅以夸张的动作，庄户人蒲扇般的大手一挥那是全面否决；四指并拢，唯二拇指点点画画，不是挑战叫板就是给你摆事实讲道理。念书时候，语文老师给讲议论文，一说到摆事实讲道理，我就想到了我们村当街一伙子人抬闲杠的热闹场面，一个人正偷偷笑着，被老师狠狠甩了一粉笔头。

犟是个犟，多数人只犟在嘴头子上，或者只犟一时三刻，遇到实际情况，特别是涉及个人利益的时候还是有个三回九转的。犟到骨头里，时时犟保持一辈子犟着不低头的人那就真是犟出了水平。这样的人有没有？有！多不多？不多！我们村犟人无数，但要论资排辈的话，马变龙是第一名。

马变龙的老妈活着的时候，常给人们叨啦犟巴头儿子的故事，叨啦得多了，就口口相传留下来了。不仅如此，老人家还给儿子挣下一个实至名归的外号“犟巴头”，全村老老少少，只要一说犟巴头，就知道指的是马变龙，以至于犟巴头的名号都取代了真名。

三年困难时期，马变龙十三四岁，正是半大小子吃死老子的时候，他妈把家里最后一碗榆树皮面和着粗糠给搅了顿拿糕，然后一家人就出了口。他们走一路讨要一路，马变龙宁肯吃树叶吃野菜，也不吃讨要来的菜饼子。马变龙吃软不吃硬，家大人怕他这犟脾气长大了吃亏，也想试着“熟”过他这张生牛皮，但打死不告饶，越打越犟。有一次，他爹说了句这气破肚货，死了也不可惜。马变龙当真就给跳了院里的水井，好在井浅身轻运气好，连个油皮也没碰着。自那以后，家大人也只好由着他犟了。

人有种，谷有垄。马变龙的犟是有种系的。他爹他爷都犟，日本人来的那年，怕拉去当兵，一村人外逃。他爷不跑，他爷说已然是个不能活，咋死不是个死？我死也要捎他两个小日本儿！那回来的是汉奸狗腿子，没有真家伙，只是打了日本人的旗号，一看马变龙爷爷膀大腰圆站在当院，手里虎着把白光闪闪的月牙儿镰刀，两个瘦麻仡吱的汉奸转身沿着墙根儿溜了。后来村里人称“鬼见跑”。

马变龙爹的犟是犟在嘴上，人送外号“抬大炮”。你说东，他道西，和谁也尿不到一个夜壶里，一张嘴不抬杠就难活，而且是越抬越起劲，有时候，只顾着嘴头子占上风，抬着抬着不知不觉就乱了套，还得倒回来捋一捋。走口外走到内蒙后套的一个村子扎落下来，给人家农业社耕种。本来只想着挣口吃的，给家里挣几斗莜麦。那年赶上人家那个大队丰收了，工分高，除了分到了莜麦，还分到了布票和钱。临回口里时，人们说你也扯些布，做上身衣裳。马变龙爹（抬大炮）说：“你们谁也别腾（鼓动）我，我花上钱，做上新衣裳，让你们看着好看？没门儿！”这句话堪称经典，在我们那一带广为流传和引用。

马变龙年轻时候给大队看田，支书之所以叫他看田，正是看准了他死犟疙瘩一根筋的毛病。马变龙果真秉公办事，谁偷捉谁一视同仁。一天，马变龙的叔伯弟媳妇儿刨了两裤腿儿新山药，着急忙慌从山药地跳进了玉茭地，想借着玉茭地青纱帐的掩护潜伏回村里。这女人扎着裤腿，山药拽着裤脚，牵牵绊绊，走得深一脚浅一脚，比人还高的玉茭秆子奓开宽大的叶子好像在故意拦挡着她，女人小心地撩开玉茭叶，每一个响动都叫她的心颤一下。没想到的是，撩着撩着，在快到地头的时候，撩出了马变龙的大长脸。

弟媳妇儿说："哥，你就当没看见……"

马变龙说："我们明明看见了……"

弟媳妇儿说："你看见啥了？你哪只眼睛看见了？"

马变龙说："你再不往出掏我搜呀！"

弟媳妇儿撒了泼，"哗"一下拉开了上衣的拉锁。

马变龙被吓了一跳，赶紧趔转了头。明知道山药在裤腿里，但不能继续追究了。

马变龙暂退一步，等弟媳妇儿晌午把山药蒸上的时候，马变龙站到了当地。

马变龙说："王子犯法与庶民同罪！虽然咱沾亲带故，你也必须到大队坦白，年终罚你们家四十斤口粮！"弟媳妇儿拍着大腿一哇嘶声号开了。听见动静不对，隔壁两邻的人就踩着梯子，趴在墙头上看热闹。

马变龙的叔伯兄弟说："你还知道个'庶民'哩，知道个沾亲带故！人家养下猫儿扑耗子哩，咱马家养猫咬尿哩！马变龙你等着……"显然叔伯兄弟是要等对着给马变龙点颜色看的。

马变龙也狠狠地说："你也给我等着，不罚你我誓不为人！"

村里看红火的人也都等着，等着看这对叔伯弟兄"遭人命"。然而，事情没有像人们预料的那样发展，反倒是这弟兄两家处得比以前更亲了。人都骂叔伯弟兄两口子没心，叫人家羞臊成那样了还来往着！可谁也没想到，马变龙自从知道兄弟家缺粮，就从自己家里挖着粮食，一直接济兄弟一家渡饥荒。

有了这一出，村里偷摸的人一下子就少了，马变龙省心了不少。

支书可把马变龙夸了个痛，支书说，你好好干，再过两年我给你个小队长干干。没两年工夫，包产到户了。

到了娶媳妇儿的年龄，家大人急了，托村里的媒婆给马变龙说媒，媒人给琢磨下几个年龄相仿的姑娘，就领着马变龙走马灯似的相看。那时候看对象，一般是先看人后看家。媒人领着男方到女方家里相看，媒人介绍男方家里情况。狗对毛色，人对缘法！这个缘法就是眼缘，只要相互看着不恼眼，媒人就安排男女双方单独聊一聊，能聊到一起，下一步就是女方上男方家看家。人也对，家也对，就谈彩礼，谈婚论嫁。论相貌，马变龙眉周眼正没说的，但人家一看家就后撤了。后来又看了后山一个女子，人是对了。媒人给生了一计，那就是向邻家借上些家具，把家布置出红箱亮柜的气派，先圪哄着把婚定了，再做打算。女方父女来家一看，非常满意，准丈人吃了油炸糕炖羊肉，捣了一斤雁门烧，当下就拍了板。

原以为这门婚是满把手擤鼻涕——稳握，定到跟前了，女方当家人不干了。媒人再三追问是不是谁给说上赖话了，可别听风就是雨错过这门好亲事。问到底，原来是犟巴头自己上女方家“坦白”了！

媒人气坏了，她说了大半辈子媒就没见过自己给自己打破头楔子的！她气急败坏地上门，说犟巴头把她装了进去，让她里外不是人。犟巴头妈一边骂儿子，一边唯唯诺诺给媒人说好话。

婚姻大事天注定，那个女子也是个“圪料货”（不同常人），觉得穷是个穷，这后生是个实在人，靠得住！再说了穷没根，只要肯动弹，谁还能一辈子受穷？这女子和犟巴头约定，只要你三年内把借的那些箱子柜子给闹齐全，我就嫁给你。

和这女子打下了赌，马变龙浑身有使不完的劲儿，两年就给闹下十二条腿儿——两个平柜，一个半揭盖的大洋箱。这回没惊动媒人，自己带着礼物上门，牙捣蒜，直接就成了。

马变龙当支书那年，村里过铁路，铁路上需要找村干部协调，工地上的头头问村里的一个半大小子，说你们村支书叫个啥，那娃说“犟巴头”。那个工头子是个外地人，没大听明白这个名字，只记住有个“降”字，心说称呼“降支书”准没错。为了好行事，工队给马变龙包了个红包，工头说这是一点小意思，工程上的事情还得村里大力支持。马变龙当下就火儿了：“你把我当啥了？你是准备做啥呀？你趁早把你那小意思收起来！一是一，二是二，白纸黑字咱照合同来！”工头礼没送出去，碰了一鼻子灰，悻悻地回到工地，琢磨来琢磨去觉得天下没有不吃腥的猫，山海关难过苦的是银钱！一摞不行给他三摞，就不信黄金买不动黑心！没等工头二顾茅庐，马变龙就给村民开了会，马变龙说，开铁路是国家的大事，该给的补偿都按标准补偿了，谁也不能到工地胡搅蛮缠耍死狗，没事不要到人家工地上瞎转悠，拿人家一根铁丝，铲一锹水泥也是偷，咱不能出那眼小皮薄的丢人事情……村里人猜测一定是铁路上的人把马变龙“喂”好了，胳膊肘朝外拐。一想到马变龙的行事风格，谁也不敢和铁路上闹。人家附近过铁路的那几个村子，和铁路上撕扯着闹钱，明里暗里都得了好处，村干部发大财，村民们发小财，唯有马变龙他们村，秩序维持得稳稳的。村里人背地里骂马变龙真㞞相！犟巴头不开楞瓣，当一辈子支书也闹不下个磨鞋钱！

世界上的事情往往是贪小便宜吃大亏，邻近几个村子的人吃惯了小偷小摸的甜头，不好好种庄稼，就琢磨着怎么打闹个省劲儿的钱，越偷越胆大，几个愣头青就蹲了监狱。

二年头上，工程顺利完工，工地负责人攥着马变龙的手说感谢“降支书”的话，马变龙说我不姓犟，我姓马，马牛羊的马！把那个工地负责人工头惊得瞪大了眼睛，回过神来，“谢谢你”变成了“对不起”。村里有个人给编了两句串话：犟支书姓马不姓驴，谢谢你说成个对不起！

那年有一列拉煤的火车行到我们村那一段落轨了，七八节车厢甩到了庄稼里。邻村上下，方圆附近的人赶场一样往家撮煤，马变龙到现场，拾起担杖不由分说把那些撮煤的箩筐给打翻了。马变龙骂人们这是土匪做法，他挥着担杖撵着人们撤出翻车现场。有人和马变龙辩解说：“火车翻到咱村，把田都毁了，咱撮些烧的咋啦？你屎不顶的干部，就知道压制自己村的人！”马变龙说：“麻一场，豆一场，各是各。咱要是撮了人家的煤，有理变没理了。”

火车吊起来了，能收撮的煤收撮了，铁路沿线被毁的田地却没人管了。马变龙说，人家公家做事得有个流程哩，上报呀，研究呀，批复呀，哪能一下就解决。等了一天又一天，村民们的闲话、风凉话就多了，说屁的个流程，我看是流产了，咱跟上那犟巴头啥也闹屎不成。马变龙也觉得不对劲，骂一句娘，咬着牙说，跑了和尚跑不了庙，要不下个说法，我就不姓马！一秋一冬，马变龙放下家里的事情，几上几下和铁路上理论，第一回去找，铁路上那个头头挺硬气，上来就诈唬马变龙说：“你们山庄窝铺的人穷疯了，讹人呀！”马变龙把烂棉帽一抹，狠狠地摔在领导的办公桌上，一屁股沉沉地砸在皮沙发上。马变龙说：“领导你要这么说话，俺们还真就讹定了，你记住了，讹人的事是你教的！”后来吵开了，溜沟子的下属插出来挡在前头，七嘴八舌软硬兼施夹哄带骗地把马变龙打发了，说是正研究着呢。回来后又等了一阵子，还是没回音，马变龙火儿了，马变龙说，这回要不回钱来我就不回村。村里人怕马变龙犟脾气上来戳下拐，都打劝他说算了吧，咱庄户人没靠没罩一出门两眼一抹黑，胳膊多会儿也闹不过大腿。也有怨怪马变龙的，说当初就应该拦着不让他们起车厢。也有的说，干脆给他们来横的，咱拦火车……马变龙撂下一句话：谁也别给我胡来，我就不信他能饶下！马变龙扒着火车去了管这一截铁路的上级单位。那次马变龙是打定了打持久战的主意，走的时候穿了一件古董级的羊皮袄，冷天是御寒的穿戴，黑夜打地铺，皮袄既当铺又当盖。没等他找见大领导，直管这一截铁路的人就把他拦回来了。那个诈唬他说他讹人的领导口风变了，说老哥你看你这人，咱弟兄们有事好商量……马变龙说，我们山庄窝铺的人穷疯了，泼妇刁民不会和你们念书人当官的商量，我们就会讹人、叼人……我反正估上了，这事情解决不了，我没脸回村。铁路上让马变龙吐口，说出个数字来，马变龙不说，马变龙想听听铁路上的意思，铁路上说至多给你们五万，马变龙心里有底了。马变龙瞪着那个当官的，老半天不说话。那当官的被马变龙瞪的心慌了，说你老哥辛苦了，冬冷寒天的，想多要个钱我能理解，如果再往上加个三千五千的，我能给你争取，再多了我就不敢承揽了……马变龙一趔头，脖颈一挺，说："我们庄户人不讹人，你们给三万够赔偿承包户和复垦就行了，打到我们村委会公账上，咱明来明去，俺们穷死也不能亏心……"

腊月二十三回到村里，马变龙的羊皮袄磨得黑釉明，头发披散下来，活像个野人。老婆骂他二百五，说为了众人害得是个人（自己）。马变龙给人述说要钱的艰辛，那些把他当皮球一样踢来踢去的当官的，最终叫他给"闹"住了。老婆和她念叨那被大雪捂塌在地里的莜麦胡麻，马变龙就一句话："人活一辈子，不蒸馒头还得蒸（争）口气哩！况且咱还给一村人争下了馒头！"

去年换届，竞争很激烈，有点暗流涌动的意思。马变龙观察分析这几个候选人，心中有了数。他主动请辞支书职务，说自己老了，跟不上时代了，乡村振兴是年轻人的事。按照乡里的意见，让他从三个候选人中推荐一个。没等犟巴头的推荐意见上去，其中的两个候选人就行动了，一个给老汉拿了一万见面礼，让老汉给连人带钱推出了门。

另一个候选人没拿钱，没拿礼，先上离间计，再用激将法，满以为老汉在预选的时候一定会推荐他，但事实恰恰出乎预料，犟巴头推荐的是那个一向和他尿不到一个夜壶里的那人的儿子！

人们都奇了怪了，问马变龙："你老那根犟筋哪儿去了？"

马变龙呵呵一笑："赶上这么好的时代，我有啥犟的？我要顺顺气气活几年！"

小人物·沈大拿

在我们那个小地方，凡是从沈家圪台走出来的木匠一律称呼沈木匠，也就是说，沈木匠相当于一个品牌。

沈大拿是木匠沈四红家的长子，沈大拿家的木匠手艺是祖传的。到沈大拿这辈儿至少传了四代。人说鸭子孩儿会凫水，老鼠儿子会打洞，这话一点不假。沈大拿在很小的时候就会使唤木匠做杖，十来岁上，自己钉冰车，拄着两根木橛子在冰上划得飞快。一起耍的小娃们眼红得厉害，就低声下气地求告沈大拿耍耍他的冰车，或是拿一把豆，一个烧山药贿赂他。沈大拿还有一个耍活儿是一辆鸭子造型的小木车车，是他爷爷给做的。耍着耍着沈大拿就耍出了新花样，他用火箸在“鸭子”屁股上烫了一个洞，又在洞口安了一个活动的小圆木片，车斗里装着圆溜溜的玻璃球，他拉着小车车跑，抽动小木片，小木片一开就往出掉一颗玻璃球，就好比鸭子下蛋。他和一伙小娃们耍鸭子下蛋，常常上学迟到，挨老师的板子。

升上五年级那年，当老师在黑板上写下“我的理想”这个作文题目的时候，一向视作文为仇敌，一让写作文就咬笔杆的沈大拿围绕当木匠这个事情破天荒地写满了一页纸。虽然出现了七个病句，二十八个错别字，但感情还是很饱满的。当老师问他为啥想当木匠的时候，沈大拿说，当木匠能吃上好饭。的确，小时候的沈大拿跟着自己的木匠爹没少吃雇主家里的油炸糕，也可以这么说，一咬就掉油渣咔嚓响脆的炸糕是沈大拿这辈子选择承袭祖业的直接原因。

那个老师把沈大拿狠狠地“酸”了一顿，说他胸无大志，属于一只眼儿的耗子，只会傍墙根走，心里眼里就有个木匠！理想嘛，就应该远大一些，为此老师还把一只胳膊扬起来，手稍向上，往远大里指了指。沈大拿有些不服气，在心里和老师顶嘴：你家不用风箱扇火？你女人扇火不坐个板凳？你家人死了不装个棺材？后来，他们班那些想长大开飞机，当县长的孩子们的理想都没有实现，只有沈大拿的理想实现了。

沈木匠原本不想让沈大拿学木匠的，沈木匠虽然一直吃着木匠这碗饭，但他始终身在曹营心在汉，常常设想着人生的很多种可能，而那些“可能”或许会成就一个更为辉煌的人生。所以，在儿子沈大拿的人生规划上，沈木匠无论如何要避开木匠这个行当。他首先考虑的就是读书，他虽然读书不多，但“万般皆下品，唯有读书高”这句话还是听过的。他们家几辈子和木头打交道，人都木了，是时候在沈大拿这一辈儿改换门庭了。

沈大拿提出不想上学想学木匠是一天早上，沈大拿匆匆扒拉完一碗玉米面块垒，就放下了碗筷。一向黑着脸的沈木匠那天一派和颜悦色，以一种与自己的木匠身份不大匹配的斯文相喝着一碗莜面糊糊，就连夹取咸菜的动作都是那么不慌不忙张弛有度。

沈木匠蹲坐在炕头，沈大拿站在地下。父子俩就像是对角线的两个顶点，中间隔着五六尺的距离。沈大拿觉得，这样的距离，以及父亲当时的状态是比较适合说事的，于是就很认真地说出了自己的想法。

沈木匠先是一个愣怔，接着蹙着眉头反问了一句：你说啥？当沈大拿把自己的想法重复了一遍之后，沈木匠立马变脸，剑眉上扬，两眼一瞪，顺手飞过来一双筷子，筷子一上一下，稍分先后，带着糊糊和咸菜丝落到了沈大拿的头上。沈大拿哼都没哼一声，捡起筷子冲沈木匠竖了两下，抹去头上脸上的糊糊汤水和咸菜丝儿，走出了家门。沈木匠呆坐在那里，儿子和他对视时的眼神，让他感到了一丝震慑——新一代人的成长对他的震慑。特别是竖筷子的动作，分明就是反抗和挑衅！

沈木匠冷静下来左思右想，圈住人圈不住心，他要是打定主意不好好念，憋屈在学校也没用。不如先教儿子尝尝学徒的酸甜苦辣。沈木匠信奉“父不教子”的古训，即便学，自己也不能领，他想到了自己的师兄古三贤。

沈大拿拜古三贤大爷为师那天，特意备了酒席，饭菜讲究，六冷六热，六荤六素，俗称六拉六席，酒是当地产的“雁门白”。酒过三巡，菜过五味，沈木匠把早已写好的一张契约拿了出来，他让沈大拿照着契约上的字念：沈大拿愿拜古三贤为师学木匠，学艺三年为满四年为圆，学徒期间无身价报酬。一日为师，终身为父，任打任骂不得顶撞忤逆。空口无凭，立此为据！师父古三贤，父沈贵德。一九六六年。念完，古三贤和沈木匠都蘸了印泥在各自的名字上按了指头印。

其实，背着沈大拿，沈木匠和师兄古三贤还有一番掏心话，那就是狠下心来整戳这个娃，先从拉大锯擺木板开始，最好在一个暑假里叫他干草鸡，他好死心塌地回学校念书去。

古三贤是粗细木匠活儿都拿手，从春天泥水相融到上冻结冰，除过农忙时候，古三贤基本上不闲着。木匠营生里，盖房最苦重，上梁、披椽、擺板、压栈板全是木匠的营生。古三贤狠下心，照着师弟的安排“整戳”沈大拿，一个夏天过去了，沈大拿非但没有被逼退，反倒比来的时候壮了。胳膊上隆起了一疙瘩一疙瘩的肌肉，小腿肚子也绷得紧紧的。古三贤说：“大拿，木匠是个苦营生，名义上是个匠人，实际上还是受苦人。你是继续学呀，还是回学校念书呀？”沈大拿说：“三大爷，您别劝我，木匠的苦我吃得下。”

古三贤知道，这孩子是王八吃了秤砣——铁了心了，说啥也没用了。古三贤没有完成师弟给的任务，没把沈大拿“整戳草鸡”，他请师弟在镇上喝酒吃猪头肉，算是赔罪。喝到酒酣耳热，兄弟俩意见一致了：人这辈子，吃哪碗饭那是命定的，强求不得。

从那以后，古三贤才真正开始把沈大拿当徒弟了，沈大拿也真不愧是木匠门里出身，学啥都是一点就通，到人家门上干活儿，沈大拿和古三贤配合起来，爷儿俩出活儿快，一样的价钱，主家得少管好几天的饭。

学艺第四年，古三贤教了沈大拿几手绝活，还送了一本手绘的古式家具图谱，有成品，也有步骤和尺寸。古三贤说：“大拿，这些手艺是你爷爷传授给我的，我交代给你，也算对得起你爷爷了。你爹他们都没好好学，认为没用。当然，现在看起来也没用，但这确实是木匠行里的上乘手艺。当下是用不上，你先藏着，这个手艺迟早要吃香。”

沈大拿出师后不久就小有名气了。因为脑筋活套，城里时兴的家具，他只要看上一眼，心里就有数了，需要多少木料给主家算得恰恰好，最多富余一个板凳的料。做出来的活儿也漂亮，不论本地的杨木柳木榆木还是东北来的红松木，使唤到木头糟损都门不走扇，窗不背鼓（窗框变形，局部鼓凸）始终严丝合缝；箱子柜子面儿平整如镜，不裂缝儿，油匠上漆时基本不用抹面儿勾泥缝儿，他们一边刷漆，一边不免啧啧称赞：这一看就是沈大拿的手艺！

随着木匠手艺的成熟精进，沈大拿长成了真正的大后生，身板儿匀称结实，褐色脸膛，墨黑的扫帚眉，炯炯有神的大眼睛。偶尔一笑，露出一嘴白得闪亮的牙。歇下来，沈大拿说说笑笑很随和，干活儿的时候却从来不多说一句话，腮帮咬得紧紧的，一门心思只调度工具和木头厮杀。置身在雪绒云团一般的锯末刨花里，沈大拿浑身散发的都是木头的清香味道。

沈大拿不仅能赶上时兴，而且还独创了好几个样式的家具，那时候，谁家摆着沈大拿割（做）的新式样家具是很有面子的。很快，沈大拿就把他爹比下去了。到后来沈木匠第三代传人被自己的亲儿子给挤出了江湖。乃至于没几年工夫，沈木匠就成了沈大拿的独有名号，敬重他的，说话讲究的主家管沈大拿爹叫老沈木匠，很多人开始叫他沈木匠他爹了。偶尔，一起做活儿，主家有个啥想法，往往是越过老沈木匠直接和沈大拿商量，被晾在一边的老沈木匠的心里真是有些五味杂陈了。当然，老沈木匠对沈大拿的雕虫小技是蛮不以为然的，他甚至公开叫板说，咱爷儿俩比试比试，割个风匣看谁的风大？令老沈木匠没想到的是，儿子把他比了下去。而且，之后的几年里，手摇吹风箱，电风箱以省劲儿、风力大，而且轻便、不占地方的优势很快取代了笨重的木风箱。他一辈子引以为傲的割风匣手艺也没有了用武之地。

人怕出名猪怕壮，沈大拿的名气越来越大了，越来越吃香，想做家具的都排着号定沈大拿。那时候匠人们出去做营生得偷摸着走，明来明去还得给大队交钱顶工分。沈大拿做工一天大约能挣两块半钱，需要交大队一块钱顶工分。

手艺人自带饭碗，扑沈大拿的姑娘不少，沈大拿走到哪里都招女人多看几眼，戏场上，红白事宴上，人多，闹哄哄的，不显山不露水，谁看谁都看得大胆放肆，恨不得把眼珠子黏上去。沈大拿呢，身子端得正正的，脸定得平平的，好像那些带着钩子的眼神压根儿就和他没关系。

十里八乡的媒人简直踢断了他家的门槛，你前脚刚走，他后脚又到，沈大拿的妈都有些应付不过来了。当家人不知道，其实沈大拿心里有人了，沈大拿看上的是村里的知青女老师。

沈大拿给学校修房，那个知青女老师拿过来一个小板凳，说凳腿儿松动了，麻烦师傅您给修修。女知青说话始终客客气气，斯斯文文，一口一个师傅，而且还称呼沈大拿“您”。沈大拿站在房顶上往下一看，一个白净瘦弱的姑娘正仰着脸等他答应。

那是一个大晴天的半上午，阳光正好打在姑娘的脸上，沈大拿被姑娘脸上的反光晃了一下，小腿一软，整个身子就闪了一下。稍稍调整一下身体，瓮声瓮气地“哦”了一声。

沈大拿和女知青的交往就是从修板凳开始的。

那个时候，他们村的知青已经走完了，只有这个女知青还待着，给村里学校代课。

沈大拿的妈发现儿子和女知青走动得火热，就正颜厉色地对沈大拿说：“你娃心胆比天大！那女儿能是咱家的人？戴帽子得趁头大小哩……”

“她老子娘是黑疙蛋，她进了咱家门，你这辈子别想翻身……”

沈大拿对老娘的唠叨连耳朵门都不进，反正，心里有了女知青做参照，村里那些毛头毛脑，说话高喉咙大嗓门，动不动就咧开嘴笑得地动山摇的女子们他是一个都看不上了。当家人一说看对象的事情，他就麻烦头疼，就好比是唐僧给孙悟空念咒一样难受。沈木匠打个“嗨”声，叹口气，对老伴儿说：“这人啊，只要脑子里灌了荤油，任你怎说也白搭。”

看对是个看对，他也不敢贸然和人家说，只在心里纠结着，时时刻刻惦记着，做营生也老是分神，刚刚量好尺寸，转身又量一次。本来是要用锯，却拿起了锛。

女知青这边呢，有事没事就打发学生叫沈大拿，不是修桌凳，就是打书箱。只要有学生来叫，即便是端着饭碗沈大拿也立马放下，赶紧往学校跑。

那年夏天，沈大拿给城东五十多里外的一户人家割家具，村里就报告给了公社，公社干部到那个村抓了现行，公社干部一边念念有词，一边在小本本上记着：一个成品，两个半成品……罚款一百元……后来这件事情还上了地区的报纸，说沈大拿投机倒把，破坏农业学大寨……搞地下小工厂……

支书对沈大拿下狠手的另一个原因是，沈大拿拒绝了支书的女儿。

其实，当媒人上门说亲的时候，老沈木匠就知道麻烦来了。

这事要是搁到一般人家，在那个年代，要是能攀上支书这门亲，简直就是烧了高香。支书主动托人说亲，是给了沈家很大面子的，按理说，不论沈大拿本人还是父母，都应该庆幸被点了驸马，然而事情却大大出乎支书的预料。

被罚了款的沈大拿咽不下这口气，找支书理论。支书披着那件四个兜的干部服，背操着手，眼皮都不瞭沈大拿。

沈大拿紧跟着支书到了大队，沈大拿本来只是想和支书“理论理论”，结果是，在支书将一口茶叶末子吐到沈大拿脸上的时候，一向非笑不说话的沈大拿一下子就失去了控制，与当年他提出学木匠，他爹对他飞筷子的角度一样，他把半块砖头飞到了支书的头上……

他亲眼看见支书瞪着一双青白的大眼睛，血从鬓角的口子上喷涌而出，顺着那半边脸往下流，然后支书上身一矬就跌坐到了椅子上……

仁义又正气的沈大拿在那个该死的午后，因为一砖头失手把支书打死了，从此，沈木匠成了杀人犯！

那一年是一九七七年。

沈大拿被判了无期徒刑，一共坐了二十年牢。因为这点木匠手艺，劳改期间仍然做着木工活儿，他把那些木头的边角余料收集起来，按照古三贤师傅送他的那本古代家具的样式做一些缩微家具，那些小巧精妙造型别致的家具摆放在一起，眼前一下子就显现出一个古时候大户人家的生活场景来。沈大拿还做庙宇的藻井塔架，全卯榫结构的，只是比例缩小了。劳改的日子里，沈大拿就是靠抠掐这些木头熬过来的。

沈大拿的手艺把监狱里的狱警和干部都震惊了，因为改造期间表现好，虽说是管教和被管教的关系，但那些狱警们干部们都挺敬重关照沈大拿，大家都说，沈大拿出去以后，一定会有所作为的。

省里的一个女记者电话采访沈大拿，沈大拿接起电话，对方说：“你好吗，大拿？”当电话那头说自己是谁谁谁的时候，沈大拿瓷在了那里。

沈大拿扣下电话，趴在桌子上很久没有抬头，之后，发出了一声驴叫般的号哭。

这么多年来，沈大拿制作的那些缩微家具都是照着女知青给他描述的样貌做的啊！她说，他们家很多很多的红木家具都被当劈柴烧了。沈大拿答应过她，要给她做一屋子那样的家具……

沈大拿已经年近古稀，依然和木头打交道，带着一帮子人做仿古家具，做古建卯榫修复，人家都称呼他沈老师。

沈大拿一生未娶，无牵无挂。沈大拿这辈子，苦辣酸甜尝遍，都和木匠脱不开干系。

只能说，这就是命！

小人物·力一刀

"刀一刀……"第一次见到力一刀这个名字的时候，我把力字认成了刀，我一边惊讶咋还有这么古怪的名字，一边念出了声。

这时候那个送肉的胖女人把一个猪前膀往案子上一蹾，黑着一张脸逼问："你说啥？睁恁大两眼出气呢？那是个啥字？"我再次审视那个名字，才发现第一把刀的刃子长了点，探出了头。我不再说什么了，为了表示歉意，我讪笑着，上前帮她卸货。

确切地说，力一刀不叫力一刀，她的官名叫力凤仪。因为来到了这个"黄尘黑土的灰地方"，因为接过了王积寿的那把杀猪刀，日积月累，杀猪本事胜过王积寿，杀猪只要一刀，割肉指哪儿割哪儿，要几斤一刀下去就是几斤，人们就把她叫作力一刀。还有那年人口普查，给她办理户口的村主任喝醉了酒，随便就给她填了个力一刀，从此后，力凤仪就成了力一刀。

力一刀饭庄就开在矿上，当年她的对象从老家云南来山西煤矿打工，说好攒够了钱回家娶她的。头一年还给她写了满篇错别字加图画的信，后来渐渐地信就少了。第三年头上就再没有音讯了。力一刀就从云南大理赶了过来，她到对象待过的煤矿以及生活区附近打问。终于问到了，有个叫王积寿的饭店老板说一个月前她对象走了，行李还寄放在他这里。那个时候力一刀的盘缠花得差不多了，对象没找到，家又回不去，真是没办法了。

力一刀就留在王积寿饭店一边帮忙，一边等对象。

王积寿有背靠背六间大房子，一面三间。开着一个杀坊一个饭店。杀坊坐北朝南带个不小的院子，饭店坐南面北对着一条贯通煤矿生活区的大街。饭店只做些家常便饭，矿区的人苦重，井底下受完，喝一碗红油杂割，吃一碗炖肉泡糕，浑身来劲。杀坊做的是红刀子进白刀子出的营生，猪啊牛啊羊啊，只要一拉到王积寿这里，就变成了猪肉牛肉羊肉了。王积寿那个院子里常常传出或尖厉或低沉的号叫，只要一听到这个声音，家属区的女人们就吆喝着到王积寿家割现杀的肉。游荡的猫狗嗅着了血腥气，奔走相告，成群结队地往王积寿的杀坊跑。不带家口的单身窑黑子们就到王积寿那里喝酒吃肉打麻将，当然还有些不能太张扬但人们心知肚明的事情。人活一世，吃喝玩乐是赚头，活着尽兴，死了不亏，那些只懂得挣钱，不懂得享受的活着是守财奴，死了也是屈死鬼！

力一刀对王积寿说："王大哥，你也帮我打听着我对象的消息。"说这话的时候，力一刀眼巴巴地望着王积寿，那双黑漆漆的大眼睛里蒙着一层薄薄的水。王积寿就有些心软了。

心软了的王积寿很坚定地说："那还用说？"王积寿这个人说话有特色，向来是反问句，意思就是不用说，肯定给你打问呢。

力一刀相信，通过王积寿一定能够找见对象，于是就格外卖力地给王积寿干活儿，看见啥干啥。王积寿的店里是雇着两个女人，一个萝卜一个坑，分工很明确。力一刀来了以后，那俩女人就嘀嘀咕咕，力一刀听不懂当地话，也不多和她们说话，就只管埋头干活儿。

有一天，王积寿当着那俩女人的面对力一刀说："你负责喂好收回来的猪，顺带打扫一下我住的那个屋。"分配完任务，王积寿又补充说其实那些猪也不用怎么喂，把饭店的泔水倒进去，饿不死就行。那俩女的都听出了老板的意思，几乎同时把嘴撇成了豌豆角。

力一刀很听王积寿的话，尽心尽力地做着自己的本职工作。王积寿原来那个猪窝一样的房间被力一刀打扫得干净整洁，地板亮得能照见人影儿。东一只西一只的鞋子配对摆放在门口，连踩倒的后跟也扶了起来。起初，王积寿一天忙活完，一进屋，总是疑心走错了。这样一个干净的屋子，让王积寿感到有点局促，又有点舒服。

时不时地，力一刀就提醒王积寿一定替自己打听着对象的下落。力一刀说，就是分手，我也得听他亲口和我说。王积寿的心是越来越软了，这个女人，这个傻乎乎的云南女人可真是轴啊！

王积寿并没有按照先前的约定只管吃住，不付工资，而是在第三个月的时候给了力一刀一点钱。因为天气越来越热了，力一刀还穿着来时候的厚衣裳，王积寿说，你去镇上买点夏衣吧。

有了钱，力一刀那个“活要见人，死要见尸”的念头就又活了。

力一刀和王积寿说要继续寻找对象的时候，王积寿的眉头皱了皱，王积寿说：“你终究是找不见的。”力一刀愣了一下，想要问个为什么，王积寿赶紧补充道：“我是说，他要不想见你，任你咋找都找不见。”

力一刀是拿定了主意，假如真是躲着她，就是掘地三尺也要找见他。王积寿看见力一刀收拾东西准备上路找对象，就有点后悔自己给力一刀钱了。

力一刀离开王积寿的店，她打问到一个更偏远的煤矿云南人不少，她想，没准儿她对象就在那里。

那时候，出入矿区的就是那种当地人叫作“三老爷”的三轮车。力一刀在矿区等车，恰好遇到一位热心的大姐，大姐说自己正好也要去那个矿，先前还有点胆怯的力一刀一下子就有了主心骨，一路上她和大姐攀谈着，大姐说妹子你真是个痴心人，要是一般女人，早就跟了别人了。力一刀还是那句话：就是分手，我也得听他亲口跟我说。

山区的路曲里拐弯，颠得厉害，力一刀感觉肚里一阵一阵翻江倒海，最终没有克制住，早上吃的那碗面连汤带水翻了上来，幸亏反应及时，吐到了车外。

大姐一边拍着力一刀的背，一边递过来一瓶水。力一刀喝了大姐的水，眼皮沉沉的拉都拉不起来，瞌睡一阵一阵袭上来……

等她醒来的时候，一睁眼竟然发现自己又回到了王积寿这里。力一刀想要起来，身子却软得动不了，稍微抬抬头，脑袋里嗡嗡地响，好像捅爆了一窝蜜蜂。

力一刀确定自己不是做了梦，力一刀闭着眼睛，一点一点地回想着那天早上的情景，喝了水以后的事情就什么也想不起来了。

这个时候，有人来王积寿这里卖猪，那些即将变成猪肉的猪被赶进那个临时猪圈，吱哇乱叫。

力一刀彻底醒了，她趴在窗户上向外张望，她急于知道自己到底是怎么回到王积寿这里的。

王积寿和卖猪的交割清楚，第一次走进了力一刀住的这间小房。

王积寿说："你差点就被卖了。"

力一刀说："你怎么知道我差点就被卖了？"

王积寿没有正面回答力一刀的追问，而是说："你听我的，再不要去找那个人了，他不值得。"临出门时，王积寿俯下身，给力一刀掖了掖被角。力一刀的眼泪汹涌而出，她咬着被角，哭得浑身颤抖。

力一刀睡起来，迎面看到镜子里的自己，和离家的时候相比，脸盘明显大了一圈儿，这是王积寿家那些猪油滋润出来的。她拢一拢乱纷纷的头发，呆坐在那里。"要回你就回云南，那个人你就别找了。"王积寿的话像是午后闷雷一样，一遍遍地在她的心上滚过。

力一刀心想，王积寿一定知道她对象的下落，她再不能等了，她一定要问个清楚！

以往给王积寿收拾屋子一般是等王积寿不在的时候，那天，力一刀专瞅王积寿在的时候进去，因为着急，力一刀甚至连门都没敲一下就进去了。

只穿着短裤和背心的王积寿被突然进来的力一刀吓了一跳。他一边说屋里挺干净，不用天天收拾，一边赶紧套了一条长裤。

力一刀说："王大哥，我就想听你一句真话，你就说了吧。"

王积寿点燃一支烟，狠狠吸了两口，一张被烟雾笼着的脸就陷入了无比深重的痛苦里。

王积寿说："你真想知道？"

力一刀说："想！"

王积寿说："还是算了吧，你一定不会相信我说的话。"

力一刀说："我相信你，王大哥，我相信你是好人，你一定会说真话的。"

王积寿的眼睛里闪着光，愁苦的脸上显出了一丝比哭还难看的笑。

王积寿掐灭那个烟头，像是拿定了一个大主意一样"腾"地一下站了起来。

他拉开一个柜子的柜门，"哗"的一下，柜子里掉出一堆花花绿绿的女人衣服。

力一刀被王积寿这个突然的举动吓了一跳，她不知道，王积寿究竟想说什么。

"看见了吧？女人的衣服——我女人的衣服！"王积寿有点激动，他在说"我女人"的时候，腮帮咬得紧紧的，眼睛也像充了血一样红。

王积寿说："我知道，你一直奇怪我的女人哪儿去了，是吧？"

力一刀先是点点头，接着又赶紧摇了摇头。

王积寿说："我告诉你吧，你的对象带着我的女人跑了！"

力一刀瘫坐了下去，力一刀觉得这一切简直太不可思议了。

力一刀软软地说："我明白了。所以……所以……你就……"

王积寿说："是的，我恨那对狗男女，但我更恨你对象，我是把他当兄弟的，朋友妻不可欺，他直接给我拐走了……我恨他，他是狼，狼心狗肺……你在找他，我何尝不在找他……"

王积寿说："你一来，我觉得报复那个家伙的机会来了，他敢把我老婆拐走，我就敢把他对象卖了，卖到深山老林，卖大价钱……"

力一刀听不下去了，她"哇"的一声哭了出来。

王积寿也哭了。王积寿用一双粗大的手蒙着脸，像牛一样低低地号哭着。

王积寿的哭声把力一刀给怔住了，力一刀长这么大，还是第一次见一个男人放声大哭。

王积寿哭了一阵儿，抹一把脸，转头对力一刀说："那天我差点儿就把你给卖了。但我后悔了，你一走我就后悔了，真的……你可以不相信我，但我真的后悔了，幸亏，幸亏把你追回来了……"

力一刀向我讲述这些的时候，王积寿已经瘫痪在炕上了。

我说，力大姐，你对象拐走了王积寿老婆，你替对象还债来了！

力一刀把我晾在一边，专心对付案子上那个足有七八十斤的猪前膀。她肥胖的身子随着剔肉的动作抖动着，半袖衫前胸那个狮子头也跟着动，好像随时要扑下来。

骨肉分离之后，力一刀脸上的汗顺着脖子往下流。把一把剔骨的尖刀扎在案板上，动作娴熟而潇洒。

"替他还债？我凭啥？你给我说说，我凭啥？"力一刀也学会了王积寿的语言风格，关键时候尽是反问句。我被力一刀问得无言以对，好像真的没啥好"凭"的？

我说："自从那天以后你和王积寿的目标一致了，同病相怜，惺惺相惜……最后，你们俩就过到了一起……"

力一刀摆摆手，说："你说的那文词儿我听不懂，啥病不病，惜不惜的。过到一起是最最最后的事情。中间的事情可复杂了，可复杂了……我们的事情，能上今古传奇了，你信不信？"

"那个不要脸的女人，捎话说要和王积寿离婚，要精神赔偿，要分家产，人家知道王积寿拳头有肉呢。反咬王积寿，说王积寿没离婚，家里就养上了别的女人……说的就是我。这样一来，王积寿就没理。"

"她真是和王积寿白过了，她和王积寿讲理那是白搭。且不说，从根上论，咋说也是她没理在先。王积寿对捎话的人说，你叫她回来，我都给她准备好了。王积寿举着那把血淋淋的杀猪刀在捎话人面前竖了两下，那个人吓得赶紧跑了。那个贱货终究是没敢回来，离婚的事情就搁住了。"

"那个半脑子，就我那对象，被人家王积寿老婆甩了，一个人滚回老家了。还有脸给我写信，让我回去。我不想见他，我见了他没准儿会一刀捅了他——那是当时。要不是因为他拐了人家女人，王积寿也不会动那个卖我的念头，是不是？那次要是卖了，我可就惨了，幸亏王积寿良心发现……他良心发现很及时……所以说，王积寿是个好人，我从见他第一眼就认准了……尽管我看人常常走眼，但王积寿这个人我还是认准了的……所以，我很感激王积寿——感激一个差点卖掉自己的人，感激一个老婆勾引了我对象的男人，这话说起来真是绕口，这关系真是复杂，这感激真是怪……这简直是今古传奇……你信不信？”力一刀盘腿坐在自家店铺的台阶上给我讲故事。她从烟盒里弹出两根烟，自己叼了一根，抛给我一根。她狠狠地吸着烟，腮帮子深深地塌下去，颧骨就高高地突出来。岁月是把杀猪刀，在杀猪的同时，也把自己刮得满脸沟壑。

“起初，我们俩还都恨着那两个该死的家伙，特别是我，一说起来就恨得牙根痒，说到那痛处，我就由不住哭。王积寿就安慰我说，咱不哭了，为那样的人不值得。王积寿因为差点把我卖掉，觉得挺亏欠我的，他说，我什么时候想回老家，他会把我送回去。可我已经不想回去了，我离不开他了。特别感动我的是，有一回我生病了，发高烧，人都烧迷糊了，王积寿连夜把我送到县医院，给我抢救过来。昏迷中，我梦见有人追杀我，我跑不动了，这时候，王积寿一把拉起我就飞跑起来……醒来后，果然王积寿抓着我的手……那人可是细心呢，我生病住院期间，又是喂水又是喂饭，隔一阵儿就问你吃呀不，喝呀不，上不上厕所……一个病房的人都说我好命，嫁了个细心的男人……从医院回来，王积寿就让我坐柜了，就是当掌柜了。我说，你不怕我卷包儿跑了？他说我不是那样的人。他可真有眼光，我真不是那样的人。原来那该死的，一走杳无音信，我都等他好几年。说实话，咱年轻时候，也是要脸盘有脸盘，要身段有身段，也有人扑呢，咱就不是那人，咱和人家定了亲……经了这一遭，多少是活明白了，男人哪有个亲生的？既然他王积寿对咱好，管他是谁，管他能好几时，就这样过吧……”力一刀说话是连珠炮，她已经把当地话说得很溜儿了，不细听根本听不出一点“过桥米线”味。

“谁曾想，王积寿他老婆不甘心啊，她又打回来了。那女人这辈子就是来和我抢男人来的，我们俩上辈子一定有啥没解开的疙瘩！这女人以为自己有手段，就给王积寿上手段，先是捎书带信给王积寿下软蛋，又拿娃娃说事。那一阵子王积寿的阵脚有点乱了，我也乱了。我心说，万一人家两口子真要破镜重圆，我就有点多余了。我甚至已经做好撤退的准备，毕竟人家两个有孩子。”

就在这个时候，王积寿出事了，王积寿在收猪途中，三轮车开到了沟里。千日打柴一把火烧，把家里的积蓄花了个底儿掉，才捡回半条命。

那女人的态度一百八十度大转弯，再不闹着回来了。力一刀就完全接手了王积寿的烂摊子！

“今古传奇”讲得多了，力一刀已经跳出了恩怨情仇，一脸云淡风轻。

力一刀说，下一步，叼个空闲时间，我一定和王积寿把证领了。一个人一辈子，总得正经结一回婚呢，你说是不是？

力一刀还求我帮忙，结婚前，一定把名字改回来。

嗨，这女人可真轴啊！

小人物·一把抓

乡村赤脚医生成仁美看病的手法独到，见效快，一下子就能把病拿捏住，村乡人说话，那就是“一把抓”！

那时候，也不时兴送锦旗送牌匾，再说了，人穷得药钱还得赊欠，哪有那份儿闲钱摆谱整那个西洋景儿？但生而为人都有个心呢，人家给你看好了病，说句好话也算个答谢。打地摊儿要把戏的还说了，有钱的捧个钱场，没钱的捧个人场，好话也舍不得说一句，那成啥了？说着说着，成仁美看病——一把抓，就成了当地一个歇后语了。

一般小毛小病，成仁美一番望闻问切，一句“没多大劲气，好说！”病就减了三分，头疼脑热小毛病，一撮药面面，三五个药片片，吃完就好了。要是病得重些，就开草药，开那种最便宜的草药，一开三服，三服三服又三服，最多开到第三个三服。临走，成仁美就一句话：你再不要来了，顶事了。有个外村人，觉得吃成仁美的药见了效，想多吃个三几服，巩固一下疗效，成仁美瞅那人一眼，说：“你当那是吃洋烟呢？上瘾了？是药三分毒呢！”人们都说他怪，多卖一服药多挣一份钱呢！成仁美说：“我是个治病的，又不是个卖药的。依你说，那医生盼人得病，棺材铺掌柜盼着死人……”

成仁美的医术是家传的，他妈就是乡村土医生，会接生，懂针道，能捏骨，会推拿，还会使些小偏方。那时候的人不值钱，有病也不当个事情，直到扛不住了，才想起来“撩拨撩拨”。他妈也没个资格执照，从来没把自己当个医生，也不敢说给人看病而是说“撩拨”，但确实是能给人撩拨好。成仁美的妈长得慈眉善目，慢言慢语，不慌不忙，惯常说的一句话就是：“吃人米茶饭，还没个头疼脑热？撩拨撩拨就没事了。”

成仁美从小就看他妈给人撩拨，看着看着就看会了。有一年秋天，一伙儿小娃们在地里跟着耕秋地的牛犋捡遗留下的山药蛋。按照惯例，往往先是拾一堆柴，把捡来的山药烧上，饱饱地吃上一肚再说。娃娃们猴性，等不及烧熟就开始刨着吃了，“山药夹钢，越吃越香”，有个娃娃贪心，就着西北风大一口小一口，一口气吃了六七个半生不熟的“夹钢”山药，又喝了一气山泉水。不大会儿工夫，肚子胀成个鼓，一敲还嘭嘭嘭地响，紧接着就疼得哭爹叫妈了。一伙儿娃们用排子车把他拉到成人美家，成仁美妈不在家，那个娃娃疼得龇牙咧嘴直哼哼，疼出一头黄豆大的汗珠子。

成仁美不紧不慢地问他吃啥了喝啥了，然后摸摸肚子，说：“你这是喝上子母河的水了，要生小娃娃了。”一伙儿娃们都笑了，肚疼的那娃想起来走人，但扑了几下，还是起不来。

成仁美稍稍犹豫了一下，便拿出了他妈的银针包，取出一根一拃多长的银针在那娃脸前晃一晃。成仁美说我给你撩拨撩拨，你就松快了。那娃怕了，杀猪一样地号开了，边号边骂成仁美：“成仁美，你往死扎呀……我是找你妈撩拨……用你撩拨个啥……”

一伙儿娃们按胳膊的按胳膊，按腿的按腿，那个肚疼的家伙动弹不得，嘴里却是不停地哭骂。成仁美一心想着给他往好里撩拨，那娃骂他的话好像没听见。他学着他妈扎“霍乱”（惊风）的样子，把那娃的胳膊自上而下，使劲儿捋了几把，然后就给他扎手指肚儿。每扎一下，那娃就骂一句他，十二三岁的成仁美很平静地给他扎完了十个手指肚，那娃号叫得疲乏了，肚子就“咕噜咕噜”叫唤开了，接二连三放了几个大臭屁之后就不疼了。

天擦黑，大人下地回来，那娃的妈用笼布包了十个鸡蛋来家答谢成仁美，他妈才知道成仁美动针了。送走那娘儿俩，成仁美的妈关上门，叫成仁美跪在堂前供着药王菩萨的神案前。

他妈说：“你先给我说说，今儿这事情做得对不对？”

成仁美说：“也对也不对……”

他妈说：“你给我说说哪里对……”

成仁美说：“我那是治病救人哩！”

成仁美妈说：“人命关天，你娃胆大包天！”

成仁美说：“你不是说针火不伤人吗？”

“我还说啥了？”成仁美妈晃了晃手中的鸡毛掸子，逼问成仁美。

“宜浅不宜深，躲开骨头避开筋……我给他扎的是手指头……”成仁美并不告饶。

他妈晃一晃鸡毛掸子问一句：“再敢不敢动我针了？”成仁美始终说“敢”。晃了那么几次，成仁美也没说个“不敢了”。成仁美跪在地上，腰挺得直直的，抓着掸柄，仰着脸求告说:“妈，你就传我吧，我要跟着你学扎针。”

十二岁的成仁美扎拱心霍乱（冷惊风）一下子轰动了，村里人预言：那娃将来了不得！

自那以后，他妈就开始教成仁美扎针，热惊风扎哪儿，冷惊风扎哪儿，腿疼扎哪儿，腰疼扎哪儿，先是拿个布偶人练着，后来他妈添了腰腿疼的毛病，说：“医不自治，你给我扎吧。”成仁美果真就给他妈扎好了。也是从那时候起，成仁美就开始独立给人撩拨了。

那年他十七岁。

十七岁的成仁美脸面白净，高鼻梁，大眼睛，乍看有几分女孩子的秀气，因为常年日久看医书，不知不觉还浸染出一身文气。

成仁美的妈知道，光是家传的这点手艺仅仅是能撩拨个小病小痛，要想吃这碗饭，要想治病救人，还得往深里学，特别是把脉抓药，那是深不见底的学问。

二十世纪七十年代初，国家培养赤脚医生，有个推荐培训的名额，村里人都认为这个名额应该给成仁美，连成仁美自己也觉得，这次“深造”的机会对他来说，那是满把手擤鼻涕——稳握！成仁美的妈张罗着给他拆洗了一套能见人的铺盖，狠狠心把家里仅有的一领二五条毡也裹到了被褥捆子里。

临走到跟前，人换了，换成了支书的侄子。

为此，那个公社书记还到成仁美家去了一趟，说什么让贤，成人之美的扯淡话。书记走后，成仁美的妈就直叹气。成仁美笑笑说："妈，你老别打嗐声，成仁美，就是成人之美，要怪就怪我姥爷给我取下的这名字吧！"

支书的侄子培训完就到公社卫生所工作了，据说打针能崴了针头，输液把胳膊扎成筛底子也找不见血管。这个参加了正规培训，穿着白大褂，胸口挂着听诊器的医生每天坐在卫生所等病人，但除了领避孕套，就是没人送个脚踪，人们就给他取了个外号叫"避孕套医生"。

成仁美无证无照不挂牌，但寻他看病的人却是越来越多了。成仁美也有承包地，但他基本不用下地，从种到锄再到收割碾打，乡亲们争抢着给他家帮忙。因为，人们欠着成仁美药钱和人情。

村医成仁美除了给人看病，闲暇时候就打理院子里那些果蔬花草。他家的院子里种着桃树杏树梨树枣树山楂树，因为修剪得法，结的果子也多。桃杏成熟，一村人分着吃，家家有份儿。梨子下树后存在窖窨里，冬天谁家孩子来看咳嗽，给几个梨，或烧或煮，配合着药吃，很见效。山楂和红枣晾干了，都入了药。

除了种花种菜，成仁美还种药材，他常常上山采草药，把那些草药连根挖出来，栽种到自家院子里，那些药草，有的种活了，有的种不活，有的种活后又死了。成仁美家的花草也能治病，小孩子们得了肿脖子病，肿得一侧脸都胖了，仄着身子歪着头来找成仁美，成仁美不慌不忙，摘一把什么叶子，三下两下在石臼里捣个稀巴烂，抓一团拍到肿胀处，一两天就消肿了。

二十世纪七八十年代，农村卫生条件差，饮食也粗糙。夏天小孩子闹肚子拉痢疾的多，成仁美一问饮食二问便，三句话问过心里就有底了。成仁美不开药，说给娃炒颗鸡蛋，捏一撮白矾，趁热吃。

吃了几顿，痢疾果然就止住了。要是着了凉，急性肚疼，一盅高度白酒，一撮黑糖，糖泡在酒盅里，划一根火柴把酒点了，等火焰熄了，热热地连酒带糖吃了，肚子就舒服了，村里有个酒鬼，一馋酒了就抱着肚子找成仁美吃“黑糖炼烧酒”。成仁美看脱臼，嘴上说“我看看”，猛不丁在什么地方一托，一扶，一按，就上去了。来看的人咬咬牙，正准备承受骨头复位的疼痛，成仁美却说：“能了，回哇！”

当年卡了他脖子的支书家的儿子住校回家，进门吃了一顿莜面，后半夜肚疼得要死要活。吐不出，拉不下，一向眼睛上瞟对成仁美不屑一顾的支书只好敲成仁美的门，求成仁美给撩拨撩拨。成仁美按按支书儿子的肚子，在膝盖处、肚子上下了针，憋胀有所缓解，但疼痛还是一阵紧似一阵。成仁美就建议支书赶紧往城里的大医院送。保险起见，支书要成仁美也跟着。路上，成仁美趴在开拖拉机后生的耳朵边嘀咕了几句。开车的后生会意，一路上哪里不平往哪里开，颠得支书儿子哇哇大叫。颠簸到城里，支书儿子的肚就不疼了——原来是结着的地方颠开了。

成仁美养一头毛色黑灰的叫驴，养一只花狸猫，还有一对鹦鹉，外出就诊，成仁美就骑着驴。成仁美骑驴向来是侧着身子一顺儿骑，而药箱就在另一侧搭着，这种独特的骑法曾经是乡间小路上的一道风景。那时候，病家招待驴的是指头肚大的灰燎泡豌豆，招待成仁美的是鸡蛋挂面。成仁美一看病人家枕头流皮子，土炕无席子的光景，鸡蛋挂面是万万吃不下。当地最不缺的是山药蛋，成仁美说个人长下个吃山药的肚，一辈子就好吃个盐煮山药，别的服不住。病人家就拣那长得圆头圆脑的黄皮山药蛋煮上一锅招待成仁美。成仁美呢，盘腿坐在炕上，夹了那开花爆裂的山药蛋用筷子杵烂，拌上炝了油辣椒的腌菜，美美地吃起来。日久天长，四邻八村的人都说成仁美就好吃个山药蛋。

成仁美爱写字，写毛笔字抄药方，或者随便写什么。只要一拿起毛笔，成仁美就好像入了定的和尚，一坐就是半天。用他老婆的话说就是家里的油锅溢了也不管。成仁美写字的时候，花狸猫就蹲在桌子的一角，安安静静地看他写。一幅字写完了，成仁美站起来侧着脸端详那字，花狸猫也站起来，绕着字走一圈，然后冲成仁美“妙妙妙”地叫几声，成仁美的脸上就浮出了笑。成仁美的鹦鹉笼门不关，那对鹦鹉是可以自由出入的，鹦鹉调皮，不是飞到药柜的顶上，就是飞到成仁美的肩膀上、头上。有时落在砚台边上瞅端那一泓墨汁，瞅着瞅着，嘴就探进了墨里，蘸着墨的鹦鹉嘴在成仁美写字的白麻纸上啄，啄一下一个黑点点，拉一下一个黑道道。成仁美给人号脉扎针的时候，两只鹦鹉并排站在架杆上，一动不动，猫蹲坐在窗台上左一把右一把地洗脸。而人走的时候，花狸猫就跳下地，冲着来人“妙妙妙”地叫几声。鹦鹉嘴巧，成仁美常说的二三个字的话，比如“不要紧”“没事情”等，它们都会说。来看病的人都说，成仁美家的猫和鹦鹉都顶着仙儿呢。

成仁美一辈子行医，念他好儿的人多的是。但有那么两三件事却给自己惹了些麻烦。

成仁美只看病不看人，讨吃要饭的上门，除了看病不要钱，还得贴一顿饭。邻村有个哑巴，一不舒服了就找成仁美，哑巴一脸悲苦，两眼总是水汪汪地噙着泪。他孤身一人，一年到头给弟弟家种地放牛，却挣不下一顿饱饭一身囫囵衣裳，身上的毛病是一年比一年多。

成仁美对那个弟弟说：“你领你哥到大医院检查检查吧。”那弟弟压根儿就不管，哑巴最后一次来成仁美的诊所是弟弟送来的，瘦成一把柴的哑巴一边流泪，一边少气无力地“啊呜，啊呜”，回家后，哑巴就死了。哑巴的弟弟反咬陈仁美治死了他哥，一伙人披麻戴孝把棺材抬到成仁美家门口闹。成仁美不恼不怒，该看病看病，该写字写字，有时还给哑巴上三炷香。不知谁给把这件事报到了乡里派出所，派出所的人说有事说事，以官道法，把棺材摆人家门口算做啥？那家人本来就是讹人，一听以官道法，就把哑巴草草埋了。

那年，成仁美给一个孕妇看病，一番望闻问切，也没啥大毛病，只是觉得胎气动得厉害，那孕妇却坚持说不到日子。那家的老婆婆狐狐疑疑，掐着手指头从媳妇儿进门算起，咋算也不到时候。说话的工夫，那媳妇儿“哎哟”一声，羊水顺着裤腿漫到了炕上。

情况紧急，山高路远，进城是来不及了，成仁美就和那婆婆一起接了生。那是成仁美从医以来唯一的一次接生。

那家婆婆看到孙子出来，反复问成仁美月份足不足，成仁美一看那娃娃，红光满面，胎发黑油油，就报喜说：“老婶子放心吧，足顶足实够月份！”没想到，那婆婆的脸却阴成了黑铁片。成仁美第一次成功接生，常规谢酬接生婆的红表布没挣下一寸，红裤带没挣下一根，甚至连盐煮山药也没挣下一顿，反倒惹出半箩筐闲是非。

却说这家的男人是个铜锤，自从成仁美给他媳妇儿接完生，就没给过成仁美个好头脸。他好喝酒，还常常喝醉。只要一喝醉就找成仁美的不是，什么难听的话都说了。那时候的乡间，死封建，就没有男人接生的。虽说也是救人性命的水火营生，但说起来多少有些尴尬。

有一次，铜锤又喝了酒，他先是质问成仁美他那娃娃到底足不足月，成仁美说足不足月不要紧，生到你炕上就是你的。铜锤对成仁美的回答不满意，一下子就把成仁美写字、坐诊的桌子给掀了，纸笔砚墨听诊器药盒子扬下一地。

成仁美的老婆忍不住了，和那铜锤理论，铜锤说你男人把我女人摸也摸了，看也看了，你们还有理了？成仁美老婆气不过，说摸也摸了，看也看了，你想咋？说着拾起大扫帚把这后生扫了出去。

女人的心量毕竟小，一想到“摸也摸了，看也看了”明知道没个啥，心里还是猫抓一般闹心。成仁美见女人没好气，也不知该说个啥，好像自己真是做了坏事。有那么一阵子，成仁美让这件事情真是泼烦痛了。好在，事情说着说着就淡了。

城里的药店请成仁美去坐诊，基础工资之外，就是卖药的提成，成仁美去了几天又回来了，因为他开不出去太多的药，主管就不乐意。

成仁美还做乡间土医生，找他撩拨的人依然很多。

除了看病，给人撩拨疾苦，偶有余暇，成仁美就侍弄花草，写毛笔字。驴是不养了，猫和鹦鹉都还养着。他写毛笔字的时候，猫和鹦鹉就安安静静地看。

成仁美给自己坐诊的西正窑写了一副对联，

上联是：但愿世上人无病

下联是：宁肯架上药生尘

横批是：医者仁心。

小人物·拿不严

拿不严给我打电话说："下个月十八我结婚，你回来喝喜酒吧。"说完，电话"啪"一下挂了。

拿不严在电话里说话的声音很大，底气很足，大概怕我没听清楚，还补发了个短信，时间，地点，事件，三要素清清楚楚。

我在心里感慨着：这回算是拿严了！

拿不严的真名叫严成，中国字里，读"严"和"成"的不止一个。严成这个人呢又好逗个趣儿，每每有人问他姓名的时候，必然一本正经地说：姓严名成！拿不严的严，闹不成的成！拿不严在当地方言里和闹不成是近义词。严成这种自我介绍的方式有点自嘲和自黑的意思，严成习惯于以这种方式娱乐自己，愉悦别人。

说起这个名号还有一个典故。

我们上小学的时候，过"六一"儿童节，学校要求统一着装，几乎每年都是白涤纶衬衫，蓝裤子，白网球鞋，因为家里穷，闹不下这套装备，严成就不能参加歌咏和广播操比赛。人家娃们排练，他就在队伍外围眼巴巴地看；人家做操，他也比画着做操；人家唱歌，他也跟着哼哼。正好有个小合唱的女同学在比赛前病了，排好的倒三角队形差个人，而且似乎只有严成的身高能架起那个女生的衣服。老师就让严成穿了那女孩的衣服补到了队伍里。正式比赛那天，老师给严成搽了红脸蛋儿，头上还箍了个红发卡，发卡的当中缩着一朵红头纱折叠出来的大花，还有一半头纱是披在脑后的。这一打扮，严成混在女娃里头真看不出来。因为没有头发的拴绊，发卡别不牢，上场前，老师一再嘱咐严成，操心发卡。但那个该死的发卡还是在表演快结束的时候掉了，严成的光葫芦头一下子就亮了出来，现场笑成一团，当然那个老师一心想要出彩儿的节目最后以出丑而告终。

回来后，老师在班里批评严成，说："亏你叫个严成！我看就是个拿不严，闹不成！"

从此后，就好比受了皇封一般，拿不严这个名号就差不多取代了严成的真名。

因为严成这个名字使用频率不高，一般只写在身份证和户口本上，久而久之，就被人遗忘了。别人遗忘倒也罢了，连严成自己都感觉陌生了，有时候填个什么表，还得拄着笔杆打个定心（短暂思考一下），然后才郑重其事地写下那两个字。倒是拿不严这个名号，人一听就记住了。严成说，人家大丈夫行不更名坐不改姓，咱倒好，人活得窝囊，把家大人给取下的那个好名字也给糟蹋了！

人这一辈子，平平顺顺的有没有？有，但也不多，磕磕绊绊的居多。俗话说马粪还有一发呢，俗话还说，三年还等个闰月年呢。但事情到了拿不严这里，走着走着它就堵死了。老天爷苛刻，盯住他了，拿不严这辈子就没发过，用他个人的话说，命里占个"破"字，行事总遇克官！盘点一下，拿不严这大半辈子好像真是做啥啥不成。

偏偏这个人是属蟑螂的，特别顽强，这里跌倒那里爬起，生命不息折腾不止。每隔三两年，他就换个行当。前几年，我在早市遇到了拿不严，这家伙居然卖起了鱼！

我问拿不严："买卖咋说？"

拿不严说："就尿是个那，红一天，黑一天……"

我又问："拿严拿不严，到底是红时候多，还是黑时候多？"

拿不严说："差不多。反正就赚得吃死鱼了……吃得我眼睛都鼓出来了，现在做梦都梦见自己长了一身鱼鳞……"

拿不严说："这城里人真狗的讲究，买鱼就买那机灵活泼的，他们不知道，机灵活泼的都吃着药呢。”说这话的时候，拿不严用那一只蒲扇大的手遮着半个嘴。尽管这样，旁边卖菜摊上那个身量苗条面皮白净的女人还是听见了。她趔过头，瞪着杏核眼狠狠地剜了拿不严一眼，转过身还含含糊糊地嘟囔了句什么，我没听清。拿不严不但不恼，反倒笑出一脸比鱼下水还恶心的暧昧来。他下巴一扬，对我说：“河南侉子，我的董事儿长！”果然，只要是扫码支付，人家都扫的是“董事儿长”的二维码。

那天，拿不严还送我三条死鱼，他说，现死的，不碍事。我要他上秤称一称。拿不严立马变了脸，三角眼一瞪，八字眉一皱，扬起蒲扇大的巴掌要扇我。我只好把那三条现死鱼收下。

说起来，拿不严还是我的远房表哥，大我四五岁，小时候也常常一搭里耍。耍骑马，他永远当马，而且是特别好的马，叫他左转就左转，叫他右转就右转。一伙儿小娃们捣蛋，做下啥灰事都是他的事，等于是人家牵驴他拔橛。那年偷疤核桃的杏儿，说好他上树摘，我们几个放哨，等疤核桃来了，我们都跑了，拿不严就被困在了树上。疤核桃拄着一根棍子站在树脚底，拿不严猴在树上，两个人僵持着。最后，他妈把他领回去，好一顿打。拿不严念书迟，才地不咋好，数学还勉强，语文是一窍不通，他认字，永远停留在认不得却“面熟面熟”的程度。因为在村里“害”得不行，掏雀儿捉犵狳，上房揭瓦，下河耍水，没有他不敢的。家大人怕“戳下拐”，才把他圈到了学校里。

拿不严本来就不想上学，有了联区比赛那件扬名立万的大事件，更是一天也不想去学校了。好不容易挨到四年级，说啥也不念了。虽然拿不严不是念书的料，但拿不严失学，老师们还是挺惋惜——从那以后，他们吃水只好自己挑了。

十三四上，拿不严就长成半大后生了。他爹说，小子不吃十年闲饭，受哇！拿不严不怕受，有疙瘩愣劲呢！拦牛放羊没个不做的，到了十八九，拿不严就已经是个全劳力了，犁耧耙耱没个不会用的。按照他爹的规划，他开始攒娶媳妇儿的钱了，钱攒到差不多的时候，家里就张罗给他娶媳妇儿的事情。

头一回说的媳妇儿是邻村的，看对象的时候，拿不严穿着一身半旧的黄将军呢套装，脚上蹬一双三接头猪皮鞋。一番洗涮后，给头发上打了指头肚大一疙瘩发蜡，矬下身子对着土窑洞后掌墙泥皮里嵌的那块水银玻璃左照照，右照照。临出门还和媒婆逗趣儿说："婶子，你看你侄儿是不是装龙像龙，装虎像虎？"

拿不严兴兴陶陶请出借来的凤凰牌二八大杠自行车，拿一块抹布，把本来就一尘不染的车身又仔细擦了一遍。然后骑着车，载着媒婆一蹦子冲到了女方家。

没想到的是，自始至终那女子拢共闪了一面，家大人也温不吞吞的，不像个蒸馍馍的火色。眼看越坐越凉，人家连口水都没给倒，他和媒人只好灰溜溜地走了。媒人不歇心，觉得这家人先热后冷，其中一定有啥蹊跷。人家说，拿不严进了他们家大门还给车上锁……还有就是女方的妈问他妈多大岁数，拿不严抓耳挠腮报出个岁数，人家一合算，他妈比他大十岁！就这两下，第一印象就是不机灵！

第二次相亲，是女方上门，呱嗒得挺好。拿不严偷眼看那女子，黑是黑点儿，但圆脸盘盘大眼睛，挺耐看。他妈说，看对了，你就活眼转色的，别像木头人一样，一声不吭。吃罢饭，拿不严搬出一个大西瓜，一刀切下去，白籽儿白瓤！拿不严"呔"了一声，说一个生葫芦蛋！闹点儿羊油炒着吃吧。本来切出生西瓜就有点那啥，拿不严又说羊油炒西瓜的调皮话。女方家人的脸当下就拉下来，说拿不严他们家小看后山人没吃过西瓜！

这门亲，又坏在了那个生西瓜上！

从那儿以后，说死说活，拿不严再不看对象了。说到底，问题不在锁自行车上，不在"他妈比他大十岁"上，更不在"羊油炒西瓜"上，根本问题出在穷上！拿不严说，等老子挣了钱，老子就娶县剧团的筱翠兰！

筱翠兰是县剧团的当家花旦，上了装好看，卸了装也好看，尤其是身条条，前凸后翘，走路一步三摇，辫梢梢上的粉丝绦忽飘忽飘，仙女一样。每年夏天，拿不严就追着县剧团看戏，他不懂戏，他看戏只看筱翠兰。

那年筱翠兰在邻村唱戏，拿不严场场不缺去看戏。有一天晚上，筱翠兰从戏台下来，在戏园子里的小摊子上买东西。筱翠兰走哪儿，拿不严走哪儿，离得远了怕跟不住，离得近了又心慌，就那么不远不近地跟着。这个时候，插出来个二混子故意撞了他一膀子。然后三四个人就拉他到僻静处，问他说没说过娶筱翠兰的话，拿不严敢说敢当，当下拍着胸脯说："说过，咋啦？"那二混子说："癞蛤蟆想吃天鹅肉！你小子是猫儿眼花了扑大瓮哩！筱翠兰是个你想的？"说罢，照住拿不严当胸就是一拳，拿不严也不是吃素的，就和那二混子打了起来。就在拿不严被打得坐在地上缓气儿的时候，筱翠兰居然就站在那里边嗑瓜子边笑。昏黄的灯光下，拿不严看见筱翠兰原来长着一双细眯眯的狐狸眼！后来才知道，那二混子是支书的儿子，因为喜欢筱翠兰，每年让他爹定两台县剧团的戏，唱戏期间，筱翠兰就吃住在支书家。支书家的二混子扬言，他和筱翠兰睡得都懒得睡了！

自那儿以后，拿不严就不再追着剧团看筱翠兰了。

女人的事情放下了，拿不严就一心谋着发财挣钱，想要发财致富，就得有点变点点。拿不严的经典论断是：死受，最终结果是受死！

我们那一带地薄，种不了高粱玉米等大田，也不种菜。传统种植就是山药胡麻，杂豆莜麦。人家川底人鄙低山里人，说喂牛菠菜打鼓葱，山汉老婆才尝新！拿不严说他种山药胡麻杂豆莜麦种草鸡了，他种菜呀！话没落地，本家一个圪蹴在日阳湾湾晒暖暖的爷爷就在他小腿上抽了一拐棍！

当年，拿不严果真就在自家最好的一块河湾地里种了三亩秋茴子白，那年雨水多，茴子白长疯了，个个都是洗脸盆大，瓷顶顶白生生的喜人。拿不严日日夜夜守着他的茴子白，他盘算了一下，这一地茴子白卖出去，盖三间大正房的椽就有了，再种一年，檩条和砖瓦就没问题，种上三年，一处瓦房大院就盖起来了，到时候，还愁娶个媳妇儿？

没想到，那年茴子白价钱低，一斤二分钱，一袋子卖不下两块钱，还得贴一条三毛钱的尼龙袋。拿不严不信这个邪，他赶着毛驴车去后山卖，谁成想，早起的遇上夜行的了，人家川底人开的是拖拉机，已经以粮换菜刮了好几遭了。正没主意的时候，看见有个抱娃娃的女人挺面熟，一时想不起来在哪儿见过。那女人不知说了一句什么，一伙儿女人们就稀里哗啦笑成一团。拿不严不怕女人对他笑，但一伙儿女人一齐对他笑就有点呛不住，他调转驴头，赶紧离开那个村子。走出老远一程路，才想起来，那个女人就是因为“羊油炒西瓜”弄黄的那个女子！

当年一秋一冬，第二年一春天，拿不严他们一村人都在吃拿不严种下的茴子白，生吃熟吃，生着法儿变着花样吃，用拿不严的话说，一村人都吃水灵了。

头一年的椽钱没打闹下，拿不严不死心，他不懂什么市场经济，也不懂什么供求法则，但他知道去年种赔了，今年势必种的人少，那种下的就是缺货货！

果然那年的茴子白就是缺货货，一斤两毛钱，价钱真正翻了十番儿！按说，这一年拿不严是拿严了，但不争气的是，拿不严的茴子白像被施了定身法一样，长到碗口大的时候就再不长了，不长不说，还开花爆裂，再被雨水一淋，日头一晒，全都臭在地里了。

拿不严坐在地头苦笑着，不用细算，赔了！

也就是从那天起，拿不严下定了进城闯一闯的决心。

头几年还真闹得不赖，我还在寻房租院的时候，拿不严就闹下一处住处，虽说只是城墙上掏出来的两间土窑洞，但毕竟是城里的窑洞！用拿不严的话说，住着恭气！后来人家政府改造老城，给了他一处宅基地。至此拿不严种茴子白没有实现的那个梦想眼看就要实现了。拿不严逢人便说：“这回是拿严了！”拿不严甚至觉得，他的运气调过来了，

拿不严的宅基地是三间，一下子起三间房有困难，拿不严就把

这三间宅基地卖了，准备在城边上买一处小院。攥着七八万块钱的拿不严就四处踅摸着看房，毕竟房子是传辈儿的，不能草率。一二年之后的二十一世纪，房地产业发展迅猛，我们这个指甲盖大小的县城也跟风上涨。拿不严那七八万块钱就一天比一天不值钱了！我说凑吧凑吧买吧，总得有个自己的窝呀。拿不严说，我倒想买哩，你给问问人家零卖不零卖！再说了，都投到房里，我喝西北风呀？我听出来了，拿不严这是要钱生钱！

果然，他和人合伙养起了猪，起初干得不错，从东北引进的乌克兰大白猪。拿不严和我夸他的猪是“细蹄小耳长身条，出肉率高”。每次见面，他都是三句话不离他的乌克兰大白猪，一说起猪来，拿不严的脸上都流露出一种令人神往的表情，我知道这家伙把房子妻子票子都押到猪上，他看那些猪，比看到美女都心宽。我说，你都是猪总了，也该成个家了。拿不严说，已然迟了，等三二年哥发达了，娶个十八的！这年头，只要有钱，那女儿们能排到乌克兰……说真心话，乌克兰那女儿们就是好看，白净，水灵，我东北那朋友人家就娶回个乌克兰女人！拿不严一边说，一边咽了一口吐沫。我说，行，我等你给我娶个乌克兰表嫂！

一场猪瘟，猪场黄了，拿不严投进去的七八万块钱连个响动都没听见，悄无声息地蒸发了。

我去看拿不严的时候，他圪蹴在揭去了棚顶的猪圈墙上，面对空空的圈舍发呆，身上披的是一件灰不灰蓝不蓝的夹克。从弓起的后背看，跟我那个舅，他爹，活脱脱一个人！

我苦笑着说：“哥，又没拿严！”

拿不严说：“你的乌克兰表嫂黄了……”

我说：“下一步咋办？”

拿不严说：“看成败人生豪迈，大不过咱从头再来！”拿不严从墙上跳下来，抖抖肩膀，快要掉地的夹克就服服帖帖披在背上了。

养猪赔光以后，拿不严做过小本买卖，骑个小三轮和城管躲猫猫，工地上打过零工，小区物业里当过保安……之后的之后，又回村种起了葵花……

回村才知道，拿不严在村里干起了农业合作社，种葵花。就是我们当地叫作向日莲的一种作物！

拿不严说，老话也有错哩，我发现光勤劳不能致富，得跟着政策走哩……

拿不严的婚宴设在新盖起来的小二楼，娶的就是那个河南“董事儿长”，男人出了车祸没了。前人栽树后人乘凉，拿不严一结婚自动升级，直接就当了爷爷！

敬酒的时候，我说：“哥，这回彻底拿严了！”拿不严醉眼迷离地冲我笑，他说：“哥一辈子心心念念遇事想拿严，结果没有一件事情能拿严。以后，还是叫哥拿不严吧，这样，踏实。”说完，我俩结结实实干了一杯！

小人物·张泥抹

俗话说：三百六十行，行行出状元！但状元和状元之间还是有差别的，和木匠、油匠、毡匠相比，泥匠的含金量一般情况下是略逊一筹，你想，整天和泥水滚战，还不是一身泥一身水的邋遢相？但事在人为，张长贵这个泥匠是泥匠行里的二般情况，虽说做的是泥水营生，但干活儿干净利落，为人处世讲究，真正给这一行当争了气，长了脸。

我们这一带，黄土高坡，最不缺的就是泥，早年间住的是土打窑，傍崖头掏出来的，沿袭的是古人类的“穴居”，没什么技巧，使的就是一把子蛮力。再上一个档次的就是土坯碹的窑。碹窑须先下根基，就是地基上挖了壕，夯实了，再稳下石头。地面部分的后掌墙，界墙，拱形的窑顶都是土坯垒的，虽然是土窑，但耐实，很扛年月，传个三四代百八十年没问题。住窑洞就要打炕，盘炕可是个技术活儿，家暖一铺炕，炕盘不好，火烧不旺，做出来的饭不是夹生，就是一股窜烟味，简直恼火透顶。说白了，窑好不好住，考验的都是泥匠的手艺。

张长贵出生在二十世纪的六十年代，那个时期，吃饭问题还是个问题，吞糠腌菜长到十六七岁的张长贵身条细长，顶着个瘦干的脑袋，活像一根豆芽。有一年春天，他舅舅家碹窑，他妈打发他去舅舅家，一则帮忙干活儿，一则托嘴混饭。在舅舅家碹窑期间，长贵早上天黑黢黢的就赶着毛驴车下河湾拉水，不等天麻麻亮，大蓛泥就洇上了。看见长贵干活儿不惜力气，舅妈的脸也就不那么长了。

张长贵五个舅舅，舅舅们每家都有两三个小子，每年春天，不是这家碹窑，就是那家打土坯准备碹窑，还有抹不完的窑顶。反正是，一春一夏，隔三岔五，张长贵就在姥娘舅舅门上帮忙。泥水营生出大力流大汗，吃不上哪里来的力气？所以，但凡准备碹窑的人家，提早就攒上了粮食，蒸莜面，蒸起面窝窝，都是实实在在的粮食饭，长贵的胳膊上渐渐地长出了疙瘩肉。

长贵存心，再加上泥水营生的技巧本来也不多，做得多了，长贵就摸索出一些门道。比如和泥，就好比女人们和面，擀面条要稍微硬一点，擀出来才根根分明，揪面片就要软活一些，这样便于拉长拉薄。还要把握好几个“到”，那就是“洇到”“扎到”“搋到”，大蓛泥要提前洇水，蓛柴要轧碎，才能蓛泥相和，和泥时先用锹和，然后跳进泥池赤脚踩——只有用脚踩，才能感觉出泥的软硬和筋度；然后就是用锹铲了泥反复摔打，进一步提高泥的筋性，就好比是搋糕一样。这样和出来的泥，叉一铁杈，似流不流，一扬一撂，一整团儿稳稳地落到该到的地儿，中间不会哩哩啦啦掉一星半点。最后还要做到“四光”，那就是墙光，地光，人光，工具光。

长贵这人吧，从小自尊要强，就怕人家说个不三不四，虽说做的是泥水营生，人却是格外干净，干活儿是干活儿的穿戴，干完活儿，就地洗涮，从不泥手泥脚上主人家的炕。长贵使唤完的瓦刀、泥抹，先用柴草把糊在上面的泥巴擦抹干净，再用清水涮一涮，晾在那里控干了，光光亮亮地晃人眼。共过事的人都说长贵的做派不像个泥匠，倒像个捉笔杆儿的。长贵说，泥抹、瓦刀那是泥匠的一只手呢！

下地基，脱土坯，和泥垒墙都是出大力气的粗糙营生，盘炕和刮泥屋内墙壁那才是真正的技术活儿。这两项技术是长贵独步一方泥匠江湖的看家本事。长贵盘的灶和炕，省柴火还好烧，火焰顺着炕洞子满炕蹿，一铺炕就均匀温热。且不论春夏秋冬，刮的是东南风还是西北风，都不会倒冒烟。人们都说长贵盘的是顺气炕。这灶火旺，炕顺气，烧火做饭的女人们自然就顺气，女人们一顺气，那就是一门和顺！那几年，人们盘炕都要请长贵来把关。不仅如此，那些倒冒烟的老炕也找长贵改造。长贵“治炕”，和医生看病一样，上来先是一番“望闻问切”，然后揭开炕板，在几个关键位置，或铲高或垫低，把炕洞子的走向，弯度，坡度稍稍一动，就好烧了。做饭时几乎不用拉风箱，火苗子就“嚯嚯嚯”地奔腾跳跃。老婆子老汉坐在温热的炕上，说这炕热乎乎的，多亏人家长贵了！

虽说土窑洞里里外外不过是一把黄泥，但不论穷富，不论年代，人都追求美观和舒适。除了灶和炕，抹内墙，土话叫作“裹泥”的一道工序也很见泥匠的功力。裹泥类似于现在楼房刮腻上涂料，标准就是要平整、匀称、不开裂。一样样的纸筋泥，赖匠人裹泥出来的墙开花爆裂，过不了几年，虚囊囊的不是起泡就是鼓包，悬在头顶上，不定啥时就“啪嚓”掉一大片。长贵裹泥过的墙和窑顶，瓷顶顶，平俨俨，连个蚂蚱口子都找不见。人们不得不服气，长贵果真耍的一把好泥抹！

因为这把泥抹，村里人谁家一动泥工就叫长贵，那时候，也不兴给工钱，多数时候是帮工。虽说手艺好，但奔三十的人了，长贵也没指望这份手艺挣下个娶媳妇儿钱。后来倒是有不嫌长贵穷的，但尽是些歪瓜裂枣眉秃眼斜的货色，站在门口比钟馗都避邪，娶回家一个被窝睡着，还不得夜夜做噩梦？且不说成千论万的彩礼长贵掏不起，就是倒贴一万块也不能娶。长贵做泥水营生还得做到精干齐整，娶媳妇儿哪能将就？有人就开始替长贵担心，说长贵匠人饭吃得混油了，认不清自个儿了。其实，长贵心里有人，就是他们村的香女。长贵自小就喜欢香女，但也仅仅是心里喜欢。那年长贵帮香女他们家碹新窑，香女挑着一箩筐豆馅儿窝窝，一桶绿豆米汤来送“贴晌”（相当于班中餐），扁担一颤一颤，香女一摇一晃，像是舞台上走场的花旦娘娘。远远看见香女来了，长贵的心就有几分慌张，赶紧掬一捧水洗一把脸，随手捡个瓦片刮刮鞋底粘着的泥。

香女做饭干净利落，油糕炸得金黄，山药丝萝卜丝菠菜豆芽粉条拌的凉菜花红五绿，看着就爽口，灶口熟半勺胡麻油，炸点摘莱花、葱花，趁热倒进菜里，“刺啦”一声，那味道能香半村子。长贵吃香女拌的凉菜，吃到肚里放不下了眼睛还盯着盆子。香女说：“贵哥，吃一肚没使用的，不等起晌就饿了。”说着一筷子叉两个油糕放到了长贵的碗里。帮工的人夸香女长得好看，性格也和善，夸香女做饭香，不知道谁家走运气娶香女呀。这个时候，长贵就有点局促不安，头也不抬，只管扒拉饭，他怕哪个嘴长的说到他，又希望有谁提一嘴。本家一个大爷说五里地的邻村有个好人家，一个儿子，新盖起五间大正房，啥也便宜，就等媳妇儿上门了……那个大爷说得花儿一样，啥啥都好。香女爹妈手撑炕沿像听书一样，生怕落下一句，连皱纹里都漾着笑。从那以后，长贵心里就有点怨恨大爷，多余话不想和他说一句。

大爷说媒，香女果然嫁给了邻村的后生，新房的炕是长贵盘的，墙是长贵给裹泥的，长贵心里的那个难活呀真是像猫抓呢。虽说香女嫁人了，可长贵从来就没把香女放下，以至于后来香女就像是一把尺子一样戳在了长贵的心里，长贵看对象，不论看谁都拿香女这把尺子量一量。

包产到户后，人们家有余粮，手有余钱，就开始盖房子，最不济也给土窑洞包一层砖，叫作“砖挂面儿”。那时候河南匠人吃香，本地匠人吃不开，又不甘心给河南侉子当小工，好些人就把泥抹丢了。长贵看事情往往有个三回九转，俗话说“使犟性，饿背兴！”匠人凭的是手艺，不怕人压人，就怕技压人，存些心，多学学人家的长处，不定哪天就闯出来了。长贵跟着河南匠人干小工，由黄泥匠转成了灰泥匠。

没活儿干的时候，长贵就和民工们“站桥头”，自行车前把上绑一块纸板，正面写两个字“泥匠”，背面写两个字“修炕”。运气好了一天下来毛收入能打闹个二三十块，运气不好，连一碗大碗面都挣不下。

长贵给郊区一户人家修炕，按照常规，修整完炕洞，盖上揭开的炕板，长贵的营生就做完了，但看到这家人家的炕面坑坑洼洼不够平整，长贵就又和了几锹泥，把一铺炕给重新抹了一遍，特别是边角旮旯，抹得严严实实，油光水滑。主家话长，说木匠怕割升升，铁匠怕打钉钉，泥匠怕的是抹边角，你这匠人一看就是个手艺上乘的实在人。长贵和主家就攀谈了起来，谈得投缘，第二年，老汉给儿子盖新房，就雇了长贵。

长贵独立揽下营生，就叫了几个平日里交好的桥头弟兄，没出半个月，就把五间楼板房盖了起来。那家的新房子盖好后，几乎成了那一片的一个样本，下了地基的人家就挨排着约长贵给盖房。

营生一多，长贵需要的人手也就多了，那些站桥头的匠人就跟了长贵。从盖房到装修，泥匠、木匠、油匠，真是凡所应有，无所不有。有一年有个单位要重新装修办公楼，吊顶打隔断，刮腻粉刷，铺贴瓷砖一揽子营生大包。长贵找几个匠人里的明白人一合计，一磕算，这活儿能揽。做到跟前，因为开不了发票，营生差点儿就黄了。有人给长贵支招，说要想长久干，就得注册公司，长贵觉得有道理，就注册了一个公司。站桥头的弟兄们说，长贵，这下你就是张总了，长贵说，总啥总，还不是个耍泥抹的？人们就管长贵一伙叫作张泥抹工队。

张泥抹工队的名声打了出去，河南匠人不服气，和长贵对着干，背地里撬长贵的业务，个人的营生就往低压价格，公家的营生就答应给主事的人吃回扣。长贵射人先射马，擒贼先擒王！长贵请河南的匠人头儿吃饭，长贵说，都是些泥里水里讨生活的人，穷汉别嫌讨吃子多，咱拧成一股成绳干吧！长贵一番话，把其中的利害短长分解得明明白白，一场大酒，河南匠人也归顺了长贵。那个挑头儿发誓要把张泥抹逼到走投无路的河南侉子借着酒劲儿，给长贵赔不是，说张泥抹，你是咱泥匠行里的这个！摇摇晃晃站起来，给长贵竖了个大拇指。

长贵和一伙弟兄们在工地上扑腾着挣钱，大家伙儿的腰包都鼓了，长贵却始终没成个家，中间也有人给长贵介绍过，高不成低不就，后来索性看也不看了。

工队尽是男人，女人只有两个，一个是食堂的大妈，另一个就是当会计的女的，人们都叫她大姑娘。听说长贵单着，而且一直没成过家，大姑娘心里就打起了小九九。虽说长贵比自己大了近二十岁，但男人岁数大会疼人，况且长贵还有这么个摊子，自己要是嫁了长贵，不算吃亏。

自从有了这个念头，大姑娘就改口了，不叫叔，而是一口一个哥。长贵说，可不敢叫哥，叫哥就把自己叫老了。有人看出了门道，故意打趣说："你这女儿有野心，给自己长辈分了！我看哪天我们就得管你叫嫂子了！"大姑娘开得起玩笑，嘴上骂着，心里却乐开了花。

只要长贵在工地，大姑娘一天换三套衣裳，像花蝴蝶一样在长贵眼前晃啊晃，晃得长贵头晕眼花，心慌意乱。时间一长，人们都知道大姑娘在追长贵。对大姑娘，长贵不是没动过心，有一回喝了酒，差点就生米煮成了熟饭。

跟随多年的弟兄说："长贵你就把大姑娘收编了吧。"

长贵说："咱是个耍泥抹的，人家是个打电脑的，闹不成！再说那岁数也不般配！"

大伙儿都觉得长贵是混凝土进了脑子了，这年月，瞎白丁老板尽包的年轻大学生，你未娶她要嫁名正言顺，眼看黄土埋到胸口了，后半辈子吃苗嫩草咋啦？

但长贵心里，那把"尺子"好像越楔越牢了！闲下来的时候，他也琢磨呢，像大姑娘这样的其实配他是绰绰有余的，可拿香女那把尺子一量，不是这里长了，就是那里短了。

长贵再次见到香女的时候，是在工队的食堂。

香女打工，打到了长贵的工队！

香女蒸的馒头暄腾，包子流油，手擀面细长筋道，就是做个散打一锅出的烩菜，也能把那伙受苦人吃到肚皮绷展，裤带放松一扣。大伙儿都说这才叫吃饭哩，这才叫个入法哩。不比不知道，一比见骨头，之前那俩货熬煮的简直就是猪泔狗食！

那时候长贵已经很少在大灶上吃了，不是请人吃饭，就是被别人请吃饭，下饭店下得舌头都麻木了，吃啥都没有滋味。有时候一顿饭转两三个饭局，饭吃不了几口，灌一肚烧酒。有一天，司机给长贵端来一碗肉丝海带臊子面，一盘花花绿绿的拌凉菜。长贵一口气连菜带面吃了个精光。嘴一抹说，咱灶上还能做出这样的饭？司机说，新来的大师傅，饭做得不赖。

那一碗面真是吃出了家的味道，过年的味道，金针菇海带油豆腐肉丝臊子，就是大年下吃面，娶媳妇儿晚上压饸饹面的臊子啊。还有那凉菜，红是红，白是白，菜丝上浮着薄薄的明油，吃起来清爽脆嫩。长贵问，这大师傅哪儿的人？司机说本地人。长贵说，哦，难怪呢！这分明就是我们那面人的做法！司机绷不住了，扑哧一下笑了。司机说，哥，这做饭的就是你们村的香女！

原来香女男人得病了，做不了营生，常年药养着，没个来钱处，香女一个人供着两个念书娃娃，自己不会做别的，只好到工地上做饭。没想到竟问到了长贵的工地。

长贵到厨房看香女，长贵拢了拢头发，拽了拽衣服，长贵又想起了挑着担子送贴晌的香女，那扁担一颤一颤，香女一摇一晃……

走进午后闷热的彩钢厨房里，长贵迎面看见的是一个穿着黑底大红花凉袄凉裤，弓着腰在刷锅的女人背影，随着刷锅动作，花裤子上的乌突突的红花也抖动起来。听见有人进来，女人直起腰，转过了身。长贵看到的是一张泛着油腻的汗泼流水的脸。

面对眼前这个穿着干净，胳膊弯里夹着皮包的瘦高男人，女人愣了一下，抹了一把汗水，随即把垂在额前的一缕头发撩在了耳朵背后。在这个看似不经意的动作引导下，长贵看到的是烂笊篱一般随便捆扎的一头花白发！

女人喊了一句“贵哥！”

长贵说：“香女……你变样儿了……走大街上……恐怕认都认不出来了……”

长贵在香女的皱纹里隐约看到了自己的衰老，那一刻，戳在长贵心里的那把尺子，“咔嚓”一下折断了。

大姑娘最终等住了长贵，泥匠行里人却说，这个张泥抹，做啥也讲究，临老还赶一回老牛吃嫩草的时髦。

小人物·大洋务

马家河村不大，人口不多，但尽出洋务人。何谓“洋务”？就是行为举止各色另类，时兴啥做啥，且满脑子怪点点的那号人，用现在流行的说法那就是“潮”，新潮的“潮”！

虽说洋务人多，但洋务出一定高度，甚至洋务到极致的当属马米换。火车不是推的，牛皮不是吹的，马米换之所以能稳坐洋务派的第一把交椅，那是有理有据且实至名归的。

当年，高中毕业的马米换卷了铺盖回村，留的是三七分头，不管头怎么摆动，三七比例基本不变。窄窄的长条脸上，一副镜片墨黑的蛤蟆镜遮了一多半。衣裳也洋务，一条黄色的甩裆裤，大裤裆开得深，宽裤腿就显短，连在一起看不出腿。一条是灰不灰蓝不蓝的劳动布喇叭腿裤，穿在身上屁股和大腿被紧紧地裹着，小腿以下逐渐开阔，到裤脚处差不多就有一尺宽。鞋是普通的白塑料底黑松紧口鞋，但鞋底和鞋帮中间那一圈白布压条一天总要用粉笔涂好几遍。马米换的装束在二十世纪八十年代末期的山庄窝铺确实够洋务！惊得一村人谁见谁“啊呀！”晒日阳湾湾的本家大爷爷马务本老汉上门了，老汉用拐棍敲了敲马米换家祖上留下来的，隐约还有“耕读传家久，忠厚济世长”门对的大门，隔门对米换妈说，米换妈，你家米换那条大裆裤扎住裤口，估计能装三斗莜麦吧。米换妈吃了小六十年咸盐，自然能听出叔公话里的咸淡，但儿大不由娘，她能把他咋？人说猫老不逼鼠，米换妈在米换这里是没一点怕惧，再说了，人老惜子，米换是他妈四十岁上得的，自小疼爱得命根子一样，要头不给身子，从来舍不得点一手指头。尤其是他爹下世后，米换他妈更护犊了，总觉得老天爷叫娃娃缺下了一半儿疼爱，当妈的只要活一天，就不能叫娃受一点摁磕。实际上，米换高中毕业那年，她妈的日子就不多了，只是没和米换说。

马米换功课底子并不好，但那时候村乡供养娃娃念书的少，人说此地无朱砂，红土也为贵，米换妈是咬着牙想要把这疙瘩红土供养成朱砂。实际上米换的书是越念越费劲，越念越惆怅。米换常常一个人躲到学校后操场上跑步，边跑边哼唱，唱着唱着声音就放开了。高二时参加学校五四文艺汇演，米换唱了《冬天里的一把火》，学校大礼堂里掌声雷动，经久不息，村乡娃娃马米换果真一下子就火了，走在校园里，同学们都悄悄嘀咕：看，看！一把火，一把火！

那场会演直接点燃了马米换的艺术理想，自那以后，书是一眼也看不进去了，耳朵里尽是“砰嚓嚓，砰嚓嚓”的流行音乐，举手投足尽想学那个唱一把火的费翔。那时候，考个学校本来就难，老师也教导同学们，一颗红心，两手准备。城里孩子有供应户身份的，有门路的，拿个高中毕业的纸片片，好赖不说能找个单位上班，但马米换这个没靠没罩的山里娃只能哪儿来哪儿去。

说起来，米换唱歌是他妈培养的，米换十来岁上没了爹，孤儿寡母的日子不好过，每当遇到什么难处，实在没办法了，米换妈就哼哼着唱，米换妈唱的是山曲儿，二人台那些，当地人管那一类歌曲都叫讨吃调，不管是悲是喜，只要唱上一气，心上就松快了。一开始米换只是听他妈唱，后来他妈唱什么米换也跟着唱什么，而且越唱越有个调调了。山曲里常常有“嗨嗨吆吆”之类的过门儿，米换妈心里一麻烦就说米换给妈“嗨嗒”他两声吧。米换就唱开了，唱着唱着，他妈的眉头就舒展了。慢慢地，米换就“嗨嗒”得上了劲，时不时地就“嗨嗒”开了。村里人们都说那娃洋务得厉害了，跟个寡妇妈熬日子，还有心思唱？

米换回村，虽然穿戴洋务，但在村里人眼里，那就是凤凰落架，不如个草鸡！背地里，人们就数说世上的四大没用：锁子铁，豁鼻子针，茅厕档子，毕业生！年岁相仿的后生们也开米换的玩笑，见面就问："米换，米换，你说红根儿，绿叶儿，是个什么玩意儿？"这是鄙低米换念了几年书，忘了自己泥腿子的本，连荞麦都认不得了！

米换明明知道人们对他指指点点，非但不收敛，还越发放开了搞洋务，他妈下世前给他交代："米换，妈没本事，就攒下这几个钱，将来娶媳妇儿，置办几套新铺盖吧……"那钱是他妈从枕头补丁里拆出来的，装在一个小布袋里，有五毛一块的，也有五块十块的，被脑油浸得又黑又明，米换接过那一卷带着他妈脑油味的钱，"哇"的一声哭了。

米换到底没听他妈话，有一次去城里同学家耍，那个同学给他炫耀他家那台燕舞牌录音机，那同学一边手舞足蹈，一边还摇头晃脑地唱"燕舞，燕舞，一曲歌来一片情"，那同学唱完，"咔吧"一按，录音机就放出他的声音。那天他们俩就录了放，放了又录地玩那个录音机。回村后，和人说起录音机的事来，他们都说米换那是"嚼毛"呢！

同学家那个录音机把米换的魂都勾去了，米换走的坐的想那个录音机，做梦都是在村里的大碾盘上放录音机，而那几个骂他嚼毛的人都挤进来录音。米换心说，已然是穷根扎下了，有那五百没那五百的一㞎样。一咬牙，一跺脚，就用他妈留下的那五百块带着脑油味的钱买了台录音机，还买了几盘歌带。米换把录音机挂在他家树圪杈上，装上磁带，把音量放彻，招得一村小青年拔长脖颈往他们家那方向瞭。

米换哥数落米换："米换，你也老大不小了，你听上歌是能止渴还是能顶饱？地里草都能把人埋了，你也不锄一锄，打不下粮食，你喝西北风呀……成天猫叫春一样号，你是能号出个花儿叶儿，还是能号出半分钢镚儿？"

米换躺在炕上，两手钩着朝后垫着头，眼睛瓷瓷地盯着窑顶上泥皮脱落留下的那块锅盖大的疤，他哥说的话是一句没进耳朵门儿。

他哥生气了，说你就洋务吧，讨吃也赶不住个热门子！

米换“呼”一下坐起来，甩了甩三七头，说了句“燕雀安知鸿鹄之志”，他哥未老先衰的苦脸一片云山雾罩，米换的语气缓了下来，说：“哥，一只鞋管一只脚，我的事你别操心！”

米换哥碰了弟弟的软钉子，知道说啥也没用了，只是叹气。

买了录音机唱开歌的马米换一脸的意气风发，心里好像被一股什么力量鼓荡着，村里人们那种异样的眼光和说法，在他这里就是小数点后十几位，完全可以忽略不计。

米换把录音机提到大碾盘上放，玩狼吃羊的孩子们立马腾地方。孩子们说放个“一把火”，米换就给放个一把火，而且米换还跟着录音机唱，米换一边唱，一边扭腰摆胯，脸上的碎小零件时而舒展，时而聚拢，而眼睛始终闭着。年轻娃们眼红米换的录音机，就拿着鸡蛋挂面来米换家打平伙，一起跟着录音机鬼哭狼嚎地一唱大半夜。村里老人就叹气，这娃洋务得认不得家门了，说咱村娃们可要跟上米换往坏学呢！

那天街上人多，米换又放开了录音机，而且米换还唱了他最拿手的“一把火”。唱着，唱着，蛤蟆镜的一个镜片就掉了，米换两只手倒替着接那镜片，眼看接住了，却掉到碾子上碎成了好几片，人们就哈哈大笑。碾盘上的米换“咳咳”咳嗽了两声，戴着一只镜片的眼镜硬是把那首歌唱完。

米换把只有一个镜片的墨镜往大奔儿头上一推，很郑重地说：“马家河的老少爷们，我马米换要走了，往哪儿走不一定，但我今天在这里放下话，我要混不出个人样子，我就不回马家河！”

街上闲坐瞎谝的男人女人先是一怔，紧接着相互对个眼神，嘴角一律向下撇了撇。

马米换说：“你们谁种我那二亩头等地，提前说。还有那头乳牛，我贱卖呀！”

本家的婶子叹口气说：“这娃洋务的，这是捉住主意踢打这点儿光景呀！”

说到底，米换就不是种地的料，弟兄分家，本来给他分的是二亩头等地，但米换种地瞎胡混，旱天捉不住苗，雨水多了草比苗壮，遇一年，秋收不及时，一场霜冻，一场大风，莜麦糜黍颗子就甩到地里，山鸡野鹊就一群一伙往米换那块地里飞。自那以后，米换就不种莜麦糜黍了，改种玉茭。米换心说，风再大也不至于把玉茭颗子甩下来，种玉茭保险。但马家河属于山区，种玉茭长不成。米换不信这个邪，觉得村里人墨守成规不懂变通，做啥也跑不出那个死套套。结果，米换种下的玉茭棒子结得不但小，眼看到了收割的节令，秆子绿铮铮，玉茭颗子一掐一股水儿。又挨了几天，好不容易上了点面，一场早霜冻终结了米换的丰收大梦。

隔壁大爷秋后平茬整地，说米换啊米换，咋不咋得耕秋地，要不明年草多。米换说，我看不翻搅更保墒。隔壁大爷说最起码把秸秆割了。米换说，不用割，春起我放火烧呀，柴草灰顶肥料哩。没等春天来，一秋一冬，大风就像梳篦一样，把一片地的秸秆草叶刮了个精光，人都说米换的地里直戳戳站下一地光棍！

米换的地没人种，种他的地等于开荒。再说那头牛，四脚伶仃，肋条分明，瘦得有棱有角，也算是牛中的极品。

人们说，米换你那牛喂啥了，咋瘦成板凳了？

米换说，别看我那牛瘦，说不定肚里生了牛黄。

关于牛肚里长牛黄的事情，米换是从一本没头没尾，卷边缺页的书上看到的。书上描述的情形和他的牛有几分相像。

米换的牛到底没有卖出去，但米换和牛是有感情的，除了自己之外，牛是米换家唯一出气的。米换常常和牛说话，一说就是老半天。米换说："兄弟，哥总不能像你一样受一辈子呀！"牛就挺着脖子"哞"一声。米换说："你看哥，相貌堂堂的后生，总不能就拘死在这山庄窝铺吧。"牛还是"哞"一声。米换说："哥给你唱个歌吧。"米换就唱开了，米换给牛唱的时候不唱一把火，而是唱万里长城永不倒。其实，不管他唱啥，牛卧在那里，只是慢悠悠地倒嚼。有时候，米换说也说了，唱也唱了，牛就是不"哞"那一声。米换就数落牛，米换说：“你看你呆悖悖的，不是吃就是倒嚼，你倒是说个话。”牛就瞪着水汪汪的眼睛看他。牛的眼神让米换想起了他的老妈，他老妈活着的时候，总是瓷瓷地看他，看着看着眼睛里就汪了泪。

米换走的前两天，牛死了。专门在乡村收购死牲口开剥了煮熟肉熬杂碎的程二得了信儿，开着三轮摩托来收牛。米换在死牛边上蹲坐着，两手抱着屈起的腿，头搁在膝盖上看着死牛发呆。程二提了刀要给牛放血，从来不起高腔的米换眼睛红巴巴地吼道：“别动爷的牛！”洋务人米换第一次给人当爷，把整天白刀子进红刀子出的程二给吓住了，程二说：“米换那个洋务货疯了。”

米换把牛埋了，还在埋牛的地方放了一疙瘩大石头，人们说洋务人做啥也洋务，牛死了还立碑呢。米换一走，村里几个馋货就把那只瘦得板凳一样的死牛刨出来收拾着炖了。

牛一死，米换再没有什么可牵挂的了。

米换不声不响地走了，马家河的男女老少仍旧日日聚在碾盘子街磨牙抬闲杠。不知谁说了句有日子没听见米换的录音机唱了，人们才想起是有些日子没听见米换的录音机唱了！以前没有录音机的时候人们不觉得缺什么，有了录音机听也没觉得多了什么，但听过了之后忽然间听不到了，村庄就显得格外悄静，忽然就有点怀念听录音机唱的时光。

米换家的大门上了锁。没人知道这个洋务货飘到哪儿了。过了一年半载，米换还是没有飘回来，人们说，等再飘回来不定会洋务成什么样子。

日复一日，米换家大门上的锁就锈成了个疤摞疤的铁蛤蟆，过路的人从墙豁口探头往院里瞭，草都一人高了，米换还是没有回来。马家河人家的日子仍旧过得不紧不慢，春种夏锄秋收冬藏，忙时没明没夜地受，闲时圪蹴在街上瞎谝。

后来有人在城里看见了米换，说米换在一个很牛的单位上班，穿的“警察”衣裳，手里提着一个电棒，大肚子挺着，脚尖朝外撇着，迈的是八字步，看起来很有派头。而且因为会唱，常常代表这个单位参加比赛，稳稳地给往回拿奖，领导就看好米换，生怕别的单位挖走了米换，就给米换办了正式手续。之后村里人进城就到米换那里跌歇（落脚），不管谁来，米换都到食堂给他们打白米干饭肉烩菜，米换的好就在村里传开了。没见米换的人们嘴上不说，心里却疑惑着米换这个洋务货果真有恁大的能耐？

直到米换参加歌手大赛，唱上了电视，村里人集体“啊呀！”之后，方才确信米换真的就靠“嗨嗒”吃上了洋务饭！

那时候的米换已经不唱“一把火”了，米换重新唱起了民歌山曲，那声音清澈嘹亮好像是山涧的流水。舞台上的米换剃了个光葫芦，头上箍着白羊肚子手巾，脚上蹬的是懒汉布鞋，下身是宽宽的黑布裤，上身套着一件白色的桃疙瘩扣汗衪。而且，米换唱到了全国各地，今天在山东，明天或许就去了安徽，也和一些很有名气的人一起唱，从电视上看，米换好像永远都是二十来岁的样子。

米换在城里打工的时候不回马家河，那时候，大概米换觉得自己还没混出个人样儿来。米换唱火了以后回村却总悄悄地回，悄悄地走，再没到大碾盘上说过什么唱过什么。但逢年过节，总是托他哥给村里每家每户发一袋白面。米换哥心里不踏实，米换拿回来的钱一分不花地攒着，人家夸赞米换，也不敢接茬儿，好像这个洋务弟弟随时有可能栽跟头跌马趴。

那年春天，米换领着一伙扛着长枪短炮的人拍电视，那时候的马家河已经没几户人家，村里尽是闲置的土窑烂院，米换领着记者拍了他的烂大院，拍了那台燕舞牌收录机，拍了那个当年吹牛发誓的碾盘。记者问米换那个能装五斗粮食的黄甩裆裤还在不在？米换说早就叫我妈铰成补丁了。记者又问补丁补到哪儿了？米换说，不管补到哪儿都风化了找不到了……说这话的时候，米换的表情就黯淡了下来，米换背转脸，抹了一把眼睛，说这个到时候一定剪了……

拍米换的那个片子在网上流传着，看的人很多，马家河走出去的年轻娃娃们也点赞转发，很自豪地说：“这是我们村走出来的歌唱家！”

小人物 · 二指禅

马家河村人讲话：人活着得长心呢，长了心还不够，心上还得长牙呢！

长了牙就一定好吗？其实也未必。

当年，马家河人一致认为马三娃是个心上长了牙的人。你看看人家，硬是凭一只两根手指的右手要活了一把子画笔，“唰唰唰”几笔，画啥像啥，画个猫在墙上，耗子老远看见就跑了。画个果子画个桃，人就想上去摘。画个美女，眼睛水灵灵的，后生们看着看着就脸红心跳不敢看了。人家就开三娃的玩笑，说三娃你给咱村的老小光棍一人画一个媳妇儿吧。三娃说：“中看不中用，还不得熬煎死！”

有那么几年，村里一天天写标语，马三娃在墙上写大字，从来不拿尺子量尺寸，也不打格子，只在墙根底下顺着走几大步，估计个长短，再退后几步，身子后仰目测一下墙的高度，心里就有底了。喊一句：“来哇，张罗哇！”于是，一把龙须扎的刷子蘸了浓稠的研子水，一笔一刷子，研子水不溢不流，像被注进了墙里，刷子到哪儿它到哪儿，绝不哩哩啦啦。而且字的大小一致，间距一致，高低一致！这三个一致是乡里那些穿四个兜干部服看起来有些书肚子的“眼镜儿”们给总结的。他们被马三娃行云流水般的书写给惊呆了，都说马三娃是藏在马家河的龙虎，老天爷都眼红他太日能，才安排了那一场事故，剥夺了他那三根手指头。

说起来，马三娃是他们家的“出先先”，长得白白净净，文文静静，虽然穿的是哥哥们替下，被他妈千补万纳的旧衣裳，但穿到他身上就干净利落不显得寒碜邋遢。人也乖巧听话，不像一般男娃娃疯张里道爬墙上树掏雀儿捉狁狳，而是从小就爱写写画画，烧个木棍棍，在院墙上画一排一排的娃娃，那娃娃有男有女，有高有低，一个是一个的穿戴打扮，没个重样儿的。有一年秋天，马三娃在场面上耍，看到场面光光的，宽宽的，就撅着屁股用小火箸刻画开了。场头儿火了，提了杈子想着吓唬吓唬三娃，但一看他画的那一大片花草，枝枝蔓蔓，那花儿有单瓣儿有满瓤儿还有没开展的大小骨朵儿，火气就消了一大半，心说马家这个小三娃蔫不唧儿真是有两下子。场头儿用杈子给三娃从火堆里挠了个烧山药，说：“再不敢到场面上瞎害了。”

慢慢的，村里人都知道老马家那个腼腆得像个女娃娃的三小子是个巧手手，看见啥会画个啥，女人们绣个鞋垫枕套啥的就让三娃来画。人们都说三娃跟上这写写画画吃饭呀。那时候，村里人见识少，没听说过有画家书法家什么的，只知道画围墙的油匠挺吃香。三娃妈更不敢想那高的，心说老马家几辈儿泥腿子，想出个手艺人也得看坟头上长没长那苗蒿子。所以人家夸谝她三娃，她也不敢正面接应，只是说，“一个耍尿泥的娃娃，瞎写乱画，能说明个啥？”

除了写写画画，三娃就像个肉尾巴一样跟着他妈，他妈就习惯喊三娃取长送短。人们都说三娃是他妈的打心锤锤，比个闺女还亲。十来岁时三娃妈对三娃说：“你和妈磨麦子去，磨下新面妈给你蒸个面老虎儿！”

马三娃呼一下就把装着一斗多麦子的口袋甩到了肩膀上，一路上他妈空走都有点撵不上。

那时候，电磨在村里还是个稀罕物件，听说电磨磨出来的面粉又细又白，麦麸还少。八月十五前，三娃妈就淘了一斗麦子，想着磨它个七八升机粉面，好给大儿没过门的媳妇儿蒸几个虚腾腾白生生的面月饼，八月十六送去，亲家一高兴，没准儿今冬就能把媳妇儿娶进门。

三娃娘儿俩万万没想到面粉机会堵，更没想到的是三娃会上手去掏。

压瘪了的麦子鼓鼓囊囊地堵在粉碎机的出口，光听见机器“咣当咣当”地响，就是不往下走。也是忙人无智，三娃一着急就去掏。这一掏不要紧，右手就被绞了进去。

等开磨坊的拉了闸，三娃的右手就成了一团血肉模糊，他妈慌得没了主意，只是和孩子一起“哇哇哇”地号，人们就赶紧套车给往医院里送。

那一场事故之后，三娃的右手就只剩下了大拇指和二拇指，猛一看活脱脱一把手枪，垂着时候像，举起来更像。

那年，三娃家的八月十五是冷清的也是凄凉的，因为给他看手，花掉了本来是给他没过门儿嫂子买自行车的钱，又因为自行车不能及时到位，他哥的婚事就黄了。马三娃三根手指头换来的那七八升白面蒸下的面月饼被退了回来，但谁有心思吃呢？明晃晃的大月亮照着马三娃家的小院，也照着一家人愁苦的脸。

三娃妈搂着三娃，攥着三娃只有两个手指的右手，悠悠地说：“你哥的媳妇儿大不了迟娶一二年，俺娃的手指可是再也长不出来了……”他妈的叹息像是一记重锤，在十来岁的马三娃心上狠狠地砸了一下，三娃挣脱他妈的手，把右手高高地举了起来，说：“截了三个，还剩两个呢！”三娃妈苦笑着说:“妈的愣三娃呀！”那泪就“噗噜噗噜”往三娃的脖颈里掉。

三娃好像就是从那一天开始长大的，不光是人在长，关键是开始长心了。不，那是心上开始长牙了。

不是说那把枪一样的右手使不了锹，拿不了锄吗？那就只能是拿点轻省的作杖，干点轻巧的营生了。

三娃老师说：“马三娃，你要身残志坚，老天爷剥夺了你受笨苦的权利，是要你靠别的能耐吃饭！”

老师的话很给三娃长志气，从那以后，三娃就不计较同学取笑他的“手枪”了，“手枪”怎么了？我就是要靠这一把“手枪”打天下呢。一开始不习惯两指捉笔，但三娃心里憋着一股劲儿，就是要用两个手指去做别人五个手指才能做的事，而且要比他们做得好。他老师给他讲过一个卖油老汉的故事，人家能从铜钱中间的小孔把油倒进葫芦里，铜钱却不会沾上油，我怎就不能用两指捉笔？不就是个手熟吗？

三娃就和自己杠上了，一有空就练两指捉笔，写字，画画，一坐下来就纹丝不动，直到手僵了，胳膊麻了才不得不停下来。在热水里浸一浸，缓一缓，就又开始练了。数九寒天长夜漫漫，煤油灯下他妈“刺啦刺啦”纳鞋底，三娃捏着毛笔写字，残了的手本来就血脉不通畅，手背上起了冻疮，受了热往死里痒，忍耐不住一挠，就皮破血流淌脓水。三娃妈心疼，说:“三啊，咱右手不行还有左手呢，俺娃不受这个罪了……”三娃说：“这不是还有两指呢吗？我就不能叫它们闲下。”残存的两指被笔磨出了铜钱厚的一层茧子，三娃终究是把那两指锻炼出来了，写出来的字，画出来的画也更好了。那时候村里演了一个什么电影，电影里有一种很厉害的功夫叫“二指禅”，娃娃们就说马三娃练成了“二指禅”。

我们小时候，马三娃就是我们这一带有名的画匠了，给人们画炕围，起工的时候附带赠送一幅风景画。那时候人们日子刚好过一点，就有了打扮家的心思，不管新窑旧窑，油围墙一画，马上蓬荜生辉了。虽然油围墙不当吃不当喝，但就是看得人眼亮，眼前一亮堂，好像过日子的心气就拔高了。画的也就是那一套，山山水水，花花草草，飞鸟走兽，亭台楼阁，复杂一点的就是梁祝楼台会，莺莺张生西厢记等戏曲人物场景，侧身睡下，捎带着就好像看了一场戏。风景画是画在玻璃上的，再用木条钉个边框镶上，挂在窑家的后掌墙上果真就是一道风景。通常画的是鹤鹿同春，喜鹊登梅，丹凤朝阳之类有着祥瑞寓意的，也有画老虎的，老虎威武，有镇宅辟邪的意思。有一年，一个外路画匠来马家河一带揽活儿，正好一家人要画一幅中堂，村里人就起哄让侉子和马三娃比试。为了画出老虎的威风，必须画出虎头和老虎的面部表情。中堂玻璃是一块长方形，外路画匠画了一座山，画了一只下山虎，虎的头脸就凸显了出来。马三娃也画一座山，但马三娃画的是上山虎，一个猛回头，画出来的是拧过来的一个正脸。山里人文化不高，但讲究不少，都知道“落架凤凰不如鸡，老虎下山狗也欺”的老话，这样的山虎图挂着就不吉利。那个外路画匠知道自己水土不服在马家河一带吃不开，卷包了吃饭家伙走了。

从那以后，年轻的马三娃就做起了独门买卖。常年日久，背着个装满了广告色瓶子的木头箱子，在乡间行走，穿的是一身洗得发白的劳动布衣裳，那衣裳上零零星星散布着洗不掉的各色点点，身上也总是散发着颜料的味道，说不上好闻也说不上难闻，但和一般庄户人身上浑浊浓重的汗酸味烟火味不一样，是一种叫人敬畏和稀罕的“化学味道”。而这一股味道在山庄窝铺是很吸引人的，在他沉浸在绘画中浑然不知身外事的时候，总有一些大姑娘小媳妇儿的眼睛放肆而贪婪地盯着他的后背看，嘁嘁喳喳地评头论足，或者莫名其妙地捂着嘴哧哧哧地傻笑。画炕围画的马三娃并没有因为短了三根手指而被人轻看，反倒是因为那二指禅的功夫活成了乡村人眼中的高人。

那年马三娃到邻村给一户人家画炕围，那家老太婆搅嘴，一眼一眼盯着马三娃监工，马三娃每下一笔都很慎重，颜料重了说太艳，轻了又嫌不豁亮，多亏马三娃好脾气，你说咋就咋，还总是一副不温不火的笑模样儿。马三娃领教了老婆子的难缠，故意放慢速度，到时候派下不是来，好拿慢工出细活儿抵挡一下。

老太婆没个挑剔的，但还是不放心，就打发女儿存点心多盯着点。万没想到，也就十来天的工夫，马三娃就把她家老丫头的魂儿勾走了。

那幅油围墙画得比较繁复，有山有水，亭台楼阁，花红柳绿一派好风景。被她妈派来监工的那女儿就被马三娃笔下的景致给迷住了。

女子问马三娃：“你说世上真有这么好的地方？”

马三娃说：“有。你没听说过吗？上有天堂，下有苏杭。”

女子问："你画的是苏杭吗"

马三娃说："是，也不是，大概差不多吧……"女子就捂着嘴哧哧地笑，笑过了歪着头瞪着眼睛说："你们耍手艺的人真能瞎谝，哄我们山汉没去过苏杭二州！"

马三娃急了，马三娃一贯老实本分，更在意自己老实本分的人设，在画技上褒贬拨弹什么或者提什么要求他都认，但说他瞎谝，哄人，那可真是有点受不了。但受不了能咋？你一个大后生和人家女娃娃翻脸？成什么体统！这不是在瞎谝、哄人的基础上又添了小心眼儿的毛病，况且自己还是人家雇来做营生的，人家再咋也是主家，哪儿有雇工和主家抬杠的道理？说不能说，辩不能辩，但有一股气涨着，顶得头红脖子粗。

那女儿知道自己说话失口，吐吐舌头跑了。不一会儿给马三娃端来一缸子水。她说："马师傅您喝水哇。"马三娃头也不回说："顾不下！"隔一会儿，那女儿又说："马师傅您喝水哇，我挖了三勺白糖呢……"说着就把缸子搡到了马三娃的脸前，马三娃愣了一下，接过水缸喝一口，果然甜得有点过分。那女儿见马三娃脸面缓和了，有点羞涩地说："您赶紧一口气喝了，败火呢！"说完还挤了挤眼睛。马三娃心说这个女子可真逗，不由得就笑了一面。那女儿就趁机说："马师傅您再给画两个人人哇。"马三娃心说这女儿比她妈还精呢，再一看那一道穿廊空落落的，确实应该画两个人人，于是就画了一男一女两个戏曲人物在凭栏观花。那女儿便在马三娃身后拍手叫好。

起工后，村里人就来看这家的油围墙画，都说那两个人人加得巧妙。有猜白娘子和许仙的，有猜张生崔莺莺的，还有猜梁山伯祝英台的……村里人的见识，他们只能拿那几出老戏里的人物对应，问马三娃，马三娃还是那个模棱两可的回答。那家的女儿听人家夸油围墙好，夸马三娃手艺好，心里甜得就像喝了白糖水，兴奋的脸上放出比新围墙还亮的光彩。

自那以后，这女子就常找马三娃画鞋垫样子，画就画吧，偏偏是画好了还磨蹭着不走，没话找话地呱嗒一阵。要不就是走的时候故意落下一件什么东西，下回再来就打着找东西的幌子。马三娃虽然稳重老成，但也不呆不傻，这女子啥心思，他心里镜明，但就是揣着明白装糊涂。这女子虽然有点话多，还牙尖嘴利，但长得灵动喜兴，宽眉大眼高鼻梁，模样儿是没的说。马三娃不是没动过心思，但一想到她那个难缠的妈，还有自己短下的那三个手指，就怯了胆，打了退堂鼓。

但这女子是越跑越勤了，闲话也便像长了腿似的传到了她妈耳朵里。这老婆子就像是被点了捻子的炮仗，当下就炸了。想她如花似玉的黄花大姑娘咋能嫁他个秃手，一户人家一辈子也画不了几幅炕围子，那二指禅的手艺也不是长久的饭碗，姑娘跟了他，不能耕不能种，靠画烙饼活呀？她就在家给女儿上家法，先是文的，苦口婆心地讲了一番自以为很有道理的道理，见女儿的脸红不红白不白，大有王八吃了秤砣铁了心的架势，她就把女儿看管了起来，不叫她出门，她甚至放出了狠话，宁可擎座女儿坟也不许她嫁给马三娃。

可看着看着就漏了空儿，就在那女儿偷着去马三娃家时，她妈随后追了来。那时，她的女儿，马三娃，还有另外两个年轻人正在马三娃他们家炕上打扑克，他家女儿盘腿坐在马三娃边上，两个人膝盖顶膝盖，脚搭脚！

没等这伙年轻人反应过来，老婆子就跳上了炕，先是把扑克牌扬了几把，紧接着就“嗵嗵嗵”地用脚一连踢碎了三块窗玻璃。那女儿就拉她妈，她妈披散了头发，拍着炕大声号啕着，还把一个枕头撕开，把里面的荞麦皮扬了一地。我们这里只有人死了才扯亡人的枕头，这老婆子把枕头一扯，马三娃的妈“啊呀”一声就背过了气。

就在马三娃他们几个“妈”一声“婶儿”一声，揉搓着往醒里喊人的时候，那老婆子拉着女儿气呼呼地出来了。大门外的人圈儿自动闪开个豁口，那姑娘罩衫的纽扣都拽脱了，白花花的胸脯敞着，在马家河半村人的注视中被她妈拉走了。

就在被她妈拉走的那天，这姑娘就喝了敌敌畏。

人一死，说啥的都有，不管咋说，好像都和他马三娃脱不了干系。

马三娃也觉得是自己害了这姑娘，要不是看上他，或许就不会有这档子事了。而自从这女子死后，马三娃就得了手抖的毛病，特别是拿画笔的只有二指的手颤抖得更厉害。再后来，手是不抖了，但整个人却蔫儿了，他把画围墙的工具箱锁了，藏到了一间闲窑的犄角旮旯，再没有动过。与画箱一起锁了的还有他的嘴。好像是从那以后人们就没见过马三娃笑过，更没听见他说过一句话或者一个字。他成天坐在村里的磨盘上，好像是和磨盘焊接到了一起，呆呆地坐着，坐困了就靠着磨盘上的碾辊打盹儿。人迷糊着，可他那只残了的手却醒着，两指蜷曲起来，好像捏着一管笔在画着什么，一起一落，一张一弛，一板一眼，很有章法很有节奏的样子，连看的人都不由得追随着他的比画想要看个究竟。村里人都说三娃在梦里练二指禅呢！

前几年，建设新农村，村里新砌了一道一道墙面雪白的新围墙。支书说，要是咱三娃不出毛病，准能给咱画出它个花红柳绿。坐在磨盘上打盹儿的马三娃猛地抬起头，布满皱纹的脸很艰难地皱缩了几下，努力做出一个笑的样子，继而眼睛亮刷刷地盯着支书看。

支书说："三娃，要不你给咱画哇！"

马三娃"腾"的一下跳下磨盘，一路小跑着钻进那间塌了后掌墙的烂窑，用那七个手指刨着塌下来的窑土，一下一下，刨得手指都磨出了血，终于刨出了那个装着广告色瓶子的木箱子。他拂去箱子上的泥土，轻轻一拽，小木箱的锁就掉了下来。

他把木箱抱到磨盘上，把那些大大小小的画笔铺排在磨盘上，蘸着磨眼里的积水就画开了，虽然那画一会儿就被日头晒没了，但看的人都知道，马三娃的二指禅功夫回来了。

村长买回了各色颜料，说："三娃，你就给咱大胆地画吧！"又过了几天，白墙上果然就有山有水有花有鸟了。

老戏台翻修竣工，村长让三娃画些戏曲人物，马三娃略一迟疑，就把当年的墙围画搬了上来。

老一辈人看那些戏人人，越看越眼熟，都说男的就是马三娃，女的就是那个喝敌敌畏的女女。

都是小说惹的祸

那天，我正在电脑上敲打一个酝酿了很久的短篇小说，敲打一阵，不满意，删掉；再敲打一阵还是不满意，又删掉。电脑键盘被我敲打得如急雨一般劈里啪啦，但没一句是满意的。我心烦意乱，脑子里像塞了一团羊毛。

这时候，老婆进来墩地了。她仄着身子，侧着脸，我看不见她的任何表情，但从她拖拉墩布的姿势和多年以来积累的经验判断，这个女人是带着很强烈的愤怒，而且这种愤怒极容易从墩布和地板转移到我身上。我见势不妙，想要投其所好，但似乎一切已经来不及了，就赶紧纵身翘坐到了书桌上，并顺手把椅子提了起来，又觉得提得不够高，还是碍手碍脚，于是我努力向后仰着。那把一直被我坐着的椅子就幸运地躺到了我身上。就这样，我的两条腿，加上椅子的四条腿，一共六条腿悬空了起来。我希望这种无障碍墩地可以稍微润滑一下老婆的情绪。

老婆前腿弓，后腿绷，弯腰翘臀，在我空出来的这片地板上拖来拉去，恨不得蹭掉一层皮。我正看得入神，我老婆“噌”一下直起了腰。她瞪大眼睛狠狠地说：“看啥看哩！成天不谋正事，写这些不值半文的破小说，还净得罪人，你说你脱寡不脱寡（脱寡，方言，接近无意义，无聊之意）！”

是，我承认，我的小说不值半文，我也够脱寡，但谁叫好这一口呢？这人活一辈子除了吃饭睡觉生儿育女刨闹过光景，总还得有点爱好吧。人家那谁好打个麻将，常年日久小麻将打着，优哉游哉哪年不往麻将摊子上撒个三五万，也没见人家媳妇儿说个啥呀。还有那谁，猫也爱狗也爱，人家养猫养狗比养娃娃投资都大。还有那谁……不能说了，涉及个人隐私！我写个文章咋啦？我招谁惹谁了？！就在我媳妇儿气呼呼地擦地板的时候，我把自己的爱好和那谁甲那谁乙那谁丙那谁丁等人进行了一番对比。我媳妇儿的火气果然小了，拉长的脸逐渐回缩，冷冰冰的表情逐渐解冻，等她再展起腰时，脸上切换出的是一副近似于恳求又有点无可奈何的苦瓜相。她说："您写吧，马老师！最好能写成个那谁或那谁。但您老能不能不写咱身边这些人这些事呢？惹麻烦哩。"哼！这家伙，还用了个"您"，还称呼我一声"马老师"，这话杀伤力不大，讽刺性极强，当我啥听不出来！我立马义正辞严地说："我写的是生活，我提谁名道谁姓了？"

我老婆直起腰，一手拄着墩布把子，一手奓开，像是下了很大决心似的，手心朝下按了两下，说："好，好，你的事我不管，咱从此桥归桥，路归路。三花再上门，你抵挡！"

不说三花还好，说起三花我还窝着一肚子气呢。人好不容易在省级刊物上发表篇小说，高兴劲儿还没过呢，这个该死的三花就寻麻烦来了，非说我那篇文章中写的那女人就是她！

我本以为，这年头，大家都忙着刷抖音玩快手，少有人注意文字这些事情，尤其像我们村的人，一村人认不得半箩筐字，你写下个天花乱坠也没人看，没想到的是，《马家河》一发表，先是我隔壁马二蛋在微信上看到了，马二蛋以迅雷不及掩耳之势火速转发朋友圈，之后又私信我说：红马驹，马家河人民发来贺电！红马驹是我二大爷给我取下的小名儿，我们村人，尤其是一起耍尿泥长大的这伙儿娃们，不习惯叫我官名，不管在什么场合，他们一律叫我红马驹。这个马二蛋不知从哪儿倒腾出那么个动态表情抛过来，五颜六色的礼花此起彼伏满屏绽放，真是无比喜庆无比绚烂。

马二蛋说："红马驹，大作家，你发达了，哪天请客吧。"

我说："不就是一顿酒吗？择日不如撞日，今儿就张罗呀！"一酒待百客，索性把那几个发小也一起招呼了。那顿酒，我们十个人干掉一箱二十年汾，至于啤酒喝了多少人家饭店说了算。马二蛋虽然喝得脚底拌蒜，飘飘摇摇，但脑子还机灵，觉得饭店算多了，非要返回包间点酒瓶子。我一把拽住他的一只胳膊，我说："二蛋，凭心哇，数啥数哩！"马二蛋回头，他扑向我，和我来了一个满满的拥抱，还伏在我耳朵根儿说了句："你可给兄弟安排好了。"

我本来不能喝酒，那天破了例。喝了，但绝对没喝多，为了避免老婆的唠叨，我把半杯白酒泼在衬衫上，故意制造出一个酒气冲天的氛围——这样，她一闻到浓重的酒味，就会真以为我喝多了。这种情况下，一个聪明女人的做法就是服侍男人赶紧睡觉。我老婆虽然不算特别聪明，但绝对没有愚蠢到和一个酒鬼论高低的地步。按照我一贯的风格。我先在楼底下按一番门铃，权且叫作打草惊蛇。然后考验一下她是不是会下来搀扶接应我。这个时候，为了避免我进一步出洋相，她一定会及时下来"迎驾"，即便这样，我还是要摆摆谱的，并不会立马跟她回去，而是要和她就地取材随便理论点什么，当然不管理论什么，她必须承认我是对的她是错的。接下来，在她一忍再忍地压着心中的怒气还必须笑成一朵花地哄顺着我，我才会跟她回去。当然，酒醒后的第二天，乃至之后的若干天，角色会对调过来。

那天，我高兴，一路上还清醒着，但一到楼底就晕乎了，路数也就发生了变化。我没有按门铃，而是径直上了楼。那天的楼梯也和我作对，曲里拐弯总也爬不完。好不容易爬上去了，我掏出钥匙，撑着门框鼓捣着开门，那把该死的钥匙就是插不进那该死的锁孔。我就不信我老婆听不见，这家伙一定是故意不给我开门！管她呢，你不给开，我就在门外给你捅咕，我不信你能睡住！

就在我靠着门框瞅端着瞄那个锁眼儿的时候，门开了。

我顺势就跌了进来了，昏暗的灯光下，眼前站着一个比我老婆高一头的女人。我定了定神，认出了眼前这个女人是四楼的张姐。

张姐披散着头发，那头发好像还没干透，一绺一绺地纠结着。更叫人无语的是，张姐居然穿着一身浅粉色丝光睡裙，整个人圆滚滚的，像一只胖胖的蚕茧。说实话，我的眼睛真不知该往哪儿里放。

我说："张姐，你来了！"张姐笑盈盈地望着我不说话。

张姐的老公徐哥也走到了门口，徐哥更过分，光着膀子，就穿一条沙滩花裤，我赶紧说："徐哥，你也来了！"

虽然我和他们打着招呼，但心里却鄙视他们：这两口子真没调，穿成这样串门儿！

这时候，我老婆也来了，不过我老婆居然在门外。她一边道歉，一边往出拽我。我的天哪！我才意识到我是开错门了。

第二天，我老婆气呼呼地说，人家三花说了，你那小说里写的那个女的是写人家的，你把人家名节也坏了。人家鼻涕一把眼泪一把在咱家哭诉了半天，我好说歹说打发走了。人家说了，这事不算完……

我一个人坐在那里，一口气抽了三根烟，喝了五杯茶，忽然回想起头天晚上马二蛋说的"你可给哥安顿好了"的话，真是言外有意，我给他安顿啥了？咋就给安顿好了？想来想去，这家伙一定是对号入座了，他以为我的文章中那个男的就是他！

还是先说说我那篇文章吧。

说有这么一对男女，年轻时候搞过对象，搞得很热络，一搭搭割草放牛，黑头早晚钻小树林儿啥的，后来这女的怀了孩子，眼看纸里包不住火了，按说顺理成章嫁了就完事了，偏偏这两家大人因为点自留地闹下了意见，女方家大人死活不同意这门亲事，强行包办把女儿嫁给了邻村另一个男的。和这女的好的这个男的知道这女的肚里装着自己的孩子，既惦记大人又惦记孩子，娶了媳妇儿还是身在曹营心在汉，和这女的藕断丝连纠缠不断……

我把这文章重新又看了一遍，可不嘛，居然和马二蛋三花的事情铆得严丝合缝！我勒个去！见了个鬼！天地良心啊，我写的时候可并没照他们写啊，鬼才知道这咋就写得那么贴切啊！你再看名字，二马蛋，只需把马字往前挪一下，或者把二字往后退一下，就成“马二蛋”了，那女的名字倒是简单，单字一个花。那时候，马二蛋和三花搞对象，可不就是成天扒在三花家茅厕墙上哑声哑气地“花啊，花啊”地吆喝吗？到如今，那个烂大院的茅厕墙上被马二蛋扒下的豁口还敞着呢！

这下，不仅马二蛋和三花认为故事写的就是他俩，连我都不得不承认，这个故事写的就是他俩。

可看马二蛋那样子，他对这事不但没意见，反倒还挺高兴，要不咋说我“可给安顿好了”呢？

但三花就不一样，三花说这事没完，我不知道三花会怎么个没完法。我这人，一般没事不找事，遇事不怕事，但这仅限于外人，和我马家河的人就不一样了，虽然不全是“内人”，但盘根错节不沾亲也带点故，就是八架算盘磕打不清的关系，只要我妈我爹一扒拉手指头，最起码给你扒拉成老表亲，至于里表外表表了多少层，一律不要紧，反正都是正经亲戚！这个三花，照我妈的说法，我应该叫人家表姨呢。我妈咬牙切齿地说，你头灰悻悻，写谁不能，非写你三表姨！你捏个啥名字不行，你非带个花字！你写啥不能，非抖他们那点事情……我妈一面数落我，一面给我指路，好像只要按照我妈指的那样一拐，我就能巧妙地避开三花和马二蛋！我真是有点佩服我妈了，同时我恨死我自己了，今后写东西，说啥也得先请她老人家过过目、把把关。

三花果然又找了我几次，只要三花一来，我老婆就给我发一条微信：三花来了，不宜回家。三花一走，我老婆就发一条“警报解除”，意思就是我可以回家了。关键时候，我这老婆还是挺有担当的。好在三花进一趟城也不容易，家里春种秋收，牛啊羊啊还一大摊子事呢！据我老婆说，三花每次来都坚持说我把她名节坏了，她和马二蛋搞过对象不假，但他们俩连手都没抓过，一搭里放过牛，割过草，但绝对没钻过小树林，哪儿来的孩子？我老婆知道三花这是轴住了，我老婆也不急着解释什么，只是默默地听三花说她和马二蛋的事情，说她和现在的男人，说她的娃娃，说家里的大小事情。我老婆也不只听三花说，听着听着在合适的时候，就插一句什么，只要我老婆一插话，话题就会越扯越远。等三花意识到走题了的时候，往往时间已经不早了，她得赶车回去了。

一开始我老婆说挺烦三花的，因为我这篇破小说，自己低牙下谏给一个农妇点头哈腰，真是没吃上肉尽沾了腥气！紧接着她就有几分自豪地说三花到底也是农村人的见识，对付她自己是绰绰有余。这女人斗争经验丰富了，水平也越来越高了，显然是渐入佳境了。后来不知从啥时候起，画风一转，我老婆和三花就处成好姐们了，就是城里时兴的闺密。我老婆说了，看她的面子，三花说了，人家不和我计较了。

可该死的马二蛋不省事！不但把我的文章转发了朋友圈，还给端端地发到了村里的好几个群里，什么村民委员会群，马姓家族群“马厩”，小学同学群，中学同学群……怕人家不看，每发一个群都要发几个红包炸一下，红包一轰炸，滴里当啷，那些一直潜伏着的人伙们都一个个浮出了水面。我们村人，居然都叫着那么有文化有水平的网名，什么秋水伊人，逆风飞扬呀暗香浮动呀，全不是原来的猫蛋狗蛋花儿叶儿了！我的马家河，我离开得太久了，看来真得刮目相看了！

好在三花不和我计较了，我的警报彻底解除了。

但这事正如三花说的，还没算完！

这个比我还脱寡的马二蛋在各大群里连续甩流星，隔一段时间，就把一些要紧的段落复制粘贴出来供人瞻仰一番，好像不复习一下怕人忘记呢！我不能不佩服这个一天天跟牛羊打交道的马二蛋，微信上这一套耍得比我也好，这家伙咋想的，难不成真还对三花念念不忘？都半活了辈子的人了，咋拿个棒槌还当针呢？

这下好了，越抖越名长了！小说里的二马蛋和花就是马家河的马二蛋和三花！

我回村找马二蛋，我说：“二蛋，你狗的没事转发那做啥呢？你不知道三花因为这上门不依我好几回了？”

马二蛋说："事情就是那么回事情，你怕啥？她能把你咋？”

马二蛋又把那天晚上那句话重复了一遍："你真给兄弟安排好了！”

说这话的时候，马二蛋红光满面，两眼放光。他把一扇羊排骨立在肉墩子上，用劈斧砍着，明晃晃的斧刃一起一落，不大会儿工夫就一根一根剁好了。

我不和他解释了，艺术呀，生活呀，虚构呀这些话我不想说了，马二蛋估计也不爱听，既然他认定了二马蛋就是他，花就是三花，我再说什么都有点多余。

二马蛋，不，马二蛋一边做羊肉，一边兴奋地说："三花，这辈子，我迟早得和她过两天。”

我说："你可不敢胡来，你倒是光棍一人干身利飒，三花可是有男人的人！”

马二蛋说："你给安排下了，安排好了，事情他就那么个事情！跑不脱！”

真是活见鬼呀！马二蛋这家伙居然叫我那篇倒霉小说给闹魔怔了！早知道能引起这么大的事情，打死我都不写！可现在真是放火不由手，覆水难收了！

马二蛋说，三花还找他了，三花说一定是他把他和她的事情和我说了，我才那样写的。三花上门兴师问罪，骂他嘴比赖女人们的裤带都松。说起三花来，马二蛋笑出一脸的春光烂漫。他连说我真给安排好了真给安排好了，迟早我得改口叫他三表姨父！为了答谢我这番安排，马二蛋再次把一根一尺多长的羊肋条横担到了我的碗口！

就在我的小说发表后的第二年冬天，三花男人出了车祸。

第三年，马二蛋就入赘到了三花家。

马二蛋和三花并锅的那天，我去喝喜酒。马二蛋附在我耳朵边说："你真给安排好了，大外甥！”好家伙，马二蛋正式上岗当起我三表姨父了！

想到三花的前男人，我狠狠地打了一个寒战，身上过电一般“飒”了一下。

嫁猫

马占魁的身子骨是一天不如一天了，那场大感冒，差点就要了他的命。迷迷糊糊不知道吃进去多少药，也不知道睡了几天，醒来的时候，头昏脑涨，身上疼得一动不能动，枕头边只有大黄蹲守着。

大黄见他醒来，“喵”了一声，算是个问候。

他摸索着给手机充了电，探手够了一盒奶，自己喝一半，给大黄挤一半。

显然是饿坏了，大黄几下就把奶舔完了。抬起头看看他，又低下头“喵喵喵”地嗅碗！

女儿的电话打过来了，女儿急促而大声地说：“爹呀，你可急死我了！几天了？咋一直关机……你就不想想我有多着急……”

马占魁平静地说：“我好着呢，你放心吧。”

他不想解释，前前后后说起来话长，人家忙忙的，能顾下听你说？没死就不算个事，有啥好说的？

女儿说：“我暂时还顾不下你，你还是跟我弟走吧……”

走就走吧，哪里黄土不埋人呢？马占魁已经想好了，要走就走彻底些，再不回来了——也回不来了。先住那个老年公寓，再不行就住养老院，既然一个人在村里叫孩子们那么不放心，既然孩子们拿定主意要尽孝，他就再成全他们一回——他一直都在成全他们，也不差这最后一回了。他甚至都和儿子说定了，死了就把他火化了，装成两份儿，一份就近扬在大青山，一份埋进祖坟，和他妈合葬。

等儿子又打来电话时，马占魁对儿子说：“你等我安顿住的。”

马占魁有什么可安顿的呢？按说没啥，地早就退耕了，补偿钱款一到就进了卡里了，把门一锁，拔脚走就行了。但一说到走，他还是觉得必须安顿一下，院子里那一畦一畦的萝卜白菜正长呢，倭瓜也才开始上糖上面……对了，最最关键的是那只猫，得给找个好人家呢，要不他一走，可就没活路了。

说起来，这是一只野猫，来的时候瘦瘦的，肚子瘪瘪的，一身脏兮兮的毛倒戗着，瑟瑟地站在他家窗台上“喵呜，喵呜”地叫着。

马占魁记得真儿真儿的，那是一个滴水成冰的三九天，是往骨头里冷的那种冷。

那种“喵呜，喵呜”声像是女人受了委屈时的哭泣，是能把人心化了的那种哭泣。

他把猫放了进来，从碗里搛出一个荷包蛋给猫放到了地下的一块砖上，对猫说：“吃完你快走吧，寻个好人家。”

这后半句话他对银花说过，银花男人死后，想和他并锅，他也有心思，两个人已经明铺暗盖了，打算一起过个年就算把事办了。上中专的女儿在年三十下午抱了一捆玉茭杆子，领着弟弟出村了，她说，他们和她妈过年呀，好给他爹娶媳妇儿腾地方……

事情自然是黄了，他跑去给银花解释，最后一咬牙，一跺脚，就说出了那句话。银花哭得眼泪哗哗的，马占魁转身狠狠抽了自己一耳刮！

马占魁是尊贵人，他对不起人家银花，铁了心不再登人家的门。第二年，银花就改嫁到神池了！

那猫吃了鸡蛋，抬起头冲他“喵”了一声，一张小脸，一对水汪汪的眼，那神情像银花，也像他女人——娃们的妈！

说起那苦命的女人，走的时候才虚三十。那是个深秋的雨夜，屋外的雨下得淅淅沥沥，女人给灶里倒了半簸箕玉茭轴子，说：“他爹，你和娃们睡哇！”马占魁就一面一个，搂着十来个月的儿子和五岁多的女儿睡了。女人就用摩擦子磨那些碎麻猴小山药，磨一盆淘洗过滤一盆。她是过光景特别仔细的女人，她要把那些小山药里的粉都打澄出来。每年，她都会把那些锹铲烂的，臭了一半的，小的不成气候的残次山药磨碎，一遍一遍地过水淘洗，澄出雪白细腻的粉面来。

后半夜，女人忽然觉得肚子疼，先还以为是受了凉，就停下手中的营生，在炕头上窝蜷着。没想到一阵比一阵疼，而且全不是以往任何原因引起肚疼的一种疼法，好像是肠子被拽着扽着的那种疼。她终于忍不住了，喘息着叫醒了马占魁。马占魁给她扎了十指，放了血，还是不顶事。一向皮实的女人不住地“哎呀”，马占魁就慌忙叫村里的赤脚医生，医生来了给打了一针。医生走后，马占魁女人的“哎呀”一阵比一阵虚弱，临明人就没了。

女人一走，马占魁刚刚燃起点火苗子的光景被老天爷狠狠地浇了一瓢冷水，几年放不了焰，不死不活冒着点儿悠悠气。

两个孩子一天天地长大了，马占魁逐渐走出了中年丧妻的灰暗，看见了生活中忽隐忽现的微茫希望，特别是娃娃们念书了以后显现出的好才地，让马占魁进一步明确了自己后半辈子的重大事项，那就是尽全力栽培这两个娃娃，让他们姐弟俩成人成才。

个人问题上他几乎是没有主动张罗过，两姓不搁一家，猪肉咋能贴到羊身上？半路夫妻，朋柴搭伙的日子不好过，即便大人一心，娃娃们也起心犯事闹不到一搭，你的，我的，伙的，处成一家人难呢！索性就不费那周张了，人这一辈子可快呢，忽眨一年，忽眨又一年，自己无所谓了，盼娃娃们好吧。

马占魁的女子小子果然都是好样的，女子在本市一所小学当老师，女婿是机关单位坐办公室的，头上戴着不小的树叶叶呢。小子大学毕业跟着对象落户到了包头，人家女方父母就一个闺女，小子就到包头工作，定居了。当年亲家说的话他至今记着：只要到了包头，房子车子都不需要马占魁操心，要想尽点心也行，就算是锦上添花吧。马占魁常常一个人咂摸亲家的话，把想说却没有当场说出的话在心里过了一遍又一遍。什么不用操心？栽下梧桐树自有凤凰来，我养得起儿子就娶得起媳妇儿！有几个臭钱有什么了不起，是想买断我的儿子吗？什么锦上添花，你欺负我庄户人没文化！你转文词儿臊哒我，我倒是想听听谁是锦谁是花？！

第一次会亲家是在市里的一家大饭店，闺女安排的。那顿饭除了马占魁，亲家两口子，女儿女婿，儿子，未来的儿媳妇儿都挺开心，尤其是女儿女婿，他一说个啥就赶紧拦头一棒——把他的话截住，还翻译官一般解释一番："我爸的意思是……"你听听，把叫了几十年的爹都叫成爸了，这是装的哪门子文明！再说了，我的心思你们知道吗？我果真是你们那意思吗？你们两口子有文化有身份有地位，直接做主算了，叫我陪这个桩干啥？

儿子，那虎敦敦门扇一般的大儿子——大学生儿子，在人家外父外母娘面前那股子处处加心在意的殷勤样儿可真是有点过分，他都替他臊得慌！人穷怎么了？人穷就该志短吗？儿子啊，日子长着呢，你这没咋地就先矬下半截，一辈子就别想展起腰身活人了！再看那没过门儿的媳妇儿，丑是不丑，但素了吧唧面人人一般没"人颜"！儿子介绍完他这个爹，人家只轻轻地在喉咙里"嗯"了一声，勉强挤出一丝丝笑来。这媳妇儿一中午都没咋说话，也没咋吃饭，和他一样，好像个局外人。

这个事情实际上早就板上钉钉了，那顿饭不过是知会一声，儿大不由爹，再说了，自己腰里没力，说话没有分量，儿子也不会听你的，气不顺只好自个儿慢慢调理。

村里人都羡慕马占魁，人家说，占魁儿有出息，分到大城市了！他说："他是走了口外，包头算啥大城市？"人家说，占魁儿好妻命，找下肥外父了！占魁说："穷家小子，当招女婿（倒插门）去了！"

为这儿，女儿没少说他，说爹你咋越老越不明白事理了，好端端的事情叫您一说就变了味儿了。

儿子家他不是没去过，拘束，憋屈，过去村里人说谁家死门死户不和人来往，是"关住门吃，开开门屙"。儿子家住的是高楼，十八层，比村里有些人家更死门死户，是关住门吃关住门屙！马占魁就不适应，白天人家上学的上学，上班的上班，自己就前阳台转后阳台，后阳台转前阳台地转。转完就丢盹儿打瞌睡。有时也下楼到附近的小公园转一转，人家那些老汉老婆不是打太极、练剑，就是吹拉弹唱，他要一下没一下，融不进去，只好灰溜溜地转回家。

更要命的是亲家老两口，隔几天就过来巡查巡查，也不敲门，钥匙一“咔吧”，就来了。所以，不管多热，马占魁都穿着长衣长裤，随时恭候着亲家两口子。亲家母来了也不客气，清凉装上阵，马占魁那叫一个膈应啊，眼睛都不知道往哪儿放了！人家倒也不闲着，又是洗又是擦，把他擦抹过的地方都要重新过一遍，好像他有多脏似的。好端端的苹果好端端的桃，蔫巴点儿烂一点儿就“欻”一下倒垃圾桶里了，从来没征求过他的意见。马占魁不说啥，但心里不舒服。待个二十来天个把月，就张罗着回。这样就“对得起来回的车票了”，儿子也不强留了。马占魁是个识大体顾大局的人，自己心里不舒展不要紧，关键不能让儿子为难。

走，不就是些萝卜白菜吗？不就是些倭瓜蔓菁吗？谁要拔了去。

可大黄，大黄怎么办？这只一颗鸡蛋就喂熟了的猫，扎落到他家已经五年了。

时下人们都不咋存粮，地头就粜了，家里没粮也就不招耗子，没有耗子，猫也没大用项。倒是有养猫的，但人家不养这种土猫，人家养的是那名贵的宠物猫。所以说啊，给大黄找人家还真是费脑筋呢！简直比给闺女寻人家还操心呢！

占魁老汉想啊想，把村里的人家过筛子一般都过滤了一遍，邋遢人家不能给，大黄被他养得油光水滑的，可不能糟蹋了那身金黄的皮毛；太吝啬的人家也不行，大黄跟着他虽然没吃过人家那些进口的罐装猫粮，基本是他吃啥猫吃啥，牛奶鸡蛋还是充足的。给那些自己吃还嫌肚大的人家，还不得委屈死俺娃？别看平时总是大黄大黄地叫，但一说到送人，马占魁就直想叫大黄个“俺娃”！

想来想去，他想到了邻村的表妹！论关系，论交往，简直没有比表妹两口子更靠得住的“猫亲家”！

他打电话把表妹两口子叫来，买了烧鸡、熟肉，炒了鸡蛋、肉菜，还打开了一瓶女婿拿来的，据说是什么内部特供的坛子酒，给自己和表妹夫各倒了一盅。表妹夫一向不大喝酒，但看那坛子挺上讲究，估计酒是好酒，也就没推辞。

马占魁端起酒杯说："哥马上就走呀，出门呀。"

表妹夫也端起酒杯说："人老了就由娃们安排哇……"

说完，两个人碰了一下，都把酒干了。

表妹说："哥你养下好儿了，你享福吧……"

马占魁咂摸着嘴里的酒味儿，摆摆手，又给一人倒了一盅。

那天，他和表妹夫从中午喝到日头落，把那一坛子酒喝光了。马占魁一边劝酒搛菜，一边就穿插着说猫的事情。他说得不紧不慢，不管话题岔到哪儿，马占魁总能巧妙地接引到猫上。表妹两口子终于听明白了，表哥这顿酒除了告别还有一层意思就是托养大黄。

大黄也似乎意识到了什么，对一盘一盘平常爱吃的荤腥鱼肉毫无兴趣，一直蹲在窗台上耸着耳朵听他们说话。

马占魁搛了些带汤的带鱼罐头放到了手心里，对大黄说："黄啊，下来，过来……"

大黄“喵”了一声跳下了窗台，慢腾腾地挪到了马占魁身边。

马占魁用手心捧着那些碎鱼肉，凑近了大黄的嘴，大黄又“喵”了一声，看看马占魁，然后低下头，伸出粉红色的舌头舔起了鱼肉。

马占魁对大黄说："黄啊，俺娃踏实去吧，去你表姑家和咱家一样……你表姑、你表姑父都是好人……好人家……"

表妹说："哥你喝多了……"

马占魁两手撑着炕，老半天没抬头。

马占魁的眼泪终于兜不住了，“噗嗒噗嗒，扑沓”掉在了衬炕的塑料布上。

授粉

一

惊蛰过后，阳婆的脸已经没有了严冬时候的惨白，显出了柔和的暖色。晌午时分，背阴处的积雪开始融化，融雪浸润下，土墙上覆着的苔藓呈现出一种蓬勃的墨绿。米庄子村向阳处的几个老汉敞着袄坐在新修的奶奶庙的台阶上，他们嘴里噙着旱烟锅子，有一搭没一搭说着闲话。

农研所的小轿车开进来的时候，清脆的喇叭声首先把游走在街上的一只狗惊了，当一只狗叫起来的时候，全村的狗都得了令似的叫了起来，它们不明就里，却一改往日的心平气和，气愤地向农研所的车扑了几扑，当小车轻巧地转过几个弯，“嗖”的一下蹿远了的时候，狗们龇着牙发出低沉浑厚的吠叫。

车停在了村民活动中心的大门前，村主任米满仓迎了出来。身材魁梧的满仓像是见了亲娘舅一般，与来人一一握手，然后侧着身把他们让进村委会办公室。

后半晌，农研所要在米庄子村建辣椒籽种试验基地的消息便像长了腿一样，传遍了米庄子村的每一个角落。傍晚时分，白玉珍从小卖铺打酱油回来，有些激动地对男人说：“咱村要建辣椒新品种实验基地了！”

那时，男人米金贵正靠着炕上的被窝垛子半躺着耍手机，手机里放着一段大概很好笑的视频，与视频里夸张的怪笑同时发出的是米金贵沙哑的笑声。女人白玉珍的话显然根本没进米金贵的耳朵门儿，他居然连头也没抬一下。

白玉珍心事重重地看一眼米金贵，深深地叹了一口气。

村里的男人们大多已经出去打工了，这几年，不知谁给揽下的营生，方圆附近的男人们都出去给电厂搞检修了，技术含量不高，是个人就能做。一天十来个小时，能挣二百多呢。用庄户人的话说，那就是苦不重，罪不小，但挣钱比较痛快。村里人，最不缺的就是力气，最不当个事情的也是这把子力气，呼啦啦一下子走了三十多号年轻力壮的男人，只剩下老弱妇孺的村子就少了许多精气神儿，显得有些萎靡不振。

米金贵是个特例，本应该归到该走的那一拨人中，却没有走。打工回来的米来栓说那边热得厉害，干活儿得脱成红棍（光身子），衣裳根本就上不了身，就这，整天出汗出得都跟水鸡子一般。更凶险的是蚊子有寸数长，眉眼都能看得清，还有海碗大的蛤蟆，鞭杆粗的皮条……米来栓的话不能全信，也不能不信，没等米金贵说啥，他爹他妈他二爹他二妈，四个当家人当下就定了，咱娃金贵可不能去！米金贵从小娇生惯养，没吃过什么苦，再说了，一下子走那么远，他们哪儿能放心？当家人不让米金贵出去打工，除了舍不得米金贵吃苦受罪，更主要的原因是眼下老米家最为要紧的事情不是挣钱而是传宗接代，用米金贵妈的话说，那就是：三十多岁，正是生好娃娃的时候。

人如其名，米金贵比起一般庄户人那是真金贵。当年，白玉珍初嫁过来，不知道底细，常常指使金贵取长送短，只要一叫米金贵做个啥，公公婆婆一准儿插出来说我来吧我来吧。再后来，只要白玉珍拖长声音叫“金贵哎——金贵”，那俩老的就仄起耳朵听动静，要是米金贵立马应声报到，事后准得被他妈数落一番：女人，惯不得，男人就得有个男人的样子！白玉珍是个明白人，日子一长，从公婆的眉眼中，品出了其中的奥妙，虽然心上不大得劲儿，几次想和公婆理论一下，可话到嘴边还是忍了，忍着忍着，就忍习惯了。这样一来，对米金贵来说，等于又多了一个骄纵他的人，尽管这个人并不情愿。

米金贵到底有多金贵，得从祖上说起。从他祖爷爷到他爷再到他爹三辈子男丁不旺，不是得子迟就是少亡，那股子单眉细眼的香火抖抖颤颤传到米金贵爹这一辈儿，就更单了，金贵老子弟兄两个抱住金贵一个小子，那就是二十亩地一苗谷子！金贵二爹二妈指着金贵打砂锅呢（摔孝子盆，人死后的一个丧仪），从小是把金贵当儿养的，因为隔着一层，反倒是比金贵爹妈还疼金贵。这股细弱的香火到了米金贵和白玉珍这辈儿，接得上接不上还得打个问号，已经结婚十二三年了，白玉珍生下来的孩子也有好几个了，但都是丫头。可米金贵想要一个儿子的执念却一直没有断过。

白玉珍对米金贵说："金贵，娃们大了，马下就费燃嚼（燃嚼指吃穿用度）呀，咱得赶紧挣钱了！"

米金贵眼睛仁儿一翻，嗓子哑哑地说："老子眼看绝后呀，有个啥心肠！"

白玉珍被米金贵噎得泛不上二话来，就不再提挣钱的事情了。

因为没有儿子，白玉珍自己也很难受，别人有意无意的一句话，都会触动她的心事。除了下地干活儿，白玉珍越来越不爱出门了。不过白玉珍的日子并不空虚，白玉珍从小就爱看点闲书，家务事之外，只要一有空她就看书，几本过期杂志的合订本儿都被她翻得卷了边儿。那年县文化馆下乡给村委会捐书，建了个农家书屋，米满仓知道白玉珍爱看书，就把书屋的钥匙给了白玉珍，白玉珍呢，好像是得了宝贝一样，心里乐开了花。

米金贵常常嘲笑白玉珍："你一个农村家庭妇女，瞎狗端（端详，看）星宿，看得个什么书？是在显你念过半个初中吗？"有一次，白玉珍正在看一本旧杂志，从白事宴上帮忙回来的米金贵喝得醉醺醺的，他一把夺过白玉珍手里的书，三下两下撕得粉碎。白玉珍知道，红白事宴，最是亮人气的时候，亡人儿孙满堂，孝子孝孙白茫茫跪下半院，帮忙办事的不免捧场赞叹，一定是别人无意中的一句话击中了米金贵的痛处。米金贵躺在炕上，拧绳一样绕炕打滚，反复嘟囔一句话：白玉珍，你能给爷生个打砂锅的不能？

白玉珍望着炕上死狗一样的米金贵，心里“嗖嗖”地冒着凉气，白玉珍有时候在心里嘀咕：不就是没有儿子吗？都什么年代了，至于吗？现实情况是，在米庄子村，尤其在米金贵他们家，这就是一件天大的事，它就至于把一家人过日子的心劲儿打压下去。米金贵每次和白玉珍犯驴都拿没儿子说事，白玉珍已经习惯了他的路数，日子久了，反倒是把这件本来也不算什么事情的事情看开了放下了。与米金贵不同的是，白玉珍一心想着要好好地把两个闺女培养成人，要向老米家的人，乃至整个米庄子村的人证明一个事实：那就是谁说女子不如男？

二

村主任米满仓领着农研所的人在野地里一连转了好几天，那伙人红的、黄的运动衫像是旗帜一样，在春风的吹拂下醒目而鲜亮地飘在米庄子村的野地里，与尚未苏醒的黄土高原的灰白和土黄形成了鲜明的对比。他们的运动鞋在米庄子村的沟沟岔岔山坡梁地留下了深深的大花纹儿，经过反复的测量勘察，最后，他们选定了村西的一块坡地。那块地正是米金贵家的承包地。

米满仓和农研所的一个后生来找米金贵协商租地的事情，米金贵依然在耍手机，他瘦长的身子浮在从窗玻璃上打进来的一片光里，整个人看起来有些虚弱。

米满仓说：“金贵，叔和你商量个事情。”

米金贵伸伸细长的懒腰，打个哈欠，睡眼迷离地问米满仓：“啥？”

这时候白玉珍进来了，米满仓把大致意思一说，白玉珍就明白了。当农研所的人提出要租种他们家那五亩坡地做辣椒试验田的时候，白玉珍没有任何犹豫，当下就表示同意。

在这件事上，按说白玉珍是可以做主的，米庄子村不缺地，尤其是近几年，村里的人但凡有点出路的都进城了，最不济也是搬到离城近便的城中村了，没人种地了，土地就撂荒了。而且，在他们家，米金贵对种地的事情是从来不操心的。米家这块地因为偏远，已经好几年都不种了，宿根的白草纠结在一起，把地罩得严严实实，除非大型机械深耕，一般小的旋耕机是连犁尖都插不进去。

农研所出的地租子是一亩六百元，签五年的合同，一次性付给一万五千元。

当听到这个数字的时候，米金贵佝偻的身子立马绷直了，眼睛里闪过一丝光彩。他看一眼米满仓和农研所的人，随即却慢悠悠地说："两万，少一分都不租！"

白玉珍被米金贵的话给惊呆了，白玉珍感到这个该死的家伙真是有点不可思议，钱固然是个好东西，但人家租你一块烂地，你就狮子大开口，这不是讹诈是什么？况且，人家打机井，建大棚，将来受益的还不是你米金贵？你下口这么深，叫人家上头的人怎么看呢？万一人家看你不地道，再另做打算了呢？

白玉珍有点急了，她乞求似的望着米金贵，希望米金贵说话和缓一点，别把话说绝了，最好留下一点回旋的余地。米金贵下巴一扬，狠狠地瞪了她一眼，示意她不要乱说话。

一时间，大家都僵住了，翘坐在炕沿上的米满仓不知该说什么，干干地咳嗽了几声。农研所一个穿着米白色风衣的后生说："大哥、大嫂，你们两口子再合计合计，一两天给我们个准话。"

米满仓和农研所的人走后，白玉珍在自家的三间土坯房里转出来转进去，她心事重重地想要转出一套说辞，好劝米金贵松松口。米金贵被白玉珍转得有点晕，把手机扣在了炕上，随手拿过窗台上的一瓶啤酒，熟练地用牙启开了瓶盖，仰起脖子灌了一气。

白玉珍见米金贵放下了手机，对米金贵说："金贵，我看不少了，租了吧，就是自己种，辛苦不算，刨去成本，也剩不了几个……"

米金贵眼睛红巴巴地瞪着白玉珍，把正喝着的啤酒蹲在炕上，一字一顿地说："哈货！你和人家那后生是一伙儿的？以后这件事情你就不要摊言了！"

白玉珍本想和米金贵好好掰扯一番，劝米金贵适可而止，顺顺利利把合同签了。但看到米金贵死倔死倔的样子，知道自己说什么都无济于事了。一想到即将到手的，几乎是从天而降的一万五千元钱极有可能就这样飞了，白玉珍的心里有一种强烈的不甘。毕竟，对他们这个家来说，一万五千块钱不是个小数目。

想来想去，白玉珍觉得，无论如何，这件事情不能因为米金贵嘴叉窝子太深而闹崩，既然这十年九不遇的好事落到了他们头上，就不能叫它跑脱。白玉珍表面上绵善，但底根儿里，关键时候，主意硬着呢，他们这个家，要是尽由着米金贵的性子来的话，指不定过成啥样子呢！

白玉珍决定自己去找米满仓说说，表明自己想出租地的意思，要米满仓探探人家"上头"的意思，从中说合一下，两边各退一步，一定把这事情做成。

半后晌，白玉珍悄悄地出了大门。

天色阴沉，春寒料峭，寂静的村道上一个人都没有，白玉珍径直往米满仓家的巷子里走着，在心里演练着反复推敲过的那番说辞。

在村委会的大门口，白玉珍迎面碰上了那个来她家谈事的，穿米色风衣的农研所的后生。

后生也认出了白玉珍，微笑着和白玉珍打招呼。这个后生看起来挺和气，白净面皮儿，浓眉大眼的笑模样儿。白玉珍从后生的说话语气中听出了一种和村里人说话截然不同的友善和礼貌。白玉珍觉得，人家是城市里来的念书人，一定是通情达理的，与其和米满仓说，不如自己直截了当和他们谈一谈。

白玉珍正犹豫着，该怎么说的时候，后生说话了。

后生说："上午大哥说的那个价钱呢，按本地行情确实有点高……不过呢，我已经汇报给所里……应该问题不大……"

白玉珍听明白了，这个事情十有八九是行了。

白玉珍说："兄弟，让你为难了"

后生说："大嫂客气了，以后有什么事免不了麻烦你们。"

白玉珍心里有底了，她的心情一下子就明朗了，回家的路上，情不自禁地哼起了黄梅戏《女驸马》里的选段。

三

没几天工夫，农研所的辣椒基地建起来了，租种的就是白玉珍家的地。傍着山坡还建起了几个日光智能连栋温室，辣椒基地的塑料顶棚在阳光下闪烁着水一样白亮的光泽。从那以后，米庄子村的村民每日里都向村西的辣椒基地张望。

除过米满仓，农研所的专家们打交道最多的就是白玉珍两口子，与米金贵的懒散冷漠相比，白玉珍在为人处事方面的直爽和热情，给这几个外来创业的年轻人留下了很好的印象。在辣椒扬花需要人工授粉的时候，代表农研所和米金贵签合同的陈远航首先想到的是白玉珍。

给辣椒授粉是一件细巧的活计，适合女人来做，农研所给出的工价是管饭一天八十，集中授粉的时间也就半个来月。

米庄子村祖祖辈辈从来就没种过辣椒，更不知道授粉是怎么一回事。陈远航给白玉珍示范了一下，白玉珍一下子就明白了。陈远航说，大嫂，你给咱回村里招四五个勤快麻利的女人。白玉珍在心里算了一笔账，一天八十元，半个月一千二百元，一年的白面就有了，守家待地的营生，打着灯笼都难找呢！当下，白玉珍就给陈远航打了包票。

白玉珍首先找的是米金贵的一个表嫂，白玉珍说："表嫂，拉引你做个挣钱的营生。"表嫂说："哎呀，她表婶，俺们没你那发财的命，比不得你们，即便挣断大肠头子，也闹不下两万……"没想到表嫂非但不领白玉珍优先考虑让她挣钱的情，还说起了风凉话。白玉珍讪讪地笑着，知道再不能说下去了，再说下去更没意思。

白玉珍家把一块荒地租给农研所这件事让一村子人不舒服，一些平常交往还算不错的人，见了白玉珍话都没了，背地里说三道四的，传闲话的，说啥的都有。白玉珍心说，想说说去，谁叫你们没赶住呢？

白玉珍在村里找了一圈儿，那些女人们好像都商量好了一样，没一个愿意干的，这个结果真是出乎白玉珍的预料。人没招下，闲话却是收揽了一箩筐，一向主意很正的白玉珍不免心烦意乱。

想到自己在陈远航那里已经拍了脯子了，放了大话，白玉珍泼烦得更是坐卧不宁了。

米金贵见白玉珍心事重重，非但不解劝，还寡汤淡水地挖苦："但凡是农研所的事，你咋那么当紧，这下扑脱了吧……"白玉珍懒得和米金贵理论，米金贵这个翻不过里外的家伙，关键时候好像专门是看白玉珍笑话的，白玉珍不指望男人能和她站在一条战线上，但只要米金贵一刺激，白玉珍的斗志就会更加昂扬，米金贵说做不成的事情，白玉珍偏偏要做成了做漂亮了给他看。从这个角度来看，米金贵给白玉珍泼的每一瓢凉水都是加油助威。

白玉珍琢磨来琢磨去，不能在本村招了，人看人，户看户，那些放着手边的钱不挣的人，是想晾她白玉珍的场，诚心让她下不来台。白玉珍心说，缺了几棵金针菜，我还做不成八大碗了？！

白玉珍去十里外更偏远的娘家村调兵遣将，本家的四个嫂子听说管吃管住工资一天八十，还是日清日结，激动得脸上放光，立马回家收拾行李去了。

赶天黑前，白玉珍就拉起了一个授粉的队伍！当白玉珍把本家的四个嫂子领到辣椒基地的时候，陈远航再一次被这个女人的干脆利落给震惊了。

白玉珍说："陈儿，干活儿的我给你领来了，你培训吧。"

陈远航说："嫂子你说了算，从今儿起，你就是领工的了。"

白玉珍一本正经地说："陈儿，我可有言在先，这都是我娘家人，咱说到哪儿做到哪儿。"

陈远航说："嫂子你尽管放心，咱共事还在后头呢！"

那几天，白玉珍她们姑嫂五个就吃住在基地，刚开始吃的是陈远航给定回来的盒饭，吃了两三天，就有些腻味了。白玉珍说，陈儿，饭就别定了，咱自己做吧。当下白玉珍就给陈远航拉了个单子，让他照着单子买东西。白玉珍从家里拿些锅碗瓢勺就能开火了。下工后，姑嫂五个一齐动手做饭，嘻嘻哈哈，说说笑笑，干活儿的那点儿劳累也就不算什么了。

先前白玉珍找的那几个本村的女人们有点后悔了，借故就往辣椒基地走窜，有的干脆直截了当问白玉珍还要不要人了。

白玉珍心说，先晾一晾吧，看你们再兴套！

基地果然说话算话，工资日结，伙食也不错，顿顿肉菜，西瓜敞开儿了吃。几个嫂子都很感激白玉珍。嫂子们说："玉珍，以后有这好营生，你可一定得先想着点俺们妯娌。"

等到摘辣椒，挖椒籽的时候，不等白玉珍动员，本村那伙女人们就提前打招呼了。

四

那次，除了挣日工资之外，陈远航还多给了白玉珍一千块钱。陈远航说，嫂子，这是你领工和做饭的钱。白玉珍有些蒙了，觉得自己也没给领什么工；至于做饭，那更是捎捎带带个事情，根本就不值这么多钱。白玉珍从陈远航递过来的一沓钱里数出十张，把剩余的装到了裤兜里。白玉珍说，陈儿，这个钱嫂子不能收。说着把钱递给了陈远航。陈远航笑了，陈远航说嫂子你应该拿的，我们是正规单位，每一项工作都有预算经费，你给招的工人，你给领着干的，你就应该挣劳务费，做饭的钱都算给你，至于你如何分配那是你的事情。再说了，咱们自己做饭除了吃得好，比定盒饭还省钱。今后咱就这么办。白玉珍被陈远航说愣怔了，自己居然成领工的了！白玉珍捏着被陈远航推过来的那一千块钱不知道说什么好了！

陈远航说，嫂子，你就和我们一起做吧，我们人生地不熟的，离不了个当地人协助。

白玉珍回过神儿来，连连答应着说好啊好啊，守家待地的哪寻这好营生呢？嫂子真是太感谢你了，陈儿……

白玉珍揣着这一厚沓钱往村里走，折弯后的钱在裤兜里鼓鼓地顶出一块儿，贴着肉的一面硬硬地硌着大腿。从来没挣过个钱的白玉珍兴奋得差点飘起来，那些一直以来埋藏在心里的小愿望一个一个地苏醒了、露头了，争着抢着涌上来。白玉珍心说，咋不先给那俩小闺女换换书包，姐儿俩的书包实在是寒碜得没个样儿了，大的那个拉锁都拉不上了。再就是带着娘家爹进城好好检查一下，老汉的胃病好长时间了，疼起来一身一身出冷汗。给金贵那该死的买上一身新衣裳，男人家，有个往人前走的时候，没身像样的衣裳咋行？给那四个老的，买上些蛋糕、油茶……都是当家人，给他们家操心的，让他们也高兴高兴……

白玉珍盘算着，不由得嘴角上翘，脸上浮现出了喜色。一进村口，碰上了米满仓老婆，这女人平时就和白玉珍不登对，见白玉珍兴兴套套地走过来，心里的不舒服就一股一股往上顶，远远地剜了白玉珍一眼，恨不得剜下一块肉来。

白玉珍亲热地叫了一声婶子，米满仓女人嘴唇稍微动了动，从牙缝里挤出一个“哎”字，算是回应了白玉珍的问候。白玉珍知道，自从米满仓把大队钥匙给了她一把，这女人说话总是捎捎带带含沙射影的。和农研所的人走得近了，主任女人就更不舒服了，好像是白玉珍抢了她主任老婆的风光。有一次陈远航找米满仓说事，米满仓老婆说陈干部，你找白玉珍去吧，俺们在这村算做啥的？当下把陈远航顶了个不客气，一旁的米满仓脸上下不来，连连说，这女人半脑子，不会说话，陈儿你别介意。

白玉珍把钱拿回家，一股脑儿掏到了米金贵面前。米金贵的眼睛始终都盯着手机，连头都没往过转一下。白玉珍高兴，扳着米金贵的头让米金贵猜自己挣了多少钱，米金贵说，能挣多少？金山还是银山……白玉珍火蓬蓬的心好像被浇了一瓢凉水，再不想和他多说了。

白玉珍到小卖店买了八斤蛋糕，三斤的两包，二斤的一包。三斤的是给公婆和叔公婶婆的，二斤的是给孩子的。小卖店打麻将的人们见白玉珍买一堆蛋糕，都有点吃惊。一个人说，金贵媳妇儿，你不过了？另一个说，你这人咋说话呢？人家这一看就是挣了大钱了……白玉珍笑着说受苦人能挣个啥大钱。洗牌的空当，人们就探讨到底啥是个授粉，有一个外号叫百事通的说，授粉就是把雄花的花粉点到雌花上。有人又问，啥是个雌花啥是个雄花。那人说，雌花就是母的，雄花就是公的，就好比男人和女人。问的人说明白了明白了，就是男人的东西给了女人，女人就给生出了娃娃……哎呀妈，授粉原来就是做这哩……咱只当人和牲口是那么个生法，原来辣椒也得配哩……小卖店里哄一下笑翻了天。百事通说，这会儿科学种植全凭人工授粉了，产量大，品质好，这事情细说下来可复杂了，等于是调种子哩。那人又说，是哩，调种子哇，种辣椒那伙子人都有好种子，啥时候给咱村调一调人种子，也出几个细皮白肉的念书人……白玉珍有些尴尬，本想着和人们说说农研所的事情，宣传宣传，动员动员，将来有个啥营生，好组织人们去干干。一看这阵仗，再不说什么了，提着蛋糕出来了。没走多远，小卖店里爆发出一阵很响的哄笑。白玉珍知道，这伙人狗嘴里吐不出象牙，幸亏自己及时抽身了。

五

自从陈远航说了让白玉珍跟他们一起干的话，白玉珍心里就像燃起了一蓬火，走起路来脚跟都硬了。辣椒成熟后的采收、取籽、晾晒，一直是白玉珍组织人干的。米满仓老婆打着男人的旗号找农研所的一个头头，说辣椒基地建在他们村，好处让白玉珍全占了，她家老汉跑前跑后白忙乎了。农研所的头头说老嫂子你的意思我明白了，哪儿能让我老哥白忙乎呢？之后，但凡有用工的时候，陈远航就嘱咐白玉珍一定要优先考虑主任老婆，不论来不来、迟与早，一定给记上工。

年底，白玉珍给送工钱，米满仓才知道这个死老婆子做的灰事。米满仓从老婆手里夺过钱，原封不动地塞给了白玉珍。白玉珍前脚刚走出大门，两口子就打起来了。米满仓老婆杀猪一样地号叫，边号边骂，白玉珍听出来了，主任老婆在骂自己。本来还犹豫着该不该折返回去拉架，现在看来，进去了无异于火上浇油。

白玉珍挺窝火，你们两口子打架捎带我干啥？不就是因为好看个闲书，拿了把村委会的钥匙吗？大不了还回去就是了。再说了，村委会是一村人的村委会，又不是你们一家的！白玉珍不知道，其实在租地这件事上，米满仓还真是使了偏心眼儿。当时，符合条件的其实不止白玉珍他们家这块地，米满仓是看她家日子过得紧才优先推荐的。

米满仓是米庄子村的人物头儿，当主任有些年头了，处理起村里的事情得心应手，但这个半脑子老婆真是让他头疼。自从自己当上这个不值一文的村主任，她就成天防贼似的防着老汉，恨不能把男人拴在裤带上，还端起了主任家属的架子，把自己打扮得花里胡哨的，本来脸黑，这个霜那个粉的一层一层抹下来，像是打上了腻子，每天对着镜子描眉画鬓老半天。画就画吧，画得好看了也罢了，关键是画不成不说，画出来根本不能正眼看——猛看吓人，细看恶心！米满仓也说过老婆，说你瞎作怪的真叫人膈应呢，我都不敢正眼看你了。老婆没理解这话的意思，只当是自己这番打扮在男人那里起反应了，越发忸怩作怪了。

米满仓老婆嫉恨白玉珍是因为有一次米满仓无意中说咱村的女人们里头，金贵媳妇儿那是头一名，端汤也洒不了的主儿！就这一句话，米满仓被老婆审问了好几个来回。米满仓懒得和老婆多说究竟怎么个精明法，越是不说，他老婆就越是不踏实。这个在米满仓眼里的半脑子女人，琢磨起自家这个村主任老汉的事情来，能把有的没的都串联起来，而且是串联得有枝有叶！

米满仓看人向来不会走眼，白玉珍的确不是一般女人。她从来不像村里女人那样高喉咙大嗓门说话，更不会动不动咧着嘴叽叽咯咯大笑，举止行为啥时候也稳稳当当文文静静，村乡人不会形容，背地里人们都叫她素娘娘。米满仓老婆自从挨了老汉的打，越发恨起了这个素娘娘白玉珍了。觉得这女人别看素了吧唧的，勾人真是有一套，不仅勾住了她老汉，一定是把农研所的干部们都勾住了，尤其是那个陈远航，一口一个嫂子，叫得那叫一个亲。

其实，不单是主任老婆这么想，村里眼红白玉珍的女人们都是这么想的。村乡女人的见识，她们看不见白玉珍那股“端汤也不会洒”的精明，只是觉得，作为女人大概都一样，但凡做成点啥，最终非得和男人有一腿子！一村人给白玉珍和农研所的陈远航捏对对，而且捏得有鼻子有眼儿。没事的时候，她们聚在一起就拿白玉珍消遣，添油加醋，添枝加叶。而这出戏除了满足创作者们的闲暇娱乐，更多的是治愈了他们的红眼病和因为嫉妒而导致的心病。

闲话从来都是长翅膀的，又怎么会绕过老米家那四个老人和米金贵的耳朵呢？虽然他们不相信白玉珍会做出什么不体面的事情来，但这种事情，谁听了能不当回事呢？人都说疮是害上的不是唾上的，但男人女人这点事情是个例外，唾上的也算，一旦被唾上了，就犯膈应。

当白玉珍再一次把工钱掏在米金贵眼前的时候，米金贵没有不屑一顾，而是定定地看了几眼白玉珍。

米金贵发现白玉珍一向平静得波澜不兴的素脸上洋溢着一种从来没有过的神采，这种神采让米金贵感到既陌生又有几分惶恐。

六

米金贵这个人，从小娇生惯养是有一点混账，但大事情上不胡来。

米金贵郑重其事地对白玉珍说：“玉珍，人言可畏，你就不要上基地打工了。”

白玉珍说：“听蝲蝲蛄叫你还不敢种田了？舌头长在人家嘴里，谁想说啥说去，说风凉话能来钱，我倒愿意他们每天拿我嚼牙叉骨！”

米金贵说：“要上我上，你回来。”

白玉珍说：“要说总有个说上的，咱能堵了谁的嘴？咱们一起上，叫他们想说啥说去！”

秋天里辣椒种苗复壮培育的时候，米金贵也上基地了。

那年冬天，两个闺女都住了校，他们两口子就住在辣椒基地的智能连栋温室里，在陈远航的指导下培育辣椒秧苗。

村里人说，米金贵跟上女人沾光了。

自从上了基地，在陈远航的带动下，米金贵也迷上了种辣椒。他和陈远航一起上网搜索有关辣椒的知识和图片，世界上居然有那么多的辣椒品种，眼前好像是打开了另一个世界。陈远航说，贵哥你不知道，现在种植业全说种子呢，这么说吧，种子和农业的关系就好比芯片和手机的关系，至关重要。咱们好多农作物的种子需要进口，贵着呢。农业要想大发展，就必须先解决制种的问题……米金贵听得一愣一愣的，虽然有些专业的东西听不大明白，但这种不明白让他愈加佩服陈远航了。陈远航呢，经过一番口传心授，把米金贵带动了起来，自己也省心不少。更让陈远航开心的是，自从他们两口子住到基地，自己的伙食问题解决了，不用老是吃方便面和火腿肠了。白玉珍的家常饭做得很是适口，一冬天吃下来，陈远航都胖了。

米金贵的变化真是让白玉珍心宽，而这一切都是陈远航的功劳。真是跟啥人出啥人，在脾气态度上，米金贵也悄然发生着变化。以前，白玉珍说话米金贵总是爱答不理的，有时候，白玉珍说十句，他顶多回应个一两句，在用字上也极为省俭，能用一个字的，绝不说两个字。白玉珍呢，也不是没有抱怨过，但有什么用呢？一方面人就是个那人，性格就是个那性格；另一方面，因为生儿子这件事，谁瞅谁都不顺眼，没什么好气，三句话下来就淘一肚子气，慢慢地就谁也不想尿谁了。

白玉珍感觉到米金贵的变化是在一场大风后的黄昏，刮了一整天的大黄风把基地的几个育秧棚的塑料膜都掀掉了，风停下了，两口子忙着苫棚保秧。按照以往的经验推断，遇到这种情况，米金贵一定是先发牢骚，如果处理得不顺利，牢骚就会升级到蹿火，再摔摔打打一番，把火气发泄出去，才恼恨恨地开始解决问题。这时候，为了避免引火上身，白玉珍就选择沉默，一声不吭地做自己该做的事情。老米家的那四个当家老人很赞赏白玉珍的忍劲儿，要是遇上个火冒钻天的媳妇儿，不一定打红闹黑过成什么样子了。白玉珍常常在心里对自己说，有什么办法呢？好赖也是自己找下的人，不担待能咋？

那天苫棚的时候，白玉珍很是小心地观察着米金贵的脸色，而且自己首先就上手开始拉拽卷成一团的篷布。米金贵见白玉珍颤巍巍地踩着大棚的骨架勾篷布，就急吼吼地喊白玉珍，他一本正经地命令白玉珍赶紧下来，并张开了胳膊准备接引白玉珍，白玉珍踩着一根龙骨，定定地望着米金贵，只觉得一股暖流顶到嗓子眼儿，眼睛里忽然就蓄满了泪水……

七

一个冬天的口传心授，米金贵出徒了，陈远航回农研所的时候多了，留在辣椒基地的时候少了，这个时候的米金贵在陈远航的带动下已经完全成了辣椒迷了，他总是蹲在大棚里观察辣椒种苗的长势，一蹲就是老半天。他和白玉珍住的那个小房的炕上、地下，摆满了各种栽着辣椒苗的小钵子，米金贵把那些辣椒苗子按照品种做了标记，什么时候浸种，什么时候下种，什么时候出土，都有具体的日期记载。对于米金贵的变化，白玉珍是看在眼里喜在心上，而且，自从上了基地，米金贵好像把没儿子的心病也治好了。

经过反复的杂交、提纯、复壮，第四个年头上，辣椒基地的优高产辣椒试种成功，可以大面积推广了。

当陈远航说出要在当地成立辣椒种植合作社的时候，米金贵当即表示赞同。米金贵和白玉珍开始沿门逐户宣传推广基地研发出来的优质辣椒品种，但祖祖辈辈种玉米高粱的庄户人对种辣椒这个事情心里没底，咋种咋收往哪里卖都是问题。米金贵说大家不用担心，一切由合作社兜底，种苗呀技术呀销售呀都不是问题。

本家没出五服的一个兄弟说米金贵说大话不怕闪了舌头，到时候辣椒卖不出去，叫天天不应叫地地不灵了，把你米金贵杀了？整煮了也剥不下几两肉？米满仓老婆对米金贵说，金贵啊，不是婶子说你，你娃糊涂啊，咋啥也听你女人团弄？自古女人当家，叫驴引头，能有个好儿？到时候，人家心野了，胆肥了，你娃看天也不蓝了……米金贵知道米满仓老婆想说啥，米金贵满不在乎地说，婶啊，新时代了，男女早就平等了，我们家是谁对谁说了算！

米满仓老婆被米金贵噎了个干瞪眼，一下子再泛不上二话来了。回头一琢磨前前后后的事情，觉得米金贵这话似乎很有道理。再看米金贵那一脸踏实的笑，觉得这家伙一定是跟上农研所种辣椒发了，而且是发大了，发痛了。以前一直等着看他们家笑话，但事情并没有照着村里闲老婆汉子们编排的剧本发展，白玉珍还是素素的，农研所那后生还是笑笑的，文文静静的，变化最大的是米金贵，说话腔调不一样，以前走不到人前，现在讲起什么来一套一套的。以前走路都不怠抬脚，踩着鞋跟儿拉着走，现在走路有精神了，脚下好像安了风火轮儿，人们再拿没儿的事情奚落打趣他也不那么在意了，而是笑着说，女儿小子一样，栽培成了，女儿照样顶门垫户光宗耀祖。

眼看辣椒秧子到了倒栽移苗的时候，愿意入社合作的却没几户。在销售端，陈远航已经开始准备和一个辣椒酱加工厂签订供货合同了。这个时候，村主任米满仓站出来召集村民委员会，会上，他做出了一个大胆的决定：两条腿走路，愿意入社的，合作社免费提供种苗，采收后，以不低于种植玉米的收益给农户保底。或者以每亩地八百元的租金租种农民土地，由合作社经营。农民自愿选择，三天内来村委会和辣椒合作社签订合同，本年度合作社种植计划是一千亩，优先本村种植，本村不够的，由邻近村庄补足。

米满仓不愧是村主任，常年和庄户人打交道，他太知道他们心里的小九九了。会上，出乎米满仓意料的是，老婆当下站出来说："老汉，咱今年栽它十亩！这么好的事情，不栽就是二百五。"米满仓老婆用两根二拇指一交叉，比画了一个"十"字，鲜艳的花衫袖在风里忽摆忽摆，整个人就像个张着翅子的大花蛾。米满仓先是一愣，接着就咧着大嘴笑了，他很认真地打量自己的女人，除了胖些，其实还是很有几分看头的。

村看村，户看户，党员看的党总支部。米满仓老婆的带动效果很明显，前一阵子还在私下里达成同盟，坚决不栽辣椒，要和村委会农研所唱对台戏的几户一看这形势，也就动摇了。会后不久，没等发动邻村，就签下了一千亩的辣椒种植协议，而米金贵家是把所有的上水地都栽了辣椒。

八

当年辣椒丰产，平均每亩纯收入四千元，是种玉米的五倍！米庄窝村种辣椒致富的事情上了电视上了报纸，合作社带头人米金贵两口子也出名了。面对记者的镜头和话筒，米金贵一时不知道该说什么，他把白玉珍一把拉过来，说让她说吧，人家比我有文化。

农研所的"五年帮扶计划"完成了，而且还培养出了米金贵这个土专家。在米庄窝村的带动下，邻近好几个村都靠种辣椒发了财。米庄窝的辣椒出名了，县农委很重视，把米庄窝辣椒基地作为新农特品种实验基地，除了辣椒，还开辟了好几个粮食作物的试验田。过去，米金贵一直认为，在所有的营生里头，种地最没出息，最没技术含量，不是有那么句话吗？种地瞎胡混，全凭多上粪。多上粪是没错，经过这几年育种和新品种推广，才知道多上粪不如好种子。那几年，一想到自己一辈子锁定在农村，种那几十亩沙田薄地，像自己的父辈一样熬死熬活地瞎受，心就灰了。自己没了心劲儿和方向就特别容易受别人和外界的影响，没有儿子这个事情就乘虚而入，雪上加霜地困扰着他，让他的苦恼加重，老是有一股子无名的火气在胸膛里冲撞、奔突、跳蹿，人的性子也好像变了。这一点，米金贵自己也知道。每回发作完，他也后悔呢，但一到了关键时候，就刹不住了，脑子里轰的一下就乱了。尤其是对待白玉珍，好像是已经形成了那么一种灰习惯——要么爱答不理，要么就是横眉冷对，冷言冷语。要说白玉珍有什么不是，他米金贵真是挑不出什么来，孝敬老的，抚养小的，伺候他这个少爷羔子，家里地里，一天天忙得不沾炕皮……说白了，米金贵的坏毛病是家里惯下的，也受村里人长久以来的大男子主义思想的影响，越是没本事越是怕老婆瞧不上，越是要端着架子保持男人的威严，内心也越发空虚，遇事不冷静，还容易恼羞成怒。好在白玉珍明白事理，总是忍着，还反过来开导他。在辣椒基地的四五年里，米金贵想明白了很多事情，觉得自己以前那三十多年真是白活了，他很感激白玉珍的不离不弃，他也很感激陈远航的拉引，使他跳出了以前的那个狭小的思维圈圈，让他的世界变得开阔、广大了起来。

米金贵的脸上笑容多了，说话也柔和了许多，两口子在一起干活儿有说有笑，米金贵说，咱明年也买它一套设备，对鲜椒进行初加工……白玉珍默默地听米金贵的计划，心里荡漾着从未有过的甜蜜和幸福。米金贵一时没有听到白玉珍的回应，很急切地说："哎，那货，你听没听着我说啥？你同意不同意……"白玉珍故意绷着脸酸酸地说："你连个儿也没有，给谁闹整哩？"米金贵听出了媳妇儿在奚落他，"扑哧"一下笑出了声，顺手扔过一个尺把长的线椒，白玉珍稳稳地接住了。米金贵说不生了不生了，这些带把货就是咱的儿。白玉珍举着那个线椒，愣在了那里。

米金贵见白玉珍愣住了，嬉皮笑脸地说："谁说女子不如男？你就是咱家的花木兰！"

白玉珍缓缓地说："金贵，我怕是有了……"说着白玉珍就一阵一阵地心潮返酸水，“圪哇圪哇”干呕了一气。白玉珍软软地靠着米金贵缓着，她掐指一算，已经是两个多月没来身上了！

第二年春三月，白玉珍生了个小子，一村人开米金贵的玩笑，说米总这回辛苦没白下。米金贵说，辛苦下到哪里哪里就有收获。那些先前说闲话的女人们拿着红糖、鸡蛋来看白玉珍，其实她们是想看看米金贵的儿子，她们从那个月毛毛娃娃的眉眼上看出了一股猴相——和米金贵一样的猴相！米满仓老婆摸着小娃娃那两个几乎透明的小招风耳，嗓子尖扎扎地说：“哎呀妈呀，没差错，授的是金贵粉！”一同来的几个女人挤眉弄眼地示意米满仓老婆不敢再瞎说了。白玉珍知道她们的鬼心眼儿，一改往日的素娘娘性格，敞开了大大气气地说：“咱可想换换品种哩，这辈子不顶了，这灰根是栽下了……”女人们见白玉珍不但没恼，还随和地和她们一起油嘴荤嚼，一伙二老板们“哄”的一下笑翻了天。

孩子过百岁的时候，正赶上第一茬辣椒采收，除了本村的人，亲戚朋友来了很多，幸亏白玉珍做事精明，多备了四五桌席的料，否则，可真是没个抓拿了。

开席前，白玉珍抱着儿子，米金贵致祝酒词，米金贵说，今天是我家小米椒百岁庆典，然后就感谢这个感谢那个，说到最后，他说最该感谢的是陈儿，农研所的陈宇航兄弟……

坐席的人们都笑了，陈宇航站起来，憨憨地笑着和人们招手打招呼。

白玉珍瞅一眼米金贵，悄声说，你整住句子再说，人们都看着呢。

米金贵说到兴头上，根本没在意白玉珍的提醒，他大手一挥，很有气势地说：“今天，我当着一院坐席的人宣布，小米椒，我儿，就认在陈儿名下了，陈儿，就是我孩儿干爹了……”

陈宇航反应过来，拉着媳妇儿的手就上台了，陈儿媳妇儿把自己脖子上戴的一个玉菩萨摘下来，戴在了小米椒的脖子上。

坐席的人们都停下了筷子，一双双庄稼人特有的大手笨拙却有力地拍击着，掌声、叫好声在米庄窝村长久地回荡着。

赎名

马占贵觉得，是时候踢一个飞脚了。

马占贵所说的“踢飞脚”就是隆重地请一下他们两口子的这些兄弟姊妹们，一来答谢人家这些年的接济和帮衬，二来也集中展示一下他家的光景。一想到这两点，马占贵的心里涌上来一股说不上来是酸还是甜的滋味，有点炫耀的意思，似乎还有点还击的意思。尽管他一再暗示自己，越是过好了越要稳重，但山不言自高，有些事情，实力就不允许他低调。

就拿三年前正月去丈母娘家，几个连襟一看他的穿戴，先就矬了一截。马占贵说，这是儿子替下的旧衣裳。女人说，娃们是怕你舍不得穿，故意穿了几天的。其实，谁都能看出来那衣裳新崭崭的没出过水，再看看商标，都是电视广告上的牌子货。那天，那两个连襟好像吃了馊捞饭，兴致一点也不高，聚会的气氛不似往年热闹。他们没拿马占贵开玩笑，马占贵有点不适应。

以往每年聚会，连襟三个一碰面，那两个货总是要笑马占贵。见面第一句就是：“姐夫你又是没吃早上饭来的？”马占贵说：“姐夫三天前就没吃！这一顿吃完顶四天，你们不知道吗？前三后四忌嘴哩！”马占贵俏点子话多，不是想取笑我吗，干脆叫你们笑个够！回娘家前，马占贵女人回回嘱咐马占贵，说话操心些，别人家一撑竿子你就上。马占贵说，咋操心哩，要不咱俩儿设个暗号，我看眼色行事，你一挤眼睛我就停。女人说，就你那嘴，啰啰啰的，快枪也打不住，哪能顾下我挤不挤眼睛！马占贵知道，那俩连襟打心眼儿里看不起他，但他这个人还是比较开通的，说人家小看你怨你自己没长大，不怨人家。吃不起穿不起连个玩笑也开不起吗？连襟固然皮不沾肉不挨，但不是还有你们姊妹们吗？一年聚不了几回，闹得红头涨脸那不是寻败兴吗？

二连襟、三连襟都端着老公家的饭碗子，而且单位也福利好，吃喝穿戴没个不发的。说起来总是这个请那个叫的，跌馆子跌得好像都不耐烦了。他俩又都好喝一口，坐到一起免不了个喝，酒一上头就比赛似的能吹，有影儿的事情能放大十几倍，没影儿的事情也能说个头头是道。马占贵就是一个穷巴巴的庄户人，见识没见识，钱没钱，真没个吹上的。但马占贵也是个嘴儿匠，要真开了腔，他们两个加起来也不是马占贵的对手。不过与他们不同，他们往大了吹，马占贵是往小了收。二连襟问他："姐夫过年割了几斤肉？"马占贵说："姐夫过年就不割肉，卖肉的来了，姐夫照那猪膘摸上几把，回家洗洗手，叫你姐把洗手水炼一炼，一整月不缺油水！"有一回，三连襟一边倒酒一边说："姐夫我看平常也不喝酒？"马占贵说："喝哩，姐夫常年日久喝哩，不喝口睡不着。"三连襟说："那姐夫的日子滋润啊！"二连襟就不信马占贵常年喝酒，三块钱的散酒他也喝不起！二连襟说："姐夫这一年酒钱也不少花！"马占贵知道这个财大气粗的家伙是在套话，让他出丑。马占贵脸定得平平的，说："也花不了几个钱，我那酒度数高哩，我怕喝醉误事哩，兑水喝，一罐头瓶水兑一瓶盖酒，兑完再给酒瓶里加一瓶盖水。年底了痛喝一回，一顿把瓶清空！"这话说完，一桌人都被逗笑了，马占贵不笑，还一直强调"真的，不信问你姐！"说着一扬脖子，冲女人挤了一下眼睛。女人本来是想骂撅他几句叫他住嘴的，却被他给逗笑了。想想马占贵也够难为的，别人抬举不抬举另说，她是不能在娘家给他脸色的。

之后，连襟们一见面，变着花样拿这个"油水"和"高度酒"起头儿说笑，连襟三个倒也其乐融融。

那次回来的路上马占贵问女人，他二姨夫和他三姨夫那是咋啦？女人说："咱们过好了，他们一时还不适应，泛不上话了。"马占贵说："人这是咋啦？兴他们好就不兴咱好？亲戚们咋也这样？"女人说："你没听过比妯娌赛弟兄的老话吗？远处的他们看不见，也比不着，就只能和自己人比了……"马占贵觉得自己的女人很厉害，不仅长下个好肚，给生下二个好娃娃，关键是脑子也好使，能把事情一眼瞭到底！马占贵"嘿嘿嘿"一笑，就给女人竖了个大拇哥儿！

说起来，马占贵前半辈子真是做啥啥不行，用他自己的话说，那就是五行缺金，命里克钱！日子从来就没展油豁水过。要不是顶着个化肥厂合同工的身份，娶媳妇都困难。可就是让这个合同工给害的，村里分地就没他的份儿。化肥厂没等红旺就黄菜了，死受一年，连工资都拿不到。那时候工人们私底下传这么一句话串话：工人们加班干，挣下个十来万，买了个乌龟壳儿，坐的个王八蛋！这话恰恰叫那个王八蛋厂长听见了，恰恰厂长刚配了一辆伏尔加！厂长不仅自己对号入座，还把这个段子的版权强加给马占贵。其实，那个段子真不是马占贵编的，但有些事情不是你说了算的。既然厂长认定是你马占贵编的，既然你马占贵有这个才能，那就一定是你马占贵编的！于是那个发不出工资的挨砍刀的化肥厂在裁减人员时，合同工马占贵荣登榜首，红纸黑字贴在厂门外的一堵墙上。

马占贵和工友道别，马占贵学着江湖上习武之人的礼仪，两手交叠做了个手势，说："众弟兄们，马某人就此别过，此处不留爷自有留爷处，古德尔白了（英语'再见'）！"可当他推着那辆烂自行车，驮着一卷黑釉明的铺盖，走出那个厂大门，心里着实是酸了一下的。他不想看见谁，骗腿上车，蹬得飞快，车把上挂着的网络子摆动着，络子里的洗脸盆和牙缸碰撞着叮里咣当地响，惹得路上的人都朝他看。

这样一来，马占贵是城里也误了，村里也误了。恰恰那一年，女人又怀了身子，腊月里生下一对双胞胎儿子。要说这真是一箭双雕的好事，但欢喜之余，还真是叫人发愁，女人瘦巴巴的，胸口挂着两个肉布袋，但就是不出奶。开奶娃娃吸得嘴都麻了也只能吸出些清水水。娃娃吃不饱就哭，娃娃一哭女人也哭，女人一哭，丈母娘就背转身抹眼睛。马占贵只好哄儿子，抱起这个，放下那个，真是熬煎死了！丈母娘拉着脸说别折腾了，我女儿吃不上你儿能吃上？马占贵女人过日子仔细，坐月子只给自己预备下一斤红糖，二升多白面，他妈伺候月子挖白面用勺头子量，每次挖面深深地探进胳膊，稍一用力就刮住瓮底了，那“吱”的一声叫老人心惊肉跳，不由得把勺头哆嗦一下。这一勺子面咋做？揪面片，擀面条她没那个本事，只好拌面疙瘩汤。就这点面疙瘩汤也全到不了女儿肚里，那个才不到三岁的女女眼珠不转地盯着她妈手里的碗，当妈的怎能咽得下？五天头上，来了几个瞎月子的亲戚，拿来点红糖挂面和鸡蛋，吃了鸡蛋挂面，女人的奶一下子就多了。

这些陈芝麻烂谷子的往事，他们两口子常常回味。那时候的穷、苦，以及由穷和苦衍生出来的屈辱似乎都历历在目。两口子拾掇点人家不种的烂地，没有牲口耕种，就刨翻着种。打点零工，做三天歇五天，日子过得不是一般的紧。记得那年建窑，合龙口那天是要庆祝一下的。招待匠人和帮忙人的饭菜是油炸糕、拌凉菜，油炸糕吃得见了底，最后一个油糕躺在盔底谁也不好意思夹。眼看人们没吃饱，只好再拌一盆山药丝。这事情传扬了一村，还传成了歇后语：马占贵合龙口——山药丝丝管饱！

还有那年，杀了三只羊，卖得羊毛不剩一根。幸亏那个收下水的大意，把两个羊蛋撂下了，等了几天没来取，马占贵烧着吃了。马占贵边吃边自我解嘲：这就是咱养羊的赚头！其实，那个时候，马占贵两口子虽然更穷更难，但已经看见了生活的希望。三个娃娃争气，都是好苗子，两口子吃苦受罪也有个盼头。

马占贵说起娃娃们来，心里总是起伏着一股一股酸涩的潮水。为了减轻家里负担，女儿坚决不报高中，而是考了个省钱的师范。女儿早早毕业帮扶着家里，硬是把两个弟弟也供养了出来。为省个钱，孩们在学校食堂里只吃馒头，从来不打菜，住校走的时候，一人拿一瓶熟酱，一瓶咸菜，一吃就是半个月。二小子有一回和他哥说：“哥，我决定每天少吃一个馒头，这样一天省一毛五，十天就是一块五，一个月四块五，两个月我就能买一本作文书！”马占贵听了这话，心疼得泪往肚里咽。娃娃们吃馒头蘸酱，喝咸菜水，都喝下毛病了，多少年了，肚子一泛酸，非得喝一碗咸菜滚水才能压住……

这几年，马占贵两口了可真是享了孩子们的福了，山南海北地逛着，稀罕的见也见了，吃也吃了，天上飞的，地上跑的，海里游的都坐过了。孩子们不管谁出去，都带着他们，方圆附近，好像没有哪家当家人有这待遇。马占贵常常自言自语地说：“行了，再做啥呀？再比这好不了啦！”可孩子们却说，这才哪儿到哪儿呀？得空儿还得领你们出国转转呢。

自从那年去海南大儿子家住了一冬，老汉把个几十年气紧的老毛病断了根，姐弟三个一合计就给老人在海南买了套房，让每年冬天就到海南过冬，国庆后张罗走，五一后天热了再回。

这不，机票都订好了，说走就要走了。

老两口合计着，这一走，多半年回不来，不如把兄弟姊妹们叫来聚一聚。

马占贵说：“要聚咱就排场点儿，饭咱也不自己做了。”

女人说：“去饭店啊？又贵又不实惠……”

马占贵说：“你看你，咱都抠了多半辈子了，你就不能改改你那毛病？咱叫个厨师上家来做，做两顿，中午一顿，晚上一顿！”

女人说：“也好，张罗来一回，能住的就住一黑夜。”

马占贵请了厨师，采买的事情也交给了厨师，只说肉和菜都照那好的买，鱼虾蟹贝也得有。

聚会那天，天气很好，风和日暖，马占贵把小院子打扫得干干净的，碎砖铺砌的地上还洒了水。

马占贵把西瓜、水果、饮料、酸奶以及白酒、啤酒都摆列出来。女人说，你这又不是开店哩，吃啥取啥就行了，摆出来为占地方呢？

马占贵不这么想，不摆出来谁知道你有？不摆出来人家咋好意思要呢？

马占贵还把几大本相册也摆到了柜顶上，其中三本，孩子们一家一本，另外几本是这几年他们老两口旅游的照片。

炊灶上鸡鸭鱼肉都做得差不多了，香味在小院的上空飘着，估计一村子的人都能闻着这喷香的只有厨师才能鼓捣出的味道。

马占贵一再督促女人换身新衣裳，见女人没有响应，自己拉开柜子，换了自认为很适合这个季节、这个场合穿的一身运动衣。从鞋盒里拿出那双擦得锃亮的皮鞋穿上。低头一看，裤脚束着，显得鞋特别长，显然和运动服不配，就又放回了鞋盒。重新找出一双运动鞋穿上，那鞋轻飘飘，穿进去就像踩在了云头上，果然得劲多了。马占贵这几年跟上孩子们吃香喝辣，经多见广，在穿戴上有了自己的主见。

快中午了，请的人还没到，马占贵有点坐不住了，他照着那个电话本子，挨排着拨过去。

第一个拨通的是大哥的电话，大哥在输液，说输完了液就过来。

第二个拨给二哥，电话没打通。马占贵心说二哥不会还记仇吧。早年因为父母的一块宅基地，弟兄两个红过脸，俩妯娌破了口，最终宅基地被二哥占了。因为这，两家大人娃娃都走远了。今天说啥也得叫他们来。亲胞热弟兄，是时候把疙瘩解开了。

正盘算着二哥老两口不会不来吧？老二两口子就进来了，二嫂还提个布袋，袋里装着黄澄澄的新小米，说是让老三两口子带到海南喝稀粥的。

马占贵把二嫂二哥让到屋里，又是切西瓜，又是递酸奶。二嫂接了又放下，然后到厨房帮忙去了。

姐姐们，大小小舅子们，两口两口相跟着，陆陆续续都来了。

二连襟三连襟他们是一起打车来的，马占贵在大门上迎住他们，这俩货一见马占贵，照例开马占贵的玩笑："看咱老姐夫，明光交崭就像个小后生！"马占贵一面一个拍着俩连襟的后背，相拥着进了院。

饭桌上，马占贵把一个坛子酒启开，抽着鼻子先闻了闻。笑着说：

“他二姨父，他三姨父，你们可看清楚了，新开的，没兑水！”二连襟三连襟就都笑了。

弟兄们都说马占贵两口子养下了好儿女，可是熬出来了。马占贵女人说，娃们都是好娃们，跟上俺们这赖大人，可是受过制的。不知谁说了句，不怕小时候穷，单怕老来穷。话到了这儿，二连襟和三连襟就特别有感触，他们一唱一和比赛似的说着各自的苦恼，儿女不成才不说，还没良心。二连襟说儿子就是耗子扛枪窝里横，把他们老两口当阶级敌人看待。三连襟说，还不是一样样的货色，娇养孩儿无义气，还以为当家人通银行呢！连襟两个说起孩子们的不是来，马占贵真没个附和上的，他也想随和一点，和他们往一起聊，说孩子们尽给他老两口瞎花钱吗？不能，这不是往人家伤口上撒盐面儿吗？说孩子们让他们去海南住是在折腾吗？也不是，明明在那儿过冬花红柳绿就比在老家好呀。

两连襟仗着酒劲儿，越说越刹不住车。当着马占贵这边的弟兄们，二小姨子脸儿有点挂不住，就说你们俩快别抖那点家丑了，两个连襟才住了口。话题转到酒菜上，说今儿这酒好，绵绵的，不辣嗓子；说厨师做出来的饭菜到底也不一样……

马占贵本来是准备说点什么的，他的眼睛从每一个人的脸上扫过：病歪歪的大哥，在自己面前不大自然的二哥，还有那两个连襟，姐姐、嫂子，小姨子们都显出了老态……亲情搅动着他，憋在心里的那股子想要证明什么的劲儿在这搅动中忽然就烟消云散了！

马占贵一个劲儿地劝吃劝喝，他说：“当家人不在了，咱老弟兄们最亲了，今后，咱得常聚，等我们明年回来……”

二连襟和三连襟喝多了，一面一个，伏在马占贵的肩上，他们一递一声地叫着“老姐夫”，马占贵心头一热，差点掉下泪来……

寻找憨憨

拐子又梦到了他的憨憨。

梦中，憨憨跑了回来，脖子上挂着一个竹篮子，篮子里是一把大叶儿菠菜，菜叶儿嫩绿嫩绿的，菜根儿水红水红的，带出来的土还是湿的。憨憨站在地下，“哈——哈——哈”地吐着舌头，长长的腰身一颤一颤的，显然它是跑着回来的。

拐子想要摸一下憨憨绸缎一样光滑的脊背，他使劲儿地够着，却怎么也够不着，他想要喊憨憨靠近他，憨憨却纹丝不动，憨憨瞪着水汪汪的眼睛看他，看着看着憨憨的眼里就流出了眼泪，流着流着，那眼泪就变成了血，浓稠厚重的黑红色的血……

拐子一下子就醒来了，醒来后的拐子心慌慌的。篮子还在火灶一侧的风箱上搁着，拐子抻长脖子望了望篮子，篮子是空的，没有红根儿的大叶儿菠菜。拐子的嘴角“咧”了一下，心说自己真是糊涂，咋把梦里的事情当真了？

无论如何得把憨憨找回来，活要见狗，死要见皮！

拐子披上乡里救济的那件半旧棉服，拄了立在门背后的那根棍子就出门了。

雪还在下着，细细密密的雪花急急地从灰蒙蒙的天上筛下来，扑得人连眼睛都睁不开。十月雪，硬如铁！拐子想起了那句老话，庆幸着自己拾下了柴火，这个冬天烧的是不愁了。一想到拾柴火拐子就有点后悔了，如果不是自己忙着拾柴火，憨憨或许就不会丢了。

憨憨，我的憨憨呀，我那乖得比个人都贴心的狗娃子呀，你到底跑哪儿了？是哪个坏良心的把你捉去了？你还活没活着啊？我的憨娃子呀！

拐子在心里呼唤着他的憨憨，憨狗，憨狗子，憨娃子，憨狗娃……拐子把这些平时称呼憨憨的小名儿都叫了一遍，真是越叫越伤心，不知什么时候，泪就满满地噎了两眼眶。

拐子先在村里一家一家打问，说是一家一家，其实全村也不剩几家了。好些院子早就空了，当年时兴的五脊六兽的砖瓦房都有些破败了，高墙大院，都上着锁。一圈儿问下来，没有一点蛛丝马迹，更可气的是拐子的嫂子，一口咬定憨憨是被收狗的贩子捉去了。她说，你拐七趔八的，快别找了，你那憨憨啊，说不定已经进了郝老三的卤锅了。郝老三是隔壁村的屠户，邻村上下的退槽大牲口，老母猪骚圪丁都经郝老三的屠刀变成了一条一条的肉卖出去了。郝老三还支着卤锅，什么臭肠烂肚投进去，都能给你咕嘟的喷喷香。

拐子的心好像是被刀猛地拉了一下，这不是诅咒我憨憨吗？拐子瞅了嫂子一眼，眼神像刀子，意思就是：真该把你那条恶毒的舌头割下来扔进卤锅！

拐子不甘心，拐子要报案。

拐子深一脚浅一脚地到了五里外的乡派出所。乡里的很多干部拐子都认识，他们下村慰问过拐子，都很和气。拐子想他们一定会帮着自己寻找憨憨的。

派出所的小赵起先以为憨憨是个孩子，很认真地找了一个笔记本准备记录些什么，一听憨憨是只狗，就把笔帽盖上了。

小赵说："我知道了，大爷你回吧，估计找到的希望不大。"

拐子反问："你没找哪儿能知道找到的希望不大？"

小赵笑了，小赵觉得拐子的反问很可笑。但他还是很温和地答应在村干部群里给发一条寻狗启事的。

拐子知道，小赵这里是没什么指望了。随着这个希望的破灭，小赵那张细皮白肉的笑脸就变得有点令人憎恶了，我的憨憨都快进卤锅了，你还在那里笑！亏你还是派出所的，亏你还穿警察衣裳，戴大盖帽呢！

起风了，天上的云被刮薄了一些，日头晃出了惨白的脸，雪还在下着，是那种轻飘飘的大绒团。地上的雪已经有半寸多厚了，来时的脚印和拐棍点下的印子依稀还能看出来。他多么希望这雪地上忽然出现憨憨的梅花脚印啊，这样，多少能给他一点希望！

走到村口的桥边，远远地看见桥洞里有个人在向他招手，走近了才看清那是四寡妇。

这女人穿着一件直筒筒的黑棉袄，大领子立起来，连头也被埋了进去。

四寡妇早上瞭见拐子出了村，四寡妇就一眼眼地等拐子回来，她给拐子蒸了干粮，给憨憨拿的是一小袋肉骨头。她还不知道憨憨丢了。

四寡妇骂拐子没良心，说养牲搭（像）主，憨憨也是条喂不熟的狗。拐子接过四寡妇的干粮和骨头，吸溜了一下鼻子，眼圈忽然就红了。

四寡妇说："你看你那点相哇！老也老了尿多的你！"

四寡妇说："你不来就不来吧，隔几天我给你蒸些干粮，叫你那憨娃子给你带回去。"

憨憨常常跟着拐子到四寡妇家，捎带着给四寡妇也看着门呢。平常两个人之间取长送短的，就用塑料袋装着挂在憨憨的脖子上，憨憨一定能给送到，从来不会出差错。

拐子不想和四寡妇说憨憨丢了的事，他要把憨憨找回来，给自己一个交代，也给四寡妇一个交代，毕竟这狗还是四寡妇给他的小狗养大的。

拐子一夜一夜地思谋他的憨憨，憨憨和一般的狗不一样，憨憨是文静而稳重的，甚至可以说是有教养的狗，从来不会闲游乱窜，也不会听见一点动静就汪汪个没完。拐子以前以为憨憨和自己一样，是个一辈子放不了一个响屁的蔫儿货，直到那天侄子来向他"借"钱，他才知道憨憨的厉害。

那天拐子的侄子喝了酒，逼问拐子究竟攒下多少钱。拐子说没钱，侄子就拿改锥往开别柜子上的锁。

就在那个侄子别柜子的时候，憨憨龇着牙，喉咙里几次发出“呼——呼”的警告。

怕把柜子别坏，拐子拉着那条残腿，歪着身子拦挡着侄子。侄了把拐了甩开，拐子一下子被甩到了炕脚地跌倒了，憨憨就扑向了拐子的侄子。

侄子怕了，调转改锥扎憨憨。憨憨不怕，迎着改锥继续扑他，他只好跳着脚跌跌撞撞地退着跑了。

雪已经下了两天了，憨憨一定是被人害了！

拐子缩在冰冷的被窝里，想着他的憨娃子，他后悔死了，那天就不应该拾柴火，少烧点能冻死？你拾柴就拾柴吧还偏偏把憨憨丢下看门……

拐子又想到了那个梦，眼里流着血的憨憨，真是叫他心疼死了！

拐子又出发了，这回他径直去了郝老三他们村。

拐子打问着找到了郝老三家，那时候，郝老三正在把一只已经煺了毛的猪往大门框上那个铁钩子上挂。

郝老三穿着油腻腻的皮围裙，嘴里含着一把短把尖刀，裸露着两条满是疙瘩肉的胳膊。

拐子拉着一条腿凑过来，等郝老三忙完好好问询问询。

拐子一下子看清了，吊起来的哪是什么猪啊，那分明是一只狗！

拐子像被电打了，身上“飒”了一下。

拐子仔细打量那只狗，虽然吹了气，鼓胀着，但腰身明显没憨憨长，头却比憨憨大！

拐子松了一口气，松了一口气的拐子脚底下一滑差点摔倒。

说实在话，拐子是第一次见煺了毛的狗，煺了毛的狗居然和煺了毛的猪、剥了皮的羊那么像！

拐子他们这地方以前很少吃狗肉，狗和人朝夕相处，人一般是舍不得吃狗的，即便吃别人家的狗也犯膈应。当然，也有些嘴泼的人吃狗肉，但不吃带皮狗肉，那张狗皮还要熟一张狗皮褥子呢！

但近几年就不一样了，人们吃得越来越眼宽了，狗肉自然不在话下，说狗肉发热大补呢。说这话的人真他妈不是人养的！也就是因为这些馋嘴，村里那些大狗隔三岔五就丢了。还有那些收狗的电话号码明辣辣地喷在墙上，这不明摆着鼓动那些贼娃子偷狗吗？

听说郝老三做带皮狗肉的秘方是花钱跟南蛮子讨的，这话拐子不信，明明是狗皮不值钱，把狗皮当肉卖了。但那些吃狗肉的也说带皮狗肉比不带皮的狗肉好吃，于是郝老三的带皮狗肉就卖出了名气，比牛肉价还翻了一倍呢！

拐子耐着性子忍着一股一股的腥臭，等郝老三把狗开了膛，掏了肠肚，摘了心肝肺，大卸八块之后泡进了一口缸里。

郝老三甩着一双“滴答”着血水的手，给拐子拔了一根烟。拐子接了烟，跟着郝老三进了院。

拐子故意咳嗽了一声，棚圈里就发出了“呜呜呜”的哼哼声。拐子听出来了，那是憨憨在呜呜，那声音低低的，哑哑的，没错，是憨憨的声音！

拐子跣着那条残腿，一边喊“憨子，憨子……”一边往棚圈边跑。

郝老三说憨憨是拐子的侄子卖来的，这狗，他掏了五百块钱的。

郝老三说这条狗收拾成狗肉的话，最少可以卖一千五百块钱。

拐子拉开棉袄，从贴身绵腰子（类似于坎肩的衣服）的口袋里掏出一个塑料袋，一层一层地展开折叠了几层的袋子一张一张数出十五张一百元的蓝板子，捋整齐递向郝老三。

拐子的举动出乎郝老三的意料，他迟疑着没有立即接钱。

拐子说：“用不用加些狗食钱，管理费啥的？”

郝老三说：“不用了不用了。”他伸出那只血水还没干的手接了钱，一把揣到了油腻腻的皮围裙口袋里。

拐子领着解救出来的憨憨，一跣一跣往回走。憨憨跑前跑后，在雪地上撒着欢儿，打着滚儿。

快进村时，憨憨认出了四寡妇，一扬蹄子，箭一样射向了桥洞。

城里有高楼

一

甜瓜死后，青桃的机灵和笑容消失了，青桃表情木木的，眼神呆呆的，一坐就是老半天。

孔老太把自己积累了一辈子的人生经验翻来覆去地说给青桃听，青桃瞪着空洞洞的大眼睛对孔老太说："姨，甜瓜是被我打死的，甜瓜被我抽了一耳光……甜瓜脸皮薄……甜瓜调不过脸来了……"

甜瓜家里人虽然对青桃、对青桃她们家有怨恨，但没人把甜瓜的死算到青桃头上，冷静下来，细细想一想，一桩桩一件件，怪只怪，甜瓜自己做事欠妥，要不是那几十万饥荒压着，从来不喝酒的甜瓜何至于借酒浇愁，最后把自己交代给那一瓶白酒？

即便所有的人都放下了对青桃的埋怨，青桃也不能原谅自己，甜瓜刚走的头一年，青桃只要一睡下，就觉得甜瓜站在自己的床头。青桃想要拽拽被子把头蒙上，但她不敢动，就只好一动不动地躺着。有时候，刚刚睡着，甜瓜就走进了她的梦里，甜瓜还是那个样子，一脸的忧郁，甜瓜愁啊，他到另一个世界还惦记着自己欠着孔家仁一大笔钱呢。这笔钱，他是想着通过青桃来还的，但最终是没还上，还把青桃给得罪了……有一回，青桃真真切切地梦见甜瓜哭着求自己原谅，甜瓜说："青桃，我不是人，你原谅我吧。"

青桃想说，甜瓜我已经原谅你了，欠大哥的钱咱一起还吧……但青桃说不出来，怎么都说不出来，那句话在嗓子眼儿里堵着，怎么都出不来。甜瓜泪眼巴巴地等青桃说什么，但青桃那句话就是说不出来，越是着急越说不出来，甜瓜转身要走了……青桃想要喊住甜瓜，喊不出来，青桃忽的一下坐起来，想要拉住甜瓜……睡梦中的青桃急出一身汗，手里抓着的只是被子的一角。

甜瓜去世后的第三个年头，青桃终于活过来了。青桃是被孔家仁唤醒的，青桃在那个无边无际的噩梦中浸泡得太久，如果没有孔家仁的呼唤和拉拽，青桃是没有力量跳出来的。

二

那个夏天，青桃梳着一根松散的麻花辫，穿一件豆青色的纯棉半袖套头衫，因为长过了膝盖，青桃是当裙子穿的。青桃的长衫宽宽松松，走动起来，整个人在衣服里晃荡，看起来就有一种轻盈飘逸的气质。孔家仁喝着茶陪母亲说话，青桃出出进进好像总能扇起一阵凉风，让孔家仁浑身上下清爽那么一下。青桃并不知道自己走路是带着风的，更不知道，这股子风是会吹动孔家仁的，依然故我地忙进忙出做自己该做的事。孔家仁被一股一股的风吹着，神思恍惚，和老太太说话也就有一搭没一搭了。

青桃把洗过的毛巾被拿到了屋外，青桃细白匀溜的胳膊抖动着毛巾被，阳光便在青桃蓬松的发辫上跳舞。青桃踮起脚尖，伸长胳膊把毛巾被搭到铁丝上的时候，孔家仁瞥一眼青桃细白的胳膊，觉得那样的胳膊是应该在手腕处配一只手镯的，这样一来，一起一落，一定就是书上所说的——风情万种！

后来，孔家仁果然就送了青桃一只玉镯。

那个时候的青桃已经怀上了孩子，麻花辫依旧松散，圆滚滚的肚子撑着，穿什么衣服都显小呢。

孔家仁给青桃戴镯子的时候，青桃半躺在沙发上，肚子里的孩子一会儿这边，一会儿那边地踢腾着。她屏息凝神地捕捉着孩子的动向，小东西好像知道她的心思一样，好大一阵子就伏着不动了，等她放松了警惕，冷不丁又给她一拳或是一脚。青桃向孔家仁描述的时候，孔家仁小心翼翼地靠近青桃的肚子，靠近自己心爱的儿子，隔着青桃的肚皮，他逗着儿子，内心的甜蜜和幸福顿时化作热泪，奔涌而出……

镯子是孔家仁从云南带回来的。孔家仁把镯子藏在背后，让青桃猜给她带了什么礼物。青桃只是笑了笑，什么也没有说。孔家仁让青桃闭上眼睛，青桃就乖乖地闭上了眼睛。

孔家仁给青桃戴镯子的样子是极其认真的，他俯下身子，抬起青桃的左胳膊，在自己的脸上蹭了蹭，轻轻地吻一下，

青桃觉得手腕上凉凉的，滑滑的，青桃晃了晃胳膊，那手镯差点从腕子上甩出去。

孔家仁“啊呀”了一声，那镯子是上好的缅甸翡翠，质地青白温润！

青桃知道这个玉镯子的价格一定不低，想想之前那个动作，和孔家仁发出的那一个“啊呀”，青桃说什么都不敢戴了。

孔家仁说，玉是护身符，保你们母子平安！

青桃半信半疑地望着孔家仁，孔家仁的大手包裹着青桃的小手，使劲儿攥着，以一贯的不紧不慢却不容置辩的语气说道，玉是要人养的，只有戴着才有灵性。

从那以后，青桃就戴起了那只玉镯。起初青桃感觉很不适应，干啥都不利索，那条胳膊好像都不是自己的了。因为镯子的贵重，青桃时时刻刻都操着别样的心，生怕磕了碰了。那只玉镯似乎有几斤重，拽的整条胳膊都有点酸麻了，隔一阵子，她就用右手搓一搓左胳膊，当然了，还要磋磨磋磨这镯子。慢慢地，青桃接受了自己的左胳膊，也习惯了戴着这个镯子，有几次，她故意甩了甩胳膊，镯子服服帖帖地卡在手腕处。于是，青桃就相信了孔家仁关于玉有灵性的话。

三

青桃的那个小山村坐落在一座大山的南坡上，几十户人家顺着山坡的走向零零散散地点缀着，站在最高处人家的院子里向下望，整个村子便一目了然。坡下是一道沟，沟底有好多细细的泉眼，随便用手一挖，就有蛐蟮粗细的一股水从地底下冒出来。小时候，她们一伙儿小娃们就喜欢刨泉，用手接泉水喝。泉水清清的，凉凉的，甜甜的，还喝不坏肚子。青桃她们村人都有一口洁白的牙，邻村上下的人都说是因为她们村的水好。因为有水，人们除了种一些大田庄稼，还在沟底种菜，春天里羊角葱顶凌破土，接下来就是韭菜菠菜露头，不等韭菜菠菜吃罢，黄瓜、豆角提溜带串地吃都吃迭了，紧吃慢吃，夏秋菜就接上了头。

来到孔家，青桃常常给孔老太讲她们村的事，说得最多的就是那道沟，那里的泉，还有那一畦畦似乎总也吃不完的菜。孔老太住的这一片是富人区，附近没有流动的摊点，买菜得到超市，贵不说，还不新鲜。夏天的时候，青桃就赶早到五六里远的早市买菜。孔老太虽然不缺钱，但很看好青桃节俭的品质，觉得这个女子是个过光景的人。每每青桃念叨菜贵的时候，孔老太就笑眯眯地宽慰着青桃，孔老太说，桃啊，俺孩儿不要心疼钱，咱娘儿俩能吃多少？再贵它能贵到哪儿里？青桃说，姨，等明年的，咱自己种菜！

第二年，青桃就在孔家的院子里开出个小菜园来。青桃把小菜园打理得井井有条，那些小菜苗是一天一个样的喜人。亲戚们来看望孔老太，从进门到出门，除了夸老太太身体好就夸青桃的菜种得好。

孔家仁也喜欢这个小菜园，定定地站在瓜棚豆架下，一站就是老半天。随手摘一根黄瓜，搓搓小刺儿就咬着吃了，把平时的斯文劲儿都丢了。青桃就在心里笑孔家仁，原来城里人的讲究都是装的！

四

甜瓜的爹是种菜的一把好手，他们家的菜地总是比别人务作得好。而且，几乎一村人的菜秧子都是甜瓜爹育出来的。青桃她们一伙儿小娃们在沟底逮蝌蚪，玩泥巴，甜瓜爹歇下来，就逗孩子们玩儿。甜瓜爹逗青桃的时候，总是说：“青桃，俺娃长大给甜瓜当媳妇儿吧，大爷就看对你了！”青桃从小是个心眼儿重的女娃，五六岁就知道害羞了。甜瓜爹一说这话，青桃就冲甜瓜爹翻白眼儿。

甜瓜爹开的是玩笑，但他打心眼儿喜欢青桃，当时的想法恨不得把青桃定下。青桃是个俊丫头，要是将来真能给甜瓜当媳妇儿，那再好不过。青桃爹的想法不奇怪，庄户人家，祖祖辈辈，就是生儿子娶媳妇这样的简单循环。从儿子一落地就开始盘算上娶媳妇儿的事情了，老话说：媳妇儿到了门前，还得备个牛钱！早准备就好比碎毛攒毡，到时候不至于措手不及。甜瓜呢，比青桃大两岁，从小到大，一说到娶媳妇儿，总是很认真地说：“我谁也不要，就娶青桃呀！”

从部队回来，甜瓜对青桃说：“青桃，我看对你了！”

青桃说：“看对能咋？”

甜瓜说：“我要娶你！”

青桃说：“知道。”

青桃的两只手叉着，两个大拇指一上一下弹拨着，再不说一句话。

甜瓜当兵走的那几年，青桃的爹得了肺病，很严重的那种，打开肚子，多半个肺坏了，医生给舀出一饭盒红汤子才保住个命。但看病塌下的一窟窿饥荒把好人也愁倒下，青桃嫂子哭喊着要离婚，青桃爹叹一口气怨怪青桃兄妹不该给他看病。

青桃的嫂子闹着闹着不闹了，青桃哥额头上那个疙瘩也解开了。儿子媳妇和美了，青桃爹心情大好，饭量也上来了，精神也一日比一日好了。

青桃觉得自己把饥荒担起来是做对了。那个时候，青桃就打定了打工的主意。

因为青桃家那个烂包光景，甜瓜爹已经好多年不开青桃的玩笑了，随着孩子们一天天地长大，老汉生怕甜瓜和青桃走到一起，话里话外地敲打过甜瓜，甚至放狠话说，甜瓜要是执意娶青桃，那就净身出户，别指望他往出掏一个镚子儿！

甜瓜说："青桃，你等着，给我三年时间，我就不信挣不出个娶媳妇儿钱。"

青桃和甜瓜相跟着跑了！他们没敢往远跑，一起到市里打工了。青桃很顺利地寻下一份在饭店端盘子的营生。甜瓜在部队三年没学下啥技术，轻巧的好营生轮不着他，工地上搬砖撂瓦的活儿干不动，干三天歇五日，没钱的时候还得青桃接济。正愁得没着落的时候，甜瓜碰上了孔家仁。

那天，孔家仁一行视察工地，甜瓜推着一车斗灰浆走过来，脚下一滑，人倒了，车翻了。领工的跑过来把甜瓜骂了个狗血喷头，说你能干就好好干，不能干给爷滚，占着茅坑不拉屎的家伙，亏你还当过兵的人！屄货！

世界上的事情就是这么阴差阳错，因祸得福，甜瓜这一跤摔出了运气，丢了工地上风吹日晒的泥水营生，领工的一句"亏你还当过兵"的话等于给甜瓜打开了一扇幸运的门。同样是当兵出身的孔家仁听到这句话，不禁多看了甜瓜一眼。他好像是看到了当年的自己一样，萌生出一个很强烈的念头，那就是一定要帮帮这个不是战友的战友！

于是，甜瓜就从工地调到了库房。

五

青桃是甜瓜带进孔家的，孔家仁的老妈摔坏了大胯，子女们顾不上照顾，孔家仁让甜瓜给从村里物色一个照顾老人的住家保姆。甜瓜带着任务，回村打问了一圈，没有问下个合适人。正好青桃打工的那个饭店那阵子不景气，老板成天吊着个哭丧脸，对员工也是横挑鼻子竖挑眼。那天甜瓜约青桃见面，青桃说，不行的话，我先给对付几天，等寻下合适的再说。

青桃答应伺候孔老太解了孔家仁的燃眉之急，甜瓜一颗悬着的心就落了地。

青桃妈走得早，青桃早早就担起了家务，干净利落是出了名的，而且人勤快，眼睛里出活儿。来到孔家以后，除了耐心周到地伺候老太太，就是洗洗涮涮，擦擦抹抹，把个家收拾得整整齐齐，亮亮堂堂。孔老太喜欢得不行，说，青桃啊，俺孩儿歇会儿吧。青桃说，姨，我不累，这点营生，捎带着就做了。青桃一边干活儿，一边和老太太拉家常，渐渐地就没有了雇主和保姆之间的那种拿捏和生分了，更像是一对无话不谈的母女了。

孔家仁很感谢甜瓜在找保姆这件事情上的用心，越发相信自己看人的眼光，对甜瓜也更加信任。

在青桃的悉心照料下，一个冬天下来，孔老太的身体恢复得很好，不仅行动自如，脸色也红润了起来。

过了腊月二十三，青桃就开始忙乎着年终的洒扫庭除。青桃把家里所有的被褥都拆洗了，洗衣机成天轰隆隆地转着，院子里的晾衣竿上，五颜六色搭得满满的。晴好的天气，阳光透过满扇的大玻璃窗照进来，屋子里亮亮堂堂，青桃把一床床晒得蓬蓬松松的棉套铺开，再把新棉花撕开，一点一点补到薄处，青桃在棉套上这里按一按，那里按一按，直到整体上平整匀称了，才把被褥的布面覆上去。孔老太坐在一边，帮青桃撕棉花。

孔老太说："桃啊，这会儿这年轻人没几个会做针线的了。"

青桃说："比起念书来，这有个啥难的！"

孔家的孩子们除了孔家仁高中毕业当了兵，另外两个儿子都吃的是念书人的饭，而且在大城市安了家。在别人看来，孔家那就是地道的书香门第。青桃念书少，对念书人很是敬重。

孔老太说："哎，念书念书，越念越输。"

青桃知道，孔老太的心病在哪儿，自己生了三个儿子，至今还没有一个孙子。孔老汉临终的时候，对三个儿子说："没有小子的人家那就不叫个人家，你们趁年轻赶紧生！"孔老太也常常唠叨："一个羊羔羔一片草，说什么大城市负担重，你二哥你三哥那就是自私，他们小时候，糊糊拌汤，吞糠咽菜不也长大了？"孔老太这个人亲切随和，和青桃说起儿子们来，从来都是你哥长你哥短，不知道的人，还真以为青桃就是老太太的亲闺女呢。尽管青桃和孔老太已经处得几乎是无话不谈了，但青桃一直没敢问老大家经济条件那么好为啥不生，每每说到这个话题，老太太欲言又止，只需青桃表现出哪怕是一点点的关注，老太太肯定就会和盘托出，揭晓这个谜题。但不知为什么，一到这个褃结儿上，青桃总是退一步。老太太呢，也善解人意，觉得和一个大姑娘谈论生养的事情，人家或许是有些难为情，也就不往深里说了。

青桃赶趁着把家里该洗的都洗了，该擦的都擦过了，拆洗过的被褥整整齐齐地码在柜子里，散发着清新的味道，正房南房小西房，里里外外每一块玻璃都擦得透亮。青桃把自己的东西也归整到了一起，老太太看见那个提包，心里就涌起一种强烈的不舍。她一面盼望着过年，儿子们携家带口回来团聚，一面又害怕着年的来临，年前的那几天似乎特别短暂，每过一天，就意味着离青桃回家的日期近了一天。

听说孔家的三个儿子都要回来过年，青桃从二十六开始按照当地过年的习俗，蒸花馍，炸麻花，烧肉烧鱼。农家姑娘青桃干活儿不惜力气，家常饭菜原本就拿手，在饭店打工期间，厨房里出来进去，红案白案的都见过，捎带着又学了几手，青桃做出来的吃食虽不算精致，但味道却比外边买的好。青桃搛几个现炸的丸子让孔老太品尝，孔老太抿着嘴，很仔细地品咂，青桃生怕不合老人家口味。老人家故意沉下脸看青桃，把个青桃看得心里慌慌的。好大一阵，老太太换过脸面，竖起大拇指说，绝了！青桃这才长出一口气来。本来这些活儿可做可不做，一想到一大家子人要吃要喝，小地方过年铺子里不见得买什么都方便，青桃替老太太想到了，也都做了。

六

腊月二十八，甜瓜也放了假，甜瓜开着朋友的一辆车来接青桃回村。孔老太知道，青桃这一走多半是不会再来了，即便来那也是礼节性的走动，不会再陪着她，心里不免一阵一阵地难过起来。青桃说："姨，我回去了，您多保重……"后半句里，青桃的声音颤颤的就有了哭腔。

甜瓜开着那辆半旧的雪佛兰载着青桃在市里转了一圈，两个人买了过年的新衣服，又给两家买了年货。甜瓜出手很大方，甚至有点牛哄哄的样子，买东西不问价，还总是不耐烦地对老板说拿最好的。青桃说甜瓜你钱多烧的？甜瓜掏出一整本红版大票子，在另一只手上"啪啪啪"甩了三下，歪着头，嬉皮笑脸地对青桃说："你哥我就要发达了，不出五年，哥就给你在城里买套楼房！"虽然青桃有点看不惯甜瓜的张狂，但一听甜瓜的这个"五年计划"，心里还是甜丝丝美滋滋的。

七

正月初五，孔家仁开车到甜瓜他们村，孔家仁是在进了村才给甜瓜打的电话。甜瓜一听老板要来他们家，撇下正在打牌的发小和一把好牌到村口迎接。

孔家仁这次是来接青桃的。自从腊月二十八青桃回了村，老太太就念叨个没完，以至于晚上都睡不好觉。再加上过年那几天家里人多，老太太有些劳累，就病倒了。

孔家仁说，这回青桃进城，入职到公司，工资三千，交五险，不用去公司上班，平时呢就陪伴伺候老太太。

甜瓜一听孔家仁的安排，心头一阵狂喜。虽说孔家仁的公司只是一个私企，但在他们这个小地方，那也算得上是一流的正规企业了。工资按月开，社保按时交，有多少人是削尖了脑袋往里钻的，青桃进了这样的单位，那就等于是抱住了胶皮饭碗，只要交够了十五年保险，将来退休，不拘多少，是可以领退休金的，而且是，只要活一天，日头一忽闪就挣下了。要不是自己认识了孔家仁，要不是孔老太摔坏了胯，青桃这辈子能有这样的运气？当初让青桃去照顾孔老太，甜瓜并没有多想什么，只是竭尽全力地为老板帮忙，尽一个亲近下属的本分，同时报答人家的知遇之恩。孔家仁开出这么优厚的条件，甜瓜忽然脑洞大开，一时间冒出很多念头，那些念头有的颇近，有的遥远，有大有小，忽上忽下地翻腾跳跃，甜瓜把自己和青桃美好的未来都系到了孔家仁身上，而且那份幸福似乎指日可待唾手可得。

相比甜瓜，青桃的表现很是平静，社保呀，五险一金呀，在青桃的脑子里不过是些新鲜的词儿，没有多少具体的认知。倒是孔老太病了，让她很是牵挂，青桃心说，十冬腊月，那么冷的天气，老人连个头疼感冒都没有，也从来都没有睡不着觉的毛病，几天的工夫，咋就给病了？

当下，青桃就卷包了几件衣服，跟着孔家仁往市里赶去。

八

见到青桃，老太太一骨碌从炕上坐起来，欢喜地说："桃，姨以为你不来了。你一走，姨就病了。姨这败兴的，离不了人了，大新正月地扰害你……"

青桃说："你老说的啥见外话，不锄不种的，我也没啥做的……"

老太太说："我和你大哥说了，给你在他那公司找个做的，你离姨近些，姨想你了，有个马高镫短的，你来和姨做个伴……"

孔家仁说："妈，您放心，安排好了。"

从那个正月起，青桃就留在了孔家。

当年，甜瓜也得到提拔了，当上了孔家仁公司的一个项目负责人。

青桃说，甜瓜，咱们结婚吧。

甜瓜说，不急。你先给咱把老太太伺候好了，老太太在大哥跟前说句好话，顶咱奋斗好几年呢。

青桃觉得甜瓜变了，一见面，三句话不离本行，句句都围绕孔家。甜瓜说，青桃，你现在是老太太跟前离不了的人，你眼睛活点儿，嘴甜点儿，把老太太照顾好了，比啥都强。青桃本来觉得自己和老人的相处是尽心尽力自然而然的，经甜瓜这么一说，反倒觉得自己所做的一切都成了有所图有预谋的了。想想老人家对自己是像对待亲闺女一样的，大哥虽然开着那么大的公司，在青桃面前也从来没什么架子，而是当一家人对待的。青桃觉得甜瓜这个人真是有点想金望银顺竿爬，人家已经很关照了，再想得多了就有点贪得无厌有点惹人讨厌了。青桃虽然念书不多，但做人的道理还是懂的。小学时候有篇课文，讲的是渔夫和金鱼的故事，就是因为渔夫的老婆贪得无厌，最终落得个一无所有。青桃的爹也曾给青桃他们兄妹几个讲过“人心不足蛇吞象”的故事。甜瓜却笑青桃头发长见识短，他说青桃是鸡娃转世，啄不了几口嗉囊就满了。青桃不想听甜瓜瞎说八道，青桃说，你踏踏实实干吧，别给大哥丢脸拉胯。

孔老太太越来越离不开青桃了。孔家仁给老太太生活费的时候，老太太说，你把钱直接给青桃吧，娃是个实在人，又会过日子。孔家仁每次给青桃钱的时候，青桃就说还有呢，足够花一阵子的，等没了再说。孔老太太就故意沉下脸来，喝喊着青桃把钱收了。孔老太太说，以后你大哥给钱你尽管收着，他有的是钱！青桃说，咱娘儿俩其实花不了多少钱，我都一笔笔记着呢。孔老太说，青桃，俺孩和姨不一心，你记那做啥？青桃憨憨地笑着，心头涌上一阵暖意。

有一次，青桃和孔家仁因为钱的事相互推来让去，孔老太一声令下：“桃啊，你给姨欢欢地拿了他的，他吃咱家的饭还没跟他算饭钱呢！”孔家仁和青桃被老太太这番不说理的“浑”劲儿给逗笑了。青桃说：“姨，您可真是老娘娘睡到沟沿边了，只往里翻不往外翻，我大哥一个月才回家吃几顿饭呀，值得您跟他算饭钱？”孔老太说：“就因为他吃的回数少，咱才狠狠宰他一刀；常回来吃，还给他优惠！”孔家仁说：“你们娘儿俩开饭店的话，一个会做饭，一个会经营，保证能挣大钱！”孔老太说：“我再年轻二十岁，就不光是孔总的妈了，个人也是总！”老太太一句话，把孔家仁和青桃逗笑了。孔老太说：“青桃俺娃别笑，迟早你大哥得叫俺娃当个总，别尽便宜了外人。”

青桃回头一想，近半年来，孔家仁回家吃饭还真是回得勤了。孔家仁说家里的饭吃着顺口，比外边大饭店的大餐吃着舒坦。有时候，孔家仁晚上外边应酬完，喝一肚子酒，第二天晌午，一准要回来吃饭，而且点明了要吃青桃做的葱油面。青桃做得好茶饭，尤其是面条，总要擀到薄如纸，切到细如丝，下到锅里只需一转就熟了。一大碗宽汤细面，卧一颗荷包蛋两个青菜心儿，葱油调和，香菜点缀，看着清清爽爽，孔家仁总能吃到连一滴汤都不剩。

孔老太和青桃聊家常说：“桃啊，三个儿子里，数你大哥有钱，但数你大哥活得窝囊，遭逢下那号媳妇儿，真是把俺娃窝囊了……女人不跟心……不生不养，你大哥那个女娃是抱养的，你大哥家大业大，也不知是给谁闹整哩？姨这会儿尽给你大哥操心……”

从老太太断断续续的讲述中，青桃大致知道了点孔家仁的事，当初从部队回来，孔家仁待业在家，工作一时没有着落，是他现在的丈人给安置的工作，紧接着老汉就托人给孔家仁提亲，说的就是自家的老姑娘。那姑娘看上去也没什么大毛病，只是不爱说话，模样虽说不是那么俊秀，但也眉周眼正。穷不择妻，孔家仁二话没说就把亲事应下了。而接下来，有了这位官居要职的丈人的关照，孔家仁几乎是平步青云，事业发展顺风顺水，体制内积累了一定的人脉资源，干脆跳出了体制的约束，自己干了起来。

对于那位干部千金，孔家仁也算负责，生活上关怀备至，雇请了寡居的堂姐常年伺候陪伴，为了养好打小就得下的哮喘病，基本上就和堂姐定居在了海南。对于这段名存实亡的婚姻关系，老丈人在孔家仁事业辉煌如日中天的时候是有过示意的，那就是，只要有中意的，他的女儿是可以让贤的。孔家仁被老丈人说得一阵脸红，连连说："爸您这是掴我脸呢……"其实，老丈人的话除了替女婿着想，显示他的大度开明，也有试探孔家仁的意思。从孔家仁坚定的态度上，老丈人心里踏实了许多。接下来就重新以一家人的口吻为孔家仁打算，那就是，家大业大，后继无人终究不行，一定要有自己的骨血来继承这份家业。

起初，孔家仁是不很在意这件事的，四十岁以后，孔家仁想有一个儿子的念头是越来越强烈了，朋友相聚，饭桌酒局，每当人家说起"我儿子"如何如何，孔家仁就不想说话了，哪怕人家是在咬牙切齿地骂自己的儿子败家，他都觉得是一种变相的炫耀。孔家仁心说，我要有那么个灰儿也好啊，叫他狠狠给咱败，我看他能败到什么程度！虎父无犬子，没准还能闯出条路来呢，到时还不是个小孔总！然而，英雄气短，他孔家仁活了半辈子的人了，奋斗来奋斗去，后继无人。事业的成功，财富的积累，什么样的光环都难以照亮内心的灰暗，尤其是二胎政策放开以后，孔家仁圈子里的好多年过半百的人都再为人父，那些老家伙们说起自己的小家伙来，每个人脸上呈现出的都是相似的暧昧和沾沾自喜的陶醉，那种幸福甜蜜比初为人父的滋味似乎更为美妙。这种老男人独特的晒娃模式一旦打开，就会深深地触动孔家仁内心难以言说的隐痛。

九

孔老太太想认青桃做干女儿，当她把这个想法告诉青桃的时候，青桃没有答应也没有拒绝，反倒有些羞涩和吃惊。青桃拿不定主意，把这个事情说给甜瓜听，甜瓜说青桃你傻呀，这是千载难逢的好事啊，你想吧，你做了老太太的干女儿，就是孔总的妹子，我就是孔总的妹夫了。你、我、老太太、孔总，我们之间就是啥关系？

对于这件事，甜瓜比青桃更上心，甜瓜甚至已经替青桃琢磨，在认亲的仪式上，青桃应该送老太太什么礼物了。

本来青桃觉得只要心里亲近了，是没有必要讲那个形式的，再说了，自己一向口羞，说不了讨好人的话，真要是认干亲，是要当着亲朋好友的面改口的，青桃想着就难为情得很。即便面对老太太本人，姨长姨短地叫了三年了，忽然叫个“干妈”反倒是拉开了距离，需要重新建立这重关系，总之是有点不自然了。

实际上，自从老太太说出这个提议来就有点后悔了，她见青桃反应不是自己预想的那般热烈，而是有点心事重重，连话都少了，在心里怨怪自己人老糊涂，无端给娃添了思想负担。有心解释一下，又怕言多语失，越说越坏事。

还是青桃有回旋的智慧，作为晚辈，自己无论如何不能驳了老人家的面子，就解释说，自己只是一个山庄窝铺的野丫头，担心不配当这个干闺女……老太太听明白了青桃的意思，觉得娃果真是个正气人，做亲母女这辈子是没缘分，这个干闺女是认定了！至于怎么称呼，顺其自然吧，处人处的是心，心里认下了，叫啥都一样。

自从青桃和孔家认了干亲，甜瓜的爹也就不再反对甜瓜和青桃的婚事了，甚至托了媒人上青桃家提亲。青桃爹是个倔人，因为先前甜瓜爹在两个孩子的婚事上的态度，准亲家俩已经心有不睦。当甜瓜爹打发人来提亲的时候，青桃爹觉得有必要端一端架子，压一压甜瓜爹的威风，为自家闺女讨回些许公道，求个心理平衡。青桃爹不冷不热，温吞吞地说了三个字：不着急！而且还隐隐约约表明，甜瓜家必须在城里买下楼房。青桃爹的这个姿态是甜瓜爹意料之中的，一个村里住了一辈子了，谁是个啥德性，这老哥俩把对方的脉摸得一清二楚。媒人摸不着头脑，把青桃爹的意思和提亲的礼物带了回来。甜瓜爹笑着说，不着急！等青桃扛着肚子显了怀，我看他老小子着急不着急！

十

甜瓜在孔家仁的公司里干得顺风顺水，人们都知道，甜瓜的对象是孔老太太的干女儿，日夜不离身地伺候老太太，而甜瓜又是孔总身边的人，有人就巴结着甜瓜，企图通过甜瓜，拉近与孔总的关系，进而达到自己的某个目的。甜瓜呢也确实直接间接地促成了某些事情。甜瓜在众人的奉承中自我感觉越来越好，人不免就有点膨胀，有点飘飘然了。

对于甜瓜的变化，青桃是早有觉察，几乎每一次见面，青桃都要旁敲侧击地说甜瓜几句，甜瓜呢，总是不以为然。反倒是话里话外地提点青桃该如何如何，青桃表面上应承着，心里却很有点反感甜瓜这种顺竿爬的想法做法。甜瓜耐着性子哄顺着青桃，掰开了揉碎了给青桃讲其中的奥妙玄机，心里却遗憾着：到底是寒门小户出身，榆木疙瘩不开窍。

有一天晚上，孔家仁喝多了酒，要回酒店附近的老宅住。甜瓜送孔家仁回来，临走时，一再嘱咐青桃好好服侍孔家仁。甚至在临出门时还不住地冲青桃眨眼睛。那一刻，青桃觉得甜瓜很恶心，心里顿时凉了几分。

还没容青桃重新审视自己和甜瓜的这一段感情，甜瓜就出事了。

甜瓜和一伙儿朋友去水库钓鱼，回来的时候把个骑电动车的老汉撞飞了，当场就没气儿了。

根据现场情况，这起交通事故甜瓜是全责，除了民事赔偿，甜瓜还要承担刑事责任。青桃不懂啥叫刑事责任，孔家仁说，那就是判刑。人命关天！青桃被吓蒙了。青桃说，大哥，你给咱跑动点，无论如何你得救甜瓜……孔家仁说，车祸处理的流程一般就是认定事故责任，双方协商一个赔偿金额，然后对方家属出一个谅解书，肇事司机办理一个取保候审……眼下，甜瓜醉驾，就比较麻烦……青桃心慌极了，眼睛都吓瓷了。孔家仁说，你放心青桃，我尽力办就是了。

这次事故最终以一百零五万达成了谅解，除过保险公司赔偿的六十万，剩下四十五万是孔家仁替甜瓜垫付的！

一场飞来的灾难，让甜瓜和青桃猝不及防，甜瓜娶媳妇儿买房、在城市里扎根、发展、飞黄腾达等等一连串的梦想就在自己一时的轻狂里暂时搁浅了。

甜瓜说："青桃，全完了……"

青桃说："咱们有手有脚，慢慢还吧。只要人在，一切都会有的。"

甜瓜伏在青桃肩头，像个受了委屈的孩子一样放声大哭，青桃紧紧地抱着甜瓜，以自己单薄的身子支撑着甜瓜。

十一

甜瓜找孔家仁汇报工作，无意中看到孔家仁在电脑上浏览有关试管婴儿的网页，甜瓜识趣地将眼光移到了别处。孔家仁也不避讳甜瓜，索性和甜瓜聊起了这个话题。甜瓜说，孔总你想要个孩子这太正常也太不是个事儿了。孔家仁说，张罗得迟了。那几年，老人建议我抱养一个，我就没当个事儿。甜瓜说，抱养总归不是自己的骨血，依您现在的身价，生个自己的孩子太容易了。孔家仁笑笑说，甜瓜你小子尽灰说……甜瓜不好意思地挠挠头说，孔总，你何苦呢？兄弟说句不该说的，你这人就是较真儿，这多大点事儿，有啥呢？你就是做点啥谁又能把你怎么样？你就是啥也不做，谁信呢？

孔家仁的情况，单位人们心知肚明。甜瓜也曾向青桃打探过。青桃嘴紧，白一眼甜瓜说，你干好自己的工作就行了，老打探人家隐私干啥？甜瓜说，青桃你进城长见识了，都会用隐私这样的词了。青桃嘱咐甜瓜，千万别动什么不该动的心思，咱们再经不起折腾了，好好干，把大哥的钱还上才是正道。

甜瓜咬着腮帮说，我答应过你爹的，娶你之前一定得先买下房。

青桃的话没有奏效，甜瓜果然就替孔家仁着想了，他积极给孔家仁打听可以做试管婴儿的医院。然而可惜的是，最终还是失败了。孔家仁的内心五味杂陈，情绪在一瞬间由悲哀失落，滑向了绝望。

因为这件事情从前至后都有甜瓜的参与，事情没办成，甜瓜很是自责。甜瓜深度参与了自己的私生活，孔家仁把埋藏得很深的内心的苦楚和脆弱向甜瓜倾倒出来，甜瓜虽然念书不多，说不出滴水之恩涌泉相报之类精辟凝练的文词儿来，但孔家仁有恩于他是真的，有之前的知遇之恩，有急难时候的解救之恩，工作上尽心尽力只是本分，谈不上报答；其他方面，人家呼风唤雨，鞍前马后想巴结的人多的是，拿什么报答？兴师动众，劳民伤财办了一件事还办砸了！孔家仁越是郁郁寡欢，甜瓜心里越是愧疚。孔家仁的心病在某种意义上就成了甜瓜的心病，让孔家仁有后，成了甜瓜的一个愿望，而且比孔家仁本人更为强烈！

甜瓜想到了青桃。

甜瓜觉得，孔家是有恩于他们的，急人之所急，只有在这件事情上帮了孔家仁，那才是真的报答了人家的恩情。如果让青桃给孔家仁生个孩子，凭他对孔家仁的了解，那四十多万欠账，肯定不用还了。不仅如此，孔家仁这个靠山就更稳固了，他以后的日子，什么楼房呀，汽车呀，等等一系列的问题不都解决了吗？虽说，这件事情说起来不大光彩，但往深了想一想，有什么呢？一个泥腿子，想要过上城里人的体面生活，要扑腾到牛年马月才能实现？再说了，没有付出哪有回报？那些活得体面高贵的人，谁能知道人家背地里付出了什么代价？甜瓜的羞恶之心被利益蒙蔽得严严实实，他有足够的理由说服自己，并相信自己也一定能够说服青桃。

当甜瓜把自己的伟大构想说出来的时候，青桃的脑子“嗡”了一下，只觉得一股燥热上了头，从脖子到脸都涨红了。她觉得甜瓜变了，变得无耻而疯狂。

青桃冷冷地盯着甜瓜，抡圆了照甜瓜脸上狠狠地扇了一个耳光。青桃咬着槽牙，一字一顿地说：“甜瓜你疯了！你咋能想出这号灰点子？！”

甜瓜说：“我是疯了，要不是因为你，因为你们家……”

青桃一下子没话说了。青桃不想和甜瓜掰扯了，而且好多事情似乎都和她有关系，这辈子都甭想掰扯清楚。

十二

和甜瓜不欢而散之后，两个人好几天都没有通过微信。闲下来，青桃总想拿起手机划拉一下，看看甜瓜有没有说话。自从进城以后，甜瓜一门心思地想着赚钱，想着在城市扎根，他们两个人之间好像越走越远了。想当初，青桃跟着甜瓜一起背着大人进城打工，就已经做好了一辈子跟着甜瓜的打算，而且，村里人也认定了青桃跟甜瓜私奔了。虽说没有结婚，但他们俩的婚事是板上钉钉，铆死了的事情。眼下，甜瓜戳下了娄子，那就不是甜瓜一个人的事，她必须和他一起承担。四十多万，一万一本，那得码下四十来沓呢！青桃愁得一黑夜一黑夜地盘肠，人都瘦了。

甜瓜在微信上给青桃赔不是，甜瓜说，青桃，我不是人。

实际上，甜瓜说完就有些后悔了，他和青桃算怎么回事呢？从法律上讲，青桃和他没有任何关系。青梅竹马算得了什么？对象对象，对的时候是对象，不对的时候，一个转身就一拍两散了。何况现在自己除了四十来万的饥荒，有啥呢？凭青桃当下的条件，有孔家的关照，找个有房有车有工作的城里人绰绰有余。

甜瓜越想越后怕，鸡飞蛋打似乎是分分钟的事情。甜瓜不敢见青桃了，甜瓜在微信上给青桃留言，甜瓜把自己内心的恐慌一股脑儿倒给了青桃。甜瓜的每一句话都深深地触动着青桃，青桃一遍一遍地回放着甜瓜所说的话，青桃觉得那个曾经的甜瓜又回来了。

青桃说："甜瓜，咱结婚吧。"

甜瓜说："青桃，我什么都没了……"

青桃说："你人在就好，我什么都不要……"

甜瓜说："青桃，我答应过你爹的，我不能说话不算数的……"

甜瓜不再继续往下说了，不管他说与不说，有啥没啥，青桃已经打定了主意，一定要先把结婚手续办了。那几天，青桃一趟一趟地上街采购，然后一股脑儿送到甜瓜租住的公寓里。从锅碗瓢盆到米面粮油，一样不落都买齐了，一想到自己将要和甜瓜一起过日子，青桃的脚下好像踩了风火轮。等她把新买的大红床单被套罩上时，狭小的公寓房里立马有了喜气。

然而，就在青桃决定搬过来的前三天，甜瓜死了。

甜瓜死在了租赁的公寓里，甜瓜脸朝下，横趴在艳红的床单上，一只手垂着，地上躺着个空酒瓶。等青桃打开门的时候，人已经僵了。

尾声：

南方湿润温暖的气候没能挽救孔家仁的老婆，由先天性哮喘到肺气肿，再到肺心病，苟延残喘了五年之后，这位高干千金、富家太太咽下了最后半口气。

命运最终将孔家仁和青桃安排到了一起。孔家仁的丈人很开明，依然和孔家走动，当地人管这种关系叫“续亲”，青桃自然就成了孔家仁丈人的“续女儿”。

青桃和孔家仁的儿子就要出生了，青桃在擦相框的时候，对已经下世的孔老太说：“您有孙子了。”

相片里的孔老太笑了。

青桃没能住进甜瓜给她买的楼房，却住进了孔家仁的别墅，回想进城这几年，置身空荡荡的大房间里，青桃觉得像是做梦一样恍惚。

不论时光以怎样的速度流逝，不论孔家仁对青桃多好，一想到自己打过甜瓜的那个耳光，以及甜瓜那一双泪蒙蒙的眼睛，青桃的心还是会狠狠地疼一下。

达哥和他的三个新朋友

阳春三月的塞北，整个山川就像得了一场白癜风。往年该绿的地方今年又绿了，白的地儿还是那个白。最近又赶上一次过境高温，来得突然，一闪一晃的，空气里充斥着一股燥热，达哥的心情亦如此。

近来达哥闲得蛋疼，心情有些浮躁，受一高人点拨，索性背起行囊住进一个小村庄。这里山川起伏，安静沉稳；微风摆树，青翠灵动；房后小河流淌，蛙声阵阵。达哥想：自己可以在这样一个优美淡雅的地方蛰伏一段时间，避一避世俗的烦恼与痛苦，也算人生一件美事。

房东是一个热情好客的中年人。一天从早到晚勤快到屁股不着地。

嗡……嗡嗡……嗡嗡嗡嗡……达哥顺着震天吼的声音望去，院里不知道什么时候多出一条高大威猛的藏獒。正在达哥心里发怵的时候，房东忙说不怕，这里的狗不咬人，是在和你打招呼了。它的名字叫大红，你以后叫它大红就可以了。初听这个名字时，达哥忍不住看了看大红壮硕的身子，心里直犯嘀咕。直到慢慢发现，大红其实是一条非常温顺的藏獒，就像是一个健硕的肌肉男却包含着一颗闷骚温柔的心，这样的反差让大红多了几分可爱。大红是一条棕红色的狗，大大的耳朵垂在两侧，它的毛发旺盛，常常会遮住自己“犀利”的双眼，而它的嘴巴与鼻子与沙皮犬别无二致，垂下的腮帮子多了几分慵懒。叫的时候像极了晋剧里面那个唱黑脸的，声音洪亮，延绵悠长，底蕴十足。

每次有大红出现的地方，后面必然跟着旺财和小强，旺财和小强也是房东的两只狗。

而旺财与小强则是标准的土狗。换一个高大上的说法，就是中华田园犬。有趣的是这两只是一对母子，小强格外黏旺财，似乎走到哪里都想和妈妈待在一起。它们的毛发显然比大红“干练”多了，体形也比不上大红健硕，但是闹腾起来就像是磨人的妖精似的，让人既恨又爱。同时旺财与小强黑白的颜色让达哥总觉得这对活宝就是熊猫的精简版。

在不到一天的时间里，这三个家伙已经和达哥混熟了。在达哥郁闷孤独的时候，它们三个就像是与达哥认识多年的朋友，哪怕无法语言交流，只需要静静地待在一起，惆怅烦闷的情绪就像是被它们吞噬了一样，那么舒心欢畅。又或者，在院子里，看着它们三只上蹿下跳嬉戏打闹，三只狗狗像三个调皮的顽童，天真烂漫充满了活力激情，一点一滴在感染着达哥。生活其实就应该这样无忧无虑、率性自然地过下去。难道不是吗？

如今，达哥的生活很充实，夕阳西下，远处群山如黛，地平线上蹲着四个小黑点：达哥、大红、旺财、小强。

栓娃娶妻

三奶的宝贝疙瘩儿子叫栓娃，按辈分我该叫栓大爷。栓娃是遗腹子，从来没见过他大是啥样子。是三奶守寡屎一把尿一把拉扯大的。

说起我三奶，那可不是盖的。一辈子不占香瘾不说话，哪怕是一只鸡跑进她院里也要扣住，下一个星期蛋再说。

栓娃是三奶的命根子，绝不让受一点点委屈。小时候同村的娃和他玩儿，谁要是把栓娃惹下，三奶立马出头，扛上拐杖拎上笤帚冲到人家屋里把窗户纸捅得不剩圪尖毛毛，非大闹个三进三出，然后像老母鸡引小鸡崽似的拽着栓娃雄赳赳气昂昂得胜归去。

就这样，一来二去，村里大人都安顿自己的娃不让和栓娃玩耍了。在私下叫三奶“常有理”，栓娃“鬼不挨”。

栓娃比父亲大两岁，达哥七八岁的时候，他还是一条光棍。三十大几的他黝黑的皮肤，厚厚的嘴唇，一双眯缝小眼睛，经常一个人笃定地看着周围的一切，可这心思里全都是女人。笑的时候露出几颗洁白的门牙，可能是山泉水喝得太多了吧，总给人淳朴憨厚的好印象。

其实栓娃一点也不憨厚。老实憨厚那只是他的表象。每天天一黑他就绕村串着听房。一来二去，栓娃听房功夫老到，不用舔塌窗户纸看，就知道屋内女人岁数老小。

栓娃听完房回家就和三奶吵架要老婆，大半夜的三奶去哪儿给他找老婆，栓娃气得手扳裤裆脚蹬窗台呼呼呼直喘气。

后来，栓娃终于娶上了媳妇儿。

栓娃的媳妇儿，是全村人连夜给凑的份子钱。临了临了，因为差十块钱，差点鸡飞蛋打没闹成。

那年大旱，四十多天了老天爷愣是没跌一个泪蛋蛋，日头像个火疙瘩肆无忌惮地烤着这片大地，地里的庄禾早都塌秋了，地上的裂缝有了一掌宽，光着脚片子站到黄土地上，瞬间就能给你把脚掌心烙个红坨坨。那年的三奶和栓娃愣是让日头烤出好几道皱纹纹。

一日晌午过后，娘儿俩一个愁媳妇儿，一个愁庄稼，各揣心思坐在大门洞里歇晌。正对望的工夫，远远的看见三结咔像个旋风似的旋了过来："栓……娃，跟你……跟你说个事，四有……引……上一个佳县女人来，找男人哩，现在……现在我家哩，我大数了……一下全村就剩下……两条光棍，密娃……前头一会儿看了……嫌丑哩，你要不？要……要了给你引过来。"

三奶和栓娃脖子撅得像两只捞鱼鹳，仿佛三结咔的声音从半个世纪前传过来，这会儿工夫娘俩才听明白三结咔话里的意思。

听着三结咔一闪一晃的表述，三奶嘴张得就像个窑门，半天合不回来。栓娃两手发抖，眼睛瞪成个牛蛋，恨不得马上叫领家来。

第二天，三奶土窑里就像是开了戏，全村人拥了过来。娘儿俩是又喜又悲，喜的是三十大几的老光棍突然从天上跌下个媳妇来，悲的是人家要七百二十块彩礼钱，这可从哪儿来呀！

三奶狠劲拉住达哥的父亲，好比攥着那七百二十块彩礼钱，含着泪说："三妈忙了一上午都碰了，大侄啊，我娘俩在村里一向鸡嫌狗不爱的，哪个女人家管娃容易的？栓娃他大死得早，一笔写不出两个马，你可得管啊！"

看着三奶一晚上没睡，灯泡一样的牛眼布满血丝，干瘪的嘴一张一合，完全失去了往日横扫全村的风光。父亲隐隐可怜起了三奶。

坐在锅头旁边拉风箱的栓娃，此刻正两眼喷火似的盯着锅里那几个煮鸡蛋恶狠狠地说："这个佳县猴我要定了，这次要是娶不上，我拿上一根麻绳就去寨北上吊了。”

父亲是农民，在大集体的时候，一个工分不到两毛钱。一年到头挣不下一百块钱，这七百二十块钱对他来说不亚于一个天文数字。

父亲瞅着三奶，空气仿佛凝固了……

“总共需要多少？”父亲问。

“七百二。”三奶紧接着话，右手仍然紧紧抓着父亲胳膊，生怕这七百二十块钱掉地上。

“咱现在屋里头能有多少？”父亲松开紧紧噘着的烟嘴，盯着地上问了一句。

“半个子儿没有！”三奶松开紧抓父亲的手拍着烂棉被子说。

……旱烟锅在昏暗的窑洞里一明一暗放肆地燃烧着。

好一会儿，父亲狠狠地吸一口。扭动着身子下了炕，用力在炕沿上磕了几下烟锅，一边往出走一边说："借哇。"

鸡叫三遍的时候，父亲把升子大那一圪蛋钱扔在三奶炕头上，迈着疲惫的双腿回家倒头就睡。

咣！咣咣！咣咣咣……一阵紧似一阵、催命似的砸门声，睡梦中的父亲从炕上跳了起来。

“我的妈哎，这可让我们孤儿寡母咋活哟……”门才开，三奶坐在门槛上拍着大腿哀号着。

“彩礼钱不是一晚上才凑全了吗？又咋了？”父亲半挂着汗衫伸手就去扶三奶。

“彩礼钱是够了，可是人家那女娃说她哥是来送她的，现在回呀，这身上也没啥多余的钱，咱还得给人家娃她哥掏盘缠路费哩啊！”三奶鼻涕一把泪一把在院里的石凳凳上抽泣着说。

“那她没说这路费得多少？”父亲蹲到三奶身旁，随手把衣服裹得稍微整齐一点。

“十块。”三奶说。

“那女娃他哥说拿不上路费就引上他妹走呀，那个没出息货现在趴在炕上正号哩。”三奶边说边往自家方向狠狠指了一下，似乎想着这一下就能把栓娃给戳醒，变得稍微有点出息。

“这么多年难道娘儿两个连十块也没攒下？我一晚上把全村所有人像过筛子一样过了个遍，再叫我上哪儿借去？”父亲在蹲下来的时候东倒西歪，找不到一个平衡点，为难地说。

“钱一个也没攒下，栓娃从小身体单，有几个也都给他花了，就攒下一筐筐鸡蛋，这两顿也快吃完了。你可不能不管啊，把人扶在墙头上了你们想走啊？把人扶房上了你们想抽梯子呀？要是这媳妇儿弄不成，赔了鸡蛋不说，栓娃也是个不活咧，我活着还有啥意思！”此时的三奶鼻涕糊了一脸，五官抽在了一起，手里的灰色手绢到处飞舞，坐在石凳凳上，三寸金莲蹬着空气，曾经那股泼皮劲儿竟然重新被激发了出来。

父亲立马站了起来，气得一边甩手一边在院里转圈圈。似乎想把这十块钱转出来。在转到第二十八圈的时候，揭开大洋柜，解开十六层包裹，使劲抽出准备给达哥奶奶捋寿材钱，递给了三奶……

一跃而起的三奶使劲拽过父亲手里的那张“大团结”：“这下我娃有救了，有媳妇了……”迈动三寸金莲，夺门而出……

后来，栓娃婆娘就像兔子下崽似的一年一窝，母肥儿壮，有丫头片子还有带把的。

后来，在栓娃成亲五年后的一个清晨，朔风凛冽，灰蒙蒙的天空中都是飞舞的雪花，洋洋洒洒飘了一天，三奶也永远闭上了眼睛。

再后来，父亲经常眯着眼睛一边抽烟一边咂着嘴说，他当年办了一件惊天动地的大事儿。

冷暖人家

晴朗的上午，山风微微，白云依依，俊鸟翱翔。坐落在镇中心的南山小学整洁肃穆，教师的讲解声和学生们的朗读声此起彼伏。

不大会儿，放学的铃声响起，同学们像出笼的小鸟叽叽喳喳地笑闹着拥出教室，走出校门，校园里一时间喧闹无比。

安迪是最后一个走出教室的，他把课堂上老师留下的习题做完，才合上书本回家。安迪家在南山镇东街，距离南山小学十来分钟的路程。将老师布置的作业提前完成，安迪心情很好，一路上蹦蹦跳跳的，不知不觉就回到了家里。

安迪的家在街道一条小胡同的深处，一座干净的小院，三间破旧的砖瓦房。像这样的住户，镇子里还有十多家。

安迪的奶奶坐在门左旁，妈妈巧玲坐在门右旁缝补衣服，田青在厨房里忙活着做饭。

“奶奶，叔叔，妈妈！我回来了！”

人未进门，欢快的声音已传进院子里。

巧玲停下手里的活儿，田青从厨房里闪出来。

“今天回来这么快？快洗手吃饭，我做了你最爱吃的红烧茄子！”

田青在围裙上擦了擦手上的水说。

“太好啦！”

安迪高兴地来到水池旁，拧开水龙头洗手。巧玲满脸笑容地看着儿子问："今天咋回事儿，咋这么高兴呢？"

安迪边用毛巾擦手边答："老师留的作业我提前做完了！"

巧玲夸赞道："儿子真棒！来，准备吃饭！"

说完，娘儿俩和奶奶来到堂屋里的饭桌前坐下。田青把饭菜端上桌，一家人有说有笑地吃起来。

"巧玲，我已经和大牛说好了，明天就跟他去山里的煤窑干活儿。干一年攒点钱，明年咱粉刷一下房子，正式举办婚礼！"

田青边吃边对巧玲说。

巧玲放下手里的碗，看着田青担心地说："大牛去的是小煤窑，不安全，万一有个好歹，我和安迪咋办？"

田青满不在乎地说："没事，大牛都干两年了，也没有遇到过啥危险，没你想的那么邪乎。"

"小煤窑不保把（安全），别去了！"

娘插话道。

巧玲犹豫地说："我不想让你去，还是担心……"

田青扒完碗里最后一口饭，放下碗筷说："你放心，我会多加小心的。等明年挣到了钱，咱们风风光光地办场婚礼，也不枉你跟了我这一年！"

安迪搁下饭碗笑着问："叔叔，等明年你和妈妈办了婚礼，我是不是要改口叫你爸爸了？"

田青笑道："当然了！不过，你现在就可以改口！"

安迪调皮地说："改口得给改口费，你现在没钱给！"

一家人被他逗得哈哈大笑。

巧玲和田青是一对搭伙夫妻。两人没有领证，凑在一起过日子。这样的特殊家庭在社会上并不少见。

几年前巧玲的丈夫出车祸死了，撇下他们孤儿寡母苦度日月。田青因为家穷娶不上媳妇，后来总算成了家，可老婆患癌症一命呜呼，没给他留下一儿半女。

一年前两人在镇上的石料厂打工，一来二去产生了感情。半年后，石料厂被查封倒闭，两人便搭伙过起了日子。

田青高大壮实，勤劳忠厚。巧玲带着安迪来到家里后，他乐开了花，待娘儿俩有十二分。特别是对安迪，他视同己出，好吃的留给他，好穿的买给他，只要安迪想要的，田青都会想方设法给他弄来。

安迪也喜欢这个憨厚朴实的叔叔，他有时不自觉地拿田青和去世的爸爸做比较，觉得叔叔比爸爸对他还要好。每每看到田青为自己和妈妈忙前忙后，他就发自心底地感激，一种难以抑制的亲近感便油然而生。

见安迪和田青那么亲密无间，巧玲心里喝了蜜似的甜，她无比的欣慰和满足，感谢上苍让她重新找到了幸福。

第二天吃过早饭，巧玲把田青的被褥、衣物从柜子里整理出来，叠好装进蛇皮袋里。田青看着她忙碌的背影，走过去从后面紧紧地搂住了她，脸在她的脖颈、耳畔摩挲。巧玲一哆嗦，停下手中的活儿，双手攥住田青的胳臂，闭上了眼睛。两人就这样静待了片刻，巧玲轻轻挣开了田青的拥抱，转脸盯着他说："你记住我的话，挣钱不挣钱不打紧，千万注意安全！我和安迪在家等着你呢！"

田青抓住她的手，安慰道："我记住了，一定时时刻刻小心，保证完完整整地回家！"

"叔叔，你去煤窑后会经常给我打电话吗？"

不知什么时候安迪站在了一旁。田青赶紧松开巧玲的手，来到他身边蹲下，双手按住他的双臂说："放心，一有空闲我就会给你和妈妈打电话的！你在家要听话，好好读书！"

安迪点点头，大人似的说："你放心去吧，家里不要操心，有我在呢！"

田青拍了拍他的肩膀，郑重其事地说："那说定了，家里就拜托你了！"

爷儿俩的话让巧玲忍不住"扑哧"笑了，她嗔道："好了，你俩别贫了，快走吧，别误了车！"

田青应了一声，过去将蛇皮袋扛在肩上。

将田青送到街边，巧玲母子和他依依惜别。田青一步一回头地往远处走去。安迪挥舞着小手，眼睛里竟流露出和年龄不相称的忧郁。巧玲望着田青渐去渐远的身影，心里一下子空落落的，她感觉有一根纤细的铁丝拉扯着她的心，让她心慌气短，失魂落魄。当田青的背影消失的时候，她终于忍受不住，蹲在地上大口喘着粗气，脸色蜡黄。

安迪见妈妈忽然蹲在地上满脸痛苦的表情，非常害怕，他拉住妈妈的胳膊焦急地问："妈妈，你怎么了？怎么了？"

巧玲缓了一下，喘息着说："我没事，歇一会儿就好了！"

安迪四下里瞅了瞅，发现一块纸被，跑过去捡起来放在地上，让妈妈坐上去："妈，你坐这里歇一会儿，不行的话咱去医院！"

巧玲坐在纸被上，许久才缓过气来。她知道，自己不是有病，而是过分担心田青的安全才会这样的。

田青去煤窑打工之后，安迪果然变了个人似的，在学校学习更加刻苦认真，在家里家务活儿和妈妈抢着干，而且还跟妈妈学着做饭、洗衣，俨然一个小大人儿。安迪的懂事、成熟让巧玲欣慰不已，奶奶也对这个孙子喜爱有加，看见他便眉开眼笑。

每隔两天，田青就会在夜里打来一次电话，和巧玲、母亲说几句后，大部分时间他都和安迪叽叽咕咕地神聊，每次都逗得安迪咯咯笑个不停。

这样的日子虽然平淡、清苦，但不乏快乐和希望。一家人都在忙忙碌碌中期待着重逢的日子。然而人生有太多的意外和不确定因素，田青走后两个月，巧玲忽然接到一个电话，这个电话如晴天霹雳，将幸福的日子击得粉碎。

电话是小煤窑所在地的医院里打来的，电话里说，小煤窑发生事故，田青被砸断脊骨，让她速去。

接电话时，巧玲正在买菜回来的路上。听到这个消息，她几乎瘫在路上，几个邻居将她送回了家里。

巧玲没敢停顿，安排安迪在家照顾好奶奶，便搭车赶往医院。

田青躺在重症病房里，挂着氧气，监测仪器“滴滴”作响。巧玲进病房看到这一切，情绪瞬间失控，她扑倒在床前，发疯似的哭喊：“田青，你怎么了？你这是怎么了？我不是让你注意安全吗，咋会变成这个样子？！”

田青虽然不能动弹，但头脑清醒，他的泪水顺着脸颊滑落，嘴动了动，想说点什么，可嘴不听使唤，一个字也没说出来。

小煤窑负责处理此事的人和护士一起将巧玲拉起来，劝她冷静。经过众人的一再劝说，巧玲才渐渐止住了哭声，接受了眼前的现实。

医院的小型会客室里，田青的主治医生、小煤窑方代表向巧玲通报田青的情况。

主治医生率先发言：“作为田青的家属，请您多保重。田青脊椎断裂神经损伤，经过治疗，虽然可以保住性命，但他恐怕要在床上躺一辈子了！”

巧玲听医生这么说，忍不住又哭出声来。

医生劝道：“既然情况已经这样，伤心难过也无济于事。您要坦然面对，尽心尽力地照顾好病人，别让他因为久卧在床生了褥疮，加重病情！”

医生的话对巧玲没起作用，她依旧呜呜咽咽地哭。主治医生看了看小煤窑代表，站起身来说：“下面的事你们谈吧，我还有病人，先走了！”

说完径直开门离去。

小煤窑代表是个30多岁的胖子，留着寸头，肥头大耳，深陷肉里的小眼睛闪着狡黠的光。他虽然穿着一身板正的花格子西装，皮鞋锃亮，看起来很讲究，但没有一点成功人士的气质，一看就不是好人。

等主治医生走远了，他站起来来到巧玲身旁，满脸堆笑地说：“姐，哭能解决问题吗？哭坏了身子谁心疼你？别哭了，听弟弟说两句！”

巧玲又抽泣了一会儿才止住哭声，她接过男子递过来的纸巾，拭去腮边的泪水。

男子在旁边的沙发上坐下来，轻声细语地说："姐，实话告诉你，煤窑这次事故受伤的不止田青一个人，其他人都处理好了，医疗费报销，每人补助三万块钱。考虑到田青伤势比较严重，老板特殊照顾，给你们补助五万块怎么样？"

巧玲听明白了，煤窑老板这是想用五万块钱了事，不由得满腔怒火："田青仅仅是伤势严重吗？他可是要终身瘫痪啊！你们想用五万块钱把我们打发了？"

男子看着愤怒的巧玲，皮笑肉不笑地说："实际上这次事故是田青他们操作不当造成的，人伤了，老板就不追究责任了，然后又给看病，又给补助，老板够意思了。这五万块钱已经不少了，你们在山窝里两年也挣不来，知足吧！"

巧玲见男子如此强词夺理，气得浑身颤抖："你们欺人太甚了，人瘫痪了给区区五万块钱，还说这样的话，你们是人吗？！"

男子"嘿嘿"冷笑两声，语带威胁地说："你打听打听，煤窑里哪年不死人？死个人也就赔个十来万，你男人只是瘫了，给五万还不满足？别到时候鸡飞蛋打，什么也捞不到！"

男子的流氓嘴脸让巧玲怒不可遏，她"腾"地一下子跳起来，指着男子的鼻子厉声骂道："你们这些丧尽天良的黑煤窑老板，早晚要遭报应！你们要是敢这样欺负人，我就从医院的大楼上跳下去！"

男子没想到巧玲会如此暴烈，被吓了一跳。他愣愣地看着疯子一样的巧玲，一时不知道该如何收场。就在这时，会客室的门被推开了，一个身材高挑、穿着时尚、珠光宝气的女人走了进来。她对男子努努嘴，示意他离开。男子尴尬地赔着笑，快速起身离去。

女人走到巧玲面前，姣好的面庞上笑意盈盈。她打量几眼巧玲，开口道："大姐，消消气儿，别跟他一般见识。你没看见，他是个粗人，不会说话，有啥跟妹妹说，我帮你做主！"

巧玲看了一眼这个狐狸精似的女人，没有搭理她，气呼呼地在沙发上坐下来。女人也不生气，在巧玲的对面坐下，接着说："大姐，我是煤窑里的会计，你有啥要求对我说，我替老板做主了，保证达到你的满意！”

巧玲喘着粗气想了一会儿，情绪渐渐地平复下来。她又抬头看了女人一眼说：“我男人在事故中瘫痪了，要一辈子躺在床上，五万块钱总不能算完吧！”

女人灿烂地笑了，她不紧不慢地说：“大姐，你可能也知道，小煤窑出事故是常有的事，既然去干活儿，就应该有心理准备。凡是出事的，人死了最多赔十万，伤的也就几万块钱。你想一想，凡是能开小煤窑的老板，哪个没有靠山没有后台？”

说到这里，女人停下来，仔细观察巧玲的反应。见她的情绪没有明显的波动，于是接着说：“大姐，我实话告诉你，老板在这里财大气粗，呼风唤雨，惹了他不会有啥好结果。你们是外地人，家庭很困难，更没有资本和老板斗。不如见好就收，早早带丈夫回家养病吧！”

女人的话真的说动了巧玲。她说得没错，煤老板要钱有钱，要势有势，自己一个平头百姓和他抗衡无异于鸡蛋碰石磙，最后吃亏的还是自己。如此想着，巧玲的脸上现出无助、难过的表情。她细微的表情变化都被女人看在眼里，她提高声音，对巧玲打包票说：“大姐，我看你家也挺可怜的。这样，我替老板做主了，给你家补助十万块！然后再派车把你和你男人送回家怎么样？”

巧玲犹疑了片刻，抬起头看了女人一会儿，最后点下了头。

田青被送来的那天上午，左邻右舍的乡亲们都过来看望。田青像个植物人似的躺在床上，对乡亲们的问候只能点头，说话含混不清，没人听得懂。老娘瘫倒在儿子的床前，哭得死去活来。安迪拉着田青的手哭哑了嗓子。巧玲更是伤心欲绝。一家人的遭遇让大家摇头叹息，唏嘘不已。

田青回来十多天后天气便入了秋，山里的夜晚已有了浓重的寒意。

再悲伤的事情都会过去，再大的不幸都需要坦然面对。冰凉如水的夜晚，巧玲守在田青身旁，给他按摩、翻身，接屎接尿。

这就是她此后的日常工作。

每晚等一切做完，累得筋疲力尽的巧玲看着田青木然的面庞，泪水便会止不住簌簌地流淌。她自怨自艾，叹命运对她不公，恨老天对她刻薄。她恨不得立即重新轮回，远离这苦难的一切，开始新的生活。

妈妈的苦安迪都看在了眼里记在了心里。为了减轻妈妈的负担，他每天放学后不再和同学在路上玩耍，而是一路小跑着回家。帮着给田青接屎接尿，擦身、翻身、按摩，帮着妈妈做饭，凡是能干的，他都争抢着去干。每当看到妈妈在偷偷哭泣的时候，他都会过去依偎在她身旁，劝她不要伤心难过。他对妈妈说，他已经是个小男子汉了，他会照顾叔叔，会保护妈妈和奶奶，家的重担他会挑起来。听儿子说出这番话，巧玲既高兴又难过，她经常在儿子面前哭着哭着笑了，笑着笑着又哭了。安迪看着精神有些异常的妈妈，眼睛里写满忧郁和担心。

中秋节到了。为了去掉家里的霉气，改变一下精神面貌，巧玲吃过午饭便开始劳动。她首先将院子里打扫干净，然后把屋里的角角落落都清扫一遍，把桌椅板凳都擦得干干净净。干完这些活儿，巧玲累得微微喘息。婆婆将洗好的毛巾递给她说：“擦把汗！别干了，照顾田青就够你累的了！”

巧玲在凳子上坐下来说：“今天是中秋节，我收拾一下，晚上一家人吃顿团圆饭。”

“嗯，好。这日子苦了你和安迪了。回头去镇上的市场里割点肉，好好过个节！”

婆婆说完，拄着拐杖返回房里。

巧玲歇息了片刻，来到床前，将田青的被褥、床单换上了新的，把他身上的衣服也换上了残留着阳光味道的秋衣裤。她把换下的被单、床单还有田青的衣服清洗干净，然后骑上自行车去菜市场买菜。

这次是巧玲买菜最大方的一回，不但购买了时令蔬菜，而且鸡鱼肉蛋都买齐了。返回的路上，自行车上挂满“战利品”，遇见的熟人都好奇地问：“巧玲，今儿是怎么了，买那么多菜呀？”

巧玲笑着回应：“今儿八月十五，给孩子做些好吃的！”

人们对她竖起大拇指，她的心情变得格外好起来，蹬着自行车都轻快了许多。

安迪下午放学回到家里，还没进门，一股鸡鱼的肉香便扑鼻而来。他跑进家里冲厨房喊道：“妈，家里做肉了那么香？！”

巧玲正在厨房里忙活，听儿子喊叫笑骂道：“馋鬼！鼻子真尖，给你做肉了，一会儿就上桌！”

“哦——太好了啦！”

安迪欢叫一声，把书包放在堂屋的凳子上，来到田青的床前。

“叔叔，今个是中秋节，妈妈做了好吃的，一会儿做好了我喂你吃！”

田青看着安迪，脸上绽开比哭还难看的笑容，嘴里含混不清地说：“好，好！”

安迪扯了一张抽纸，轻轻擦去田青嘴角流出来的口水说：“趁不该吃饭，我先给您按摩会儿！”

说完，安迪掀开田青的被子，熟练地揉按他的腿部。

“开饭了！安迪，搀奶奶过来吃饭！”

妈妈的声音从厨房传来。

安迪应了一声，停住动作，把被子给田青盖上说：“妈妈做好饭了，我去给您盛过来！”

来到摆在院子里的饭桌前，安迪又惊得“哇”的一声。只见桌上清蒸鱼、山菌炖鸡、红烧肉、烧茄子等等摆满了饭桌。安迪“吸溜”着口水，回屋里将奶奶搀坐在饭桌前。

“你看看这一桌子菜，你妈妈忙一下午啦！真香！”

奶奶笑呵呵地对安迪说。

安迪让奶奶先吃，他到厨房取了个小碗，每样菜给田青搛了一点儿。他知道，叔叔长期卧床，不能吃太油腻的东西，就多搛了些清淡的菜。来到叔叔床前，安迪耐心地一点点地喂他吃。吃了几口，田青闭上嘴巴，摇摇头含混不清地说：“我吃饱了，你快去吃饭吧！”

虽然田青嘴里像噙了东西似的说话呜呜噜噜听不清楚，但安迪可以听懂。他懂叔叔的意思，想让他先去吃饭，不要管他。安迪笑着说：“我现在不饿，你吃完我再吃！”

田青坚持闭着嘴巴不张开，安迪无奈，只好把碗筷放在床头：“好吧，我去吃饭。一会儿让妈妈来喂您！”

田青脸上这才露出笑容。

天像一块蓝幕，将南山镇遮得严严实实。月亮从远山的峰峦间爬上来，又大又圆，如同光照下的玉盘，既细腻圆润，又明亮通透。

南山镇的家家户户都在吃月饼、喝酒。山民们劳作一年，汉子们都在月光下把酒痛饮，把一年的酸甜苦辣全都放进酒里。巧玲的男人不能动弹，更不能喝酒，她只好把厨艺全部展现出来，以此弥补缺憾。她做的菜色香味俱全，奶奶和安迪吃得津津有味。看着一老一小如此快乐地吃饭，巧玲心里也舒展了许多。

饭菜很快下去了大半，巧玲并没有吃多少，她实在是没有胃口。她脑海里想着的都是床上躺着的田青，眼前一遍遍回放伺候他的一个个片段，那种苦、累、脏让她不堪，她不知道这种日子啥时候是个头。

在她正在胡思乱想的时候，屋里传出田青“呜呜”的声音。巧玲丢下碗筷，赶紧回到屋里。还没走到床边，一股腥臭的味道就扑鼻而来。巧玲知道，田青又屙床了。

巧玲掀开被子，将田青的秋裤脱下来，强忍着刺鼻的味道把屎尿擦干净，又给他换上棉垫和秋裤。她把沾着屎尿的脏衣服拎到外面丢进水池，冲出门去。

“妈妈，你不吃饭去干吗？”

安迪问。

“我出去透透气，看月亮！”

巧玲回了一声，顺着胡同跑了十几步，再也忍受不住，“哇哇”

地吐了起来，将肚子里吃的东西全部吐了出来。吐完，她蹲在地上，压抑地哭了起来。

巧玲从没放弃过给田青治疗。大医院不给治，她便四处寻找山野郎中，搜集各种民间偏方验方，甚至屡次请神汉巫婆。钱花了几万块，但一点疗效也没有。

田青不愿意巧玲为他四处花钱，一再表示抗议。怎奈不能动弹，想阻止力不从心。巧玲明白田青的心思，他怕自己把煤窑补偿的这点积蓄都花光了，以后他们娘几个过苦日子。但巧玲不舍得放弃，哪怕有一丝希望，也要坚持到底。

安迪知道家里的情况，不但从来不给妈妈要零花钱，而且开始利用放学时间和周末捡破烂儿卖钱补贴家用。不少调皮的孩子追着他喊他破烂儿王，他虽然很生气，但为了不惹事不给妈妈添心事都强忍下来。

这天上午放学，安迪提着蛇皮袋在回家的路上捡破烂儿。走到街中间时，他看到一个秃顶的男人坐在路沿喝啤酒，他的脚边丢着几个空酒瓶，于是过去捡。他还没捡到瓶子，却被秃顶一把搂住。

“小孩儿，你干、干吗，来陪、陪我说说话！”

很显然，秃顶有些喝多了。安迪内心害怕，想挣脱，可秃顶搂得紧，动惮不得。

“小孩儿，你说我倒霉…不倒霉，做生意赔、赔光了，老婆带着儿子跟人跑了。你说，我还有…啥活头！”

秃顶喷着酒气，继续向安迪诉说。安迪被熏得想吐，但又无可奈何，只好听他说下去。

“小孩儿，今个儿是我最后一次喝、喝醉，明儿，我就、就从山崖跳、跳下去，不、不想活了……”

安迪听他这么说，一下子被惊住了，他望着秃顶，正色道：“叔叔，你这算什么呀，你还没有我惨呢！”

秃顶一听，乜斜着眼望着他：“你、你一个小破孩，惨、惨什么！”

安迪说："叔叔，我四岁的时候爸爸出车祸死了，小朋友都嘲笑我是没爹的孩子。后来妈妈带着我和田青叔叔一块过日子，可是他去煤窑打工出事故全身瘫痪了。我每天都和妈妈一起给田青叔叔擦屎擦尿，翻身按摩。家里没钱，我放学就去捡破烂儿。叔叔，我每天一睁开眼睛都有活儿干，我不能和同学一块玩儿，不能像其他小孩一样想买啥就买啥。可是我不哭，也不觉得委屈，苦难总会过去的，我妈妈说人生在世要向前看！"

秃顶被安迪的话震惊了，酒立即醒了一半。他无法想象，一个八九岁的孩子身上竟背负着如此的重担，而且他坚强阳光，对未来充满着希望。秃顶感到自惭形秽，又如醍醐灌顶：一个孩子都能从容面对苦难，自己一个大男人有什么理由在厄运面前退缩，轻易放弃自己的生命！他放开安迪，站起来立正站好，恭恭敬敬地给安迪鞠了一躬，然而将身上仅有的一百多块钱掏出来塞给安迪说："孩子，你是我的老师！谢谢你！"

说完，秃顶转身大踏步离去。

安迪望着秃顶远去的身影，脸上绽开开心的笑容。

"丁零零——"

清脆的放学铃声响起，学校里喧闹起来，同学们开始收拾课本回家吃午饭。安迪从课桌下取出蛇皮袋随大家走出教室。

安迪在街上边走边四处搜寻饮料瓶和纸被，到家的时候，已经捡了十多个塑料瓶子。他进院将蛇皮袋放在墙角，叫了一声妈妈。他并没有像往常一样得到妈妈的回应。安迪也没在意，进屋去看田青。当他跨进卧室的一瞬间，惊得大呼一声，随后便扑了过去。

田青直挺挺地躺在地上，鲜血从嘴角里、鼻子里流淌着，头下还有一摊血迹。

"叔叔，叔叔！你这是干啥呀？你咋这么傻呀！"

安迪抱住田青的一条手臂痛哭失声。

田青并没有达到自己的目的。从床上艰难地翻下来之后，他只是摔伤了头，这不足以致命。他恨自己无能，连自杀这么简单的事情都做不了，自己还要拖累巧玲和安迪到什么时候？他看着哭得撕心裂肺的安迪，嘴唇哆嗦着，泪水模糊了双眼。

这时候，和婆婆一起出去街上买东西的巧玲回到了家里。刚进院门，两人就听到安迪的哭声。巧玲大惊，扔下手里的东西便冲进屋里。卧室里的场景让巧玲吓得浑身颤抖，她扑过去跪倒在地上，泪水迸溅。

“田青，你咋能这样？你有个好歹，让一家人咋活呀！”

巧玲用手抹去田青鼻子、嘴角的血痕，吃力地将他往床上抱。安迪也止住哭声帮忙，总算把他放在了床上。老母亲进了卧室，看到这一幕，她颤颤巍巍过去照田青的身上狠狠地拍打几下，哭诉道：“你这个糊涂的东西！你在，这还是个家；你不在了，家就散了！你不怜惜我这个老婆子，也不怜惜巧玲娘儿俩吗？你想着走这条路，还有良心吗？你枉费了巧玲、安迪的一片心啊！”

安迪过去抱住奶奶哭成了泪人：“奶奶，奶奶，呜呜……”

巧玲将被子给田青掖好，流着泪说：“田青，我生是你的人，死是你的鬼。无论有没有婚礼，我这辈子跟定你了！你别想撇下我不管！”

说着，巧玲唤安迪过来。她抹去安迪脸上的泪水，郑重地说：“安迪，从今天开始，你改口，你田青叔叔就是你的亲爸爸！”

安迪点点头，望着田青，郑重其事地叫了一声：“爸！”

田青的情绪瞬间失控，他嘴唇哆嗦着，泪水肆意奔流。哭了许久，才呜呜噜噜地发出声音来：“嗯！好孩子！”

巧玲一家命运的改变发生在这个周末的午后。

奶奶在屋门口坐着晒太阳，巧玲在水池边洗衣服，安迪在饭桌上趴着写作业。就在这时，村支书带着几个陌生人来到了家里。巧玲慌忙站起来，甩甩手上的水珠说：“书记，您咋有空过来了？”

头发花白的老支书说：“巧玲啊，真是辛苦你了，你是好样儿的！

这几位是镇里和县里民政局的领导，村里上报了你家的情况，他们来考察一下！”

安迪放下手中的作业，搬了几个凳子出来，让大家坐。老支书抚摸着他的头说：“好孩子，真懂事！”

大家在院子里坐下来。老支书对安迪的奶奶说：“老嫂子，你的低保解决了，村里又向镇里、县里民政局打了报告，给你家中请些补助！”

安迪奶奶连连道谢。

“巧玲，据我们了解，你和田青已经领了结婚证没有举行婚礼是吧？这不重要，在法律意义上说你们已经是合法夫妻了。县民政局不但要对你家救助，另外正在准备材料，把你推荐为全县贤孝媳妇！”

县民政局的领导对巧玲说。

巧玲的脸霎时间红了，她不好意思地说：“领导，这都是我应该做的，哪儿称得上贤孝的名啊！”

老支书接话道：“这贤孝的名你要是称不上，就没有人能称上了！这是你应该得的荣誉！”

老支书的话得到大家的响应，纷纷点头称是。

接下来的日子里好运连连。巧玲披红戴花地去县里领奖，安迪被县教育局评为全县十佳少年，民政部门给巧玲家发放了救助金。市里的电视台、报纸报道了一家人的遭遇和事迹，巧玲、安迪成为大家学习的榜样。

国内一家大型理疗康复中心看到报道后，被巧玲和安迪的事迹深深感动，他们把田青接到中心，免费为其治疗。经过一段时间的理疗和特殊疗法，田青的病情有所好转。专家说，如果田青积极配合治疗，奇迹极有可能在他身上发生。

众生百态，冷暖自知。

巧玲一家的遭遇告诉我们：精诚所至金石为开，一颗善良的心可以改变一切。

回家

世堂是腊月二十九才回的老家，回家前，白娜就郑重其事地对他说，这次回去一定要和柳叶儿摊牌，她们俩谁也耽搁不起了。

白娜是世堂店里的出纳兼会计兼办公室主任兼……反正是，在那个不大点儿的店里，白娜能做世堂一多半的主。

世堂在省城经营着一家内衣店，店面不大，买卖还不错，刨去房租水电员工工资等一应开销，一年稳稳地挣个二十多万。

在外打拼四五个年头上，世堂买了一辆四个圈儿的奥迪，那年他开着自己这辆白色的奥迪车回村过年，生生把一村人的眼睛又晃出两个红圈圈。

正月里，世堂开着四个圈儿去丈母娘家拜年，柳叶儿坐在副座上，小心翼翼地翘坐在座椅的边边上，好像怕压坏啥一样一直欠着身。

世堂说："叶儿，你怕啥了？这就是咱的车，你踏实坐着。"

柳叶儿心里不踏实，好像这一切都是一场梦一样。

柳叶儿和世堂是初中同学，那时，柳叶儿她们村有初中，方圆附近的娃娃们一到升初中就得到柳叶儿他们村念书，远的住校，近一点的就走读。

初中毕业后，他们都失学了，柳叶儿在县城的一家陶瓷厂打工，世堂却干起了小买卖，骑个三轮车卖些袜子、鞋垫儿之类的小物件。

陶瓷厂里女工多，夏天买丝袜一买一打，世堂经常出现在柳叶儿他们厂大门口的树荫下，有一回就碰到了柳叶儿。

柳叶儿专心地在一堆袜子中间挑，深色的、浅色的，花花地搭配了十双。本来一双一块，十双应该是十块钱。柳叶儿怯生生地问世堂：“老板，九块钱能卖不？”世堂一听柳叶儿的声音，感觉熟熟的，再仔细一看眉眼，惊喜地叫出了柳叶儿的名字。

柳叶儿也认出了世堂。因为一块钱和世堂搞价，柳叶儿有点儿不好意思，飞快地从小包里抽出一张十块钱递给世堂。世堂说：“赶紧装起来，这十双袜子我就送你了。”说着就按着柳叶儿的手，把那张钱往柳叶儿的小包里塞。两个人推让了一番，最终那钱还是没给出去。

后来，世堂一来厂门口，柳叶儿就帮忙卖袜子，照看摊子，顺便聊一聊他们念书时候的趣事以及同学们这个那个的情况。因为有柳叶儿帮忙，厂里的姐妹们都越过其他的几个小推车摊子买世堂的袜子鞋垫儿。眼见的买卖好了，柳叶儿就建议世堂上些女式胸罩、背心、内裤之类的，主要由柳叶儿在她们女工中间推销，因为质量好，价钱公道，销量还是很可观的。

随着时间的推移，工友们就把世堂当成了柳叶儿的对象，只要世堂一来，工友们就喊柳叶儿：“柳叶儿，你对象又来卖袜子了。”

柳叶儿解释过几回，越描越黑，也就懒得说了。

后来厂子不景气，连工资都发不出来了，就发动各车间的人都想办法往出销碗碟。每个人头上都有任务，柳叶儿一时急得不知道如何是好。世堂说：“不怕，卖啥不是个卖！你跟上我，我帮你卖！”世堂天生做买卖的才地，嘴甜，人活套，走哪儿也聚人气，认下一大帮婶婶大娘大姐大嫂，柳叶儿的那点任务还不够他卖的，有时还帮其他姐妹卖点儿。

后来，柳叶儿那个厂子彻底完蛋了，柳叶儿在厂子里是裱花工，就是往烧出来的碗碟上贴花儿，然后再烧一次，碗碟就可以出厂了。柳叶儿的技术在裱花车间是一流的，残次率是最低的，本来，柳叶儿以为自己可以凭着这个手艺在厂里进而在这个小县城里扎下根的，没想到的是，厂子说不行就不行了。走出那个厂大门的时候，柳叶儿的心里很不是滋味。一时没找下做的，柳叶儿就回了村。

那时，世堂已经租下了一个小门脸儿，得知柳叶儿厂子倒闭回了村，世堂就关了店，去柳叶儿家找柳叶儿，柳叶儿就到世堂的小店里当了售货员。

说是小店，其实只是一个商店里的隔断，不过五六平方米的空间，除了货架，两个人进来得错着肩才能转身。

有柳叶儿在店里照应，世堂就骑着三轮车转悠着卖，早市，夜市，广场边，厂矿门口，生活区……那时候，县城的每一个角落几乎都有世堂的三轮车摊子。世堂见谁都是一副笑模样，说话和软，态度好，那几个城管也拿他没办法。顶多放一句狠话，远远地指着世堂的后背骂一句：“你个孙子小心点儿，再叫我碰见，没你好儿的……”

柳叶儿和世堂就是从那个时候开始搞对象，一切好像就是顺理成章的事情，没有仪式，没有浪漫，水到渠成：两个人都不小了，你该娶了，我该嫁了，又成天一搭搭里搅，好像就应该往一起走了。

一天，世堂对柳叶儿说：“三五十五二十五，裤子烂了没人补！”

柳叶儿说：“看那可怜的，我得给踅摸个补裤子的人呀！”

世堂说：“我踅摸下了，不知道人家愿意不愿意？”

柳叶儿说：“谁？我认得不？要不我给去问问？”

世堂说：“哎，你个愣货，不用去问了，远在天边近在眼前，你就说愿意不愿意吧……”

柳叶儿没说愿意不愿意，红了脸，瞥了世堂一眼，说：“看你那德性样儿，油嘴滑舌的！”

捅破了这层窗户纸，事情的进展就很快了。

世堂家穷，上头几个哥哥娶媳妇儿把老大老妈早就挖得血净毛干了，世堂是个垫窝窝，从小当家人就灌输上了：等你长大，大和妈老了，娶媳妇儿的事情得个人操心……

世堂对柳叶儿说：“柳叶儿，我横竖就这一个人，就这个摊子，你要啥就朝我说。”

柳叶儿说：“我啥也不要，我寻的就是你这个人。”

柳叶儿的话着实让世堂感动极了，不管是啥时候，现实的人占大多数，女子们——尤其是农村女子们，嫁人时不跟婆家要东西那可真是稀罕事情，说出去要么没人信，要么还惹人笑话了——这是咋了？莫非是做下啥没的了？

柳叶儿才不管这些哩，柳叶儿虽说看起来柔柔弱弱，说话软软的轻轻的，一旦捉了主意，那就是王八吃了秤砣——铁了心了。

柳叶儿妈说：“叶儿，鞋大鞋小不能走了样，啥也有个行情哩，该要啥还是要出来对……那是个人的个身价，也是个保障……到时候，一旦有个啥，他不疼人还疼钱哩……”说到这个话题，柳叶儿妈是有理有据，还能举出若干活生生的例子来，比方谁们家的闺女，结婚要下些彩礼，结婚后被女婿套走了，最后人也没了，钱也没了。

柳叶儿说：“妈，您甭说了，世堂他有两个钱还得在城里做买卖来回倒腾，我霸住也就是个死钱，再说了，抓借下还不得世堂打饥荒，来五去五有啥意思？”

世堂也不是不懂事的人，他是把该筹措的钱都筹措便宜了。世堂想，结婚是一辈子的大事，柳叶儿不计较，那是柳叶儿的胸怀，自己作为男人是不能委屈她的。

结婚后，柳叶儿和世堂的日子越过越好了，他们在县城买下了两间平房，那平房拆迁后，世堂拿着拆迁款去省城发展去了。世堂去省城发展是受一个供货商的启发而做的决定，世堂去省城郊区一个城中村考察下一个店面，买卖不大，做得顺顺溜溜的。

世堂去省城那年，柳叶儿怀了娃娃，世堂说：“叶儿，你就在家踏实待着。等咱挣了钱，咱在省城买了房，娃在省城念书，你当全职太太……”世堂虽然念书不多，但这几年在做买卖，见识还是长了不少，时髦词儿也没少学下。柳叶儿常常被世堂的油腔滑调给逗笑。

柳叶儿挺着大肚子，沉浸在世堂给她描绘的幸福里，脸上的妊娠斑都闪烁着迷人的光彩。

一开始那几年，世堂和柳叶儿就是电话联系，世堂是一有空儿就打电话，一有空儿就打电话。世堂和柳叶儿说店里的事情，说省城的事情，有时候明明该说的都说了，还是舍不得挂断电话，中途被谁打断了，就差那句“就这哇”也还是要打一个电话，当然，是在说了一大堆别的话之后，才说的“就这哇”。有时候明明是“就这哇”已经说过好几次了，电话还是不挂。柳叶儿嘴上说“挂了吧挂了吧，电话费贵巴巴的”，心里却甜丝丝的。后来，村里有了网，世堂就和柳叶儿打视频，有时候是晚上，孩子都睡了，世堂就和柳叶儿在被窝里打视频。世堂说，叶儿，叶儿，我想你了，你让我看看……柳叶儿是个很保守的女人，当然是不会让世堂看什么的，但心里却想着世堂为了这个家真是熬煎苦了。

那几年，虽说世堂不在身边，柳叶儿的心却是踏实的安然的。柳叶儿坚信自己总有一天是要进城的，而且进的是省城而不是县城。

那时候，世堂叨空儿就回来，就为在家住一黑夜。世堂把店里的新款睡衣给柳叶儿带回来，睡觉前，世堂就让柳叶儿把睡衣穿上，柳叶儿说，睡觉呀穿了叫谁看？世堂说，这你就不懂了，睡觉穿的衣服当然是叫男人看的。柳叶儿就穿给世堂看。柳叶儿一穿上睡衣，感觉身上滑滑的，凉凉的，若有似无。电灯底下，柳叶儿穿着松松散散的睡衣，浑身就忽闪忽闪的发着光。

在夫妻生活上柳叶儿总是很羞涩的样子，即便喘气也是压抑着。世堂说：“你看你那小气样儿，啥也做了，还放不开。”其实世堂是很喜欢柳叶儿这个样子的，每一次都像是新婚一样。越是这样，世堂越是上火。有一次世堂搂着柳叶儿说：“叶儿，你等着，等我攒够了钱，我先买个车，到时候，两三个小时就回了，我想多会儿回就多会儿回……”说这话的时候，世堂把怀里的柳叶儿紧紧地箍了两下。

柳叶儿就窝在世堂的怀里，闭着眼睛，美美地想象着世堂开着车接她和孩子去省城的情景。

孩子两岁多的时候，世堂把柳叶儿带去了省城，在柳叶儿眼里，省城的这个店和过去在县城相比那可真是富丽堂皇。那些促销员也一个比一个顺溜，一个比一个洋气。在这样的背景之下，柳叶儿感觉自己好像是被时代甩过了几条街。

本来，世堂接柳叶儿来是要柳叶儿来主事儿的，但因为眼光的问题，柳叶儿总是和销售总监白娜闹不到一起。柳叶儿认为白娜进的货有点儿太那个，白娜却哧笑柳叶儿老土。事实上，柳叶儿的眼光确实是跟不上时代了。柳叶儿待了几天，觉得自己实在是帮不上什么忙，就回来了。

那时，世堂就住在店里的一个小隔断里，柳叶儿一来，虽说夫妻团圆了，但店里不能做饭，两个人每天下饭店，柳叶儿就有点心疼钱了。世堂让柳叶儿点菜，柳叶儿盯着菜谱看半天都点不下一个。世堂就笑着说："还是我来吧"，世堂点一个，柳叶就凑过来看一下价钱，还捎带一句"呀，那贵的……"，再点一个，柳叶儿就赶紧制止："够了够了……"

柳叶儿说："你当那钱是刮风逮的？摊子支得那么大，养活着五六个人，都朝你说话哩……"柳叶儿端详着世堂，脸面明显是瘦了，眼睛却亮亮地闪着机敏，一口白白的牙……世堂还是那么英俊。

世堂说，要不咱先租个房，把孩子也接来吧。

柳叶儿说，过几年再说吧，他爷爷奶奶离不了人了……

柳叶儿回村踏实伺候着世堂的爹妈，一年又一年，世堂是越来越忙了，回村也不像前几年勤了。

柳叶儿的心里不是不想世堂，可她知道，省城的那个店她实在是帮不上什么忙。进货没眼光，管账不会操作电脑……想来想去好像自己真成了个百无一用的废物，心里就隐隐地开始泼烦。

世堂人不常回来，钱却是不挡手，世堂老鼓动柳叶儿花钱，还说什么钱是王八蛋，只有会花才会赚。

最近几年，世堂不再提省城买房的事了，世堂回家来也好像有什么心事似的。世堂一回来，柳叶就拣世堂爱吃的饭做，柳叶儿觉得自己好像就只是个做饭的了，柳叶儿一想到自己在世堂面前只是个做饭的了，心就慌慌的没了抓拿。世堂几乎不敢正眼看柳叶儿，柳叶儿手忙脚乱慌里慌张做饭的样子叫世堂很是心疼。世堂说："叶儿，行了行了，你快歇着吧。”柳叶儿说:“你吃你的，你看你又瘦了，你辛苦的，操劳的……”

柳叶儿也不敢正眼看世堂，柳叶儿知道，世堂外头有人了，自己的男人她还是了解的，她不敢盯着看他，世堂的眼睛里藏不住事，她怕盯破了真相，把他羞着，也怕自己承受不了。柳叶儿妈常说，这种事情就像盖窝筒子里的屁，你不抖它臭气就跑不出来，一旦抖明了，扯直了，那就没有回旋的余地了。自从世堂去省城开店，柳叶儿妈就没少给柳叶儿上课，柳叶儿总是过过耳朵，唯独这句，柳叶是记在了心里。

晚上睡下，柳叶儿一件一件脱去外边的衣服，单单留下了世堂给她拿回来的那件小得不能再小的蕾丝花边内裤，轻轻地钻进自己的被窝筒里，她一动不动，就那么平展展地躺着。世堂也是那么平展展地躺着，两个人好像都有些不好意思似的。绷着绷着，世堂就试着往过揽柳叶儿，柳叶儿也不拒绝，轻轻地往过挪。两个人都很努力地抱紧对方，翻来覆去，却总也做不成。黑暗中，柳叶儿轻轻地抚摸着世堂光光的身子，世堂身上汗津津的。

女人的感觉有时候是很灵敏的，自从那年在省城的店里见过白娜后，柳叶儿就预感到，世堂迟早要栽在这个白娜身上。

按照常情常理，柳叶儿应该恨白娜，但柳叶儿却恨不起来，白娜给到世堂的是自己永远无法给到的东西，生意上的，生活上的……柳叶儿也不恨世堂，反倒是觉得世堂很可怜，自己这几年窝在家里生孩子、带孩子，已经操持成了个村妇了，显然是配不上世堂了……世堂也为难呢……柳叶儿甚至想，只要世堂提出来，她就成全了他。柳叶儿一想到这儿，就觉得自己有些不正常，就开始怀疑自己和世堂的这段婚姻，或许，从一开始就不登对呢，就不应该结婚，或者说还没到结婚的地步就结了婚，也就是说，她和世堂之间就缺少点什么。

只要世堂不提出来，柳叶儿的日子就得照常往下过。柳叶儿就得一如既往地该干啥干啥，伺候老的，抚养小的，打里到外，亲戚礼往，井井有条地生活。

每次回家，白娜都给世堂下命令，每次世堂都开不了口。

然而，白娜的开放和浪漫是让世堂难以抗拒的。那天，两个人一起参加订货会，主办方的安排得很周到，接待的规格和档次也很高。晚宴期间台上是新款内衣秀，身材高挑白皙丰满的模特，迷离闪烁的灯光，一波又一波冲击着世堂的眼球和神经。本来不能喝酒，那天不知道是咋了，不知不觉间世堂竟比画下去两三杯红酒，不一会儿就有点晕晕乎乎了。

晚宴结束后，白娜就到了世堂的房间。红酒的后劲上来，世堂难受得火烧火燎，白娜就留下来照顾世堂。之后，两人之间就产生了特别的情愫。

白娜比世堂和柳叶儿小四五岁，毕业于本省的一所专科学校，学的是会计专业。毕业后，白娜就应聘到了世堂的店里，是这个店的元老。也可以说，如果没有白娜，就没有今天的世堂。这一点，世堂是清楚的。

在这两个女人之间，世堂有时候分不清哪儿头轻哪儿头重，白娜的精明，柳叶儿的憨厚，让他真的是难以取舍。

白娜常说，没有爱情的婚姻是不道德的。

世堂没有白娜文化程度高，对于白娜的见解感到既新奇又崇拜，世堂常常琢磨这句话，到底什么是爱情，到底什么是道德？自己和柳叶儿的婚姻有爱情吗？柳叶儿虽然稳重矜持，没有白娜那股子火热劲儿，但柳叶儿对自己的那颗心那份情是无论如何都不能辜负的。每一次和白娜私会之后，世堂就会想起柳叶儿，一想起柳叶儿，世堂的心就一扎一扎地疼。

白娜并没有对世堂提出什么要求，该干啥干啥，隔一段时间就在一起放松一下。白娜的活泼和调皮让世堂在男女关系上有了全新的体验，世堂在经历了羞愧和甜蜜交织的矛盾之后，简直是难以丢手了。

去年过年放假，白娜回家，姑姑张罗着给她介绍对象，男方在省城的一家建筑公司上班，做设计，家境也好，还是个独子。拗不过家里人，白娜和那后生见了一面，出于礼貌，双方还加了微信。本来，白娜对这次相亲没多大兴趣，随后也就把这件事搁置脑后。没想到，这后生对白娜却是一见钟情，年假之后，就开始疯狂地追求白娜了。

有一次，世堂到白娜的出租房里找白娜，白娜对世堂说，我要结婚！

世堂说，你结吧，谁又能拦着你。

白娜把世堂扳过来，骑坐在世堂怀里，一字一顿地说，我要结婚！婚姻是女人的归宿！说完，白娜伏在世堂的肩上哭了。

白娜是要在那个后生和世堂之间任选一个的，同样，白娜让世堂在她和柳叶儿之间做出取舍。

比起白娜的冷静和理智来，世堂真是自愧弗如。其实从一开始，世堂一直处于纠结中，他和白娜的事情怎么说都不该发生。尽管现实生活中这种事情并不鲜见，但事情是要和人匹配的，什么人做什么事，不是那样的人做了那样的事，首先自己就吃架不住了。

白娜倒也通情达理，从一开始，白娜就没有要求世堂承诺什么。白娜越是没有要求，世堂越是愧疚，越是惶恐。

当白娜给出世堂那道选择题的时候，世堂一下子有点慌了。世堂对这问题不是没有考虑，他甚至希望这个题目早一些出来，但是，当白娜郑重其事地甩出这个问题的时候，他的内心还是强烈地震动了一下。

正月初一，柳叶儿哥打来电话说她妈不行了。

大初一的，按照当地风俗，闺女是不能回娘家的。

世堂说："咱赶紧过去吧，老人肯定是不好了，要不大哥也不会叫咱。"

等世堂和柳叶儿过去时，老人已经处于弥留状态了，听见老闺女和女婿过来，眼睛睁了一下，上身往起欠了一下，长出了一口气，头一歪就走了。

柳叶妈已经八十六了，老丧如喜，整个丧事期间，家里的弟兄姐妹们都在忙着事宴上的事情，好像堂屋里停的那口大红棺材就是个摆设。两个姐姐和嫂嫂礼节性的哭诉拖腔拉调像唱戏一样，说来就来，说止即止。柳叶儿不会那样哭，柳叶儿只是流泪，柳叶儿的泪是那么多，好像是通着一眼泉。柳叶一哭，世堂的泪就止不住地往出涌。连襟们就取笑世堂，大兄嫂却说世堂和柳叶儿人家两口子才是连着心的。

整个丧事期间，世堂忙里忙外，开着车迎来送往。

出殡前一晚上的后半夜，鼓匠班子停了吹打，孝子们都熬不住了，象征性地烧了夜纸，都睡去了。

柳叶儿木木地跪在她妈的棺材前，眼泪吧嗒吧嗒地掉在纸灰盆里。

世堂给丈母娘上香，灯光下，世堂不敢看老人那张遗像。

几天来，柳叶儿的嗓子哑了，柳叶儿的身体已经很虚弱了。

柳叶儿一边烧纸，一边哑着嗓子哭："妈啊……妈啊……我咋办呀……"

世堂紧紧地抱着柳叶儿，像哄孩子似的拍打着柳叶儿。柳叶儿在世堂怀里抽泣着，哆嗦着，世堂把柳叶儿越抱越紧。

就那样，柳叶儿在世堂的怀里睡着了。

发送完丈母娘，正月初七，正是世堂内衣店开工的日子。白娜发微信给世堂，世堂说家里出了点事一时走不开。

过了正月十五，世堂要走了。柳叶儿已经下定了决心，不能让世堂为难了，等世堂到了省城，她就和世堂说出那句"好离好散"。

柳叶儿不知道，世堂也已经打算好了，那个内衣店已经盘出去了。回家的这半个月里，世堂想明白了，白娜出的那两道选择题必须由他来做第一步，只有这样，一切才会相对圆满。

做完盘点和交接，世堂给白娜的卡里打了二十万块钱，世堂说："妹子，这是哥给你的嫁妆……"

向阳花开

农委干部周亚娜作为第一书记被派到了张家窑村，周亚娜下来的第一件事就是召集张家窑村的贫困户开了个见面会。会上，贫困户李梅花家没有一个人来，村里人说，别等了，梅花婶出地了，二蛋领上三蛋看病去了。

会后，周亚娜了解到李梅花家情况是这样的：母子三人，李梅花，长子张志强，次子张志中。贫困原因是因病致贫。

村民们嘁嘁嚓嚓说李梅花家的事，他们不习惯称呼大名，都叫小名，甚至叫外号。他们管李梅花叫拿糕老人（拿糕：一种地方面食，把玉米面等粗粮面粉在开水锅里搅到黏稠状）。

周亚娜说，咱村人的名字真奇怪了，咋还叫下个拿糕老人？

“人家就好吃个拿糕，也打得好拿糕，筋拽拽的。”有人给周亚娜解释这个名字的来头。

“明明是那几年穷得没个别的，吃拿糕省面嘛……”

“她就是个死脑筋！这会儿啥面不比个白面大米贵？你算算账，莜面豆面一斤三块半，荞面五六块，普通白面顶塌天了，一百块一大袋！”

“一百块能顶塌天？一看你就没吃过个好白面！”

“莜面出货，耐饥，还是吃莜面省！”

因为拿糕老人李梅花，村里的贫困户和村委活动室外歇凉谝嗒的人们抬闲杠。这些乡土语言在周亚娜听来生动、鲜活，充满了情趣。

今年旱得厉害，都进入六月份了，地里的粪肥堆还没开，尤其是山区坡区，旱地多，水地少，种下去连籽种也舍了。周亚娜来的路上看见黄漫漫的地里，零星有几苗绿的，那不是庄稼苗，而是泼皮的羊辣辣草，不由得皱起了眉头。

明年就要全面脱贫了，张家窑村是块硬骨头。今年的底子打不好，明年的压力更大。周亚娜在村里转了转，就去了李梅花家。

周亚娜推开李梅花家用树枝扎的栅子门，西小房下拴的狗“汪汪”了两声。李梅花一撩门帘出来了，一只手罩着额头，眯起眼睛瞅端周亚娜。

“哪来的客人女儿？快进家哇。”李梅花招呼周亚娜。

迎进周亚娜，李梅花就找杯子倒水，找来找去，找了一个罐头瓶子，老人家把瓶子刷了又刷，拿一块乌突突的布把杯口擦了几圈，给周亚娜倒了一杯水。

周亚娜和李梅花聊了一会儿，就趴在柜顶上看那两个有些年头的相框，猛地看见一个人很是面熟，而且是越看越面熟，一时却想不起来。李梅花指着相框里那个周亚娜看起来面熟的少年说：“这是俺二蛋，这张相是初中毕业时照的……俺娃念书好才地，那年全乡二百来个娃娃，就他考上了县一中……娃今年已经二十九了，还没娶过媳妇儿，俺们这烂光景，把娃啥也耽搁了。”

听李梅花这一说，周亚娜对上了号，这个张二蛋张志强，就是自己高中时候那个同学张志强！

这可真是巧了。高一的时候，周亚娜和张志强一个班，高二下半学期，文理分科，张志强分到了理科班，自己留到了文科班，之后听说张志强退学了，至于因为啥退学，没人知道。

看看相片上那个少年时代的张志强，再看看眼前瘦圪吱吱的李梅花，还有家里寒酸的家具陈设，说是古董展览有点过头，可想要看出些新时代的气息来还真不容易。

临走，周亚娜问李梅花要张二蛋的电话，李梅花说自己记不住儿子电话。周亚娜从月份牌上扯下一页纸，“唰唰唰”写下了自己的电话号码。她说：“姨，你把这个电话号码给二蛋，等他回来，你让她给我打个电话。”

周亚娜走后，李梅花把那页纸放到了自己的药匣子里。一个人坐着发呆。周亚娜的模样在她的脑子里不断闪现，李梅花自言自语：看人家那长得好看的，爹妈咋生的！眼睛毛呼噜噜的，脸白生生的，看那嘴嘎巴嘎巴会说的，那声音好听的……李梅花叹一口气，心里又盘算开二蛋的婚事了，心说下不下雨你打个雷声，成不成婚你来个媒人，咋连一点动静都没有……一个半口气（气管炎），一个羊羔儿疯（癫痫病），生硬硬把好端端个娃娃给耽搁了。李梅花对着墙上老头子的照片说：“他爹啊，你是自在了，把我半路途地撂下，可真是熬煎死了。”说着说着那泪就不由自主地下来了。

张二蛋和弟弟看完病回来了，李梅花对张二蛋说，上头下来个可喜人的女干部，说是让你给她打电话。说完把那页写着电话号码的纸递给了二蛋。李梅花让赶紧打，二蛋说：“忙啥了，能有个啥当紧事……”

说话间，周亚娜来了。周亚娜一进大门，兴奋地喊道：“老同学，你还认不认得我？”张二蛋愣怔了一下，说：“哎呀！咋是个你呀？你做啥来了？”

周亚娜说：“咋不是个我？我来扶贫来了。”

老同学见面，一个是县里干部，一个是村里农民，又十多年没见面了，一时不知道从何说起。各自回想的都是那时候念书的事情。他们俩在一起念了小二年高中，一直在一个组值日，张二蛋吃苦耐劳，扫地、拖地、倒垃圾都不在话下，有时候他们忘了值日，张二蛋一个人就干了，也不说个啥。

那时候，周亚娜就特别看好张二蛋的厚道，她就负责监督那偷奸耍滑的。

那时候张二蛋课外活动在学校后操场跑步，周亚娜坐在跑道外的看台上看杂志，有时远远地看见张二蛋像个长颈鹿一样，轻飘飘地跑了一遭又一遭。

想到这儿，周亚娜“扑哧”一声笑出了声。

张二蛋：“你笑啥了？”

周亚娜：“我笑那会儿你跑步的样子，现在我给那画面起下个名字，就叫奔跑的张二蛋！”

回到正题上，周亚娜说，你家的地种下了吗？张二蛋说，种啥了！再不下雨啥也种不成了，节令都错过了。

周亚娜说：“我考察下一个葵花品种，如果一两天下雨就种大日期的，六月十号前后下雨，就种小日期的。（大小日期指的是作物的生长周期）这个品种抗旱，抗寒，是个矮壮品种，照现在的气温，种下去五六天就破土了，这几天正推广呢。”

张二蛋说：“咱这地方没大面积种过那东西，受不受打（产量高不高）不知道，价格行情，销路都是问题，恐怕人们不接受。”

周亚娜说：“总要试一试嘛，况且今年种啥也迟了！产量、价钱、销路都不是问题，老同学，先说你哇，我就问你，你敢不敢种？”

张二蛋说：“我倒是敢种，关键我一家种也没多大意义。”

接下来的几天，周亚娜给领来自己大学同学，这个同学在巴彦淖尔盟做的就是葵花产业，集籽种研发推广，葵花子收购深加工为一体，也就是一种订单模式的农业。经过几天的测土分析，口传心授，张二蛋对这个小日期葵花感了兴趣。村里人也有几家愿意试种葵花，但不敢大面积种，离人家巴盟老板的回购要求差得还很远。

周亚娜是个急性子，同样是学农业的她似乎已经看见了集中连片的葵花花海，那金色的大花盘在阳光下微笑着向她点头。

数量上不去说啥也是白说，周亚娜自小就有一股子干劲，瞅准了就一定要做成。她了解到张家窑村以及附近村的撂荒地很多，就想让张二蛋租下来，种他个三百来亩，今年推广开了，看见了效益，明年不用说，明年自然就推广开了。

周亚娜把这个想法和张二蛋一说，张二蛋头摇得比那拨浪鼓还欢。张二蛋说，周亚娜，种地的事情你不懂，不是个暴利行业，恐怕闹不成。周亚娜说，张志强，你虽然没上大学，但我看你就和那一般庄户人不一样，我才让你带这个头呢，你咋还这样，你还对得起“志强”这两个字吗？你的志哪儿去了？你强了个啥呢嘛？其实，也不是二蛋窝囊，贫穷真的可以限制想象，穷得厉害了，直接就扼杀了想象。高二那年，他爹得了一场大病，塌下一窟窿饥荒也没救过来，他妈一年到头犯气短的毛病，弟弟自小患有癫痫，犯一回病不如一回，腿脚不利索不说，脑子也不大机灵了。自己退学回来，就挑了大梁，本来可以出去学一门技术，打个工啥的，可家里这情况，实在是走不开。要说收入，张二蛋每年也不少进项，但都给弟弟和老妈看了病了。村里人都说二蛋是个勤快仁义的好娃娃，可勤快仁义顶不了楼房顶不了车。婚姻大事上，张罗了几回，女方都被张二蛋家的情况给吓跑了，二蛋妈就唉声叹气哭天抹泪。张二蛋说，妈你别哭，我也没看上她们啥，不是那打光棍的命，迟早她来呀。他妈劝张二蛋认事些，咱不敢挑人家。张二蛋嘴上应承，心里还是有些道道的，娶媳妇这事情与其将就，还不如不娶，谁看谁也不进眼，有啥意思了？

周亚娜说，张志强，你不就是没钱吗？我给你担保，种子咱赊上，秋后算账。你问询着租地哇，地租子我来想办法。

张二蛋在周亚娜的鼓动下，逐步找见了张志强的感觉，周亚娜帮助张二蛋在邻村上下方圆附近租下三百多亩地。本来那些地就是撂荒地，一亩五十块钱就租下了，庄户人也厚道，乡里乡亲的，谁也没急着跟二蛋要租子，多数人说的一句话是“先种哇，秋后再说”，这一点让张二蛋觉得轻松了很多。

老话说：没有不下雨的老天爷，六月十一号，老天爷终于绷不住了，半年以来的一场雨从后半夜一直下到第二日天黑下才停。

雨停后，周亚娜和乡里干部给村里下发荞麦、糜黍种子，这个种子是免费的，村民们张着口袋拥到村委会领种子，即使没打算种地的都来领了。至于葵花，村民们说啥的都有，关键是没得过这利，心里还是不踏实，况且那种子钱也不便宜。原先准备试种的几家也打了退堂鼓。张二蛋急了，整村脱贫是大事，要想带动村民必须放大招，二蛋在村委会贴出了告示，告示的大致意思就是，葵花种植走的是合作社模式，凡是今年种葵花的，以玉米价为基准，超出部分归农户自己，不足部分由他的合作社补齐。这个告示一出，等于是给村民吃了一颗定心丸，全村人几乎都种上了葵花。

那几天，村里人都在抢墒下种，因为迟一天都有可能影响收成。小旋耕机一天种不了几亩，张二蛋愁得嘴角起了一大串泡。

周亚娜从别的乡镇协调下几台大型一体化机械，一连三天工夫就种下了。七八天后，葵花破土了，葵花芽嫩，出土后要及时往出抠，否则要么捂在地膜纸下出不来，要么就顶折了头，见苗收一半，出苗率是影响收成的关键。因此，放苗的事情是容不得拖延的。那几天，方园附近村子里的人都到张家窑村抠葵花，一天八十块，还是日结！

农历七月初，周亚娜和张二蛋策划了一个葵花节，主管农业的副县长，县农委的领导，乡里领导，媒体记者，摄影的，写文章的，创作诗歌的，都来参观采风。周亚娜把张二蛋包装成了张总，张二蛋穿上西裤白衬衫，打上紫红的暗格领带，和领导们站在一起，形象气质和过去那个被生活压榨的少年老成的张二蛋一下子就划清了界限。活动后，关于张家窑葵花田的小视频、航拍镜头不断出现在各路媒体上，一时间，张家窑成了网红打卡地，到张家窑看葵花，是当地人夏日休闲的一个时尚项目。

看着葵花的长势，丰收是板上钉钉毫无疑问的，全村人都沉浸在丰收的喜悦中。周亚娜和张二蛋双进双出说说笑笑，人们就看出点题目了。女人们套李梅花的话："他大娘，我看那周干部是看上你家二蛋了！"

"他大娘，你家可真是走了大运气了，又来媳妇儿又来财！"

李梅花说："哎呀呀，咱庄户人可高攀不上人家，人家娃小周就是热心帮咱脱贫哩……"

要说周亚娜对二蛋一家真是不赖，听说有个叫补肺丸的药治气短有效果，周亚娜就给老人买了一个疗程的，四盒小一千块钱呢！

她怕老人心疼钱，撒了个谎，说这药拢共才不到一百。邻家大娘来串门，一下给捅漏了，李梅花拉着周亚娜的手说，好闺女，等葵花下来卖了钱，姨再还你。周亚娜说，姨，今年咱打他个翻身仗，您就等着数钱吧。周亚娜还时不时给三蛋买些小零食，每次来都是一大包。三蛋走的坐的不离他周姐姐，简直成了贴身护卫。可惜，周姐姐一到他嘴里就变成了“周点点”，三蛋这一叫，周亚娜在张家窑就有了个新名字。人们故意逗三蛋：你周点点又给买下啥好吃的了？三蛋就给数念呀：平多（苹果）、蛋刀（蛋糕）……人们一边哄笑，一边啧啧啧地感叹：人家拿糕老人那真是接回喜神财神了，可真是走了大运气了！到秋后，葵花子收下了，人们的口风变了，周干部不仅是张家的喜神财神，那是全村人的喜神财神啊！

群众的眼睛果然是雪亮的！在张二蛋和周亚娜处对象这件事情上再次得到了应验。按说一个干部一个农民身份差距确实有点大，但爱情这玩意儿有时候就没有“按说”这一说，两个人，脾气对路，缘分到那儿了，它就成了。

在精准帮扶的过程中，周亚娜对老同学家倾注了太多的感情，起初的同情，不知道从什么时候开始，就变得复杂了起来，一起行走在田埂上，放眼几百亩葵花，两个年轻人的脸上闪烁着喜悦的光芒，在这喜悦之外，另一种心思也在潜滋暗长，在甜蜜的煎熬中，两个谈起葵花来头头是道的年轻人在突然之间就陷入了沉默和羞涩……

那年张家窑村葵花大丰收，作为种植大户，张二蛋净利润三十万，拿糕老人眉头上那个鸡蛋大的愁疙瘩终于散开了，气短的毛病也好了。

周亚娜妈听说女儿和张二蛋走到一搭了，打个车就寻到了张家窑。

见着女儿，周妈说：“娜娜，这贫也脱了，富也致了，张二蛋娶媳妇儿没你啥事吧？”

周亚娜说：“老妈，这你就不懂了，中央都说，这脱了贫不算完，还得巩固脱贫效果哩。张二蛋娶媳妇儿咋没我的事？张二蛋娶不好媳妇儿，不好好过光景，我的脱贫成果用不了几下就踢打完了……”

周妈说不过女儿，周亚娜从小就伶牙俐齿，是个出了名的犟不倒，论口才，讲政策，周妈不是女儿的对手。

周妈找到拿糕老人家，说："好我的老姐姐，这贫也脱了，富也致了，媳妇儿的事情就不要考虑俺娜娜了。"

拿糕老人自从治了这气短病，说话也底气足了，她说："他姨呀，娃们人了不出娘呀，娃来了我总不能往门外撵呀。"

周妈说："老姐姐，你也将心比心想一想，我娜娜是大学生，是公务员，二蛋就是个种葵花的，不般配呀。"

李梅花说："他姨你是明白人，般配不般配，咱俩说了能算？"

周妈被李梅花几句话给噎得没词了，谁说李梅花是个软唧唧的"拿糕老人"？这分明就是个死顽筋！几个软钉子碰下来，周妈觉得真是应了那句老话了：亲家上门，不值半文！

周妈不甘心，不管拦住拦不住，作为周亚娜的妈，她还是要奓几下翅子。周妈心想，老戏《杨八姐游春》里佘老太君要彩礼：一两星星，二两月，井底的干土要半升，晒干的雪花要半斤……把个皇帝吓住了，我也给他张二蛋唱这一出！我拿大彩礼杠他，看他敢不敢应承，看他拿啥娶！

周妈悄悄找到张二蛋，正谈着，"滴零"一条微信，是周亚娜发来个美女撩红盖头的动图。"滴零"张二蛋回一条："我被你妈约谈了。"周亚娜知道她妈的路数，说："哥哥你大胆往前走，娶媳妇儿的钱你不用愁！"

周妈开口要了三十万，张二蛋差点没绷住笑出来，心说，世上真有耳报神，要不他老人家咋卡得这么准？

巴盟同学来拉葵花，周亚娜说："一手交钱，一手交货，张总等着拿钱娶媳妇儿呢！"

巴盟同学说："张总娶媳妇儿你着啥急？"

周亚娜说："废话，张总不娶我咋嫁？"

到这儿，巴盟同学才听明白周亚娜的话，惊得半天没合上嘴。

元旦，张二蛋和周亚娜结婚典礼，婚礼背景是周亚娜拍摄的小视频剪辑成的，有种葵花、抠葵花苗、收葵花以及葵花盛开的各种镜头，最出彩的是周亚娜举着一个葵花盘向张二蛋求婚，片段一出来，婚礼现场亲戚朋友的欢呼声差点掀了房顶。

在新人致辞时，张二蛋说着说着，就拐到了葵花新品种上。周亚娜说着说着就说起了脱贫攻坚奔小康的事情。

主持人说跑题了，跑题了。这时三蛋拿着一页页纸摇摇摆摆上来了。

主持人说："让我们以热烈的掌声欢迎三蛋致辞！"

台下人们都住了筷子，使劲鼓掌。

李梅花紧张得不知道这个三疯子又抽住哪儿根筋了，想要拦下来，没想到这小子趺趺蹿蹿几步就站到了台子中央。

三蛋龇着大板牙，笑得脸上的零件儿都错了位。

不知道底下谁给出的主意，三蛋的"讲稿"是一张纸上画着一排排小人人，有梳抓髻儿的，有留锅铲子头的。

主持人灵性，声情并茂地解读了三蛋的祝福，说到早生贵子，儿孙满堂时，拿糕老人欢喜得不能把持，那泪哗哗地往下掉。周亚娜搂着婆婆，二蛋揽着三蛋，一家娘儿四个紧紧地抱成了一团。

回门那天，周妈给二蛋一张银行卡作为改口钱。

那卡里除了那笔彩礼钱，又给放了十万。

胶皮饭碗

一参加工作，三虎爹妈就给三虎上课了，大致意思就是：有了正式工作，娶媳妇儿的条件就高了，学历、长相、家庭背景各方各面都应该考虑进去，硬性条件就是要有个长期稳定的工作。三虎爹妈的考虑很现实，学历代表脑筋，娶媳妇儿传宗接代，媳妇儿聪明生出来的孩子也一定聪明；长相虽然也遗传，但只要眉周眼正，看惯了也就那么回事，长得好看又不能当吃当喝，再说了，长得好看的女人们一般难领导，得男人时时陪着小心，而且容易招人惦记；只有工作是实实在在的实惠！三虎将来娶一个自带胶皮饭碗的媳妇儿，组建一个"双子宫"（双职工）家庭，是三虎爹妈当时最为迫切的愿望！

三虎把玉秀领回家的时候，三虎爹妈瞅个空子，悄悄问三虎："这女儿哪里上班？"三虎支支吾吾不知道该怎么说，正好玉秀喊三虎，玉秀的声音甜甜的，脆脆的，一听到玉秀的声音，三虎就甩下正在做饭的老妈过玉秀这边来了。三虎妈在院子里的炊灶上忙乱着，瞟眼儿看玉秀，论长相，柳眉杏眼，唇红齿白，没的说，但眉目之间有一股藏不住的倔劲儿，尤其是扬眉抬眼之间，就更明显了。三虎妈心说，女女倒是个好女女，可从面相上看，不是个善茬儿！

头一次见面，各自都拿捏着分寸，客客气气的。三虎妈有心问点自己关心的，又怕多言失语，那个倔巴头三虎找后账，有几句话是翻上来到了嘴边又强忍着咽回到了肚里，一边忙乎着招待玉秀的饭菜，一边不免生出几分不一样的感慨来：老人言说得真是没有一点错，养儿养儿，那就是给媳妇儿养的，儿子都是白眼狼，娶过媳妇儿忘了娘！这还没娶过呢，媳妇儿的话就成了圣旨了！

三虎丝毫没有觉察出老妈的情绪变化，只顾和玉秀嘁嘁喳喳地说话，玉秀喊三虎是让三虎给上树摘杏儿。玉秀虽然初次上门，但一点也不差生，就像是回到自己家一样展豁。家里的小狗花女儿也是日怪，寻常大门口过个人扑死撞活咬上个没完，但玉秀从一进门花女儿就很友好，不仅一声没咬，还冲人家不停地摇尾巴。

三虎家的杏树有些年头了，品种很好，遇上好年景，杏子能长鸡蛋大。玉秀在树底下指挥着，玉秀指哪儿三虎摘哪儿，三虎楞着身子，探手从树头上摘下一个大红杏儿，从树上给玉秀往下扔，不偏不正，那大红杏儿就卡进了玉秀“V”字领的胸口，玉秀一个愣怔过后，在树底下说了一句什么，两个人叽叽嘎嘎地笑个没完。三虎妈撇撇嘴，对灶下烧火的老头子小声说：“你看看，平常回来和咱俩仇人似的，一整天说不上三句话……你看看……你看看那灰小子……你看那灰的……”

儿子领回来的人，做当家人的，不能说什么，日后是人家两个人过呢，这个道理，三虎爹妈明白。但婚姻是一辈子的事，儿戏不得，哪家大人不操心？玉秀走后，三虎爹专门托人到玉秀他们村打问了一下玉秀的根气人气，打问的人说，啥毛病也没有，大人娃娃都正气。工作的事情了不好说，反正现下是没安顿住。

自从玉秀来过以后，三虎爹妈就嘀嘀咕嘀嘀咕个没完，意思是要三虎慎重考虑，不能一时冲动光看人儿头喜人，娶媳妇儿是一辈子甚至是几辈子的事情，要从长远考虑。起初三虎还勉强听着，慢慢地就有些不耐烦了。三虎性格有点面，三虎的不耐烦也仅仅是表现在脸色上，只要三虎的脸沉下来，三虎爹冲三虎妈圪眨一下眼睛，老两口就都不说了。

三虎爹妈觉得这门亲事不够称心的根本原因是玉秀没有工作，

总感觉自己这个捧着胶皮饭碗的老儿子吃亏了，就好比是好骡子卖了个拐腿驴的价钱。反过来，从玉秀的角度看这个事情，那就是草鸡变凤凰了，至于玉秀是怎么入了三虎的眼，两个人怎么一步一步发展到非你不娶非他不嫁的地步，两个老人一致认为，一定是玉秀看准三虎这个胶皮饭碗了，耍了不一般的手段。还有在变电站做饭的玉秀爹妈也是老谋深算，一家人联合起来给三虎上了迷魂药，以至于亲爹亲妈的话都刮了耳旁风。

三虎爹安慰三虎妈说："那老人（老婆）啊，由他们去吧，人一辈子最闹不过的人就是儿和女！"

三虎一参加工作就被分到了玉秀她们村附近的变电站，玉秀的村子在半山坡上，离城六十多里。变电站是这个山村的一道风景，山里人多见石头少见人，能有外边的人进来，稀罕得厉害，死气沉沉的村庄一下子就活了，就有风水了。看惯了身边土眉混眼瓷眉愣眼的山汉，那些穿着天蓝色工服，戴着安全帽的电力工人就是山里女子们眼中的白马王子。当然，也有跟上女人沾光的，光景一天天过好了的。除此之外，变电站建到村庄附近对老百姓来说是一件好事，过去玉秀他们村人进城先要步砍十来里山路，到镇上赶一天一个来回的班车，一来一回，两头不见日头，要是遇上天气不好，还得投亲靠友打个尖。自从建了变电站，玉秀她们村人进城就方便多了，变电站时不时就有下山的车。站上有个什么活儿，也尽着玉秀他们村人干，玉秀爹妈老两口就在站上做饭、打扫卫生带看门，吃在里头，一个月净挣四千块钱的工资。

那个时候，玉秀正在市里的一家师范专科学校念书，开学放假过周末，玉秀就坐三虎他们单位的车，回来也吃住在变电站。玉秀爹和站长说，要站长从工资里扣去玉秀的伙食费，站长说，你老哥真见外，这单位差咱闺女这碗饭？说实在话，电力行业好单位，还真不差一两个人吃饭，玉秀爹也就不好再说什么了，做营生更尽心了。

玉秀人长得出挑，又在市里念书，基本上抖尽了土气，回到这个小山村村，简直就是一朵晃得人眼前一亮的鲜花。见玉秀第一面时，内向木讷的三虎好像是中了电，身上由内而外自上而下“飒”了一下。那个时候，站长正在讲话，站长说的后半段话三虎是一句也没听见，直到站长讲完了，三虎才回过神来。三虎走神儿，作为过来人的站长看得一清二楚。

村里人很眼红玉秀爹妈这份差事，但眼红归眼红，不是谁都能接下这份差事的，把全村人挨家挨户过滤一遍，女人们谁有人家玉秀妈的茶饭做得精干？要论有脑筋人活套会应世，谁有人家玉秀爹那两把刷？

有这样的当家人，人家玉秀能差到哪儿？要不是当初乡村学校基础教育差，把娃娃耽搁下，何至于考个三加二的烂大专科学校？孩子是好孩子，伶牙俐齿知大识小，只是，按照当下的就业形势，找个像样儿的工作就难了。人都说，女子找个好人家是二次投胎，可自古金山配银山，咕噜瓷配掺炭，自己条件上不去，人家那条件好的后生会选择咱？随着玉秀毕业临近，玉秀爹妈的惆怅也日甚一日。

再说三虎，工作两三年来，给玉秀爹妈的印象就是实在，不抽烟不喝酒，不瞎混，连个玩笑都不开，见了他们也是礼貌地笑笑或者简单地招呼一声。玉秀妈和玉秀爹说：“三虎可真是个好后生，要是咱玉秀将来能找这么个对象，那可真是几辈子修下的福气！”玉秀爹瞥一眼女人，“嘁”了一声，说你不知道一天天琢磨点啥？玉秀妈心说，成不成另说，还不能琢磨了？人往高处走，水往低处流，玉秀虽说学历不高，家庭一般，但要长相有长相，要身段有身段，也是深山俊鸟呢！

真是想啥来啥，玉秀和三虎走得近了，以往，三虎一般是不到玉秀他们住的这个小门房的，不知道从什么时候开始，三虎有事没事就往门房跑，别看三虎平常言短，可是三虎和玉秀有话，两个人嘁嘁喳喳不知道说些啥，多数时候，是玉秀爆豆似的说着什么，三虎只是嘿嘿嘿地笑着。对于三虎和玉秀的交往，玉秀妈是挺上心，暗暗地给闺女使劲儿，炒个葵花子儿黄豆什么的，就叫三虎，时不时还开个小灶，给三虎做点稀罕的家常饭。三虎也不客气，只要玉秀妈一叫，就高兴地“哦”一声，放下手头的事情颠儿颠儿来了。

玉秀爹却不然，老头子很反感女人这种头发长见识短的行为，一本正经地警告玉秀妈：以后少招搭三虎！玉秀爹不是看不上三虎，相反，玉秀爹是太看好三虎了，他知道，三虎迟早要回到市里的公司上班，不可能一辈子待在大山里的变电站，玉秀和三虎也不可能走到一起，玉秀虽说名义上念的也是大学，但那是个什么大学？专科不说还是个“3+2”，拿不出手嘛！更别说工作的事情，八字没见一撇呢，怎能配上人家三虎？也不是玉秀爹贬低自家闺女，老汉是理智冷静，谁做啥都得先照照自个儿像不像，可不敢想那不该想的。再说了三虎又不呆，话少人那是猪八戒喝上磨刀水了——内锈（秀），心里机灵着呢。他和玉秀搞对象是耍呢，到时候，人家一回城，那玉秀不就被闪到一边了？后生们怕啥，搅和得深了，吃亏的还不是女方？再说了，村里人们眼红他们老两口这份营生，想说啥的都有，只是寻不见个下口处，要是三虎和玉秀瞎折腾，那名声上好说不好听！

玉秀爹当机立断，把村里那三孔石窑收拾出来，玉秀回来就住在家里，吃饭也不到变电站食堂了，玉秀爹以为这样眼不见心不乱，慢慢的各自也就放下了

其实，玉秀爹不知道自己这个离间做法不管用不说，反倒成了催化剂，三虎休班的时候干脆就到玉秀的学校找玉秀，那个时候玉秀即将毕业课程也不紧张，摆脱了大人的监视，两个年轻人的关系简直是突飞猛进。直到有一天，玉秀和三虎宣布他们要订婚了，邀请两边大人一起吃个饭，玉秀爹妈真是大吃了一惊！

虽说，两头当家人对这桩婚姻多少有那么点不踏实，但新社会新时代，人都开明，只要娃们愿意，表面上都表示支持和祝福。

婚后的玉秀果真就没有找工作，三虎爹妈背地里说，这下好了，玉秀这是抱住胶皮饭碗了！三虎呢，为了让玉秀心里踏实，没等过门就把工资卡上交了，三虎说：“玉秀，今后咱家你当家，吃喝拉撒你全权安排！”玉秀也不客气，靠在三虎肩膀上，慢悠悠地说：“今

后，我就是你的寄生虫了！”说这话的时候，玉秀的心里其实是有几分酸酸的，虽说三虎疼爱自己，但是，过光景应该是两个人的事情，一个人挣钱两个人花和两个人挣钱维持一个家，毕竟是不一样的。三虎呢，丝毫不介意玉秀坐着，三虎不会说什么好听的俏点儿话，但三虎说出来的都是实实在在的真心话，和网上流行的“我负责挣钱养家，你负责貌美如花”是一个意思。

三虎对媳妇儿的好那可真不是一般的好，村里的平房冬天要烧炕烧炉子，过年过节回来住几天，掏火挖灰倒尿桶一揽子营生全是三虎的，三虎从前哪干过这些，从来都是躺在炕上耍手机，要吃要喝就对爹妈发号施令，爹妈应声之间取长送短地给儿子服务。不成想娶回个农业社媳妇儿，儿子反倒成了打杂落毛的听差小二了，三虎妈想想心里真不是滋味。除此之外，自从娶过媳妇儿，三虎就很少和爹妈一起坐了，守着媳妇儿寸步不离，做个啥也不避人，坐着坐着就搂住了，走着走着就背上了，大白天上个厕所也在外边候着。三虎妈瞅空儿酸哒儿子，你和你媳妇儿长着一根肠子啊？吃饭时候还得三请四请地叫，吃完饭，饭碗一丢，两个人对一眼，扭返头就走。有时候，玉秀张罗着给收拾摆列在炕布上的碗筷，三虎就说：“你快不弄哇，黏糊糊油滋滋的让我妈洗吧……”三虎妈的心里就隐隐地升腾起一股子气来。三虎妈从三虎他们住的西正房路来路过，就从窗玻璃上偷偷地往家里看，三虎和媳妇儿挨肩擦膀搂搂抱抱，恨不能合成一个人。有一天晚上，三虎妈出去取柴火，看见三虎房里早早熄了灯，老人心说，这咋没足没够的，才几点就熄了灯！三虎妈蹑手蹑脚地摸到窗根下，屏住气听房里的动静。听完房，三虎妈悄悄对老汉说：“咱三虎八辈子没见过个女人！”三虎爹说：“你看你这话说的，你又不是没活过个年轻！”三虎妈被老头子的话“噎”了个干瞪眼，三虎妈气呼呼地背朝老汉坐了，把个遥控器按了无数个来回，电视一眼没看进去，脑子里尽是一些混乱的画面。

腊月里娶过，过完正月十五，三虎就和爹妈商量着要搬出来，起初三虎是准备带玉秀去玉秀村住的。三虎妈说，你这是要倒插门啊？

我和你爹血一滴汗一滴供你念书，原来是给玉秀家培养的！三虎听出了老妈的牙音，也就没再提这件事，而是打问着在城里租一套小一点的楼房先过渡一下。

休完婚假年假，三虎就上班去了，玉秀和三虎爹妈一起住了一段时间，虽说是好吃好喝的新媳妇待遇，但公婆话里话外的意思，玉秀还是听出来的，那就是玉秀的工作问题。玉秀呢，也真是有点坐不住了，虽说三虎的工资不低，又没有什么负担，小两口经济上不成问题，但玉秀压根儿就没准备躺着靠三虎养活，再加上公公婆婆的敲打，玉秀是一下也坐不住了。

等三虎休班回来，玉秀就把自己想出去打工的想法说了出来。起初，三虎是不同意玉秀出去打工的，三虎说："秀，你就踏实坐着，我又不是养活不了你，你就安心享福吧。"玉秀说："我能坐踏实吗？我年纪轻轻就进入了养老状态，你说我怎么能踏实？有吃有喝就是幸福吗？那世界上最数猪幸福了……"三虎摸一把玉秀的小腿，还真是比以前肉多了，一把都攥不过来了。三虎就"哧哧哧"地笑，玉秀知道三虎是笑她胖成猪了，玉秀就沉下脸来假装恼了。三虎搂着玉秀说不恼啦不恼啦好媳妇儿你就不要恼了，你胖了更好看了，肉乎乎搂着可好了……玉秀被三虎着急的笨样子给逗笑了，挥着满是肉窝窝的粉拳头捶三虎。

其实也不是三虎不让玉秀出去工作，想来想去，实在是没什么好的工作，玉秀念书学的是学前教育专业，公立幼儿园进不去，私立幼儿园一个人当两个人使唤，一天天干下来累个半死，还七扣八扣挣不了几个钱。放开这个不上不下的学历，只能去商店超市当导购、去饭店端盘子，三虎一想到玉秀置身于那样的环境中，心上就不舒服，除了对玉秀的心疼，还有就是自己的面子，别看三虎表面上面不叽叽的，心里大男人思想重着呢！

玉秀是王八吃了秤砣铁了心了，玉秀觉得自己再坐下去就废了。自从琢磨开工作的事情，玉秀就到中介公司和网上，找适合自己的岗位，玉秀心想，挣不挣钱搁靠其后，先得走出来，适应一下社会，自己自从毕业就没有正经干过什么，除了在幼儿园实习过一段时间，就没有什么说得起嘴的工作经历，高不成低不就，玉秀的工作也一直没有着落。

玉秀爹妈把老两口攒了大半辈子的存款取了出来，玉秀爹说，这个钱是给他们这个小家庭的一点资助。玉秀爹的意思三虎明白，除了资助，还有一层意思就是补亏，补足玉秀没有胶皮饭碗的亏欠。这笔钱三虎是坚决不肯收，推来推去的几个来回下来，玉秀一把抓起那个装着钱的黑塑料袋，撒娇说，你们都不爱钱，那这钱就归我了。玉秀看见三虎板着脸瞪自己，赶紧补了一句：我先过把有钱的瘾，闲时数着玩儿……

其实玉秀是要自己创业了，她看下一家街面房要出租，已经考察了周围的环境和人流量，决定开一个小面馆。有了启动资金，说干就干，玉秀和谁都没有商量，就以一年五万的租金租下了上下两层一层三间的街面房，简单装修后，又招了同村以前开过面馆的有福和丑女两口子，不到一个月，装修简单大气的"玉秀面馆"就开起来了。

三虎外出学习一个月回来，玉秀已经当老板了。生米煮成了熟饭，三虎也不好打击玉秀，开弓没有回头箭，只好干了。

玉秀的面馆不大，一楼只有六张桌子，四六二十四把椅子，二楼打了隔断，除了服务人员的宿舍，还开出两个小包间，不过，短期内，玉秀是不敢指望有大拨的客人上二楼包间的。玉秀主打的面食是三杂面饸饹、抿豆面、刀削面，这三样面食，有福拿手，闭着眼睛也出不了差错。有福更绝的是熬臊子，有福熬出来的臊子滋味醇厚，颜色红亮，不论浇在什么面上都是活色生香，玉秀面馆也卖几样家常菜，都是有福拿手的，凉菜有蒜泥黄瓜、干炸花生米、芹菜腐竹、温粉豆芽、凉拌海带丝之类的，荤菜有酱卤头肉、酱肘子、鸡爪、鹌鹑蛋，热菜是披头烩菜、高压锅炖骨头。

因为饭菜实惠，味道好，玉秀饭店的买卖是出奇的红火，而且是一天比一天红火。玉秀开饭店好像不咋会算账，在成本上是不大计较的。玉秀面馆里的醋是正宗的宁化府老陈醋，炸油辣椒的油是纯正的胡麻油，炸的过程也不能马虎，先把辣椒面里加了芝麻用底油拌起来，烧油的时候在油里炸葱头丝大料瓣儿花椒粒儿和香菜段儿，把炸过的调料捞出来，再用料油泼辣椒，而且必须是分三次泼油，这样炸出来的辣椒就有一种复合的香味。每天早上，玉秀面馆一炸辣椒，整条街上都是这种热辣辣直喷喷的香味道，路来路过的人就抽着鼻子深呼吸。有些食客就是冲着炸辣椒来的，只要谁一夸奖玉秀店里的炸辣椒，玉秀就忍不住送人家一小钵子。有福就有点担心，有福说，做买卖那是针尖上削铁，手把大了，利润从哪里来？玉秀总是不以为然，玉秀心里很感激那些来吃饭的人，玉秀说，只要有吃饭的人来，她就不胆怯，心里就踏实，只要不赔钱，贴点辛苦赚个人气她觉得就值了。

就连来吃饭的客人都觉得玉秀有点傻，饭菜总是挖得满满的，堆得冒了尖，有时候人家明明点的是小碗面，上来的面却是比大碗还多。玉秀店面不大，口碑是越来越好了，一道街的几家饭店都被玉秀面馆比了下去，心说，这小媳妇儿咋这么厉害？也有知道底细的，说玉秀开饭店那纯粹是闲散龙心，人家女婿一年十来万的挣呢！

三虎心疼玉秀，休班回来，握着玉秀的手来回揉捏，三虎发现玉秀的手变得粗糙了，三虎搂着玉秀，鼻子底下再没有清新的体香，而是一股很重的葱蒜和老油腻的味道，三虎心里就一阵阵地难受。三虎说，人手不够，就赶紧雇人，拣菜剥葱擦桌子的事情你再不要干了！

本来好几天没见面，三虎从站上下来，小两口是应该有一些活动的，但三虎被玉秀身上的味儿给顶着了，一下子就没有了兴趣，抱得也没那么紧了。玉秀感觉到了三虎的冷淡，把自己从三虎怀里抽出来，枕着胳膊看屋顶。

他们租住在一位同事的旧房子里，卧室临街，路灯、车灯、商店饭店的霓虹灯透过纱帘照进来，照在玉秀的脸上，三虎猛然发现玉秀脸上亮亮的，显然是哭了。三虎把玉秀重新揽过来，紧紧地抱着玉秀，用自己的脸蹭着玉秀脸上的泪水，玉秀什么都不说，像小猪一样拱着三虎，玉秀越是挣扎越被三虎箍得紧了。

两年下来，玉秀的饭店是挣了钱，而且是超出玉秀和三虎预想的一笔钱，照这样发展下去，玉秀想，不出五年，他们就可以在市区买一套一百多平方米的房了。

饭店的经营规模扩大了，玉秀听了三虎的话，自己当起了十指不沾阳春水的老板。玉秀每天收拾得利利落落的，坐在自己的小茶室里，摆弄摆弄花草，喝喝茶，看看书。三虎觉得玉秀越来越有女人味了。三虎以前一直担心，饭店的烟火气息和油腻味道会毁了玉秀，现在看来，玉秀还是玉秀，还是一朵花，不论身处什么样的环境，不论从什么地方长出来，都能开出花儿应有的风采来。

开饭店除了和食客打交道，还要应对各种检查，和上边检查的人打交道是玉秀最不擅长的，好在有福在这方面有经验，基本上没有受过什么摁磕。后来，检查组的头头换了，这个到玉秀饭店检查，一进门就黑着个脸，先是查这个证那个证，再就是进到厨房看，反正是，啥也不对，毛病找下一堆。有福跟在人家屁股后头，矬着身子“哦哦哦”地答应着。临走，那人恶狠狠地甩下一句话：马上整改！要是整改还不合格，就只好关门歇业了。

有福把检查情况告诉给玉秀，有福说：“玉秀，我听说了这个家伙可是个赖东西了，鬼三溜四不好打交道……”

因为饭店的事情不顺，玉秀心情不好，三虎回来玉秀也没个好脸色。三虎这边呢，一连上四天休两天，回家希望看到的是玉秀的笑脸，享受小夫妻间的温存。然而，玉秀的心思似乎全部放到了她的面馆上，三虎火扑扑的心渐渐地有些凉了。玉秀觉得三虎对自己不如以前好了，心里也尽是怨气。小两口各自在心里怨恨着对方，但又藏着不说出来，越是藏着，积怨越深。要么都摆出一副冷脸，还击对方，要么三句话下来就戗戗。三虎觉得玉秀变得急躁蛮横，简直有点不可理喻。有一次闹大发了，三虎连夜返回了变电站，临出门，三虎甩下一句“能过过，不能过拿主意”的狠话，砰的一声把门磕上了。那一声“砰”把玉秀的心都震碎了，玉秀整整哭了一夜。

第二天，玉秀去找这个稽查队长。玉秀去了，队长很热情，又是让座又是倒水，但眼睛却是扫描仪一样在玉秀饱满的胸前扫来扫去。玉秀忍着恶心，好言好语地和他谈关于饭店整改的事情，但队长好像对整改的事情不感兴趣，总是扯些无关紧要的话题。后来不知怎么就说到了玉秀的挎包，队长说今年流行一种翻盖小挎包，玉秀的包过时了，应该让男朋友给买一款流行的包……玉秀说自己已经结婚了，没有男朋友。队长说，结了婚也是可以有男朋友的。说着竟打开自己的一个柜子，里边放着六七个女式挎包，让玉秀选一个。玉秀当然不会选人家的包，玉秀说队长您真是好眼光……我改天再来拜访您……

玉秀实在没想到这次拜访会是这么一个情况，从队长办公室出来，心跳得“怦怦”的。伏天的半上午，日头毒花花地射下来，玉秀口干舌燥，心说，原来男人勾搭女人会是这么直截了当！

整改的事情就这样不了了之了，玉秀满以为这件事就这样过去了，没想到，一个月后，这个队长又来了。

这回，这个队长更直接，大摇大摆长驱直入到玉秀的茶室兼办公室。那个时候，玉秀真是大吃了一惊。队长不说检查出的问题，也不说整改的事情，队长就和玉秀喝茶，而且是一边喝茶一边笑眯眯地看玉秀。玉秀觉得他的眼睛好像是镊子一样，正一点一点地把玉秀的衣服揭去。玉秀哪里经历过这样的事情，玉秀被队长看得心里一阵阵地发毛。

时不时的队长就来了，玉秀真是感觉有点受不了了。自己那一阵子和三虎闹着别扭，玉秀特别怕三虎误会。但来与不来玉秀心里都不踏实，来了是来了的麻烦，不来是不来的不安。玉秀甚至已经做好了鱼死网破的打算，只要他有什么不规矩的举动，自己就用茶壶砸他，用开水泼他……

那队长来着来着就不来了，玉秀正纳闷着，却听对面的粥铺老板说那个人被举报了，正在接受调查……

玉秀长出一口气，好像一下子挣脱了连日来捆绑在自己身上的绳套。

玉秀主动给三虎打了一个电话，电话拨通后，玉秀不说话，三虎在电话里说自己不回去了，正和一个小妹妹喝酒呢……

玉秀说你好好陪你的小妹妹吧，我不打扰你了……

玉秀挂了电话，三虎急了，冷不丁看见玉秀正站在对面的马路边，三虎笑着直挠头。

一把手

腊梅是二十岁嫁到海成家的，那年海成还不到十八岁。

村里人家，以早点给儿子娶过媳妇儿成过家为荣耀，况且，海成家还是村里数一数二的好人家，海成爹妈要强，凡事都得走在人前头，在给大儿子娶媳妇这件事情上，海成爹妈是铆足了劲儿要往漂亮里办。海成初中毕业，嘴角刚冒出一抹绒毛毛的时候，家里就开始张罗娶媳妇儿的事情了，邻村上下的媒人听说张存厚要给大儿子海成娶媳妇，走马灯似的上门提亲。

要说海成家，在当时，那是方圆附近有名的好人家，别看海成爹张存厚个子不大，但脑筋灵活，天生就会挣钱，不仅好脑筋，还能干活儿，做事情能放下身子，只要给钱，啥苦都能吃，啥罪都能受，知道底细的人逗存厚，说他是能在夜壶上刮尿碱的人！

包产到户，存厚种庄稼既下力气又下本钱，当年就迎来了大丰收，糜麻谷黍五花杂豆，每一场碾打下来，都是一座小山，新砌的几个仓差点就憋破了。

存厚并不满足现有的日子，第二年头上，大队处理拖拉机，存厚就把大队的“五十五”拖拉机买下了，修理了几天，就开地麻溜了，正赶上县里开发露天煤矿，存厚的五十五真是派上了大用场。就在村里人都感觉过好了，不仅吃饱了饭，而且笼床里有了白面馍馍的时候，存厚家已经是万元户了。儿子海成才十四五岁，存厚就率先在村里盖起了五间砖瓦房，这一处瓦房院在二十世纪的九十年代，简直就是村里最漂亮的一道风景！

海成相亲腊梅那天，存厚开的一辆半新的松花江，海成骑一辆崭新的摩托，这个配置把腊梅他们村人的眼睛晃花了。

再说腊梅，十里八乡出了名的漂亮姑娘，个子不高不低，身子不胖不瘦，鸭蛋脸，大重眼，光看长相，和画上走下来的戏娘娘一样。海成也不丑，虎生生的小后生，腊梅偷偷瞟了几眼，脸就羞成了红布，转身躲到下房给她妈拉风匣，把个没毛风匣拉得“哗嗒……哗嗒”上气不接下气，锅里的油都冒烟了，眼睛却只管盯着一处发呆，硬是把黄寸寸的糕坯子炸成了黑炭块子！

毕竟还是两个娃娃，这个岁数上也还没有经历过个啥，一般生人见生人，三分不漂亮，只要互相看着差生就有门儿，最终主意还得大人拿。春天看完，三下五除二就定了亲。村乡人说话：有了毛姑娘，就得拴个红绳绳，免得节外生枝。逢时逢节，按照当地风俗，海成去丈母娘家送去应时的礼品，换季时候，领着媳妇儿买几身衣裳。虽说是定下的媳妇儿，不知道是岁数小还是性格原因，腊梅和海成之间没有那种搞对象的黏糊劲儿，海成去腊梅家，进门第一句话就是：我妈让我来做啥啥，或者就是我爹叫我领你进城买衣裳，好像就没他啥事，只是奉命听差。腊梅听着有点别扭，但婆家诚意十足，不管是带的礼物还是在花钱方面，都很舍得。已经订婚还未成亲的姑娘们一起里拉答，不免相互攀比，腊梅光听不说，一番比较后，就暗自欢喜起来，显然自己各方面的待遇都比别人高，仅这一点，很快就把海成不会说话带来的怨气给抵消了。当年冬月，两家大人一合计，腊梅就嫁过来了。第二年秋后，存厚两口子就抱上了孙子。

除了肚子争气，天性聪明伶俐的腊梅在过日子上也是一把好手，那时候，存厚家正做着收猪卖肉买卖，一天杀两头，城里村里两头卖。腊梅人聪明看着看着就上手了，割肉的人指哪儿腊梅割哪儿，要几斤割几斤，上下不差三两；剔骨拉皮，绝不拖泥带水。不仅如此，出出进进的往来账目核算得也是门儿清，和买家卖家说话，清楚明白，干脆利落，有用的一句不落，没用的半句不多说，知道的人都说存厚家走了大运气，娶回个女诸葛。存厚两口子看在眼里，喜欢在心里，越来越倚重腊梅了。

海成呢，反倒总也长不大，对过日子的事情不大上心，海成养狗养鸟养鸽子不仅肯下辛苦，还舍得下本钱，只要是他看对的，不管多少钱都要买回来，手头没钱就赊下，要账的上门，海成妈怕媳妇儿知道，二话不说赶紧给儿子打外债。海成整天和一帮狐朋狗友混着，连孩子都不闻不问。

腊梅说："海成，你都是当爹的人了，该做点正事了。"

海成没反应，他不知道什么是正事，眼里只有他的狗，他的鹦鹉，他的那一群叫作雨点儿的鸽子。自从生了孩子，只要孩子一闹，海成就躲了。有时候腊梅忙不过来要他哄哄孩子，海成也是一百个不情愿，对待孩子不如对小狗有耐心。哄着哄着就不耐烦，虽说吃奶娃娃不会说话，但他啥也知道，听声音不对，或者抱着不舒服，就哭就闹。孩子一哭闹，海成就更加不耐烦，摇得更猛了，喊得更凶了，有一次，竟然把孩子"扑通"一下扔在了荞麦皮布袋上。随着娃娃针扎一样的大哭，腊梅赶紧跑了进来。

海成气咻咻地骂着，横躺在炕上，把个枕头压在了脸上。

腊梅也不示弱，放下孩子，边骂边上手往起拉海成，海成一把便把腊梅甩到了一边。腊梅二次扑上来，两个人就扭打到了一起。

存厚两口子听见动静不对，赶紧过来拉架。存厚早就被海成这个不争气的东西气坏了，只是觉得他已经是娶了媳妇儿当了爹的人了，不能动不动就打骂了，才一直压着火气忍着，今天这个混账玩意儿居然和媳妇儿打开架了，不收拾一下看来是不行了！

见公公婆婆进来，腊梅撒了手，住了口。存厚抄起立在炕沿底的火箸就是个抽海成，海成被他老子抽打得顾头顾不了尾，满地跳脚转圈圈，存厚女人上来抱住存厚，海成趁机跑脱了。

俗话说天上下雨地上流，小两口打架不记仇，但腊梅和海成打架和别人不一样，这一架也才是开始。

海成贪玩不顾家，和一帮子同年长大没结婚的小子们混着，腊梅一天天逮不住个人，一个人又带孩子，又忙着帮公婆记账算账，收猪卖肉，忙得脚后跟不着地，烦了累了，连句心疼的话都捞不着，日久天长不免心生怨气。海成和一帮狐朋狗友胡吃海喝回来，腊梅哪有个好脸色好腔调。以前不说什么，一架打下来，两口子撕破了脸，三天一吵，五天一架，中间日子别扭得厉害，谁也不理谁。

存厚两口子背地哄劝媳妇儿，当面教育儿子，软的硬的说尽了，好的坏的远的近的例子罗列了够一筐，腊梅明白事理，知道公婆的良苦用心，答应自己尽力克制，不和海成闹，争取个浪子回头金不换，但海成变本加厉的混账样儿，直逼腊梅的底线，往往是，到了关键时候，刹都刹不住，不打一架就不算完。

腊梅回娘家和娘家爹妈诉苦，爹妈说，谁叫人家好人家呢，有钱人家娃们就那样儿。再说了，海成还年轻着，等上点岁数就好了。有公公婆婆照应着，不误你们娘儿们吃喝花销，你就不要太跟他计较。

腊梅爹妈对女儿这桩婚事是十二分的满意，女婿再咋说也一表人才的后生，更何况一白遮百丑，海成有钱人家的派头给老丈人门上很长脸，每年六七月村里唱戏，海成在戏园子里的摊子上买东西，那出手，全村女婿里的头一份儿！再看人家上外父家带的礼，好烟好酒应时瓜果不说，哪一次来不给拿个十来斤猪肉？更别说什么头蹄下水猪板油了。反正是，自从和张存厚家结了亲，腊梅爹妈的日子过得那是幸福感满满的，亲戚们隔壁两邻的人谁不羡慕腊梅爹妈这份福气？

因为沾着女婿的光，吃人嘴短，不好埋怨女婿，就规劝女儿，爹妈的那点小心思腊梅一清二楚，人穷志短，马瘦毛长，婆家的恩惠遮住了爹妈的眼，腊梅说什么，当家人也没当回事。日子久了，腊梅也就懒得说了。

结婚几年来，腊梅给公婆打下手，历练得越来越精明了，不仅能打会算，关键时候更是独当一面。存厚两口子一边庆幸娶回个好媳妇儿，一边为儿子的不争气唉声叹气。要说这两口子那就是一辆车的两个轮子，一搭里过日子，一个朝前一个不动，那还不得翻车？

公子哥儿海成从来不想过日子的事情，老婆孩子在他眼里简直就是累赘。父母唠叨得多了，就反过来怨父母给他娶媳妇儿早了，自己就没活过个年轻，说什么谁给娶下的谁管，一句话把当家人噎个干瞪眼。至于和腊梅的关系，也就是个那，反正腊梅不指望海成往家拿一分钱。

老二老三结婚后，存厚就把家给分了。海成不顾家，杀猪的活儿腊梅一个人干不了，杀猪卖肉的买卖做不成了。普通人家的日子，哪家不是刨一爪吃一爪？坐吃山空，只出不进，海成又指望不上，腊梅就感到很心慌。

有个河北猪贩子，和腊梅打交道好几年，知道腊梅能干，猪贩子说要和腊梅合作，自己拉上来的猪在腊梅这里中转一下，这中间给腊梅一定的利润，这样，虽然没有杀猪卖肉利大，但保险，按量走的话也不错。腊梅呢，只需要给猪少量喂食饮水就行了，到时候，屠户来腊梅这里提猪，一车猪提得差不多了，猪贩子再从河北猪场往上拉。

猪贩子征求腊梅意见的时候，腊梅眼睛也不眨就答应下了。海成已然是指望不上，自己就要撑起来，孩子眼看大了，是个好苗苗，这书一路念下来，可得不少钱呢。娘家那边，关照惯了，大小事人情往来，都等着腊梅往出拿钱呢。

就在腊梅和河北猪贩子达成协议，筹备建个临时猪场的时候，海成提出要和腊梅离婚。

腊梅知道海成外头有个人，但没想到会混到这一步。

关于海成和红叶鬼混的事情，腊梅是早有察觉。有一回，海成吃过饭，大中午地急着走，腊梅多操了个心，悄悄跟了出去，海成头也没回直奔红叶家的瓜地走去，亲眼见着海成和红叶在西瓜地里滚瓜地那一幕，四周黑压压的庄禾像是一个包围圈，腊梅腿软得连步都迈不开了，腊梅心里慌慌的，好像是自己做了什么见不得人的事一样……

那时候的红叶是城里茶座的唱戏的，就是在茶座里唱唱二人台，一边唱一边下到客人中间收小费。客人大多是些老男人或者打工的，没多少钱还不省事的那种。举着一块两块的零钱等戏女儿过来往腿上一坐，拿钱往人家的筒袜口和胸口插，趁机摸一把。

红叶唱戏的茶座离海成常去的猫狗市场不远，红叶就常常坐着海成的摩托车进城。起初红叶还避人，尤其是碰见腊梅，远远地就把搂着海成腰的胳膊松开了。腊梅心说人家红叶还小，自己要是瞎嚷嚷，等于把事情给坐实了，到时候，红叶那个没面鬼爹不依了，那才是麻烦大了。

自从和红叶混上，海成对腊梅是一眼也不看了。回家的时候也更少了，但凡回来不是喝上酒和腊梅闹，就是黑着个吊丧脸，半天不说一句话。

海成说："这样过下去没意思，咱离婚吧，你走吧。"

腊梅说："你想也别想离婚的事，我死也不离，你能晾着我，我就能耗着你，咱谁也别想好……"

海成说："既然你揪着不放，我就叫你生不如死。"

腊梅说："我已经生不如死了，你还能把我怎么样？"

海成就加大马力折腾，喝上酒，回家摔盘子打碗，闹得鸡飞狗跳，但他不敢打腊梅，那几年砍骨头剁肉，腊梅练出一把子力气，要论打，海成未必打得过腊梅。

海成和红叶的事情很快就公开了，海成骑着摩托车，红叶跨坐在后座上，在村里城里四处兜风，红叶的小裙裙被风鼓荡着，忽摆忽摆地，雪白的大腿就齐根儿露出来了。

说实话，腊梅虽然只有三十出头，但操劳得很老面，女人一旦不好好打理自己，底板再好也没有光彩，腊梅常常对着镜子发呆。婆婆也从旁提醒腊梅，要腊梅买些时新衣裳穿上，买些好油抹抹，把自己收拾得精精干干，况且自己的人样儿本身就不差，打扮起来，不信就比不过个红叶绿叶这个那个！虽然腊梅不想在海成这里下这么大功夫，说实在话，他们两个人似乎从来都是这个不死不活不冷不热的样子，她对这个人已经冷心了。但俗话说得好，为儿为女坐了地狱，毕竟是孩子的亲爹，为给孩子保全一个完整的家，放下架子受点委屈又算得了什么呢？况且公公婆婆这边呢，一直把她当亲闺女看待，不看僧面看佛面，这老的小的，哪儿头她都舍不下。

腊梅果真就打扮起来了！腊梅进城里的专卖店看衣裳，专卖店的女女们下眼看她，懒得招呼。腊梅很仔细地看那些衣裳，款式奇奇怪怪的，颜色不是艳了就是暗了，好不容易选中了几件能穿出去的，说要试试，卖衣服的女女报了衣服的价码，还强调说，我们这里的衣服不搞价！

腊梅在试衣间里一件一件试那些衣赏，最后，腊梅对招呼自己的那个女女说，都给我包起来。话一出口，先前爱答不理扯闲话的那几个女女大吃了一惊，你看看我我看看你，错失了一笔可观的提成，只能咧嘴苦笑。那天腊梅还给自己买了一套抹脸油，水呀乳呀霜呀的，大大小小拢共五六瓶呢。做姑娘的时候，自己也是喜欢这些油呀粉呀的，一春天刨药卖药，六月六城里过庙会，咬咬牙买一瓶，用的时候小拇指甲往出挖一点点，擦在脸上，一整天都湿润润香喷喷的。结婚后，虽然钱上不受罪，但除了带孩子忙家务，就是和公公婆婆做买卖，别说是搽油抹粉描眉画鬓了，一整天不洗脸的时候也常有。想到这里，腊梅检讨起了自己，也难怪海成不想在家待，自己已经没有多少女人味了，只管忙乎着挣钱，猛一看就像个半大后生！

腊梅觉悟得太迟了，当腊梅开始拾掇自己挽留海成的时候，海成的心已经走远了。

新衣裳上身了，高档油上脸了，腊梅感到浑身不自在。腊梅给自己鼓劲儿，心说，人家做那啥的还不怕人笑话，咱穿戴打扮一下有个啥不好意思的？腊梅专门在街上走一遭，她笑着和人们打招呼，笑得脸上的肉都僵了。腊梅感到村里人的眼珠子都沾到她后背上了，她努力抬头挺胸，放慢脚步以显得不慌不忙，一道街走下来，腊梅感到比爬一座山、剔一头猪都要累。

海成不是没有感觉到腊梅的变化，海成对腊梅说："你何苦呢？

你穿什么、穿与不穿又有什么要紧？”

腊梅知道，她和海成是彻底没戏了，腊梅把那两件新衣服脱下来，一剪一剪铰得粉碎，一把团住，投进了灶火里。

存厚两口子眼看海成是一心一意往外走，轻描淡写已经不管用了，就把海成给锁了起来。红叶上腊梅家寻人，被海成妈一顿臭骂，海成妈这顿骂给腊梅解了气，也激起了红叶的恨和死缠烂打到底的疯狂，红叶一气之下，把腊梅家的玻璃砸烂好几块，腊梅和婆婆把红叶狠狠揍了一顿，脸上还抓破了好几道。按说红叶打上门来本身理亏，挨了揍昧心就是了。但红叶就是要往大里闹。挨完打，红叶所做的第一件事就是报了警，她们三个人一起被带到了派出所，不知道咋录的口供，稀里糊涂的，腊梅和婆婆娘儿俩被拘留了七天。

在这七天里，腊梅彻底想开了，自古奸情出人命，她撤退呀，再闹下去不定出什么事呢。

然而等她们娘儿俩出来的时候，海成和红叶跑了。存厚两口子拍着大腿干号："这可咋呀，这回是闹下大麻烦了……"

腊梅反倒觉得，这也算是个了断，只是海成这个挨砍刀的把分家拨过来腊梅还没来得及存的五万块钱，还有腊梅结婚时候买的三件金首饰都拿走了。

腊梅婆婆说："梅啊，他拿走的，妈双份儿给你补上，有一点，你不能走，只要我和你爹活一天，就不能叫那小妖精进咱们家门……"

腊梅说："妈，这前不着村后不着店，我往哪里走？我走了娃住校回来冰锅冷灶谁管……可是妈，我不走算啥？男人都跑了，我这算啥……"

说起儿子来，腊梅控制不住了，多年来的委屈一下子爆发了出来，腊梅一哭，婆婆也哭开了。婆婆一向气短，哭着哭着就闭了气，腊梅一边喊"妈啊，妈啊……"一边赶紧给婆婆掐人中，拍胸脯。腊梅手忙脚乱地一阵折腾，婆婆"嗝儿"一下换上了气。腊梅擦干眼泪，腊梅说，妈，我不走了。

腊梅婆婆之所以挽留腊梅，是因为她知道自己的儿子，多少年来吃饭不操闲心，好吃懒做，等把那些钱花完了，准定得回来，只要家里断了粮草，不信红叶白跟他！到时候还不得滚回来？那个时候，给媳妇儿说说好话，下个保证，还是一个完整人家。

腊梅这个人明白，完了的事就不再多想了。不多几日就在自己家不远处的自留地里圈起个猪场，为了方便照看，腊梅还搭了一间彩钢房，儿子住校一走，腊梅就吃住在猪场里。有了腊梅的中转站，河北人的猪几乎占了全县市场的一多半，包括邻近县份的人都来腊梅这里提猪。屠户们有了固定的提猪点，就不到本地的零散养殖户那里收购了，方圆附近的本地猪也大都通过腊梅这里上市。腊梅的买卖是越做越大了，腊梅成了当地有名的生猪中介人，腊梅的手机成天不闲着，往来的电话不断。腊梅根本就来不及想她和海成、海成和红叶之间的事情了，她一心一意地经管着自己这一摊子，尽心尽力地服务好买猪卖猪的。

再说海成他们家，自从他爹存厚暴病去世后，光景就一天不如一天了，人无百年旺，花无百日红，人们都说存厚两口子机灵过头了，把祖上的风水拔尽了，到了儿子们这一辈儿没个顶数儿的，海成脑子活套，但不吃苦，招猫逗狗不好好过，二儿三儿都是些榆木疙瘩，没个人拉引着根本立不起个身板来。他爹一死，杀猪卖肉也就黄了。

海成虽然走了，腊梅和婆婆是比以前更亲热了，腊梅有时候闲下来一个人想想，自己这是怎么了？是把婆婆作为救命稻草维系和这个家庭的联系吗？好像不是。早些年，发现海成不好好过，自己确实是冲着这个家庭的富有和名头不愿意放弃，现在还有什么可留恋的呢？为什么和这些人还是扯不断理不清呢？因为二儿三儿的日子过不起来，婆婆愁得整天唉声叹气，腊梅说：“他奶，你问问他三叔他二叔愿不愿意来猪场干，要是不嫌我这庙小，就过来受哇，省得雇别人……”婆婆很感激腊梅的仁义，虽然那个该死的海成走了，但腊梅还是以一家人的心和他们相处的，这是多宽厚的心肠啊……腊梅婆婆含着两眼泪给两个儿子送话去了。

有了两个小叔子的帮衬，腊梅省了不少心。这两个小叔子是腊梅看着长大的，老实正气，干活儿肯下力气，在腊梅眼里，这就是仅次于亲兄弟的兄弟。

两个小叔子还管腊梅叫嫂子，腊梅说："二子，三子，我和你哥没关系了，以后叫姐吧。"

二子和三子改不了口，干脆啥也不叫。

二子三子跟上腊梅挣了钱，日子也越来越好过了。村里人说，那家人家，以前活存厚哩，现在全活腊梅哩……那腊梅可是女人们里头的一把手，放在男人们堆里那也是悍将……

腊梅不仅做生猪生意，腊梅还引进了一条熟食生产线，请了一个很有名的熏肉师傅，做熏肉，除了供当地饭店外，就真空打包走超市专柜，腊梅的熏肉牌子就叫个"一把手"。

农业机械化程度越来越高了，一年里农闲的时候多了，腊梅的厂子给很多附近的村民提供了就近挣钱的岗位，慢慢的，就没人把腊梅叫腊梅了，一把手成了腊梅的新名字了。

腊梅呢，作为当地创业带头人受到了县里市里的多次表彰，市农委、工会、政府的领导们经常来腊梅这里参观考察，起初人家一问腊梅创业的经验。腊梅只会说一句话，没办法，逼出来的。经过记者一点拨，腊梅就能说到点子上了，而且是一回比一回说得好，嘴也越来越麻溜了。

腊梅参加了好几个协会，还是本县女企业家协会的名誉会长，只要有什么活动，腊梅一定是赞助最多的。腊梅不再是那个整天和猪打交道的腊梅了。因为经常见人，腊梅也开始注重自己的形象了，社会上流行什么，腊梅就赶紧跟上走，四十五岁以后的腊梅简直是越活越年轻了。当网络直播流行开以后，腊梅立马意识到商机来了，组织了几个形象好，看起来干净利落，又能说会道的姐妹，一边拉家常一边直播卖熟肉等产品，出货速度真是令人大跌眼镜。

腊梅婆婆说："梅啊，俺娃现在条件高了，往前走一步吧，眼看奔五十的人呀，挣再多的钱，老来老去也得有个伴儿……"

腊梅说："不找了。等给你孙子娶了媳妇儿，我上五台山当尼姑呀……”

婆婆说："愣娃娃，尽瞎说，家大业大，你当了尼姑这摊子谁管呀……”

其实，也不是没人惦记腊梅，海成一走那几年，贩猪的河北人，对腊梅挺上心。

有一天，猪贩子卸完猪，推推挪挪不走，说些不咸不淡的寡话，腊梅看出了他的心思，腊梅说："你赶紧走吧，还有千数来里路要赶呢……”

猪贩子说："妹子，海成不在，你守的个啥？我老婆跟上人跑了，咱俩处吧。”

腊梅一听牙音不对，立马沉下了脸。腊梅说："你再说这混账话，小心我拿铁锹劈你！”说着就把铲猪饲料的锹伸向了猪贩子，猪贩子向后退了两步。

在腊梅经营困难的时候，那人想要帮帮腊梅，从开着的窗洞里给腊梅扔过三捆子钱，腊梅二话没问，原路扔了出去。月亮地里，那人定定地站在猪场院子里，腊梅坐在床上，望着那个高大的身影儿，默默地流泪。猪贩子对腊梅的好腊梅不是没有感觉，这盐从哪儿咸，醋从哪儿酸，腊梅心里清楚，只是抹不开面子，迈不过那道坎儿——海成被红叶勾去了，自己要是再和这个人不清不楚，那成什么了？他们这个家还有什么脸面？儿子会怎么想？人言可畏，你就是浑身是嘴也说不清了……

海成出了车祸死了，交警队把电话打到乡派出所，派出所的人通知腊梅去处理。在法律上，腊梅还是海成的妻子。

那个时候，海成和红叶已经生了一个女儿。在死亡补偿金的分配上，按照继承法腊梅一份，腊梅儿子一份，红叶的女儿一份，海成妈一份。红叶哭着说自己和海成都有孩子了，也是夫妻。交警队的人瞥一眼红叶，冷冷地说，我们只认结婚证！人心都一样，一看这种关系，同情心一致指向腊梅，于情于理于法红叶都不占优势。

红叶认事，也没咋地闹，海成的事情很快就处理完了。

几年之后，红叶因为触犯法律被判了七年徒刑，红叶和海成的那个小女女没人管，红叶托人给腊梅婆婆捎话，让腊梅婆婆无论如何把娃娃养活大。红叶爹把外孙女领到腊梅婆婆门上，一把推进大门，说："回你们张家去吧……"腊梅看孩子可怜，规劝婆婆收留了孩子，实际上孩子的吃喝拉撒念书等一切花销都是腊梅管着。

红叶出来后，上门感谢腊梅，红叶说："海嫂，我谢谢你……"

腊梅说："你叫我啥？"

红叶改口说："腊梅姐……"

腊梅定定地看着红叶，一字一顿地说："你错了。按照村里的辈分，你应该叫我婶子，那个死鬼，你叫叔……"

红叶想见见女儿，那个时候，孩子已经上高中。这女儿心很重，因为自己的出身，没少受人白眼。腊梅说孩子大了，想不想见你，跟不跟你走是她自己的事情，我们不拦着。腊梅没想到的是，女儿见到红叶的时候，冷冷地说了一句话："我没有你这样的妈，腊梅才是我妈，你再不要来我们家了……否则，我就死给你看……"

就在女儿考上大学那一年，腊梅儿子从上海领回了媳妇儿，腊梅给儿子娶媳妇儿的事宴办得十分隆重，除过下帖子的，和腊梅交往多的、生意上的、受过腊梅恩惠的也来贺喜了。

腊梅给儿子办事，不设礼房不收礼，大家只管坐席喝喜酒就行了。喜婆婆腊梅，穿着一身紫红的旗袍，发髻高绾，笑呵呵地迎接客人。在典礼的时候，儿子儿媳给腊梅行大礼，儿子在致辞中深情赞美自己的母亲，在场的人都流下了眼泪。腊梅始终保持着平静的微笑，好像儿子讲述的是别人的故事。

吃完晚饭，客人们陆续走了，儿子媳妇儿已经睡下，腊梅一个人坐着，院子里彩灯忽闪，炊灶里的火已经燃尽。腊梅给自己倒了一口杯白酒，就着桌上的半盘花生米，喝了起来。

腊梅很想找个人说说话，她划拉着手机，不知道该和谁说。腊梅把院子里张灯结彩的视频发给猪贩子，腊梅说："我儿子结婚了……”猪贩子没有回话，有心打个电话过去，号码都输完了，就差一点了，又把手机扣在了桌子上。

腊梅拉下电闸，所有彩灯都闭了眼。月亮白光光地泄下一地，月台下一只秋蛉儿“嚯——嚯——嚯”地叫着。腊梅想起了多年前的那个晚上，也是这样亮的月光，也有这样一只秋蛉儿在嘶叫着。那晚，那个人向她张口，说，妹子，我们好了吧……腊梅狠狠地扇了猪贩子一个嘴巴子，从那以后，再没有提过这事。

猪贩子回过来一句祝福的话，腊梅借着酒劲儿说：“哥，你来吧，你现在就来吧，我答应你，咱俩好吧……”

腊梅想，不管啥情况，自己这辈子一定要和那个人好一回，就像海成和红叶那样……

那边久久没有回音，腊梅把口杯里的酒一口干了。

秋风飒飒，更深夜凉，腊梅一个人喝着儿子的喜酒，泪水顺着脸上的皱纹漫漶……

老来俏

来金靠在村委会前小广场的一棵歪脖柳树上，从褂子口袋里掏出一支烟点上，美美地吸了一口，自言自语地说："这好赖烟就是不一样！"这个时候的来金特别希望过来个谁，哪怕是个生人，他都会毫不犹豫地敬上一根烟。

可是，小广场上一个人都没有。好东西是要和人分享的，独吃独喝没意思，特别是好烟，你一根我一根，一圈儿撒开，头碰头对火，"喷儿，喷儿"众人吞云吐雾那才叫个事情，一个人抽，有㞞个啥意思？虽然那句话没有出口，但来金还是觉得那个"㞞"字加得多余，实在不符合自己的身份。自从儿子金有考上大学，来金觉得自己的身份就不一般了，不能像村里一般人那样三句话不离裤裆。来金经常有意克制着自己，但有时候不冒一句脏话好像不足以表达某些感情。

这是一个深秋的大晴天，天吊得高高的，蓝汪汪的不见一丝儿云彩，日头红杠杠地浮在高天上，天气是好天气，但节令不饶人，毕竟霜降已过，风明显地硬了。

那些跳舞的二老板们一走，来金觉得整个村子都有点丢盹打瞌睡了。喇叭里还是放着"今天是个好日子"的曲子，来金抬杠似的冲喇叭骂一句：好你妈个脚后跟！

"咳儿——咳儿"，来金咳嗽两声，把刚点着的烟掐了，随即别在了耳朵后。来金的烟是大儿子孝敬的，来金的大儿子是村里的第一个研究生，在北京的一个石油单位上班，工资高，待遇好，常给来金往回寄钱，早些年，汇款单一到，村委会的大喇叭就响了：噗噗——噗噗！啊喂——啊喂——刘来金——刘来金，——刘来金在不在？来金听到广播来一下村委会……村主任蜜存不说叫来金到村委会干啥，但这样一吆喝，等于是全村人都知道了：来金的大儿子金有给邮回钱来了。来金老婆怕漏了白，人们上门借钱，和来金嘀嘀咕咕地说，你看这个蜜存，几步地的个事情，送来就完了，老是哇哇哇地吆喝一气。来金不这么认为，来金觉得这是很光彩的事情，必须要张扬一下子的。蜜存每吆喝一次就相当于给他颁了一次奖，什么奖？模范当家人奖！要不是自己当年勒紧裤腰带供金有念书，他金有再日能也不会进了大学，当然，不念大学就不会考上研究生，更不会在北京扎落下来，过上那么体面的日子。

头几年，来金是很为这个在北京工作的儿子感到自豪的，尽管，他本人还没有享到多少儿子的福，但这份荣耀，是不能拿金钱和物质来衡量的，来金老婆常说来金就是头上戴连罐图明（名）哩，饿鸬鹚戴皮帽子充鹰哩。来金嗤笑女人头发长见识短，不管是图名还是充鹰，人活一辈子，心里舒展了比啥也强，吃上喝上，肚里肠里转一遭，还不是屙了尿了，有啥意思？但舒展了那么几年，来金就有些不舒展了，儿子的钱寄得越来越多，人却回得越来越少了。腊月里蜜存吆喝他到村委会取汇款单，来金心里骂一句：这是过年也不回来了！八月前寄钱回来，那就意味着中秋国庆不回来了。

来金有些厌倦儿子的汇款单了，那汇款单的意思就是：我不回来了，你们二老多买点好吃的。好吧，你爹你妈在你金有眼里就是只知道吃喝的饭袋子，有吃有喝就行了！你就知道挣钱，书念到狗肚子里了！来金气狠狠地骂儿子，有几次都发誓不接儿子的电话了，但当电话铃一响，他就“嗖”的一下跳到地下，蹿到了那个放着电话的柜子边。要是老婆子抢先接了电话，他就一眼一眼地剜着，恨不能一把夺过来。老婆子要是不看眼色行事，还唠叨个没完，他就一膀子把她扛到一边，也不管说完没说完，劈手夺过来自顾自地说开了。来金老婆和儿子说，你爹越来越霸道不说理了。儿子说，妈，您老明白人，多担待着点儿，我爹那脾气，一辈子了……来金口是心非，电话里从来不骂金有，他和金有说话，就是嘱咐金有好好工作，千千万万不能做那歪的斜的……

有那么一阵子，金有到国外出差了，好长时间没往家里打电话了，来金就有点急了。来金本身急性子，急脾气，他急了就容易蹿火。自然而然，谁离他近，谁先倒霉。来金的火气一上来，老婆子的日子就有点煎熬。几十年过来了，老婆子不是没有对付他的办法，只不过觉得，老了老了，不想和他一般见识论什么你高我低。来金这边呢，火气顶着，找不着出口，就有点蹬鼻子上脸。

那天，来金又嘟嘟囔囔骂金有没良心了，老婆子说，你快悄悄的哇，娃们忙忙的，一天天早请示晚汇报惦记你呀？来金说，全是你个老婆子惯得的，越大越没个样子了，自己翅子硬了，把老的忘了。老婆子说，你莫非不能打个电话问问他忙啥，你这当老子的跟儿子要的什么架子？来金瞪了老婆一眼，老婆立马住了嘴。来金不给儿子打电话，其实是怕打搅儿子工作，还心疼长途电话费。

又熬了几天，来金的嗓牙就疼开了，先是牙床肿了，后来由内而外，腮帮子都肿起来了，半个脸下拉着，木木的，好像不是自己的脸了。

来金对老婆子说，你打电话说给那狗的，就说他爹不行了。

老婆子到底没打这个电话。老婆子知道，这个老汉一向心口不一，嘴里从来不说心里的话，你要真打，没等拨通，就把你骂草鸡了。反正，在这个家里，横竖都是来金的理，娃们有时候也替妈出个头，压劝老汉改改那霸道不说理的毛病，来金挠挠头，吭吭哧哧地说这都是早年当干部当出来的毛病。

来金的腿就是接儿子电话下地急了，正好踩在一块西瓜皮上滑倒摔断的。

被送去医院，得知自己的腿骨折了，来金还不相信自己的骨头就这么不禁摔，一直嘟哝着说，不会吧？我的骨头哪儿至于酥成这样？老婆子说，老汉，要不给金有打个电话？不说的话，怕娃日后埋怨……来金说，埋怨啥？娃忙忙的，不就是断条腿吗？又不是不能活了……同病房的一个后生说，北京有个专门的骨科医院，大爷您儿子在北京，这么好的条件，应该去看看。来金说，那娃呀，大爷和你说吧，娃们本事越大越不是自个儿的啦，自古忠孝难两全，工作上的事情不能耽搁……

给来金接骨的大夫听见来金和病友聊天，夸来金觉悟高，分外高看他，除了每天必要的医患之间的交流话题外，还拉拉家常。聊着聊着，竟然攀起了“亲”——那大夫的媳妇儿是金有的高中同学。临出院前，大夫媳妇儿带着一篮子各式各样的稀罕水果来看望来金，夸奖自己的学霸老同学有出息。同病房的人羡慕来金，啧啧地感叹：看人家那儿……看人家这爹……父凭子贵，真是应了那句话：儿子的红罗伞，罩了他爹一大半！

伤筋动骨一百天，三个月后，来金就甩了拐杖。大儿子金有过年回来知道老爹是因为接他电话才摔断的腿，当下进城给闹回一部智能手机，还拉了网线。

那年过年，金有连皮在家待了四天，中间还和同学聚了两次餐，在家时，金有就教爹妈使用智能手机，如何拍照，如何上微信，如何语音留言。临走时，来金说，你把这手机退了吧，我们学不会，没用！金有弟弟二有说，爹，您放心，等我哥走了，我教你们。来金狠狠瞪了二有一眼，说研究生还教不会，你个初中生能教会？二有媳妇儿说，这会儿这手机是个人就会耍。来金愣了一下，没接二有媳妇儿的茬儿。二有笑着说听你这意思，我爹我妈不是人啦？你咋说话哩？二有媳妇知道自己失口了，赶紧解释说我不是那意思，我是说……没等二有媳妇说完，来金就截住了话头，说知道了知道了，爹活了六十几了，身子不中用了，话还是能听明白的。

金有到底没退手机，金有把教爹妈耍手机的事情交代给二有两口子。金有走后，来金拿着手机上了街。在人群最集中的村委会小广场，来金掏出手机来，在日头底下晃了晃，立马引起了人们的注意。

本家一个侄儿说，哎呀，银叔，这回大儿又给闹下正经东西了！来金说，你兄弟拿钱不当个钱，三千多给闹下这么个大板片……一听手机的价钱，几个年轻人都凑过来了，从来金手里拿过手机来，好奇地摆弄着。虽说现在几乎是人人一部手机，但就来金他们村，包括年轻人在内，档次赶上来金这部手机的还没几个。特别是那个机子的颜色，虽说淡淡的浅浅的，但就是透着一股子大气和贵气，来金管那个颜色叫浅茶色，但侄儿说那叫香槟金，是近年来最流行的颜色。本家侄儿举着手机拍照，给来金照了一张，众人都说这相机像素高了。来金不懂什么像素不像素的，拿过手机一看，果然照得真真儿的，连胡子都根根分明！来金心里别提有多高兴了，心说，这会儿这东西，真是好，就这么个巴掌大的板片片，啥也能装下，说的笑的，唱的跳的，山南海北，想看啥看啥。还有什么手机支付功能，买上东西，照住那个“二姨妈”晃一晃，就能付款了，真是神了。

显摆了一圈儿，来金就把新手机换给了二有媳妇儿。来金心里一直觉得自己亏欠着二有两口子，想当年，为了供金有念书，二有十四五岁就失学放了羊，尽管二有学习不好，可要是家里有钱，混也得让二有混个高中中专。来金常说，书没个白念的，不涨知识还长见识呢，可就是叫钱制苦了，自己硬是没给娃个长见识的机会，这一点，来金都愧疚成心病了。

二有媳妇儿嘴上推让着，心里却是乐开了花。金有一拿回那部手机，二有媳妇眼睛里那个光啊亮刷刷的，瞟过来一眼，瞟过来又一眼，眼珠子恨不能黏在那部手机上。当下，老两口心里就定了，这个新手机得尽着二有媳妇儿使唤。

其实二有媳妇的手机也不旧，还能用。换了卡，二有媳妇儿教起公爹来格外耐心。来金知道了手机的奥妙，很是着迷，像个孩子一样，见啥照啥，不管照成照不成，都要照一下，把院子里的羊羔子，狗娃子，大草鸡，照了个遍。

那天，趁来金老汉睡着的空当，二有媳妇教婆婆耍手机，顺便把两个手机里的照片倒腾了一下。二有媳妇儿边划拉手机相册边说，您看我爹人家学得多快，还说不会耍，看这相照下多少……二有媳妇儿一边扒拉着屏幕，一边“啧啧啧”地夸公公心灵。婆媳俩头靠头看照片，来金老婆说，看那死老汉，能的，没他个不会的。

翻着翻着，老婆子就有点不喜色了，死老汉，尽照些跳舞的女人们！你看那个谁，哎呀呀，老眉磕碜眼的，脸抹得白刮刮的，头梳得油吊吊的，那难看的……再看那个谁，把个头烫成了新疆细毛羊，大卷儿套小卷儿，你当自己三六十八岁？还有那谁，嘴抹得血糊糊的，大嘴咧着，龇出一嘴七高八低的四环素牙（黑黄牙）……

老婆子越看越动气，心说，这个死老汉，敢情是那毛病又犯了。想想那几年，真是没少因为这招猫逗狗的毛病撩气，有什么办法呢，谁叫这死老汉长得标致呢？这金有也是，你给他买手机做啥，老也老了，有吃有喝，没病没灾就行了，非要赶那个时髦？这不省心的，这老不正经的东西，整天拿个烂手机晃这个照那个，没事就在小广场和那伙二老板子撩拨，能有个好儿？买了手机不算，还给手机里存了钱……来金老婆越想越泼烦，越想越觉得金有这个手机买坏了。心里怨怪金有，这世上有大人惯孩子，还没听过儿子惯老子！金有啊，你娃就知道个念书，你把脑子都念糊涂了！

在二有媳妇儿和村里年轻人的指导下，来金长进很快，简直把个手机给耍活了。不仅学会了包括美颜在内的多种照相功能，还学会了拍摄小视频。每天村委会大喇叭一唱：今天是个好日子……来金就往广场上颠，老汉前脚走，老婆子后脚就跟上了。

来金是广场舞队的摄像，给二老板们照相摄像。来金说笑一笑，笑一笑，女人们就给笑了；来金说肚子往回吸一吸，胸往高挺一挺，女人们塞了两疙瘩海绵的胸就挺起来了。小媳妇儿们知道金有老给来金微信上打钱，就逗来金说：“银叔啊，小心钱多把手机憋炸的！”来金一高兴，“哐啷”一个大红包，把一群人都炸醒了。因为来金的红包，广场舞队的群越来越大了，干脆把群主换成了来金！来金的微信名也被谁给改成了“好摄之徒”，本来农村人平翘舌音不分，大家一律管来金叫“好色之徒”！

老婆子本来是个古板人，不好嬉笑，二老板们嘻嘻哈哈把她拉进队伍，人家跳得把她绕晕了，走不出去，只好躲躲闪闪跟着跳。起初跟不上步调，慢慢地越跳越有个样子了。

“好日子”音乐停了，放喇叭的拐子和来金打个照面儿，来金把刚拆开的一包“芙蓉王”给了拐子，拐子笑嘻嘻地把烟揣进了裤兜，身子一歪一歪地走了。

来金在健身器材上晃着腿，心说：这群娘们儿，疯得认不得家门了，好，我硬硬地放那一炮！来金“包”了个一百块钱的大红包，“哐啷”一声砸到了群里。

群里立马红火起来了，抢了红包的女人们发出各种表情感谢奉承着来金，还把他们活动的视频和图片发到了群里。

一群人里，自家那个死老婆子，最先跳进了来金的眼。来金“嘁”了一声，心说，看那老不正经的，看那腰身活软的，看那屁股扭得花的，要是小上二十岁，保不齐还能生个研究生儿子呢……

来金划拉着手机屏，把自己拍摄的照片、小视频发给儿子金有，金有给他竖了一排大拇指！

来金的心情一下子开阔了，不由自主地哼唱起来：“今天是个好日子……”

房前院后

来运家的烟囱已经好几天没冒烟了，二花的心里就有点不踏实了。

二花常常坐在自家炕上望着来运家的烟囱发呆，只要烟囱还冒着烟，那就说明人在家呢。二花看那烟由黑变黄，由黄变灰，由灰变白，由白变清变淡，直至消失。二花一眼一眼地看着烟的变化，心说汗手汗脚的，也不知道做的啥饭？有时候，那股子烟眼看稀薄寡淡了，猛一下开始却又黑轴轴地冲出了烟囱，而且那一柱黑烟还会急急地有节奏地冲撞奔突，好像有什么东西追着撵着，那一定是来运在拉那个笨重的木风匣，一抽一拉，那烟也便有了一跃一跃的节奏。二花甚至能从冒出来的烟上判断出来运拉风箱的样子：身子前倾一下后仰一下，再前倾再后仰，一来一回地反反复复。空荡荡的家里就只有拉杆摩擦箱孔的“呲呲”声和风板一开一合发出的“呱嗒”声了。二花就在心里对来运说，看那拉得猛的，显你有那疙瘩愣劲哩！

村里有句很恶毒的诅咒叫“盖了烟囱”，盖了烟囱怎么就恶毒了呢？你想，烟囱不冒烟了意味着什么？不就是死绝了没人了吗？过去人说养儿是接续香火，对死人来说是香火，是活人对死人的纪念，对于活着的人来说，一日一日房顶上那缕烟不也是活着和存在的证明吗？就拿二花和来运来说，房前屋后住着，二花有时候就凭这一缕烟揣度来运在不在，在干什么，是吃稠还是喝稀。

来运勤快，从来不睡懒觉。一般情况下，早上，二花起来的时候，来运家的烟囱已经冒罢了浓稠的大烟，开始冒青烟了。二花起床从来不看表，只看日头，即便是睡醒了也不起来，还是缩在被窝里眯着。尤其是冬天，起来做什么呢？女儿们都嫁出去了，愣儿子三三跟上姐夫打工走了，二花就更没什么必须做的了，家务琐事，迟与早，做与不做都不要紧，饿了吃，困了睡，一个人的光景有啥讲究哩？凑合着瞎活呗。

冬夜漫长，冰天雪地，早上起来往往是炉寒火尽，除了用自己的身体烘热的被窝筒子，家里没有一点热乎气儿，在起床这件事上二花总得磨蹭好一阵子，她先是伸展一下腰身，然后打个“嗨”声，自言自语感慨一番“黑了明了明了黑了又一天”，这些动作，这些自言自语的话，就像是固定程序一样，只有一步一步完成了，才摸索着一件一件往身上套那些冰冷厚重的衣裳。

当年，二花男人谷雨一死，人们的第一反应就是，这下来运和二花成呀。

谷雨得的是肺癌，村里人管癌症一类的病一律叫作灰病，人一旦得了灰病，必然是人财两空，在看与不看之间，家人是很为难的。但人心都是肉长的，多数人家，还是要看一看的，求个心理安慰。谷雨的病一查出来就已经是晚期了，二花说，也不能尽听医生的，兴许还能治好。谷雨说不治了，横竖是个死，省下钱，你们娘儿几个还得活呢。二花说，不是死你的时候，你别想把这副担子甩给我，我一个人担不动。说着，二花的眼泪就兜不住了。

二花把家里的事情和大女儿香香交代了一下，把羊寄养到了邻村姐姐家，就和男人去省城看病了。在省城看了一段时间，越看越没希望，只好回来了。这个病，“紧七慢八”，一般从发现到死，也就拉个七八个月。当年农历八月十四黑夜，谷雨咽下了最后一缕悠悠气。

发送完男人，二花对来运说：“来运哥，你说我这是啥命！”

来运说：“熬着吧，一天一天，娃们大了，总有办法。”

来运嘱咐二花，有啥事说话。二花心想，寡妇门前本来就是非多，这下好了，一个光棍，一个寡妇，前房后院住着，是非少不了。况且……唉，人这一辈子啊，七沟八汊，真是没法说了。

村里人的预测再正当不过了。当年，二花和来运搞过对象，但当家人不同意，二花爹放话说把二花扣在大瓮底下也不给来运。二花说除了来运，我谁也不嫁。二花爹说，那我就给你擎座女儿坟！来运当院立擀杖四边无靠，一个药罐子老妈，那个烂摊子谁不知道？二花嫁过去等于是跳进了火坑，熬到什么时候才是个头儿啊？二花爹整天监视着二花，只要二花一张罗出街，二花爹就瞪着一双鹰眼质问二花："去哪儿呀？"为了防止二花偷着出去会来运，二花爹还在大门楼子里拴了一个拳头大的铜铃铛，只要一开大门，门扇必然会把铃铛撞响，只要铃铛一响，二花势必会被拦回来。

大门走不成，二花就跳墙头。二花和来运约好了，只要来运在二花家墙外一咳嗽，二花就踩着柴炭房上了墙，有来运在院墙下接着，那堵离地六七尺的墙在二花眼里就不算个啥，不论朝前往下扑还是掉转身往下溜，准能稳稳地落在来运怀里。被爹妈监视着的二花干啥也没了心思，成天丢了魂似的，你叫她撵羊她偏给你喂鸡，你叫她拿个箩筐她给你取个簸箕，打院墙外过来个人无意中的咳嗽也能叫二花打个激灵。她妈光叹气没主意，心说，这闺女敢情是魔怔了，这样拦挡着也不是办法呀……可一想到那个犟巴头老汉，一做啥就瞪起的那对牛蛋一样的大青眼，老人就啥也不敢说了，悠悠地叹一口气。

那时候，二花夜里常常和来运约会，夜深人静时候先跳窗子后跳墙。直到有一天夜里起风，二花妈到西房给二花掖被子，才发现被子下睡的原来是两个枕头弥起来的假人！

那年秋天，二花说："来运哥，咱走哇！"

来运说："往哪儿走？我走了我妈咋办？"

二花说："等咱生米煮成熟饭，我看我爹他有啥说的？他还能不认我这亲闺女？"

来运说："愣的，尽说那愣话……"

二花把头埋在来运怀里，来运把二花抱得紧紧的。

没有月亮的夜，天黑得像一口倒扣着的大锅，星星却出奇地亮，像是一枚枚银钉子。两个人就那么搂抱着，默默地坐着看天上密密麻麻的星星，直到露水下来，冷得实在扛不住了才回家。

二花最终让她爹给包办了。他爹说，爹走的路比你过的桥都多，女儿家寻人家是二次投胎，寻那光景厚成的才是正道道。你是家里的老大，养闺女都是有指望的，你不能光想着自己，你两个弟弟将来娶媳妇儿还指望你帮衬呢……

那个时候，二花婆家是村里数一数二的好光景，承包着水电，开着碾磨坊，用村里人的话说是一合闸就来钱的人家。

临出嫁前的一天晚上，二花到砖场找来运。砖垛子背后，二花扑进来运怀里，二花说："来运哥，你要了我吧。"来运把二花紧紧地抱了两下，猛地推开了。二花一把扯开衣扣，将薄薄的线衣扔到了砖垛上，她一边脱，一边哑声哭诉着："来运哥，天当被，地当床 ，今天咱俩先入洞房……"来运望着月光下的二花，脑子"嗡"了一下，差点就晕了。来运克制着来自身体本能的潮涌，缓缓地说："二花，赶紧穿上，哥不能给你留下一辈子的低短……好好跟谷雨过日子。远近不说，谷雨是我兄弟，以后，你就是我的小婶儿（弟妹）……"来运低低地啜泣着，一件一件地给二花把衣服穿好，把扣子系上……二花一动不动跪坐在新出窑的红砖上，听任来运给她整理衣服，她分明感觉到来运的大手在颤抖着，几次都不能把扣子送进扣眼儿。

就在来运给二花整理衣裳的时候，二花抓住来运的胳膊狠狠地咬了一口，扭头跑向了砖厂通往村庄的那条路。

一路尾随二花的谷雨躲在砖垛后，听得真真切切，一蓬一蓬疯狂燃烧的怒火最终无声地熄灭了。谷雨对这个出了五服的哥哥充满了感激和敬意，他服了来运，他不再嫉恨二花和来运搞过对象这件事了，转而产生了一点对这两个人的愧疚，而这份愧疚，让他在婚后的日子里对二花多了几分特别的疼爱。不管来运在二花心里曾经占据着多么重要的位置，已然成为过去。二花和谷雨的日子过得安稳平顺。几年过去，孩大娃小一炕，用村里人的习惯说法那就是热腾腾火蓬蓬的人家。

谷雨有个亲戚手头有个大同矿上的轮换工指标，谷雨舍不下女人娃娃，谷雨想来想去，这个指标给来运最合适。那时候，来运的妈已经下世，单身利飒，往哪儿走都一样。于是谷雨种了来运的承包地，来运就准备到矿上下井了。

当二花一听说来运要上矿下井，心里还是狠狠地“咯噔”了一下，毕竟是四疙瘩石头包着一疙瘩肉啊！那几天，二花心里慌慌的，总是不由自主地想来运上矿下井的事情。想到来运出去做工连个给他收拾打点行李的人都没有，二花就从柜底找出自己和谷雨结婚时的妆新铺盖给来运送了过来。来运说矿山出煤的地方，拿那么好的铺盖糟蹋了。心里却是无比感激二花，自己光棍三十多年了，除了老妈，二花是这个世界上第二个关心她的女人，来运的喉头好像哽着什么东西，眼窝子热热的，差点没控制住。二花放下铺盖，临出门郑重其事地嘱咐来运井下做营生千万操心的。

日子一天天过去，生养孩子，刨闹着过光景的二花日子过得忙碌而踏实，她越来越相信“嫁谁谁好”的老话，曾经叫她怦然心动总是仄着耳朵听咳嗽随时准备跳墙头的来运在她眼里就只是个本家大伯子了，抛开以往那段情分，二花和来运相处得自然而亲近。

然而，来运走后，二花竟常常会梦见来运，有时是年轻时候搞对象的事情，二花上了柴炭房，二花踩着柴炭房上了西墙，那墙无比高，从上往下看简直深不见底，二花想要来运接着她，可来运却不见了，回头想下到院子里，柴炭房也不见了。二花把自己搁在窄窄的墙面上，墙里墙外都不敢跳……有时是来运在矿上出事了，浑身墨黑，连流出来的血都是黑的……

当轮换工的那几年，来运娶下了女人，中间也领着女人回过村。在本家的一个妯娌家，二花见过来运的女人。那女人烫着爆炸头，脸白得像是刮了层墙腻子，黑眼圈儿，红嘴唇儿，上身穿一件短短的毛绒衣服，两条腿细细的，紧身的肉色裤袜乍看上去就像没穿一样，好在还套着一条极短的皮裤衩子，要不还真以为是下边没穿衣裳。不知怎地，二花当下就想到了河滩上的鹭鸶，二花心说来运哥咋娶下这么个货色，这哪像过日子的人呢？其实，不光二花这样想，全村人都是这么想的。果然，没过两年“鹭鸶”就卷包了来运的家当，跟上河南侉子跑了。轮换结束后，来运又一个人回了村。

二花说:“来运哥，瞅那过光景的女人，管她丑俊，再成个家吧。”

又过了几年，来运还是一个人。

二花说：“来运哥，家里没个女人不行，有那年岁相当的寡妇女人收揽上，也是个人家……”

二花还到邻村上下打问过几个寡妇，人不咋地，身价不低，张嘴就论价钱，一看就不是诚心搭伴儿过日子的人。

谷雨活着的时候，二花做了啥稀罕饭，谷雨就打发孩子们送一碗给来运。来运呢，从来不会把空碗还回来，给挖一碗葵花子或者什么豆子。二花暗暗笑话来运小心眼儿，走的是“隔壁吃糕一递一遭”的讲究，敢情是怕吃下嘴债哩。谷雨死后，二花再做什么饭就不送了，不送是个不送，但心里还是要纠结那么一阵子的。来运这边也是，看着二花一个人扛着一大家子，有心帮帮吧，怕惹闲话，不帮吧还有点不忍心。

二花和来运的话是越来越少了，他们俩的心思都在心上在眼神里。二花觉得来运没拖没拽条件比自己好，找她无异于跳了枯井，后半辈子给她和孩子们当牛做马永无翻身之日。来运这边呢，家底空空，也给不了二花个啥，娃们跟上他也还是个过苦日子。再说了，本家大伯小婶子，人们会怎么说呢？思来想去，想来思去，两个人都捉不了主意，就那样在心里惦记着，想着念着操心着对方。

那年春旱，好不容易等住一场雨，人们连明昼夜抢墒种田，来运先给二花把地种了，二花本来是想要说些感谢的话，话到嘴边却变了味。二花说，来运哥你以后不要管我们娘儿们了。来运怔住了，老半天泛不上话来。二花说，前房后院住着的人多了，帮忙没你这么帮的。二花想激将一下来运，二花想探探来运到底有没有和她过的意思。来运的理解却是二花在往开支自己，二花的话就像兜头浇下来的冰水，把来运浇了个透心凉。来运背对着二花不知道该说什么，也没有勇气转过身来面对二花。二花见来运久久地背对着自己，猛地扑上去，从后腰一把抱住了来运。二花说，你是木头人啊？你咋就不懂人的心……二花温热的身体在来运的背上贴着，越贴越紧。来运猛地翻转过来把二花托着放到炕上，来运举着当年被二花咬过的那条胳膊，二花分明看见一块圆圆的紫红的疤痕。来运说，多少年了，想你的时候，我就在这儿咬……今天，就今天，我叫你看看我的心……

来运要和二花完成多年前他们在砖垛子间没有完成的那件男女大事，来运一边喘着粗气，一边像剥玉茭棒子一样一层一层脱去了二花的衣裳，来运说，从今往后管屎他谁说啥……就咱俩……就这样过……

二花的傻儿子三三不知什么时候进了来运的院……

三三“嘻嘻”地笑着，把看到的情形和村里日阳湾里的人们学说了一遍又一遍，二花和来运这件事很快就被传了个遍。

二花的两个女儿说，只要再和来运来往，她们就死给二花看。

二花不吃不喝在炕上躺了三天，母女三人达成了一致，谁也不能死，还得活着……

过了这个年，来运六十二，二花五十八。谷雨的阴寿也有二十五了。

来运家的烟囱又开始冒烟了，二花知道来运没去矿上看门房，还张罗着烧炕吃饭过光景。

二花痴痴地望着那一缕烟，慌慌的心竟踏实了。

蹚不过的马家河

一

腊月二十六一大早，老娘就催我回村上坟。老爹说："我今年身体不好，叫这病闹得一腊月没敢出门，村里我就不回了，你全权代表我。以后一年一年我老了，这就是你的营生了。养儿养孙为啥？不就是活着给接济口吃喝，死了给上个坟吗……"

上坟的东西，老娘早准备好了，她做这营生趁手得很，落不下步数。三份儿，分别装在三个纸箱里，我查点了一下，有酥皮点心、苹果、香蕉，还有一小碗供菜。那供菜做得精致：坐底的粉块豆腐、倭瓜全是过了油的，上头披着细纷纷、绿油油的海带丝，海带丝上撒着几朵葱花儿，隔着保鲜膜都能闻到葱花、胡麻油的香味。

说实话，我对我奶奶的印象已经模糊了，我爷走时我十来岁了，已经记事了。临走的时候，我爷眼看着一口气，就是咽不下去，急得干瞪眼儿，张口出气，眼睛瞪得像铃铛，"能走了，能走了，爷爷走了以后，你给爷爷把那幡子扛得硬硬的。"村里风俗，长辈走了以后，幡子是孙子扛的。有孙子咋也好说。要是没有孙子，村里看吹打的人会撇嘴：哎呀呀，啥也好，就缺个扛幡的！那死人没面子，活人脸上也吃架不住。我爷人高马大，手巴掌也大，他亲我亲得厉害，动不动就把我放在手掌上举高高，还给我取下个"小马驹儿"的小名儿，后来念书时，我二大爷马二娃给我把那个“驹”字改成了举人的“举”。

唉，这人啊，不能长命百岁，就想着通过栽根立后来延续这点血脉。人人说“栽树瞎地，养儿撩气”，可没个儿女，孤独寡相，有啥意思呢？就拿这上坟来说，祭奠的是死人，实际也是提醒着自己，从哪里来，最终到哪里去。

从城里出发，开车一个多小时就瞭见村前的那条河，过河，进村，上村背后的那道梁。在爷爷奶奶的坟上摆下供品，我说：“爷爷奶奶，过年呀，给你们送年货来了。山高林密，不敢烧纸上香，衣服、钱垛子收揽上，该花就花，该穿穿上。”

跪完爷爷奶奶后，我来到了二大爷坟前。想到去年这会儿，我还和他喝了顿酒，这会儿却埋在这土疙瘩底下了。二大爷这辈子可真窝囊，我塌崖似的给二大爷跪下，心口紧焐焐的难活（方言，身体不舒服）。

二

去年，我是腊月二十八回的村。

我们村叫马家河，一村大多都姓马。这些年来，村里人家大都搬迁了，拢共剩下十几个老人，若是后山下来一群狼，怕是连反抗的余地都没有！这十几个人中就有我二大爷。二大爷自小看好我，这多少年的惯例——年根下不论多忙，不论迟早，我是一定要回来看望他的。我知道，过了二十三，他就一天天等我回来呢。

那天刚进院，就听见二大爷在家里和谁说话，我没敢贸然进去。

“看我乌玉音亲的，乖的，多会儿也是圪虎虎在我怀里窝着，看那身上绵乎乎的，看那脸盘盘粉突突的，糯米牙齐生生的，小嘴嘴一嘬一朵花……”

哎呀妈呀，乌玉音啥时候来的？人家那炮筒脾气的老汉没了吗？娃们同意不？真是越老越没调了！

乌玉音脸盘粉突突的时候我没见过，我见她的时候，已经老得没看头了，脸皱巴巴的像一团搌布，一嘴假牙，嘴张得稍微大些，假牙就和牙床分家了。然后，老人嘴角一抿，舌头一顶，牙就上去了。

“你看，你看！海桃子，我又说你呀，数你霸道哩，老是没个够……再不要去人家三老汉家了，再去我楔断你的腿，咱家是没吃的还是没喝的，你上人家家里托嘴（蹭吃）？三老汉啥人你不知道？叫人家把我骂得多难听！你咋就不长心呢？让我跟上你，少脸没皮的，你要怀上了，生下娃娃我不给你养活，我给你扔到沟湾里……”

哎呀妈唉，看这样子还都在，这是一搭过呀！也不怕人家海桃那俩儿寻来，人家海桃和谁生娃娃有你啥相干，用你养？三老汉人家骂的你个初一还是十五？再说那三老汉和海桃子都多大岁数了，还能生出个娃来？说你老糊涂吧，还咸吃萝卜淡操心，自个儿连自个儿也招架不了啦，还尽贪那花红！

我又气又失笑，好奇着想看看这些老家伙们能做个啥。看来这些留守的老家伙们也红火呢，还捣鼓得挺热闹。

“焕如，你是我嫂嫂，咱俩做下个啥你也是我嫂嫂。我小时就吃过你的奶……你啥我不知道？你和我妈，一样样的灰相，当自个儿异样（厉害，强硬）哩？嗨！异样不过个没人理，装死卖活吓唬人。嗨，终究把自个儿闹住了……”

呀，我焕如大娘早就去世了，二大爷这是胡说的啥？我一寻思，这才听出二大爷是一个人在说话！半年多没见，这老汉莫不是神经了？

推开堂屋门，在黑洞洞的堂屋里适应了一下眼睛，才敢下脚。箩头、筛子、扫把、电动车，横七竖八躺下一地。我高抬腿迈过这些障碍物，进到家里，哪儿有乌玉音，哪儿有海桃子，哪儿有焕如哩！灰老汉一个人正平塌塌躺在被窝里，只露一个头，白头发乱糟糟地翻翘着，被窝外卧着两只猫，大概就是海桃子和焕如，因为乌玉音乖，乖乎乎儿在他怀里窝着呢。

听见有人进来，二大爷从被窝里钻出来，坐了起来。我看见他光着脊梁，连个背心都没穿，肋骨一条一条的，活像两块弯着的搓衣板儿。“乌玉音”大概窝蜷烦躁了，趁机“嗖”的一下钻出了被窝筒，跳到了地上。

二大爷家里冷，他就在被窝筒里钻着，起来也没个做饭的，人家那些老伙伴都上孩们家过年，村里就剩他和三老汉了。三老汉和他说不到一搭，见面就抬杠，撩气窝火的。冬天天短，吃两顿饭，快晌午吃一顿，半后晌吃一顿，人、狗、猫一锅饭。

我说：“家冷的您不懂得烧上，还是啥也舍不得？”

“热着哩！”二大爷撩开盖窝让我摸，“你看，两张电褥子，铺一张，盖一张！”

“亏您能想出这点子来，就不怕失火？再说那电褥子上下烤，还能不上火？”我一看二大爷的嘴角，圪堆堆的疮儿、摞疮儿，黄的、红的痂子不用撅，也像开了花儿。

说话中间，二大爷起来了，把铺盖顺炕一卷，张罗着下地给我烧水。水瓮四周冻实了，敲开中间的冰凌碴子，舀一瓢水倒在电水壶里。烧上水，掏了灶子和炉子里的灰，又到西正窑抱回胡麻柴和劈好的木柴棒子，又撮进来一箩筐炭，碗大的炭块子对着磕打，把炭块子磕打成了鸡蛋大的坷垃子（方言，半大，介乎大小之间）。这中间，他呼哧呼哧喘着气，像拉风箱一样，喉咙里发出“吱儿吱儿”的怪声音。

不知道几天没烧火，胡麻柴塞进冷灶里，先是倒冒了一阵子烟，家里烟笼雾罩的。二大爷咳嗽得一阵比一阵厉害，喉咙里“嘿儿嘿儿”咳不上来，咽不下去，那么大的个子抽扯成了一团。我拿起纸片子赶紧煽火，好不容易把烟引进了炕洞，因为冷灶，“嗵嗵”连着打了两“枪”，火才“轰轰轰”地着起来。

“你和秀儿从小喜欢耍火火，记得有一次把秀儿的刘海烧的，就像个洋娃娃……”

唉，这灰老汉是又想秀儿了！秀儿要是还活着，他也不至于潦倒成这般地步……

三

我和秀儿从小一起耍大，我比秀儿大三天，秀儿不服气叫我哥，非得在哥前加个小，小就小吧，小也是哥。小时候，秀儿就是我的小尾巴，我走哪儿她走哪儿。我们常耍的游戏就是“骑洋车”，一根有分叉的树枝，我抓着分叉，在前边“骑”，秀儿坐在后头。她说要进城，我就往东骑；她说去西面，我就往西骑。小时候，我可听秀儿的话了，秀儿治我的办法就是哭，一不依心就哭，我怕秀儿哭，她一哭我心上就麻烦。再要是叫我妈知道了，肯定拿笤帚疙瘩修理我一顿。我妈老吓唬我：“你个灰东西，你敢欺负秀儿，小心我剥了你那皮！”事实上，我不敢也舍不得欺负秀儿，倒是秀儿老欺负我。秀儿就好玩骑马马，和她在炕上耍“骑马马”，说好她骑我一会儿，我骑她一会儿，结果我却一直当马马，驮着她绕炕转，她夹着我的腰，拍着我的背“驾——驾——驾”地赶着，我越跑越快。她揪我左耳朵，我左拐；揪右耳朵，我就得右拐；秀儿喊“嘚儿，嘚儿”，我就赶紧停住。秀儿骑上马可高兴了，一高兴就小哥小哥地叫我，叫得可亲了。稀罕不过秀儿能让我骑一回，却也不好好走，猛地一趴，就把我闪到炕上，我们俩就一起叽叽咯咯地傻笑。我和秀儿耍过家家，她当妈妈我当大大（方言，爸爸），半砖头当娃娃，我们一起过家家、做饭饭，烂瓷片子当碗碟，树叶是饭菜，花瓣当肉食，耍得可起劲了，跟真的似的。

我们一般都在我二大爷家耍，不敢回我们家，我妈爱收拾家，啥有啥的放处，二大爷不让秀儿上我家，怕玩得没深浅给祸害下。我从小就猴性，一下也坐不住，而且在耍的方面很有天赋，捉迷藏时，能藏到谁也找不见；轮到我找人，任你是藏到耗子洞去，我都能给你揪出来。因为疯起来没边没沿，常有出格的时候，一旦把家翻腾得乱七八糟，或者把什么东西弄坏，我妈顺手抄起个啥就在我屁股上敲打几下。幸亏我跑得快，一般情况下她逮不住我，只能扯着嗓子恶狠狠地喊：“哎，你个灰货！躲得了和尚躲不了庙，我给你攒着！”

只要不当下算账，我不怕她攒着，爱攒攒着，攒多了也是个忘。我一做啥就往二大爷家跑，跑过去躲起来就安全了。二大爷笑眯眯地说："又做下啥没的了？二大爷把你扣在大瓮里，管保你妈寻不见，吓唬吓唬那狗的，看谁再敢打俺娃！"有时候，我们耍得眼看天黑了还不想回家，我就在二大爷家睡了。那时候人穷，一张狗皮褥子横铺着，爷儿三个盖一张被子。二大爷一边搂一个，隔着二大爷，我和秀儿探过手，你打我一下，我抓你一把，她哭我笑地闹腾。我小时候梦见尿急，往院子跑，紧跑慢跑地就尿了床。二大爷常说："等你狗的长大，得赔我一张狗皮褥子。"我满口应承，等我长大了，给他两张狗皮褥子，两床金花缎被，他一套，秀儿一套。

对金花缎被窝的了解，是看村里人娶媳妇儿。娶回的新媳妇，就坐在金花缎被窝上，那被窝暄腾腾、绵乎乎的，一圈儿雪白的里子出来，映着红底子金黄色的团花，日头底下忽闪忽闪的，真是好看得厉害。那时候，村里一娶媳妇儿，全村人都去看，真是红火！乞丐讨吃的来说喜，举个空酒瓶，瓶子插一毛钱，从大门口念到喜房窗根底，说喜的话多是那种很顺口的四六句子，我小时候就爱学"说喜人"："金针烩菜，蟒袍玉带""旺火垒了三尺三，辈辈下来做高官"……当时记下的真不少，被爹狠狠打了一顿，再不敢了，也被打的全丢了。要是我爹不打我，我把记下来的再加点自己编写的，七攒八凑还真能出一本书。"说喜人"是边走边说，正好走到喜房就说完了，最后来一句"东家叩喜哇"，主家接了酒瓶子，给装一瓶酒，返几毛钱。那说喜的就端了盘子在办事宴的人家院里吃粉菜、吃油糕。大人们看娶媳妇儿是看人家娶媳妇儿的礼节，看人家的气派，看娘家门上的赔奉，看娶亲送亲的娘舅，我们小娃们主要是抢喜糖。

喜车回来，小姑子端着"添胭粉"的红盘盘，主家婆婆打扮起来，笑嘻嘻地迎接新媳妇儿下轿，那盘里有面捏的滑鱼吉兔，一条红线拴着，还有下轿钱和花花绿绿的糖蛋蛋。新媳妇儿下轿前，婆婆得给下轿钱，还要剥一个糖蛋蛋喂到新媳妇儿嘴里。接着那婆婆就冲在场围观的人撒糖果，人们挤成一团在地上哄抢，小孩们眼尖手快，身子也灵活，挤着从大人们的腿隙间捡着、抢着。大气的人家撒好几把，小气的人家也要意思意思。也有为逗笑头的，抓在手里一大把空扬几下，忽悠得人们跌马趴。也有小气的或者贫寒的人家用糖纸包着大豆掺和到糖果里头扬出去。有一回，我和秀儿抢喜糖，尽抢些包着糖纸的大豆，我们就骂那家人是“二分钱买个羊蹄子——嘣脚板货！”秀儿把自己的一块糖吐到手心里，说小哥你吃吧，我不爱吃糖。我吃了她手心里的那颗糖，连沾过糖的手心都舔了。

二大爷有三件宝，烟锅、烟袋、挖耳勺。羊皮烟袋，也叫烟衩衩，两个内兜，一个装兰花，一个装水烟，兜子上还各有一个小翻盖，缀着个暗扣。吃兰花就打开装兰花的兜，吃水烟就打开装水烟的兜，吃完再盖住，不混淆、不串味。背面还有两个小插子，分别装着烟枪和纸媒、火柴。二大爷的烟锅是不让秀儿耍的，说是女孩们一动，那羊腿骨烟枪就开裂了，颜色也暗了。没想到女孩们还有这么大的本事。这一点，到现在还影响着我，对女人们心存敬畏，感觉她们潜在的威力不知道什么时候就爆发出来了。

二大爷张罗着给我炒羊肉。我和秀顶爱吃二大爷的小炒羊肉，快刀把肉切得不薄不厚，先煮后炒，小火逼出油来，出锅前烹上葱、蒜、花椒面、干姜面、酱油、醋，刺啦刺啦地翻搅几下，能香塌脑仁。二大爷会做羊肉，可不会杀羊，他下不了手，杀羊是我本家满仓叔的事情。满仓叔长的一脸坏人相，像极了电影里的汉奸，半分头，脸上疙疙瘩瘩，鼻头红彤彤，尤其是再喝上二两酒，更是红得厉害，像是一颗熟透了的草莓，脸上的坑里不知道是汪着油还是汗。别看满仓叔这副样子，人家有个好妻命，他女人海桃急急蹦蹦可活套了，打里照外都是一把好手。

二大爷好喝两口，好酒就认得二十年汾，每年回村，我都给他拿两瓶，他逢人就炫耀。炫耀得人们都烦了，尤其是那个刘门家的三老汉，不等我二大爷张嘴，就抢先说：“小马驹儿又给你拿回二十年汾酒了？”我二大爷说：“那自然是！”三老汉说：“要是有个这样的儿子，那烧酒还能喝完？自个儿没那命嘛！”这挨砍刀的三老汉，瞅准了就捅一下二大爷的痛处。

秀儿其实是二大爷抱养的闺女。老汉从来不瞒不藏，也瞒不住。他一辈子没娶过女人，谁给生闺女！从我懂事起，二大爷就说："小马驹儿，二大爷把秀儿给你呀，给你当媳妇儿呀。"我说行，等我长大，开上汽车来娶秀儿，搬上她绕村转一圈儿再回家。那时候我只有六岁，啥也不懂，秀儿也只傻乎乎地笑，一笑露出两颗白生生的小虎牙。村里人也好耍逗我说："小马驹儿长大娶谁呀？"我得劲极了，脆生生地说："娶秀儿呀！"

四

那天中午，喝完酒，我给二大爷理发。有钱没钱，剃头过年，我给他理了十来年，边理发边和二大爷呱嗒（聊天）。

"才刚七十几，这会儿人寿大，活个八十多不长，你还十好几年，不行众人给你踅摸地找个老娘娘（老伴）哇，一个人孤溜寡少的。"

"二大爷一辈叫女人害苦了，死呀死呀，要那挨刀哩？"

我给二大爷理了发，刮了胡子，老汉一下子好像年轻了几岁，加上晌午喝的酒，二大爷脸色红润，气色很好。

"你娃娃信命不？二大爷是越来越相信命了。命是啥？你看不见它，它还捉弄着你，心强，强不过命，你跑不掉，饶不下，这辈子逢啥人，遇啥事，都是命里注定的。别看你现在不信，那是你还小着哩，等你有一天被命整戳草鸡（方言，变得软弱畏缩）了，你就信了，你这辈子也就快走完了！"

"我觉得我不行了，你今儿回来就当是咱爷俩把年过了。人生七十古来稀，二大爷这年没少过，也是过够了。我和你说，你听着、记着，二大爷这辈子，窝囊！不说它了。等我死了，你主持着把我打发了，金锁儿爱回不回，你通知他们一声，话到了就行。我存着两万块钱，你打发我时全花了，一个人合计好。我知道你这娃手把大，花钱没个尺寸，亏下了也是你的事情。你娃仁义，二大爷没看走眼，这世界上，二大爷就数亲你和秀儿……秀娃儿也是那苦命人，一落地就被大人扔到野地里……又遭逢下我这号讨吃当家人，把娃害苦了。俺娃要是活着，不管好赖，肯定也是孩大娃小、红火热闹的人家……俺娃从小打里照外会过光景……俺娃爱财，眼看窑塌呀，非要进去拿那些破瓢烂罐，二大爷就大意了……早知道我就一把拉住她了。”

老汉说着说着哭了。

哭了一阵，红着眼睛说：“那金锁儿是个没良心货，咱姓马的欠他姓吴的，你四爷给他爸娶媳妇儿，我给他娶媳妇儿，良心都被狗吃了。二大爷给你写个东西，我死了，我怕他寻你的不是，到时候胡闹起来，你也有个凭证。那个赖货，得操心他哩……”

我说：“你这老汉不知道瞎说啥，身体好着哩，好好活，得把自个儿当回事情哩，该吃吃，该花花，给谁也没好。”我有心说：“今年夏天我回村，还碰见你和哪家的寡妇唠得火热哩，闹得我走也不是，进也不是。我热憨憨地在大门口给你站岗放哨，那三老汉鬼精的，路过来路过去，问我咋不进家，是不是你二大爷又在帮哪家寡妇看手相呢，说完还一挤一挤冲我眨眼睛。”

二大爷说：“你别哄我高兴了，我自个儿的情况心里镜明，就是个这。我最近老梦那两个死人哩。你四爷眼泪汪汪地说，二娃，咱家你妈一直当家，爹没本事，遮苦不了你，把我娃害苦了。你四奶，还是脸黑愤愤的，还那么厉害……就是噪噪噪地骂人。还有金锁儿他妈……”

五

四爷是二大爷的爹，四奶是二大爷的妈，金锁儿妈叫焕如，就是我二大爷的隔山嫂嫂，四奶是带着金锁儿爹富栓嫁给我四爷的，在嫁我四爷之前，就已经“送走”两个男人了。

我四爷出生在旧社会，家里穷得没有根椽片瓦，十二三岁给人家拦牛放羊，饥一顿饱一顿，竟也长得人高马大，因为能吃，人们给取绰号“四大肚”。我四爷有多能吃呢，据说年轻时候和人打赌，一顿吃过二升黍子面的糕，我四奶搅一升莜面拿糕，调盐水的工夫，四爷就把热拿糕吃下一多半，四奶说也不蘸些调和就吃了？我四爷便说：狼等调和早饿死了！四爷吃饭好像不嚼，烧喉咙、烫嗓子地一骨碌就给咽了。

四爷是三十四五娶的四奶。那时我四爷赶高脚，就是用骡马驮炭、驮莜麦，到雁北各地去卖，卖完再驮些盐碱之类的回来转山卖。那时候交通不便，一天走不了多远就黑了，赶高脚的人要住店打尖，常年在路上跑，四路七县见的世面多，认的人也多。四奶就是四爷在路上“拾”下的。那时四奶带着金锁儿的爹给车马店烧火帮灶，一来二往就惯熟了，四奶知道四爷没娶过女人，没牵没拽，人也长得人高马大，就动了心思。但四爷的穷苦，还是让她有些拿不定主意，毕竟嫁汉嫁汉，为个穿衣吃饭，况且还有富栓这个拖油瓶儿，将来娶媳妇儿那不也得花钱？让四奶下定决心跟四爷，是一天早上，四爷呼一下把一垛子炭压到了骡背上，四奶垂着两只水淋淋的手，惊得半天合不拢嘴。

这之后的某一天，四爷赶高脚回来，骡垛子上架着四奶和富栓，村里人说笑：时也来，运也转，四大肚娶回个大脚板！四奶两只大脚撇在马肚子两边，荡荡悠悠。村里女人们看西洋镜一样一边叽叽喳喳咬耳朵，一边鬼鬼溜溜圪眨眼。四奶脸黑愤愤的，眼睛凶巴巴的，她扫一眼马家河日阳湾湾晒暖暖的男女老少，腰板挺得更直了，两只脚荡得更欢了。

四奶带的儿子叫富栓，姓吴，到我四爷家时已经十来岁了。“半大小子吃死老子”，加上前家儿子吃后继父不心疼，家里的日子可想而知。四奶人鬼精，不给四爷生娃娃，她得考验老汉的人品，怕有了亲生的会嫌弃这个带犊儿。我四爷也不着急，对富栓就像亲生的，好吃好喝尽着富栓，好穿好戴尽着富栓，富栓做下啥也不说二二三三。毕竟不是自己的骨血，管得对了，不对了，都说不清。

叫人家妈教育，没不是。再者说，我那脸黑愦愦的四奶据说可厉害了，做营生一把好手，打起架来灰气些的男人一对一根本打不过她。大概是看我四爷实在，四奶才给我四爷怀了个娃娃，就是后来我的二大爷。我二大爷的降生是何其幸运，但伴随这幸运的却又是何其不幸的一生啊！

关于四奶，好多事情都是二大爷给我讲的。说有一年过年，富栓欠了人家赌债，不敢回家，躲出去了，四奶和媳妇儿焕如在家捏下两笸箩饺子，要账的人坐了一炕，有的说不还钱就挖粮食，有的说就在他们家过年。那些要账的，鞋也不脱，在炕上横躺竖卧，十几杆烟枪熏狐一般，把家抽得烟雾笼罩，"嘁嘁咳咳"地想往哪儿唾往哪儿唾，窗台上、炕沿上磕打得尽是烟灰。我四奶不动声色，该做啥做啥，那些人她权当没看见。收拾停当年夜饭，眼看天色越来越暗，四奶拄着一柄扫帚，冲炕上喊一嗓子："你们吓唬也吓唬了，祸害也祸害了，想要咋呀？"

"咋呀，你说咋呀？欠账还钱，天经地义，你说咋呀？"要饥荒的无赖反问。

"欠你们钱的是吴富栓，你们在我家里作害是啥道理？再说你们把吴富栓逼得失踪了，是死是活我还不知道，我还没跟你们要儿哩！"我四奶说，"你们是好走呀歹走呀？莫非还等我上香烧纸哩！"

那些人没好气地说："你这老人说得倒是轻巧，好走咋走，歹走咋走，你老人给个说法！"

没等这伙人反应过来，我四奶挥舞着大扫把就是个顺炕扫，她扫得很猛，夹打带扫，风卷残云。一边扫，一边吆喝："焕如，给我把咱那把铁禾叉拿出来，扎死那狗们我顶命，咱娘儿们已然是没活头了！"没等焕如拿来禾叉，炕上的人连骨碌带爬，一个个灰溜溜地跑了。

晚上焰旺火的时候，富栓回来了，四奶一句关于无赖来家要账的事情都没说。她让富栓换上新衣裳，从里到外一水儿的新。她在旺火前烤馍馍，接上旺火炭煮饺子，像是什么也没有发生过。

困难时期，四爷为了家里老小有口吃的，莜面糊糊稠点儿，每年春天走口外，秋收后回来，一走大半年。我四爷是个好受苦人，种地锄田、扬场耕地都扛大头，人们都愿意雇他做营生。富栓不务正业，是方圆附近几十里有名的大痞子无赖，焕如管不了富栓，也指望不上富栓，全凭婆婆遮苫。就这样，四奶就成了这个家的实际当家人。

四爷知道，富栓是指望不上了，就栽培我二大爷好好念书，二大爷也争气，书念得不赖。可我四奶就不一样，她是指望我二大爷长大后能给家里往回赚点吃喝，帮着她和焕如一起把金锁儿养活大。初中毕业，二大爷考上了高中，要到县城里念书，四奶死活不供，她说“念书念书，越念越输”“小子不吃十年闲饭”“穷人孩子早当家”，再念人就废了。在这一点上，我四爷说啥也不能依这个大脚老娘娘（老婆），不和她讲道理，也讲不清，但主意是拿成了铁钵钵，这是一件关乎自己唯一的亲生儿子前途命运的大事，是一丝一毫都不能妥协让步的。四奶这老人厉害是厉害，但毕竟是头发长见识短的妇道人家。就拿富栓来说，人之初，性本善，那个样子，很大程度上与她对富栓的溺爱有关，总认为富栓从小没了老子，怕他受欺负。富栓和娃们打架，本来是小小的事情，转身就能和好，她偏偏要插出来和人家理论没完，仗着她的威风，富栓也一天天欺大压小，不省心，娃们都躲着，没人和他耍，他也扫兴得厉害，就和比他大的孩们耍，甚至是往大人堆里扎，学会了耍钱。

六

四爷一辈子就做主了一件事。那年，我们全乡统共才考上两个高中生，其中一个就是我二大爷。四爷高兴得不得了，逢人就说：“我二娃考上了，我二娃考上了！”

从小山村到县城，走进县城最好的学府，二大爷的眼前豁然开朗，一切都是那么明亮，那么新鲜。教室敞亮，校园整洁，老师、学生、校工的穿着打扮、言谈举止都和他们村的人有一种截然不同的姿态。操场上，有男孩子跑步，身姿矫健；女孩子们坐在树荫下低头合看一本书，看到某处，还抬头交换一下眼神，微微一笑。那时候我二大爷这个山娃娃和学校环境明显不协调，笨拙的“踢倒山”鞋，肥大的黑袄、蓝甩裆裤子，连发型都是滑稽的铁匙头。我四爷送下我二大爷，把行李放到宿舍，安顿住下。二大爷那时候已经十六七了，但山娃娃从小多见石头少见人，还是腼腆得很。四爷要走了，二大爷恋恋不舍地跟出来，硬要送他爹出大门口。分别时候，四爷说：“二娃，给爹好好念书！”我二大爷点点头，望着他爹满头的白发说：“爹，你也老了，少受些累，注意点身体。”四爷说：“娃儿放心，爹自个儿有分寸。你要好好念书，这世界上，只有念下的书别人掏不走，你念到哪儿爹供到哪儿。爹还要给你攒钱娶媳妇儿，这担担重。你只管好好念你的书，你哥不成器，不是咱马家人，给他娶过媳妇儿按理说完成了任务，但你妈护犊，儿子、孙子、媳妇儿都养活着，能说个啥？爹就指望你争气，咱家就那样，闲心你别操，操也没用。古人说：“两耳不闻窗外事，一心只读圣贤书。”念书要一心一意。有我在，误不住你念书的花销，秋忙完，爹就下大同砖瓦厂受呀。赚了钱，我娃就不受制。”四爷一番话把我二大爷说得心里暖烘烘的，眼里起了一层水雾，背转身赶紧擦了一把。目送我四爷的身影离去，二大爷心里升腾起一股很强大的劲儿，那股劲儿顶着他，恨不得把所有以前没有学过的知识都装到脑子里。

如果顺着这个轨迹发展，二大爷一定会考上一个当时人们看来很吃香的大学，走上人生的金光大道，然而，老天爷捉弄人没深浅，我二大爷的人生却总是在关键节点出岔子。

那年深秋的一天，我本家的一个叔叔来学校找我二大爷，说是家里出事了。二大爷一路上着急地打问到底怎么了，这个叔叔憋着两眼泪，就是不说话。我二大爷猜想是不是他妈出了事，他妈豪强霸道惯了，是不是和村人打架出事了；是不是他哥富栓怎么了，富栓一天天招是惹非不省心；或许就是嫂嫂焕如，一天天寻死上吊吓唬人，全凭他妈给软硬兼施地给拿捏住。他万万没想到，出事的是他爹，“四大肚”老汉。

临到村口，这个叔叔才哇的一声哭出来。他说：“二哥，我四大爷没了！”

回到家，天已擦黑，我四爷已经躺在门板上，二大爷扑在他爹身上哭开了：“爹啊，你咋了这是？你咋不管我了？爹啊，你咋难活哩？你咋疼哩？你咋走得这么着急？爹啊！爹啊！”

四爷是在大同砖厂出的事，砖窑塌方埋住的，刨挖出来已经没气了。我们那里的风俗，死在外面的人是不能回家的。四爷躺在门板上，大门外临时搭起一个棚子，二大爷就守着棚子跪在他爹身边，半夜里忽然刮起大风，把棚子刮倒，苫面纸刮飞了，一道闪电照着四爷惨白的脸，炸雷一个接着一个。紧接着，那雨像从天上往下倒一般浇下来。二大爷背起四爷就要回家，四奶死活不让，她说，人死都已经死了，回家，不吉利。秋天的暴风雨里，任我二大爷趴在门边哭诉，手指头肚在门框上磨出血，我四奶也没开门。二大爷只好把他爹背进了草房里，那一夜，我二大爷哭得嗓子都哑了，之后“打发”四爷的几天里，二大爷一声都哭不出来了。当我四爷的墓门掩上的时候，我二大爷一下子晕了过去。

这位“打发”了三个男人的老女人，在处理我四爷的后事时，指挥得头头是道，再一次显出了马家河村女人们所没有的那种“雄才大略”。因为我四爷是工伤，砖厂有一笔抚恤金。在抚恤金的分配上，她首先想到那个不成气候的富栓。“打发”四爷的时候，富栓始终以长子的身份出现，有意思的是，姓了三十几年“吴”的富栓，改姓了“马”，以马富栓的名字被写在了马家的“裔支簿（记载后代的花名册）”上。我四奶对着马家的几位有声望的老辈人说：“老四走了，撂下我们娘儿们，以后还得咱马家人照护着。”四爷的棺材还在堂屋里停着，看我四爷这个死人的面子，大家都满口应承：“那是那是，一定照护着！”别看我四奶平时不为人，说话做事占地方，但关键时候是能软下来，几句话说得大家心里软融融的。我四爷的抚恤金说好的二一添作五，富栓和我二大爷一人一半。但我二大爷的那份儿钱在我四奶手里攥着。富栓的逼命饥荒来了，还得拿钱救命。眼看家里是荞麦皮榨油榨干也没啥了，富栓就失踪了。

四奶是无论如何不会再供我二大爷念书了，她看好的可是她这个儿子的身架子，在农业社拉练上几年，又是拿轻抗重的“四大肚”！四奶总认为自己盘算得很周到。她哭着闹着，把我二大爷从学校叫了回来。她说：“二啊，咱家不比别人家，你爹死了，你哥也没影儿了，你说我和你嫂嫂咋活？少吃没喝，你嫂嫂一走，再把金锁儿带走，那不是活活把妈的心肝摘了！二啊，你也成人了，妈不指望你指望谁？”

七

二大爷忍痛离开学校，离开了宽敞明亮的大教室，离开了看好他的老师和同学。在学校的光荣榜上，那个好听的官名马大庆永远消失了，彻彻底底成了马家河村的马二娃。

他背着那卷烂铺盖，一步步艰难地离开了学校。走一路，哭了一路。在村口我四爷的坟上，扑倒身子，哭得几次背过气去。缓过来后，把眼泪擦干，平静地回到了家里。

回村后，我二大爷一个人住在一间小西房里。丧父之痛，加上失学，我二大爷心灰意冷，一整天不出门，晚上点着一盏小煤油灯看他从学校拿回来的书，我四奶就骂他，嫌他费煤油，说世界上四大没用就是“锁子铁豁关针，茅厕档子毕业生”。这毕业生指的就是我二大爷。实际上我二大爷还有半年就毕业了，即便不再升学，那时候的高中生也已经是了不起的高级知识分子了。二大爷的那些同学后来都参加了工作，最次的，退休前也是正科级待遇。而他却被这个搞独裁的妈害苦了，中断学业只是开启了她“坑人模式”的第一步！当然，我四奶的出发点是好的，她甚至是想要得到一个皆大欢喜的结局，用现在时髦的说法就是双赢，甚至多赢。实际上，依她老人家的见识和能力，只会是把事情往黄里搅，临死的时候，她终于认识到了自己的错误，咽气前拉着我二大爷的手说："二啊，妈把你害苦了！"

富栓失踪的那些年，我二大爷已经锻炼成一个很不错的庄户人，四奶打量着这个儿子，越来越有我四爷"四大肚"的样子了。四奶的心又跌到肚里了，自己老来老去终于又有靠了。想到富栓这几年一去无影踪，书没书，信没信，活不见人死不见尸，真是叫人心焦。焕如隔三岔五扔下娃娃住娘家，四奶就有点不放心。

有一天，焕如说："他奶，您看着点金锁儿，我爹病了，我给去看看。"我四奶寻思：你爹病，你又不是个赤脚医生，你去能顶个啥事？我看是你病了，你是身上得了痒痒病，你是有挠的人了！四奶心里恨得圪愤愤的，牙咬得圪崩圪崩的，嘴上却答应着，好言好语地说："焕如，你放心看去哇，金锁儿有我和他二叔哩。你心宽宽儿住上几天，好好伺候着，等他姥爷好利索再回来。"

四奶虽然厉害，可那是对外人，对焕如是很好的。她把焕如当女儿一般看待，甚至比女儿还亲热，至少表面上看来是这样的。自己没有女儿，她是真稀罕焕如。我四奶做啥也盘算得长远，她想着和焕如婆媳一场，交往下了情分，自己老来老去，洗洗涮涮还得指望焕如。富栓不成气候，四奶对焕如好，还有一层意思，那就是要用自己的心暖着焕如，要让焕如生不出其他的心来，她要用情用理说服住焕如，她还要用真金白银拴绊住焕如。焕如从十八岁嫁给富栓，是婆婆一手调教出来的，对这个婆婆是既怕又敬，还有几分依赖，她觉得没主意的时候，婆婆一出现，一说话，不管多大的事情，不管遇到啥情况，自己立马就硬气了。日久天长，焕如的做派也有了婆婆的样子，也厉害起来了，说话咬牙切齿，那脸是说变就变，动不动就寻死觅活地吓唬人。焕如这一套蛮不讲理的劲儿，有时还真是能把人镇住。

有年秋后队里起山药，临黑收工前，队长要检查，要搜身。起山药时，女人们就在裤腿里，主腰子（类似于背心服饰）里装几个山药，黑夜回家煮着吃。一般情况下，队长也是睁一眼闭一眼，不知那天队长抽的哪儿股筋，非要搜身，而且是要搜女人们的身。那些被焐热的山药都被队长搜了出来，倒回集体的老堆上了。轮到搜焕如，焕如就不往起站，队长说："富栓家，你站起来。"焕如说我裤裆扯了，遮不住，不能站，你闪开些。队长说："你自己掏出来，要不我就下手掏呀。"焕如虎劲儿一上，"呼"地一下站起来，裤带一抽，眼看着裤子就褪下来时，那队长连忙扭头止住了她。那队长也姓马，论辈分，焕如称呼她爷。这位队长爷见焕如使开泼妇手段，赶紧转身走了。其实那天焕如的山药是装在肚子里，那几个山药光不溜溜的，焕如贴肚皮装着，已经焐热乎了，她咋也舍不得叫队长收去，就想了那么一个点子。从那以后，队长看见焕如就躲，村里人说看人家：娶媳妇儿搭（像）婆婆，两扇门儿一合合！说归说，那年代，马家河村敢难堪队长的人还不多，富栓媳妇焕如和"四大肚"老婆就是其中之二。

富栓常年在外头浪荡，不着家。焕如年轻轻守活寡，夜长孤苦的真是熬煎得厉害。有时候，她觉得自己这辈子不是嫁给富栓，而是嫁给了这个大脚板婆婆。我四奶嘴上很会疼焕如，说起焕如来，多会儿也是亲得甜滋滋的，俺娃长俺娃短的。四奶和焕如交过底，说自己手里黄货（金）白货（银）都有，是自己的第一个老汉留下的。我四奶虽然没说过东西现在放在哪里，但话里话外就是告诉焕如，那东西迟早有她焕如和金锁儿的份儿。四奶也给焕如些小八零碎的银器，戒指啦、耳环啦，最大的一件是只麻花银镯，是两块银元拉胚拧成的。

富栓有钱时想不起回家，没吃没喝没钱花就跌腾回来了，焕如少不了和富栓闹整，喝过假的灭鼠药，拴起绳子上过吊，不过每次都是雷声大雨点小，闹得鸡飞狗跳。焕如不过是吓唬吓唬富栓。她要的就是个动静。我四奶摸住焕如的脾气了，富栓再回来，不等焕如发作，我四奶先火扑扑地来一气，把富栓骂得狗血淋头，骂得恨不得一下栽倒头起不来，任由"刀枪剑炮"一起上。四奶的骂功在我们村是有名的，她骂人咒死咒活的，那被骂的人头皮沙沙沙地发麻。曾经某一年，我四奶家的羊肉被贼偷了，四奶便坐在大门外，拿一把刀在案板上使劲儿剁着。她一边剁一边骂，越剁越起劲，越骂越解恨。白天骂，黑夜骂，想起来就骂，瞅空子就骂。大骂了三天，等第四天早上起来，那肉就在大门口放着，自己“跑”回来了。

四奶骂富栓是做样了给焕如看的，她得替焕如出这口气，骂一顿，焕如的气就消了，富栓也服服帖帖了。两口子多日不见，富栓死皮赖脸一缠磨，焕如半推半就，放泼一回，第二日早起，焕如那脸色红是红，白是白，好看多了。四奶再做一顿跌鸡蛋白面疙瘩，一家人就说说笑笑的，这才有了家的样子。

只是这该死的富栓，最终还是一走，就再没了影踪。

头几年，四奶常常在心里骂富栓：挨砍刀的货，你就不知道给家里打一道信，你就不知道自己上有老下有小？有时候还和焕如一起骂，骂得骂得不骂了，她常常一个人琢磨，莫非富栓被人害了，耍钱摊子赖人多，输了人家，没钱讨打，赢了也有人谋你钱财，见财起意便得财伤主的事情多了。

四奶一面四处打听富栓的下落，一面听到哪里有了年龄差不多的无主尸体就去看看，每一次从医院的太平间里出来，我四奶就庆幸着那人不是富栓。每次看完回村，我四奶就长出一口气，然后给金锁儿买一摞饼子。她见不着富栓，把给富栓的爱全给了孙子金锁儿。她丝毫没觉得富栓的不成气候与她不管教，又太娇惯大有关系，而是把娇惯富栓那套做派又轮回到了金锁儿身上，甚至还要强上几分。

有一年春天，富栓回来了。

富栓是被几个赌友送回来的。那个时候，富栓已经瘦得脱了人形，奄奄一息地睁着空洞洞的大眼睛把家里的每一个人扫了一遍，眼神最后定在了金锁儿身上，直到我四奶说：“儿啊，你放心，妈一定把金锁儿给你养大！”

富栓这才慢慢闭上眼睛。

八

富栓走后，焕如和我四奶一起拉扯着金锁儿，一老一小两个寡妇，倒有些惺惺相惜的默契。

毕竟焕如还年轻着，守着守着，就有点守不住了。

四奶是个做啥的？老人嘴边前的话是：我吃过的盐比你焕如吃过的米还多。焕如在这个大脚板婆婆面前，简直就是六月的菜瓜——嫩棒。起先，我四奶也没大在意，只是觉得焕如洗洗涮涮，打打扮扮的比以前勤，到大队打石子儿、捻羊毛也要换个干净罩衫，有心说：这焕如骑上马讨吃哩——盼不穷！受苦还换个见人衣裳！焕如在大队院和几个光棍汉有说有笑，打情骂俏的样子四奶实在是看不惯，但又不好说，本村当院的，料他谁也不敢把焕如咋的。

其实焕如也可怜哩。才三十几岁，正当年纪，正是一朵花开得圪茂茂的时候，却连个浇水的人都没。四奶是过来人，焕如受的啥苦，她心里一清二楚。说笑就说笑吧，还不叫人家娃过过嘴瘾啊？可是长此以往也不是个事情啊，迟早得跟人跑了。焕如一走，那金锁儿势必要跟上妈走。一想到金锁儿，四奶的心口就疼得揪成了一疙瘩，老半天缓不过劲儿来。东间里焕如翻烙饼，西间里四奶在盘肠。小耳房里，二大爷眼端端盯着房顶上裸露的细杨木椽发呆，只有金锁儿四六不懂，睡得香甜。

那天焕如出门前是打扮了一下的，和婆婆交代下孩子，又折回到东正窑好一阵子，她在镜子前把头发梳了又梳，照了又照，两根辫子编得紧紧的，辫梢对接在一起，隐藏在辫花里，两根辫子就结成了一圈，临出门还把鬓角的头发又拢了一次。四奶在院子里一边和金锁儿说话，一边偷悄悄地从玻璃上照焕如。心说：你爹病了？你哄鬼去哇，病了你打扮上，你爹病就好了？我倒要看看你今天咋给你爹治病！

焕如前脚走，我四奶给金锁儿一把大豆，说："金锁儿，你给奶奶在家看门呀，奶奶出地给你摘些豆角。"那年金锁儿六岁，能听进话了，就坐在大门洞嘎嘣嘎嘣吃大豆。

焕如被我四奶算了个准，根本没有去看她爹，而是钻进了一块正在扬花的莜麦地。那年的雨水多，那莜麦长得高，焕如和一个挺高大的男人先后走进莜麦地，走着走着，那海一样的莜麦就把焕如和那个人淹没了……

当我四奶听到焕如的哭泣时，“捉奸拿双”的念头便灰飞烟灭了，她叹一口气，悄悄密密地从另一条道走了。

看门的金锁儿坐在门洞子里睡着了，哈喇子流了一脯子。四奶把金锁儿抱到炕上，太阳的影儿已经斜了，在地里锄二遍山药的二大爷也快回来吃饭了。

那天中午，焕如没有回来，是去了她娘家，还是一直和那个高个子男人在莜麦地里待着，就不得知了。

四奶抱起睡得人事不省的金锁儿放到炕上，心里那个难活呀，简直胜过刀刮！眼看焕如是守不住了，要是那男人想和焕如做个长久夫妻，那焕如也铁定了心跟人家，自己还真不好拦挡。新社会了，婚姻自由了，你硬要拦挡，那焕如也不是盏省油的灯，撕破脸和你闹整起来，也没个抓拿（办法）。我四奶靠在炕沿边一动不动地发呆，她好像连搂柴烧火的心思都没了。她想啊想，想来想去也没个万全办法，这个熬倒三个老汉的硬铮女人，在儿媳妇这件事情上是真没主意了。

我二大爷回来了，饿得早就前胸贴了后背，弓着身子，把锄放下，进门先喝一碗苦菜汤子。家里哑声静悄，饭也没做，四奶靠在炕沿边操着手发呆。

金锁儿醒来，看见他妈不在，饭也没熟，就咧着嘴哭开了。我二大爷哄金锁儿，说：“金锁儿俺娃不哭，二叔教俺娃开飞机。”便把金锁儿架在肩膀上颠着，一会儿高一会儿低地在炕上转。没一会儿工夫，金锁儿泪还没干就笑了。二大爷说：“妈，做饭哇，饿死了。”

四奶打个嗨声，叹口气，起身烧火做饭去了。

焕如是过了两天才回来的。焕如回来，我四奶装得跟没事人一样。

慢吞吞地说："焕如，你咋这么着急就回来了？不说多伺候老汉几天？"过会儿，四奶又说："焕如啊，你看我这死心烂肝的，你那天走得急的，你一走我才想起来，没给金锁儿他姥爷拿些吃喝。老汉病着，亲家分道连个礼往也不懂了，叫人家笑话哩！我这会儿这脑筋瓷得反应不过来个四六颠倒，以后你得提醒我哩！"本来焕如背着婆婆私会，心里有疚，进门前胸口还在"扑通扑通"直打鼓，听婆婆这么一说，悬着的心落了地，继而又被婆婆感动得心里暖暖的。

焕如说："妈，您快别多想，他常年是个病的，咱还回回给他买个吃的？再说咱年年时逢八节不也给拿得不少吗！"

四奶说："咿呀呀，难怪人家老话说女儿们是外人！"

四奶一边和焕如说着家常话，打问焕如娘家的事情，一边偷偷打量焕如。焕如看起来挺精神，脸面由先前的蜡黄变作了红润粉白，从进门就不住手地做营生，一会儿撵鸡一会儿喂狗，一会儿提了水桶浇菜，一会儿又张罗着洗衣服。我四奶在心里骂焕如，把自己所能想到的世界上最难听的话都骂了，只是没有出声而已。而她在面对焕如的时候，又把那些话转换成了世界上最明智、最贴心的婆婆说的话。

平常焕如总是他奶长他奶短的，从那天以后，焕如就叫开妈了。尽管我四奶一想到莜麦地里的事情，心里就愤恨难平，可一听到焕如叫她妈，还是欢欢地答应了。她好听那一声妈，只要还叫她妈，焕如就还是这个家里的人。纵然焕如有千般不是，也得咬牙忍着，不忍能咋？这种事情扯破了脸更不好收场，娘儿俩，两个寡妇，一厢一个，这日子真是难熬啊。

九

再说我二大爷，虽说长得要模样有模样，要身材有身材，还能打会算，可遭逢上这样的妈，这样的家庭，谁家愿意把闺女往这枯井里填？

一个村有个女女（方言，女孩子）叫乌玉音，是看好我二大爷的，在一起做营生，就喜欢往我二大爷跟前凑，还常常找借口往家里跑。乌玉音来了不上正窑，直接就往小西房跑，只要一进小西房，就坐着不出来了。我二大爷也不是没有动心，只要乌玉音一来，小西房就有了笑声。

二大爷下河湾担水，远远看见担杖晃晃悠悠出了大门，不论乌玉音干啥，都放下手里营生，失慌连忙端上洗衣盆就往河湾跑。我二大爷进沟里割草，乌玉音挎上箩筐也出去割草，她的箩筐里除了放一把镰刀，往往还放着自家园子里的黄瓜或者杏儿。

乌玉音和我二大爷在沟里割草，我二大爷挥动着镰刀在前面砍，乌玉音在后面搂。那些水稗草、青草、牛舌头草在我二大爷的镰刀下唰唰唰地扑倒，二大爷的汗水把布衫都湿透了，乌玉音就让他把布衫脱下来，跑到泉子边把我二大爷的布衫给洗得干干净净的，又晾在草地上。等割满乌玉音的草筐，再割够一大捆，我二大爷的布衫也干了。

有时候，两个人坐在河边大柳树下歇着，乌玉音就忽闪着毛呼噜噜的大眼睛看我二大爷，我二大爷被乌玉音看得不好意思，就嘿嘿嘿地笑，“乌玉音你看啥，我脸上有花哩？”乌玉音说：“二娃，你咋越看越耐看？”说完就曲起腿把头搁在膝盖上笑圪眯眯地越发大胆地看我二大爷。二大爷被看得少抓没拿的，就站起来，扔一块石子到不远处的河里，溅起一串串水花，再扔一块石子，再溅起一串串水花。一对对水鸟受了惊吓，扑棱棱地起飞，掠着水面仓皇失措地飞离。

那时候，我二大爷确实是好看。他家里的镜框里有一张涂彩的照片，穿着军装，拄着锹柄，站在地头。那时候不爱红装爱军装，男男女女、老老少少都爱穿军装，没有军装便借着穿穿，照张相也算是赶了一回时髦。当然我二大爷一辈子都不难看，小时候是好看的娃娃，年轻时候是精干帅气的后生。哪怕是六七十岁的时候，也是老汉们当中的精神老汉。

村里人嘴长，嘁嘁喳喳地传谝，不几天就传谝到人家大人耳朵里去了。不知道人家大人给上了什么家法，反正是乌玉音就不来找我二大爷了，队里干活儿也不往跟前挤凑了。一搭相好的后生们“腾”（鼓动）我二大爷，说：“二娃你怕啥？她不找你，你找她，你脸皮厚些缠磨她！”我二大爷才不是那少脸没皮的人哩，不找就不找吧，找了又能做个啥？本村当院的谁不知道谁？自己根本就配不上人家。后来乌玉音嫁人了，只有在正月里或者村里唱戏的时候回娘家住几天，戏园子里远远地瞭我二大爷。路上路下，乌玉音叼空儿跟我二大爷说话。我二大爷是能走多快走多快，能岔开走，就不相跟着走，实在避不开，乌玉音问一句，他答一句。乌玉音不问了，二大爷便不多说一句。二大爷怕给乌玉音惹麻烦。听说乌玉音找的那个男人是个“生瓜蛋”，三句话不通就动手。她经常鼻青脸肿地回娘家，等黑青消散了，不是她爹把她送回去，就是她公公赶了毛驴车把她接回去。

虽然和乌玉音没个啥，两个人也仅仅是一起割过几回草，但对我二大爷来说，回想起来还是很甜蜜的。有几次，我二大爷甚至想要抱抱乌玉音的，但他没敢，他不是怕乌玉音怎么样，而是自己脸皮薄，战胜不了自己。那个时代的人就是那么死封建，尤其是青少年时期的二大爷，虽然离开了学校，中断了学业，但从小所受的教育还是把他给束缚了，如果他能够在该爱的时候勇敢一些，胆大泼皮甚至不要脸些，或许就把所爱的人抱住了，或许就把自己的幸福抱住了，或许就把命运的咽喉给摁住了。事实上，二大爷在该出手时没出手，却在该拒绝的时候稀里糊涂地就接受了。

回到家里，二大爷除了吃饭进正窑上炕外，其他时间就在自己的小西房待着，他不想听我四奶骂人或者唠叨。我四奶的脸是越来越黑，越来越瘦，颧骨越来越高，眼睛越来越深，那脸上的棱角也越来越分明了。

焕如依旧隔几天就住一回娘家，而且是间隔的时间越来越短了。焕如往娘家一走，我四奶就像疯了一样，看啥啥不顺眼。我二大爷说："妈您说话操心些，眼看金锁儿大了，就学大人说话，逮住啥说啥，可要往坏学哩。"我四奶说："遭逢上那等老子那等娘，他能好到哪里？"说着说着，四奶就数数念念号开了。起先号得很悲伤，声音颤颤的，喉咙里好像被什么噎住了。我二大爷的头皮一奓一奓的，生怕四奶一口气上不来，正张罗着要给拍打几下，我四奶就换过气了。哭上一阵子，老人的气就拉顺了，数算得也更全面，梳理得也更条理了，而且用词也更讲究了。她哭我四爷"四大肚"："我的那个天呀，你咋就走了那个干脆呀？你忍心撂下你那受苦的人呀？"她哭富栓："我的那可怜的儿呀，你咋有家有口还要四处鬼混呀？你要是有心给妈托个梦呀……我那可怜的儿呀……"四奶的哭声就好似戏台上唱戏的腔调了，韵白相间、高低起伏。这时候，我二大爷就放心了，不用担心四奶倒不过气，该干啥干啥去了。四奶哭过一气，心上也就松快了。人常说，女人们心小，心里搁不下个事情，全凭一哭、二闹、三上吊。四奶是个刚强人，她不和一般女人们一样有啥事情见人就学说，她是咬碎了牙往肚里咽的主儿。再说了，人家那些女人无非是婆婆说诉媳妇儿的不是，媳妇儿数算婆婆的不是，都是些鸡毛蒜皮的小事。她家就不一样，富栓已经死了，她和焕如的婆媳关系说完蛋就完蛋。虽然她竭力在维护着，但紧维护，慢维护，眼看是手榴弹擦屁股——危险到了极点！

二大爷对嫂子也挺同情，自他十来岁，焕如就进了门。嫂子对他不错，脱下来的脏衣服，焕如洗衣服的时候随手儿就洗了。有一次脱下条裤衩顺着外裤卷着放到了门口的凳子上，没注意，焕如居然也给洗了。

十

对于自己的婚姻大事，二大爷没有认真想过，自从和乌玉音有过那么一段小插曲又不了了之后，他一直远远躲着村里的大姑娘、小媳妇儿。除了闷头干活儿，几乎连话都不说，只有和金锁儿要的时候，才会露出个笑眉脸。

我二大爷很疼爱金锁儿，他甚至想着，如果嫂嫂改嫁，他是一定要把金锁儿留下的，一来怕金锁儿跟上妈受制，二来也是给我四奶留个念想。

我二大爷给金锁儿编很精巧的蚂蚱笼笼，用树枝、木棍做成小车、小木犁、小秤等各式各样的小玩意儿。他和金锁儿耍做买卖，金锁儿扮演货郎，他扮演顾客，给金锁儿几个小豆豆，说“货郎子不用数，三八二十五！”金锁儿就把豆豆装在了兜插插里，一遍又一遍，金锁儿咋缠磨，我二大爷都很有耐心。有时候，金锁儿既想和二叔睡，又想和他妈睡，一时拿不定主意，一会儿上他妈住的东正窑，一会儿又吵闹着要到他二叔的小西房，就这样来回倒腾。闹腾得过分了，他妈板着脸问他到底和谁睡？金锁儿就很委屈也很为难地小声说：“我想和二叔、妈妈一起睡！”这一下闹得我二大爷和焕如都挺不好意思。焕如说：“这娃净灰说！”金锁说：“我才不瞎说了，街上他们都说了，我就问他们，为什么不能睡？”听后气得焕如伸手给了金锁儿一个耳光。

我二大爷反应过来，怨焕如出手太狠：“嫂嫂，你看把娃打的，娃够可怜了，你也下得去手！他懂个啥？还不是那伙长舌女人们嚼毛，吃饱了撑的，不知道想说个啥。”

金锁儿的话倒是给我四奶提了个醒儿。

焕如的脾气是一天比一天坏了，她动不动就咬着牙骂金锁儿，一张嘴就是死死活活的难听话。她把自己内心的苦闷全都撒到了金锁儿身上，字字句句含沙射影，是个人就听得明白她在骂谁，又是骂给谁听的。四奶就在西正窑叹气。二大爷也敞着小西房门听动静，一听见金锁儿尖扎扎地哭开，他就赶紧到东正窑抱金锁儿。有一回，焕如发了大火，在金锁儿大腿上拧“肉疙瘩”，二大爷就一把抢过金锁儿。焕如说：“二娃，你不用拦，这个死娃娃越来越没相了。从小看大，和他那死老子一模样。人话递不进那驴耳朵，少老没娘，可要讨吃呢！”听见焕如这样咒金锁儿，他也动了气，愤愤地说：“嫂嫂，你这说的是啥话？娃们不听话得管教哩，自己亲生亲养你咋能诅咒呢？”焕如说：“你们好好惯吧，将来讨吃要饭，有你们后悔的时候。”我二大爷抱起金锁儿，对焕如说：“嫂嫂，你快不要骂了，有我哩，我讨了吃也不叫俺娃讨吃！”

眼看我二大爷也大了，连个说媒的都没有，我四奶心上麻烦得跟猫抓一般。

一天我二大爷架着金锁儿从外头回来，金锁儿在他二叔脖子上高兴地拍手打脚。金锁儿说：“奶奶，妈妈，你们快来看，我给你们开飞机。”我二大爷一会儿高一会儿低地配合着金锁儿的动作，嘴里还“呜儿呜儿”地喊着。

我四奶一下子又生出一个主意来：要是焕如和二娃续了亲，媳妇儿还是媳妇儿，儿还是儿，孙子还是孙子，那不是一下子就把所有问题解决了吗？越想越觉得这是天底下、人世间最完美的事情，简直再没比这合适了！就是焕如比二娃大个十来岁，这又算个啥？许男人比女人大，不许女人比男人大啊？再说女人大些更懂得心疼男人，自己的二娃不吃亏。过去那大户人家尽是给儿娶大岁数媳妇儿哩。我四奶的理向来是木匠的斧子一面面劈，他就不说过去人家地主老财先给娶个大岁数的，完后还得娶好几个年轻的小岁数的。我四奶的脑子从来就不闲着，有了这个想法，就顺着这个道道盘算开了，白天黑夜地盘算，一遭一遭又一遭，盘过来盘过去，咋盘算也没比这更合适了。

四奶和焕如锄自留地里的山药，锄了一遭又一遭，起先娘儿俩都绷着不说话。自从和毡匠断了来往，焕如的脸色就没好看过，倒是四奶挺得劲，心说，焕如啊焕如，我吃的咸盐比你吃的米都多，我知道你也没结果。你看你，少脸没皮扑赶上寻得让人家闹你，上门的买卖不值钱！你娃可怜的，你年轻哩，你没个那难活的。这下好了，人家当你个啥？

整个地里静悄悄的，只有锄片砍草发出的“噌噌”声。

还是四奶先开了口：“焕子啊，歇一会儿，展展腰。”我四奶在和媳妇焕如商量事情时就称呼焕如“焕子”，或者一个单字“焕”。十来年了，焕如也品摸住了这个规律，只要叫焕子或者焕的时候，那一定是要说一件什么重要的事情。那几年，焕如时常心惊胆战，只要婆婆换了个什么称呼，焕如的心就怦怦怦地跳得快了。等平复下来，焕如绝处逢生般地强大起来。她甚至挑衅似的平静地直视着我四奶，她用眼神告诉这个平时耀武扬威的婆婆：我豁出去了，我什么也不怕！

焕如弓着腰身，埋着头，蹭噌噌地只管往前锄，她好像和地有仇似的，那锄片下得很深。一口气锄到了地头才停了下来，她拄着锄柄，直起腰身。

我四奶说：“看俺娃受得可怜的。”说着嘴一瘪一瘪，像要哭却又哭不出来。这些年，她的眼泪早就哭干了。

焕如说：“您这是又咋了？”

我四奶说：“焕啊，我见你这两天脸色不好，俺娃心上不痛快，妈知道。”

焕如说：“您就别琢磨了，我有个啥痛快不痛快的。”

我四奶说：“焕啊，你受的啥苦？妈心里镜明，都是女人，守孤恋寡的日子妈又不是没过过！现在咱娘儿俩一样，你守着金锁儿，妈守着二娃。我已经黄土埋到脖子根儿了，二娃也长大了，我就是这会儿死，二娃也饿不死了；倒是你，年轻轻的，金锁儿还小！”

焕如别过脸哭了，说：“妈，您这是啥意思？是要撵我走吗？您舍得您孙子金锁儿吗？”

我四奶说：“焕啊，妈是把你当亲闺女看的，别说是金锁儿，就是你走也是摘妈的心哩！”我四奶边说边在心口上拍着。

焕如哭得出了声，我四奶说：“俺娃也别伤心，已然这样了，往前走一步哇。富栓没了，你还年轻，妈再不能耽误你了。”

焕如说：“妈，你别说这话了，我往哪儿走哩，再说金锁儿那么大了，咱又娇惯得赖气，猪肉贴不到羊身上，引出去还不得娘儿们挨打受气？”

这婆媳两个有一搭没一搭地说着掏心窝子的话，不知说到什么根节上，我四奶就水到渠成、顺理成章地把自己的那个大主意说了出来。

十一

我们县每年六月六都办庙会，这是多少年流传下来的风俗。庙会规模不小，外地的小商小贩们都来做买卖，打地摊的东西，又便宜又实惠。本地的瓜果也下来了，庙会上吃的喝的，唱戏的、耍把戏的很热闹。以往每年，我四奶都会安排焕如进城赶会，让焕如给家里添置些小零碎东西，让焕如进城扯一身衣裳，买些香胰子、擦脸油，顺便给金锁儿买一摞油旋儿饼，或者一包酥皮点心。

那年六月六，焕如说："今年人家庙会唱省里的晋剧，有妈喜欢的王爱爱哩，您欢欢地进城看戏去，咱这小县里，等兑这机会难哩。"我二大爷也说："就是就是，我嫂说得对着哩，您好看不过个戏，快进城看去吧。"

我四奶在县城有个表妹，一做啥就捎话让这个老姐姐进城来住几天，一碰见马家河人就说，你们回去叫我那老姐姐进了城长短来我家。可四奶就是不去她表妹家，我四奶信奉那句话：人穷衣裳烂，亲友们门上少走串，亲友（有）亲友（有），有些洋相才亲哩，自己活成这相数了，丢人败兴的，有啥走串头？谁稀罕你！

那回，我四奶是打算到表妹家住几天的。我四奶心说看戏倒是其次，最主要的是那件大事情要尽早落到实处。再说，这个表妹也有些年没见了，进城去看看表妹，走动走动也好。

于是我四奶就一手挎个竹篮子，篮子里装着三十来个鸡蛋，鸡蛋和鸡蛋之间塞着莜麦秸子；一手拉引着打心锤锤孙子金锁儿，坐上大队的拖拉机进了城。

家里就剩下我二大爷和焕如叔嫂两个了。地里也不忙，该锄的锄罢了，该收的还不到时候，正是一年中最消闲的时候。家里没了我四奶打鸡骂狗的声音，没了金锁儿的闹腾，一下子安静得真是有些不适应，叔嫂俩也不知说啥，一时间竟都有些少抓没拿的。

焕如说：“二娃，你今天多担几担水，趁着这几天天气好，我把咱们的盖窝（被子）护里子洗洗。过去人穷，盖窝不套罩子，只在里子上缝一块布，脏了拆下来洗洗。”

虽说村外的河滩上可以洗衣裳，但焕如这个人也奇怪，她不爱到河滩上洗，那里女人们多，叽叽喳喳嘴疯得很，三句不离男男女女那些事。自己没了男人，说不得嘴，也没个说的，听人家说，该接啥话？反正咋说都被人笑话，还不如不到她们跟前。

二大爷嘴上说，“你快歇歇哇，一天天地洗，盖不烂，洗也洗烂了。”说完还是挑起桶担水去了。

焕如去小西房把我二大爷的铺盖展开，揭起被单，剥下被罩子，一看那铺盖已经烂得不像样，索性全给拆了。焕如心想：金锁儿奶奶这几年也真是越来越仔细，恨不得一个钱掰成两半儿花，二娃的铺盖烂成一包也不给拆洗拆洗，缝补缝补。

焕如把我二大爷的铺盖拆开，把烂棉花套子挑在栅栏上晒，那套子烂翻翻的，有的地方薄得都快塌了，有的地方卷成了堆。她把铺盖的里子面子在盆里泡了一会儿就开始洗了。

我二大爷担了几担水，看见焕如用冷水洗，凑上去说：“嫂嫂，我给你烧水吧，看浸着的。”说着就抱了一捆柴在院子里的炊灶上烧水。

焕如没说话，坐着小板凳撅起屁股只管在搓板上“嚓嚓嚓嚓”地搓。我二大爷边往灶里塞柴，边从后看焕如，那焕如头也不抬，一下赶一下，越搓越来劲，罩衫和裤腰间露出白花花一截腰来。

我二大爷见焕如没吱声，又说：“嫂，你让它泡着，我起了晌洗。”

焕如还是没吱声，锅里的水已经开了，“哗呔哗呔”直响。

焕如直起腰，开始拧盆里的布，我二大爷赶紧过来帮忙，使的劲儿大了，焕如那头没抓牢，“啪”的一下，布掉在了地上。

二大爷这才看见，焕如眼睛红红的，脸上的泪还没有干。我二大爷不知道自己哪里惹着了焕如，一时不知道该说什么好，就闷声给焕如烧水、换水，焕如洗的时候，他就在一边等着，焕如洗布很用劲儿，两只手不停地在搓板上搓着，身子也跟着一前一后地晃着。我二大爷就有点眼晕。

中午吃的是菠菜调山药丝、擀豆面，这饭是我二大爷最爱吃的。原估计嫂嫂恼恨恨地洗了一前晌衣裳，晌午有饭没饭还不一定，没想到，嫂嫂居然做的还是自己喜欢的饭菜。我二大爷就更加摸不着头脑了，反反复复回顾自己到底做错啥，说错了啥，越想越是一脑袋糨糊。看见焕如缓和过来，我二大爷就问焕如："嫂嫂，你前晌咋了？"焕如说："不咋，忽然间心就麻烦得不行。"我二大爷说："你麻烦啥？金锁儿走了才半天你就想了？"焕如说："愣货，你快吃你的饭吧！"

其实焕如是被我二大爷给感动得哭了。多少年了，还没有谁关心过她的冷暖。小叔子那一句"看浸着的"让焕如感到了一种来自男人的体贴和温暖，想想自己十来年了，在这个家里听到的最真诚、最暖心的莫过这句了。头几年，富栓是那副德性，平常也没个正相话，高兴了七声二气地逗你。婆婆是个厉害人，每说一句话都存着心，别看嘴上叫得亲，叫得甜，心里却事事防范着她。二娃是个正气人，山药地里婆婆给她出的那个计策说起来不好听，但要真能闹成，自己也不亏。不知道二娃是啥意思，趁着婆婆这几天进城赶会，焕如豁出去是要试探一下我二大爷的。焕如是过来人，她要是豁出去，男人的命脉还是拿得准的，她就不信已经在人事上开窍的二大爷会扑出她的手。

六月六，新葫芦烩羊肉。我四奶进城赶会去了，大队杀了羊，我二大爷割了几斤羊肉，进门就对焕如说："我妈抠搜的，自过完年，咱连个荤腥点点也没见过，今儿我一狠二狠割了它一疙瘩羊肉，咱俩先熬得吃上一顿。"焕如说："二娃，你不过了？叫你妈回来骂呀！"我二大爷说："骂也骂我，你怕啥？赶紧给咱做上！"

焕如把那羊肉剁开，在锅里添了水开始熬煮。六月的羊肉真是鲜美，味道真是尖得很。熬干了水，焕如小火逼着羊肉里的肥油，一边逼一边用小勺往出舀。我二大爷说别逼得太干，羊肉肥点儿才香。

我二大爷从菜池子里拔一把葱，剥掉葱皮后递给焕如，焕如把葱切成大段，拍一疙瘩蒜，把葱蒜划拉进锅，撒一撮花椒面，倒一股醋，挖一勺自家做的老黑酱在锅里炒着，香味顿时弥漫开来。

焕如把肉端上来说，“哎呀，今儿这肉可是炒好了，羊肉就酒，越吃越有！就差酒了，不喝两口就糟蹋了这碗肉。”说着，焕如就从柜子里摸出一瓶白酒来，上下牙一咬，那个瓶盖子就被咬开了，白酒的香味就飘了出来。掺和着肉的香味，家里的气氛一下子就不一样了。

二大爷说：“这下真是完美了，有酒有肉，这就是神仙的日子了。嫂嫂，你也上炕吃哇。”焕如刨了灶里的火，跷腿坐到了后炕。二大爷说：“嫂嫂，你往前坐，坐那么远够不着。”焕如说：“够得着，够得着，你管你吃。”自己只是挑小一点的肉很仔细地咬嚼着、咂摸着味道，还翻搅着把大的肉块子往二大爷这边堆。二大爷说：“嫂嫂你吃，你看你脸灰败败的啥色气，你得吃些好的，你得关顾些自己！”那天也不知道咋了，喝了点酒的二大爷话真是多，多得有点脱寡，还尽是那贴心贴肺打动人的话。

二大爷不知不觉喝下去半瓶多，酒劲上来了，话越来越多，越来越乱了。

焕如说：“二娃，酒喝面皮，肉吃滋味。你脸红成猪肝了，不敢再喝了。”说着就夺那个酒瓶子。

二大爷抓住酒瓶子不放，红着脸说：“嫂啊，你咋和我妈一个样子，你咋学她那样儿？你叫我喝！嫂，你也喝上一盅。你放开，你放开，你和兄弟喝上一盅。”我二大爷用另一只手扒拉开焕如的手，把酒瓶夺了过来。

二大爷给焕如倒了一盅，把那一盅酒举起来擩到了焕如脸前，“嫂嫂，兄弟敬你一盅。兄弟喝多了，兄弟不该骂你，咱家这情况，苦死你了，嫂嫂！”说完，我二大爷就“呜呜呜”地号开了。焕如说：“二娃你喝醉了……那么大的后生了，男子汉，哭啥哭？”

二大爷擦一把脸上的泪，对焕如说：“嫂嫂，你往前走一步！金锁儿我养呀，你个人往前走一步，这个家没啥守头了……”

焕如把那一盅酒端起来一口喝了下去，抹了一下嘴。又搛了一块大肉囫囵个儿塞进了嘴里，焕如使劲儿地嚼着那块肉，没嚼出什么滋味，夯着嗓子咽了。

焕如喝了那盅酒，从嗓子到肚里，一路下来热乎乎的，似乎很舒服。从来不喝酒的焕如发现自己原来是能喝酒的，酒原来是很好喝的。就说："二娃，给嫂再倒一盅。"那天，二大爷和焕如把一瓶白酒喝了个底朝天，然后就睡到了一铺炕上。二大爷是真喝醉了，焕如虽然喝得有点上头，但心里明镜。

二大爷半夜口渴，迷迷糊糊地想要下地喝水。感觉身子被箍得紧紧的，脖子也被搂得紧紧的。他伸手一摸光溜溜的，吓得一猛子坐了起来，身上出了一身冷汗。

焕如的胳膊、腿被我二大爷移开后，焕如就醒来了，但假装还在睡梦中。焕如说梦话似的呻唤着，"二娃，二娃！"

清醒过来的二大爷慢慢回想，知道自己和焕如是生米煮成熟饭了。他狠狠地冲着头锤了自己几拳，轻轻地扒拉开焕如搭在他身上的手和腿，抱着衣服和鞋，赤脚跑回了自己的小西房，院子的鹅听见了动静，"嘎啊，嘎啊"地叫了几声，我二大爷哆嗦了一下。

十二

喝完酒的第二天早上，他迟迟没起。头一天拆了铺盖还没缝起来，我二大爷就在炕席上躺着。他屏住气听着正窑的响动，他不知道焕如起来后会是什么样子，会怎样对待自己。

躺在炕上的二大爷慢慢梳理着头天晚上的事情，慢慢地就都想了起来。真后悔自己就不该喝酒，更不该敬焕如酒，这不明摆着勾引焕如吗？想想自己向来都是把焕如当姐姐看待的，自己这做的叫什么牲口营生？可是想想那种感觉还真是美妙。他以前做梦也会梦到乌玉音，会梦到其他一些女人，也会在睡梦中纠缠不清，一塌糊涂，但都没有和焕如这一回来得好。

我四奶和金锁儿进城赶会那几天，焕如和我二大爷就住到了一起，焕如把一套他和富栓结婚时的妆新铺盖搬到了我二大爷的小西房。我二大爷嘴上说不能这样啊，可是慢慢也就适应了，做起来越来越顺手，越来越老到了。

白天焕如和二大爷还和以前一样，该干啥干啥。二大爷从沟底的小河里挑水，焕如就在菜园子里浇菜。焕如这两天好像变了一个人一样，灰败败的脸上有了血色，变得白里透着红。她在菜地里一边浇着菜，一边哼唱着“洪湖水，浪呀么浪打浪”的调调。那些白菜、萝卜在焕如的浇灌下也是一天一个样地疯长。

眼看庙会快完了，四奶就要回来了，二大爷就有几分惆怅。焕如在心里发笑：这个二娃，这么大个人了，咋那么怕他妈？焕如虽然不担心四奶会把她怎么样，但毕竟这件事做得说不得，想想还是先不要让四奶知道得好，也显得自己有些成色，能沉得住气。女人和女人之间不能交代得太通透，婆婆和媳妇之间，言和意不和，嘴上一套心里一套是常有的事。这件事情是我四奶的“旨意”，焕如心里有底，不专门说，一个院住着，迟早是会知道的。大家都不要搁到桌面上说，该做啥做啥，该咋过咋过就行了，没必要当面锣对面鼓地说那么清楚。

我四奶从城里回来，一边数说进城赶庙会的各种见闻和表妹家的热情招待，一边观察焕如和我二大爷。焕如比以前话多了，接着我四奶的话茬问这儿问那儿，二大爷总是不敢正眼看我四奶，和四奶说话的时候眼神儿也是游移不定的。为了缓解自己这种不自然，二大爷就和金锁儿耍，他架着金锁儿在院子里耍开飞机，一会儿起飞，一会儿降落，一会儿拐弯儿，一会儿直飞。

四奶也看出些不一样来，心里便有了七八分的把握。

之后，每天睡觉前，我四奶就不再惦记着闩正窑的堂屋门了。

焕如说：“妈，您咋这记性，连门都不闩了！”

我四奶说：“咱家有个啥了，还怕睡得叫人背走啊？”

我四奶心说：焕如啊焕如，你可真鬼精！明明白白的事情了还要扭个褶子！不过我四奶本身就是个鬼精人，对焕如的鬼精还是很看好的。就拿和毡匠的事情，焕如就瞒藏得很深。除了她，村里人是没有人知道的。至于再有没有其他人，村里人不知道，她也不知道。那没人知道就是没有，显然这个推理也不是百分之百准确，反正焕如就没这方面的闲话。女人一旦有了些许闲话，日子过得总是会麻烦不清的。

我四奶，那是没赶上时候，真逼急了，那就是当“土匪山大王”的料儿，情况稍微复杂些，做侦查的才能就显现出来了，她的招数一般人是想不到的。

为了明确我二大爷和焕如是不是过到了一起，我四奶是下过工夫的。起先是吹了灯，假装睡，可是从早起来，一整天打鸡喂狗炕皮不沾一下。一旦睡下，她就上下眼皮开始打架了，撑不住就呼噜打得山响，一觉睡醒，天就大亮了。

看来这个办法不行，我四奶就又生出个妙法来，那就是在门头上放一截席篾子。她想：只要门一开，那席篾子就掉地下了。天明，她只要看席篾子就知道这两个货半夜里有行动没。不管谁找谁，我四奶是强烈地希望焕如和我二大爷尽快走到一起的。只要没有充分的证据证明焕如和我二大爷已经生米煮成熟饭，我四奶就不踏实。越是不踏实，她越是想要看到自己希望看到的结果。

道高一尺，魔高一丈。焕如在第一次拨开屋门的时候，就发现了那根从门头上飘下来的席篾子。她听着西正窑我四奶钝锯拉木板一样的呼噜，差点儿笑出声，心说，您老儿真是太鬼精。

每一次到小西房找我二大爷，临明回东正窑时，焕如轻轻地把门往上抬一抬，关上门，就把那根席篾子又放了上去。

我四奶觉得奇了怪了，这两个人莫非真是什么事也没有，那焕如到底是个啥心事？和二娃挑明了没？莫非是二娃不愿意？

要说我四奶鬼多，那真是不假，她终于落实了，焕如和我二大爷是“过”到一起了。那天她专门把席篾子放到东面的门头上，临明倒尿盆时，开门发现那席篾子却从西面的门头上飞了下来。

十三

从此，我四奶一颗心算是放到肚里了，有我二大爷拴绊着，焕如也算是稳定下来，过过正常的日子了。我四奶看那焕如对我二大爷那是爱见得厉害了，看眉看眼的喜欢，挖饭尽给我二大爷挖稠的。我二大爷爱吃的，在碗里给堆得冒尖尖。有一次吃面，焕如给我二大爷碗底卧两个荷包蛋，吃到最后我二大爷才发现。金锁儿看见我二大爷碗底的鸡蛋，就哭着闹整开了，金锁儿说他妈偏亲他二叔，偏心眼。我二大爷就搛了鸡蛋放到金锁儿碗里。焕如说："你这娃娃不懂事，你二叔受累哩，你做啥了？整天吃得饱饱的瞎胡闹。"

一天，我四奶和焕如说："焕啊，妈给你五个银元。"

焕如说："我要那做啥？您保管上哇。"

我四奶说："焕啊，你听妈说，这是传辈数的东西，你拿着，真金白银，多会儿也是那好东西。"

焕如说："我不要，您赶紧放起来。"

我四奶说："焕啊，你听妈说，你也不小了，花无百日红，咱女人们的好日子是数得过来的。趁着还能，你跟二娃把亲办了，再给二娃也生一个。或女儿或小子的，我帮伴着拉扯。"

焕如说："您不知道说啥了？"说着把脸别到了一边。

我四奶笑着说："这有个啥了？咱多会儿也是那一家家，不显山不露水的，金锁儿娃也受不了制。只要你们好好过，咱落不到人后。等金锁儿再大些，咱也盖他一处瓦房院，给金锁儿娶个媳妇儿。"

自那以后，焕如和我二大爷就不避着我四奶了，我四奶也不用再放席篾子了。我四奶每天晚上叫金锁儿和她做伴儿，金锁儿不想和她睡，说我四奶一身老人味，熏得他出不上来气。我四奶就解下裤腰里那个一拃多长的钥匙，捅进那个大洋箱的锁眼儿里，咯嘣、咯嘣转几圈，探身给金锁儿从柜子底下往出掏好吃的。有时候是几块饼干，有时候是几块冰糖或者几个红枣。只要有好吃的，金锁儿就不嫌我四奶的老人味了。我二大爷和焕如的事情慢慢地村里人也传谝开了。街门外闲谝的女人们问金锁儿这会儿和谁睡，金锁儿说我和我奶奶睡。女人们又问："你妈和谁睡？"金锁儿看见她们鬼眉溜眼、嘁嘁喳喳的没安好心，就把平常不怎么说的难听话端出来骂开了。金锁儿说："你管我和谁睡？你倒是管管你自己以后和谁睡哇！"金锁儿骂得越难听，那些个女人们越发笑得前仰后合了，金锁儿气不过，掬起一捧土往人堆里一扬，然后跑开了。

我四奶恰好从墙背后路过，听这伙女人们逗金锁儿，就停下脚步贴墙根听着。对金锁儿的举动，我四奶是满意的，她感到很得劲，她心说到底也是这小子们顶事。

那天中午，我四奶奖励金锁儿两个红皮煮鸡蛋，我四奶嘱咐金锁儿说："俺娃给奶记着，谁再说你妈长短，给奶拿那石头飞他，打破头叫他来找奶来。"

金锁儿童言无忌说："奶奶，那要是打死了咋办呀？"

四奶笑着说："打死了奶奶顶命。"

二大爷说："妈，您不知道给娃教调的些啥？紧管教还管教不过来哩，您还教他发灰！"

四奶说："二娃，你还不信，都说这世上人善被人欺，马善被人骑。你那死鬼老子一辈子仁义，仁义能做个啥？啥苦重紧着他，哪里危险紧着他，还不是把命也搭上了！"

二大爷不说话了，我二大爷和我四爷一样，永远说不过我四奶，说不过去就赶紧刹车。

四奶"教导"完金锁儿，就开始给二大爷上课了，把焕如和二大爷捏合到一起只是她宏图大计的第一步。下一步，无论如何得让焕如给我二大爷生个娃娃。

四奶说："二娃，你得多个心眼儿，可不敢就图红火，咋不咋得让焕如给你生个娃娃。男女人之间，娃娃是个拴绊。再说了，焕如有了金锁儿，你有啥？那侄子和儿子能比吗？到底也隔着一层！"

我四奶是个遣词造句的高手，对于二大爷和焕如的关系，她巧妙地给取了个新叫法，不叫两口子，不叫老婆汉子，而是叫作“男女人”！

二大爷说：“妈您就别操心了，顺其自然吧。”

四奶还想说什么，二大爷就掀身走出去了。四奶望着二大爷的背影，倚着门框长长地打了一个“嗨”声。

十四

焕如到底也没给我二大爷生下个一男半女。头几年焕如怕有了儿子不亲侄子，后几年焕如岁数也确实不小了。至于焕如是怎么节制的，据说是焕如的主腰子里常年缝着一包麝香，正好对着小肚子。麝香寒气大，不利于受孕。或许也有我二大爷的因素，谁知道呢？反正二大爷一辈子没有自己的骨血，四奶眼看焕如生不下，就开始四处物色给二大爷抱养一个孩子。

秀儿是二大爷拾回来的。

那年夏天，二大爷割草，隐约听见有娃娃的哭声，就停下了镰刀，站起身来屏住气、仄着耳朵听，那哭声很微弱，哑声哑气的，显然是哭不动了。二大爷顺着哭声，在一个地埂下发现一个捆扎着的花布包裹。包裹里的小孩已经哭得小脸发紫了，二大爷揭开那块烂花布，那孩子就不哭了。二大爷端详着这娃娃的小胳膊小腿，被屎尿腌得红通通的，小小的头上覆着一层细细软软的胎毛。二大爷不知如何是好，他站起身来，四下里张望，希望看到个谁，但大野地里除了正在拔节的庄禾，绿海漫漫，连个人影也没有。就在犹豫的工夫，这娃娃就又哭开了，嘴张得很大，舌头一颤一颤的，一声比一声哭得凄惨。二大爷说：“你这娃娃，还讹上我了？”说完那孩子居然不哭了。紧接着又说：“你个小人芽芽，我抱回去给你吃啥喝啥？”最终，二大爷是被这孩子的哭声给闹住了，到底也没忍心丢下这孩子不管，而是把割了一前晌山大的一堆草丢到了地里。他很小心地把那个包裹平展展地端了回去，一路上都是那么伸着胳膊，弯都没敢弯一下。

虽说四奶已经放出话要给我二大爷门下抱个顶门垫户的娃娃，但那话是说给焕如听的。当真给抱回个小猫一样的肉团团来，一点准备也没有，她老人家还是大吃了一惊。

二大爷说："我后晌就出去问打看谁要哩。我要不抱回来，这个娃娃没活头……大野地里晒上一晌午，准定活不出来……"

四奶说："已然抱回来了，我先给娃洗洗，换块干净布包着。"我四奶边洗边叹气："可怜的娃娃啊，狠心的当家人，娃那小命哎！"洗干净后，四奶又给这个娃娃泡了一碗甜草苗水。在筷子头上绑一圪嘟新棉花，蘸着甜草苗水往孩子嘴里挤。这孩子逮住这个棉花圪嘟没命地吸。吸饱了水，就睡着了。

炕上忽然多了个娃娃，首先是焕如不高兴了，嘴上没说啥，脸却是拉长了。焕如一拉下脸来，谁都没话了。金锁儿那时也十二三了，金锁儿说："二叔，咱家不要这个臭板女儿。"说话间，把一碗饭也推倒了，加了山药圪棒儿白菜叶子的豆面拌汤连稠带稀漫下一炕席。四奶说："你个挨刀娃娃灰的！紧惯慢惯，惯成个判官了，越来越没情由了。"焕如借题发挥，提起个笤帚疙瘩就是个打金锁儿。那金锁儿从小有我四奶护着，他妈一张罗着打他，就杀猪似的号开了。二大爷从焕如手里夺下笤帚扔到了一边。焕如恨掣掣地一撩门帘回了自己住的东正窑。

那几天，焕如就不理我二大爷了。二大爷出去给拾回来的娃娃找人家，四奶就抱着娃娃讨告着正在喂奶的女人们，给娃娃讨得吃两口。恰恰我妈刚刚生了我，四奶就抱着娃娃来我家蹭奶。蹭的回数多了，我奶奶就发话了："老四家，不是我小气，男娃们奶肚儿大，俺娃也不够吃。再说了，这也不是个长久办法。"我是我爷爷这一门上的长孙，用我奶奶的话说，就是十亩地里的一苗谷子，是个十足的"稀罕宝贝"，我的口粮是不允许别人分享的。

四奶听出了我奶奶的牙音，就不再抱着娃娃蹭奶了。街上有奶的女人们看见我四奶过来，要不转身走了，要不就赶紧把自己的娃娃拉过来，不管吃不吃，撩起衣襟就把娃娃按到了衣服里。

二大爷打问了一圈儿也没人要这个娃娃，他甚至都到外村问过了，也没给娃娃问下个主儿。我四奶抱着这个娃娃讨奶吃，抱着抱着就放不下了。四奶最不缺的就是主意，四奶主意捉成铁钵钵儿了，四奶心说：这个娃娃我养定了，就给二娃养着！

焕如那几天始终没个好头脸，二大爷也不去招惹她。晚上，二大爷踅摸着亲近焕如，焕如脸朝墙给我二大爷个脊背，任二大爷咋扳都不往过翻身。二大爷说："我也不想要，可是给不出去呀！咱要没看见，狼吃狗啃也与咱能没相干。咱不是看见了吗，看见不管就是见死不救。救下了不管，再扔出去，那娃要是那啥了，咱就是杀人凶手。"

焕如用盖窝埋着头，始终不吭声。焕如是把二大爷当个宝似的，越是珍爱，越是攮心攮胆的。小队出工，哪个女人和我二大爷多说一句话，她心里不舒服老半天，谁和二大爷开个玩笑，她也放在了心上。二大爷手巧，女人们做营生的作仗不顺手了，叫二大爷给调理一下，她也不放心。邻家海桃子老叫二大爷给磨剪子，焕如就对海桃说："她婶子，男人们磨剪子费女人哩，你以后不要让俺家二叔磨剪子了。"那海桃也不是善茬，没好气地说："找二娃修个剪子与你有啥相干？闲得你没事找事是吧！"

焕如越是霸着二大爷，那女人们越是加了劲儿撩涮我二大爷。二大爷在村里男人女人堆里混出来了，戳光磨明了，也不是当年那个人们一说就脸红的腼腆书生了。只要有谁起个头，二大爷就能没完没了地跟人聊上一天。二大爷和人们说说笑笑的，焕如却老是拉着个脸，那脸阴森森、冷冰冰的快赶上四奶黑脸了。

十五

不管焕如高兴不高兴，四奶是把这个娃娃留下了。四奶对二大爷说："二娃，这女儿既然叫你碰上了，那就是你和她有缘分，就是子孙奶奶给咱家送来的娃娃。既然抱回来了，咱就不能把娃再扔出去，大小也是个命哩！拉扯大了也是个亲的，娃就认在你名下。从今儿起，你有女儿了，你就是他大大。”

十二天小满月的时候，四奶给这孩子洗了洗，穿上了一身新的花布小衣裳，眉心还点了一个红点点。二大爷抱着那娃娃，娃娃小眼睛黑溜溜的好像在瞅端人，“嗷啊……哦啊……”小嘴一张一合地跟我二大爷说话，二大爷就亲得不想往下放。四奶说：“看那个小人儿，人精的鬼大的！咋就那么个惹亲呀？”四奶和二大爷说：“得给娃起个名字了，不能老是叫小女女和娃娃了。”二大爷就给取了个名，叫“秀儿”。

见二大爷和四奶把秀儿喜欢的，焕如心里就不痛快得很。焕如不高兴是不高兴，但她说不出个啥。不吃她的不喝她的，她能说个啥？再说了，和二大爷这几年过着，孩子也没给生出来，自己也底儿虚哩！焕如不和四奶上话，她就给二大爷吹枕头风。一到夜里，焕如就一头扎到二大爷怀里说：“二娃，你娃娃也有了，哪天要是再领个女人回来，我是不是就得给你腾地方呀？”二大爷说：“你不知道一天天思谋些啥？谁不知道咱俩过着？那几年还没问下个人，这会儿谁寻哩？”

焕如说：“二娃，你这是后悔了哇？”

二大爷说：“我有个啥后悔的！”

焕如说：“你后悔了，你嫌我老了。”

二大爷说：“谁不是过一年长一岁，谁不是一年比一年老？”

焕如说：“我本来就比你岁数大，女人本身就比男人老得快，你迟早也得再娶。”

二大爷一把揽过焕如说：“你这没做的尽瞎盘算，迟早是个多会儿？早还没娶，迟都迟了拿啥娶？娶谁？”

焕如说：“反正我今儿告诉你，你要是张罗着娶女人，我就给你挂到堂前门头上。我也反复思谋了，我不能没有你。这么多年了，要不是你，我也早走了。”

头几年，二大爷和焕如之间挺好的，虽然没有明媒正娶举办什么仪式，但各自心里都明白，一个锅里搅勺头，就那回事情。自从抱回秀儿，焕如就生了另外的心，这女人一旦心里不踏实了，就要翻过来倒过去的思谋，思谋来思谋去，还都是顺着一个方向，能把假的想成真的，能把虚的想成实的。焕如的车轱辘话在二大爷耳朵底下念叨得多了，二大爷听着除了泼烦，也开始思谋上了，越思谋越觉得他和焕如这事情终究也是个闹不好。

秀儿是越来越招人喜欢了，二大爷回来，只要一看见秀儿就不乏了。六七个月的时候，秀儿趴在炕上，一看见我二大爷进门就呵儿呵儿地笑。二大爷一拍手，她就上了发条一样“嗖嗖嗖”地往过爬。再大些，小嘴甜的，大大，大大地叫着，叫的二大爷心里美的。干活儿都有使不完的劲儿。二大爷在西正窑四奶这厢的时间越来越长了，只偶尔到焕如住的东正窑打个照面儿。

焕如想，既然拴不住心了那就一定得拴住人，要是连人都拴不住了，最后还得实际点，那就是闹住钱。

想明白了的焕如对二大爷是格外殷勤周到，她甚至开始抱秀儿了。二大爷知道，这是焕如在拴绊他。以前稀里糊涂地和焕如过着，在自己青春最旺盛的年岁，焕如以自己成熟女人的火热温暖着二大爷，一步一步，水到渠成。或者说，一天一天，一年一年，苟且度日。四奶、金锁儿、焕如、二大爷，该在的人都在。对四奶来说，孙子还是孙子，媳妇还是媳妇。对焕如来说，自己终究还是个女人，无依无靠，有个疼她的婆婆和男人也算是心满意足，更何况四奶还答应过那些留下来的宝贝物件都会尽数送给她，那样金锁儿的房子和媳妇也就有了着落。二大爷白天有热汤热饭吃，黑夜有女人暖盖窝筒子，洗洗涮涮，穿穿戴戴有老妈和焕如经管着，好像也没比谁少下啥，从来没去想过要打破这种看似平静的生活。倒是焕如忽冷忽热的变化让二大爷也开始质疑他和焕如的关系了。

十六

二大爷常常架着秀儿绕村转，那时候也没个啥稀罕吃的，村里代销店里卖纸包的糖蛋蛋，一分钱一个，二大爷给秀儿买糖，一买就是五毛钱的。海桃一碰见我二大爷就说："二哥，你看你把秀儿亲的，要是亲生的更亲。你叫那货拴住，啥也误了。"海桃想劝二大爷正儿八经娶个正当年龄的媳妇，再不要和焕如这样，也没个后，有一次甚至给二大爷说媒了。

海桃说："二哥，你就没见过个女人，焕如比你大下十来岁，你就和她圪且（苟且）呀？"

海桃好开玩笑，老也圪逗，小也圪逗，嘴又疯，张嘴就是男人女人那点事儿。别看二大爷平常和海桃说话开玩笑也不讲究个大伯子小婶子的，但海桃一旦正经说话，二大爷却泛不上话了。

海桃说："我四大娘也不知道咋想的，老糊涂了，那几年就不说张罗给你娶媳妇儿！你年轻，懂不得四六颠倒，她老人家也不懂？"

海桃是个直性子，她点拨二大爷也算是打个路见不平。再说了，因为叫二大爷帮忙被焕如呛了几回，海桃看焕如是越看越不进眼了。她甚至嫉妒焕如凭啥能把那么好个马二娃拴得死死的？农业社一起做营生，瞟眼看一眼焕如，嘴扭得紧紧，脸素不拉几，从来都装得一本正经的，还端着点架子。海桃看不惯焕如那做派，焕如就在心里骂海桃。

尽管焕如看不惯海桃，也顶多是少说甚至不说话，怨恨都窝在心里，然而，大队院里打过那一架之后，海桃像是一根刺一样深深地扎在了焕如的心上。

那天，大队给社员按户分土豆、萝卜等冬储菜，各家各户几乎是倾巢而出，男女老少，挑着箩筐直奔大队院，一时间，大队院里沸沸扬扬、热闹非凡。

三个女人一台戏，在这种场合，爱说笑的海桃向来是主角。一句平常话，只要经由她的嘴里出来，就有了不一般的色彩，总能逗得人家笑个人仰马翻。

海桃一伙扎在一堆儿嘁嘁喳喳说一阵，叽叽咯咯笑一阵，猛不防焕如板着脸站到了海桃身后。一时间，众人都愣住了，唯有海桃还在眉飞色舞地说着。而她所说的恰恰是关于焕如的闲话。等她醒悟过来，一扭身，迎接她的就是焕如手里举着的那个胳膊粗细的大萝卜。

焕如几乎是用上了全部的力气，抡圆了照住海桃的头打的。海桃被萝卜击中，“嗡”地一下晕倒了。

一时间，大队院里乱了套，人们赶紧往起扶海桃，女人们手忙脚乱，又是掐人中，又是人工呼吸。一番折腾，海桃“咯儿”一下换上了气。缓过来的海桃，挣脱众人，朝焕如扑了过去。

十七

海桃被焕如打了一萝卜，脸上散出一大片黑青，把个脸都几乎铺满了。海桃把焕如的脸也抠了好几个很深的血道子。海桃脸上的黑青最终散了，焕如脸上的疤是褪了好几年还有隐隐约约的白。每次照镜子，焕如都在心里往死咒海桃。每咒一次，焕如的心里对海桃的仇恨就更深一层。她甚至把二大爷对她的冷淡都归咎到了这个该死的海桃身上。一起做营生，海桃依旧和人们大呼小叫、有说有笑，海桃的每一声笑都深深地刺激着焕如。海桃心大，打完这一架，除了和焕如不说话外，和四奶二大爷都还照常相处，时不时借个饸饹床子啥的，刀子剪子钝了，趴在墙头上吆喝：“二哥，你啥时候得空了，给我磨磨。”

有一次，海桃叫我二大爷给磨剪子，我二大爷应声就要出去，焕如就骂开了。焕如骂人声音不大，一个字一个字往出蹦，比平常说话还慢，但是每一个字都带着咬劲儿。那天，焕如拦住我二大爷死活不让走。

我二大爷气得一下子脸涨成了猪肝，听见焕如说话连一点把门的也没有，也不想和她理论了，一抬胳膊，一把把焕如甩到了炕脚地。焕如不顾疼痛，扑起来拽住我二大爷的裤腿不让走。我二大爷扳住门框往出拔腿，焕如屏住气不吭声，死抱着不放。我二大爷到底劲儿大，几下就挣脱了。

二大爷出了家门也并没有去给海桃磨刀磨剪子，而是一个人到了沟底的河边坐着，他是想清静清静了。河水哗哗哗流淌着，游动的小鱼，碎碎的小石子历历在目，以前乌玉音和他就常常坐在河边看鱼看蝌蚪。要是当年娶了乌玉音，日子会是什么样子呢？想想这几年过得真是窝囊到底了，焕如也不知道是咋了，老是寻不是，怀疑他“抛米撒面”，外头有人了。二大爷其实是想要和焕如过一辈子的，这个女人和他们孤儿寡母一起守待了小二十年。不管咋说，感情是有的。但焕如这几年实在是有些过分了。二大爷一个人在野地里坐到天黑才挪着往村里走，一进村就听见本家的一个大爷说：“二娃，戳下拐了，焕如上吊了。”

焕如原本是想要吓唬吓唬我二大爷，她拴好绳子，套在脖子上，单等我二大爷或者我四奶走到当院才往翻蹬脚底下那个凳子的。火候没把握好，比画的中间，凳子就倒了。

我四奶回来时，焕如身子已经硬了。

那时候金锁儿已经到了娶媳妇儿的年纪了，焕如眼看熬盼得当婆婆呀，却因为和我二大爷置气把自己葬送了。

金锁儿也因为他妈的死和二大爷结下了仇，金锁儿变着法儿从我二大爷这儿掏腾。耍钱输了就从家里挖粮食。二大爷喂一年的大猪，到年底就被耍饥荒的赶走了。二大爷是很亲金锁儿的，从小背着抱着，肩膀上架着，说不亲那是假的。不管金锁儿咋对待二大爷，二大爷作为长辈是一定要先给金锁儿过下初一的，至于金锁儿能不能理解我二大爷这一片苦心，能不能给二大爷过个十五，二大爷压根儿连想也没想。

十八

后来，二大爷下苦狠干了几年，给金锁儿盖了一处新房院，娶过了媳妇儿。金锁儿一家住新房，二大爷和秀儿还住在旧院里。

那年下了四十来天的连阴雨，人们都管那年的雨叫“塌窑雨”。村里的土窑都塌了，坐在家里，耳朵底下尽是“忽通，忽通”塌窑塌墙的声音。紧苦慢苦，二大爷的窑顶也洇了下来。秀儿站在锅台上，抬手按窑帮上的泥皮，一摁一个坑。秀儿说：“爹，咋呀，咱这窑不敢住了。”二大爷坐在窗根底抽烟，一根接一根，二大爷苦笑着，对秀儿说：“俺娃不怕，只要人住着，就有一股气顶着，这窑就塌不了！”说话间，簸箕大一片泥皮掉了下来，“咵嚓”一下摔在了当地。

秀儿说：“爹，这窑说啥也不能住了，你去和我哥说说，咱爷俩去他们新房住一段时间。”

二大爷不说话，只是个抽烟，其实二大爷和金锁儿两口子张口了，可金锁儿媳妇儿没说话，金锁儿一口回绝了。

泥皮一片接一片地往下掉，秀儿拉着二大爷，就是个往院跑。雨地里，爷儿俩披着一块塑料布站在当院，屋子里泥皮“劈里啪啦”掉得更欢了！

二大爷说：“还是俺娃精，顶不住了，窑是说啥也不能住了。”

用塑料布苫盖小房的海桃看见我二大爷和秀儿在当院站着，急忙说：“二哥，你们爷儿俩站在院里给老天爷祷告呢？”

秀儿说：“婶儿，窑塌呀，不敢住了。”

窑洞里的泥皮不往下掉了，住是不能再住了。海桃男人满仓过来说：“二哥，你爷儿俩就住我家南房吧。”

穷家难舍，二大爷蹲在地上，望着这三孔窑洞，往事一幕一幕涌上心头。

秀儿一次一次地往出倒腾那些日用的锅碗瓢勺，满仓叔拦不住，就和秀一起倒腾。那窑迟不塌早不塌，单等秀儿和满仓叔一起进去了，呼隆嗵——噔！一下子就塌下来了。

秀没了，满仓叔残了，二大爷一下子躺倒了，闭着眼睛不吃不喝、一动不动，二大爷也不想活了。

那年是闰八月，直到八月十五我回家才知道秀儿没了。我在二大爷的烂大院里哭得换不上气来。我妈说：“俺娃不哭哇，哭也哭不活了。”之后的好多年，我每每梦见秀儿，她都是穿的一身红衣裳，脸黄黄的，眼里满满的泪。

秀儿没了，窑塌了，二大爷就住到了海桃他们家的南房。

海桃和满仓没有埋怨二大爷，相反，还把我二大爷当成了自家人。

二大爷的后半段是和海桃一家过着，满仓残了，别说是干活儿了，除了吃饭不用人喂，几乎啥也不能自理了。二大爷帮衬着海桃给满仓的两个儿子都娶过了媳妇儿，海桃进城看孙子，他照看满仓。后来儿子们把满仓也接进城了，二大爷就看护满仓的院子。

海桃隔一段时间回一趟村，回来也就住个三两天，给我二大爷洗洗涮涮，蒸些馒头，做些干粮。虽然，二大爷和海桃之间始终保持着大伯子和弟妹的界限。海桃回村住上几天，等回城的时候，二大爷把卖下猪羊的钱，粜了粮食的钱给海桃拿上，海桃嘴上说不拿了不拿了，最后还是拿上了。

头几年海桃是一个月回一趟村，又过了几年，海桃是换季的时候回一趟，再后来就是夏天回一趟，年底回一趟。海桃住惯了楼房就住不惯平房了。那时候，二大爷已经老了，一年也刨闹不下几个钱了。

二大爷是2020年春天死的，二大爷也没去医院，一个人在家扛着。他的死讯是三老汉发布的。

在他死前的十来天就不出门了，三老汉每天往二大爷窗子上扬一把黄土。三老汉一扬黄土，我二大爷就骂，起初骂得很响亮。渐渐地，二大爷就骂不动了，声音越来越微弱了。直到有一天，三老汉扬了好几把黄土，二大爷也没有发出一丝丝声音，三老汉就推断我二大爷是死了。

三老汉给我打了一个电话，说我二大爷没了。我给金锁儿打电话，金锁儿说自己病着就不回来了，让我做主看着办。一个做“丧事一条龙”的哥们儿承揽了二大爷的丧事，我对那哥们说，给老汉把那墓建得宽宽大大的，活着没住过个好家，死了再不能受憋屈了。

马家近门儿派个代表打个照面就走了。从前至后，我成了唯一的孝子。人生一辈子，生和死是两件大事。我嘱咐鼓乐班子，甩开了吹打，在告别阳世回老家的路上，我要给我二大爷制造一些动静。我想让他走得尽量隆重些、体面些。

我二大爷出殡前一天，那三只猫也死了。

我把它们埋在我二大爷的坟脚底，它们是我二大爷的焕如、乌玉音和海桃子，在另一个世界，我希望它们能陪伴着我二大爷。

正月里，我们村村委会组织户籍人口回村开了一次会。由于前几年的私挖乱采，我们村已经成了采空区。土地经营权不变，所有宅院，不论地面建筑是否存在，按照统一标准进行补偿。金锁儿和他的儿子胜利出现了，金锁儿已经病入膏肓，二大爷的那处烂大院也归到了金锁儿他们名下。

村委会院子里人山人海，马家河的人们都回来了。有些人，走的时候还是硬朗朗的中年人，回来的时候却已经拄上拐棍了。猴娃娃们都长大了，洋气了，不说大人名字，打上八辈也不知道是一个祖先了。

当那个房屋确权的大红榜贴出来的时候，胜利的脸上浮现出了几经掩饰的笑意，将一个烟屁股丢在地上，用脚使劲拧了好几下。

回来的路上，正是傍晚时分，残阳如血，夕照下的马家河，如红缎子一般耀眼。女人如河，我四奶、焕如、海桃，不就是淌过我二大爷心头的三条河吗？

二大爷这一辈就这样完结了，我曾经无数次一厢情愿给二大爷设计过好多种可能的人生轨迹，似乎都比实际情况要好得多。但谁的人生是按照预设的轨迹进行的？

听说金锁儿父子认领了二大爷的那处烂院。我又反复琢磨，二大爷也算是有后了。